I0601059

ও কলকাতা প্রথম সঙ্কলন

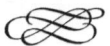

ও কলকাতা

O KOLKATA

প্রথম প্রকাশ 2022

প্রকাশক এবং স্বত্বাধিকারীর লিখিত অনুমতি ছাড়া এই বইয়ের কোনও অংশ কোনও মাধ্যমের সাহায্যে কোনওরকম পুনরুৎপাদন বা প্রতিলিপি করা যাবে না। এই শর্ত না মানলে আইনি ব্যবস্থা নেওয়া হবে।

দ্বিতীয় সংস্করণ 2024

Published by: Abhra Pal
Melbourne

Email: editor@okolkata.com
Facebook: https://www.facebook.com/OKolkataWebmag
Youtube: https://youtube.com/@okolkata

ISBN : 9780645463033

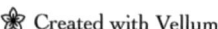 Created with Vellum

প্রথম কথা, প্রথম আখর
মেলছে ডানা দশদিকে
খুশির আকাশ থাকুক খোলা
রঙ যেন না হয় ফিকে

তোমার কথা, আমার কথা
কুড়িয়ে নিলাম দুই হাতে
ও কলকাতার পথে পথে
সঙ্গে থেকো দিনরাতে

সম্পাদকের কথা

"ও কলকাতা? ভাই, ওটা তো রেস্টুরেন্ট। তোরা রেস্টুরেন্ট খুলেছিস?"

"ইউনিকোড? খায় না মাথায় দেয়?"

"বাংলা গদ্যের ডিজিটাইজেশন? মানে বাংলা ব্লগ? লোকে খাবে এসব?"

সময় টা ২০১২ সাল। সোশাল মিডিয়ার রমরমা তার ঢের আগেই শুরু হয়েছে। অর্কুট মৃত, যত রোশনাই সব ফেসবুকে। ইতিমধ্যে অভ্র কী-বোর্ডের দৌলতে, আর্ন্তজালে বাংলা ভাষার বিপ্লব ঘটে গিয়েছে।

নিউটাউনের সুবিশাল অফিস ক্যাম্পাসের বাইরে চায়ের ভাঁড় আর সিগারেট হাতে জনা কয়েক তথ্যপ্রযুক্তিবিদ সেদিন গভীর আলোচনায় মত্ত। ইন্টারনেটে বাংলা গদ্য নিয়ে বড় মাপের কিছু কাজ করতে হবে। শুরু হল Okolkata.com এর পথ চলা। সত্যি বলতে কী, কবিতার পত্রিকা তখন অনেক, সেই তথাকথিত দুর্বোধ্যতার মোড়ক থেকে বেরিয়ে শুধু গদ্যের একটি পত্রিকা যে করা সম্ভব সেই স্বপ্নটাই তখন ছিল দুঃসাহস। কিন্তু আমরা সেই লক্ষ্যে অবিচল থেকে মাঠে নেমে পড়লাম।

আমাদের গোড়ার দিকের জার্নিটা একেবারেই মসৃণ ছিল না। বাংলা ওয়ার্ডে বীতশ্রদ্ধ লেখককুলকে ইউনিকোড সফটওয়ারের সাথে পরিচয় করানো, প্রিন্ট মিডিয়ায় অভ্যস্ত বাঙালীকে ইন্টারনেটের স্বাদ

পাইয়ে দেওয়া - এসব করতে রীতিমত মাথার ঘাম পায়ে ফেলে পরিশ্রম করতে হয়েছে। তার ওপরে ছিল লেখা পাওয়ার আকাল। মাসের পর মাস আমরা নতুন কোনো লেখা ছাপতে পারিনি, এমন দিনও গিয়েছে। আমরা হাল না ছেড়ে লড়ে গিয়েছি। বাংলা ওয়েব-সাহিত্যে একটা সমস্যা ছিল সংখ্যাভিত্তিক প্রকাশনা অর্থাৎ কিছু বিশেষ সময়ে একটি সংখ্যা প্রকাশ পেত এবং তারপর দীর্ঘদিন কাজ চলত পরের পর্বের জন্য। আমরা সেই মডেল থেকে বেরিয়ে এসে শুরু করলাম সাপ্তাহিক নতুন লেখা প্রকাশ করার এক নতুন ট্র্যাডিশন। এরপর আমাদের দেখাদেখি আরও কিছু পত্রিকা এই রীতি অনুসরণ করেছেন।

২০১৪ নাগাদ কথাবার্তায় কিছু প্রবাসী বন্ধুবান্ধব দাবী জানালেন মোবাইল অ্যাপ তৈরির কথা। এই সময়ে অ্যাপ তৈরি করা খুব একটা সহজ ছিল না। বাজারে অ্যান্ড্রয়েডই তখন নতুন। আমরা নেমে পড়লাম কাজে। বছর দুই পরে আমাদের প্রথম মোবাইল অ্যাপ তৈরি হল। কিন্তু এই অ্যাপ বানাতে গিয়ে বুঝলাম যে কাজটা সহজ নয়। ফলে আবার কেঁচেগণ্ডূষ করতে হল। প্রথমে নতুন কনটেন্ট ম্যানেজমেন্ট সিস্টেমের ওপর বেস করে নতুন ওয়েবসাইট, তারপর ২০১৯ সাল থেকে অ্যান্ড্রয়েড ও আইফোন অ্যাপ - হামাগুড়ি দিয়ে পথ চলা শুরু করে আজ আমরা অনেকটাই সাবালক।

এই লড়াইতে আমরা পাশে পেয়েছিলাম দেশবিদেশের বিভিন্ন প্রান্তে ছড়িয়ে ছিটিয়ে থাকা কিছু মানুষজনকে। বাংলা ভাষার প্রতি অকুণ্ঠ টান তাদের নিয়ে এসেছিল 'ও কলকতা'র দলে। নয় নয় করে বাড়তে বাড়তে, আজ আমাদের ফেসবুক পেজে পাঠক সংখ্যা পনেরো হাজার অতিক্রম করেছে। ঘুচেছে লেখা পাওয়ার আকাল। ২০১২ সালে শুরু হওয়া পত্রিকা আজ ভার্চুয়ালি পৌঁছে গেছে এক বৃহত্তর বাঙালি পাঠকের কাছে। শুধু ভারত বাংলাদেশ নয়, আজকে আমাদের বৃহত্তর পরিবার ছড়িয়ে রয়েছে ইউরোপ, আমেরিকা, অস্ট্রেলিয়া, আফ্রিকা সব কটি মহাদেশেই। ২০২১-এ আমরা স্পনসর করেছি রাশিয়ায় এক বাঙালির সাইকেল অভিযান।

আমাদের সাইটটিতে প্রকাশিত কিছু গদ্য নিয়ে এবার আমরা হাজির হয়েছিলাম বইমেলায়। এই সংখ্যায় আপনাদের জন্য রইল কিছু গল্প, ভ্রমণ কাহিনী, রম্যরচনা, অনুবাদ সাহিত্য, বাংলার লোকাচার, সঙ্গীত ও ইতিহাস নির্ভর কিছু গদ্য। আশা রইল, আমাদের এই পাঁচমিশালী আয়োজন আপনাদের ভাল লাগবে।

২০২২ এর শুরুতে আমাদের এই সঙ্কলনটি প্রকাশিত হয়েছিল প্রথমবার। ২০২২ এ প্রকাশনার পাশাপাশি শুরু হয়েছে আমাদের অডিও প্রোডাকশন - আমাদের ফলো করতে পারেন ইউটিউব অথবা আপনার পছন্দের অডিও পডকাস্ট প্লাটফর্মে OKolkata Radio দিয়ে সার্চ করে।

এখন তৈরি হল আমাদের দ্বিতীয় সংস্করণ। আপনাদের কেমন লাগল তা জানাতে ভুলবেন না। যারা এই সংখ্যাটি সংগ্রহ করলেন, তাঁদের অনুরোধ, ডিজিটাল মাধ্যমে আমাদের পাশে থাকুন।

টিম 'ও কলকাতা'

CONTENTS

লকডাউন প্রতিযোগিতার নির্বাচিত গল্প

মেঘমল্লার

আইভি চট্টোপাধ্যায়

আঁকাবাঁকা পাহাড়ি রাস্তায় সাইকেল চালিয়ে নেমে আসছিল মেঘ। লকডাউন চলছে, এই সুযোগে একবার দেখা করতে যাওয়া। মা-কে সব বুঝিয়ে দিয়ে আসতে হবে। গোটা প্ল্যানটা।

বেলগাঁওয়ের সিদ্ধাচল পাহাড়ের ওপর ইয়েলাম্মা মন্দির। দেবী সত্যাম্মা, যোগীনাথেশ্বর, একনাথেশ এবং যোগড়বামি সত্যাম্মা। দেবীদর্শন আজ পনেরো দিন হল বন্ধ। লকডাউন চলছে। তীর্থযাত্রী নেই। এই অবস্থায় দেবদাসী রামাবাইয়ের সঙ্গে দেখা করা সহজ কথা নয়। বিশেষত সেই মেয়েটার জন্যে তো নয়ই, যে কিনা শিবাজী বিশ্ববিদ্যালয় থেকে মাস্টার্স ইন সোশাল ওয়ার্ক করেছে। যতই সমাজসেবা বিদ্যায় স্নাতকোত্তর হও না কেন, এই মন্দির-চত্বরে তোমার প্রবেশ নিষেধ। কে না জানে, রামাবাই যে আজ এত বড় বড় কথা বলে আন্দোলন করছে তার কারণ এই মেয়ে। কাশ্মীনের মেয়ে যখন স্কুলে যেতে শুরু করল, তখনই গ্রাম থেকে একঘরে করে দিয়েছিল।

'কাশ্মীন', কন্নড় ভাষার শব্দ। সোজা বাংলায় যার মানে হল 'ধান্দাওয়ালী'।

এখনও এদিকের গাঁয়ের লোকের মনে আছে, হিমানী, পাউডার মেখে সাদা সাদা মুখ, তাতে গালে লাল লাল রুজ, কাজল টানা চোখ। মাথায় রঙিন ফিতে, খোঁপা। হারমোনিয়ামের আওয়াজ, তবলার বোল। দেবদাসী শশিরেখা।

বিলম্বিত একতালে *'প্রিয়া ঘর নাহি আয়ী'*...মেঘমল্লার। তারপর

ক্ষিপ্র ধুলোর ঘূর্ণীর মতো একটি তান। পান, জর্দা আর জাফরানের সুগন্ধ গোলাপি ঠোঁটে ভরপুর। দ্রুত তিনতালে *'গগন গরজত চমকত দামিনী'*… প্রতিটি কোমল ও শুদ্ধ সুর। বাঁধন ছিঁড়ে উড়িয়ে নিয়ে যাবে মন্দিরের কানাচে, অলিন্দে। গুমরে ওঠা এক ক্রীতদাসীর অতীত ইতিহাসের কান্নার গভীরে। সুর স্পষ্ট কিন্তু কণ্ঠ একটু ধরা ধরা। দেবদাসীর জীবন ইতিহাসের মতোই অস্পষ্ট, অধরা। বিরহভারাতুর।

কখনো মেঘমল্লার, কখনো মিয়াঁ কী মল্লার। প্রথমে বিলম্বিত খেয়াল, তারপর তারানা। রাগের সে রূপ ভোলার নয়। দীর্ঘ তানের প্রবাহ যেন ডানা মেলে উড়তে উড়তে মেঘলোকে হারিয়ে যাচ্ছে, আবার চকিতে দেখা দিয়ে উধাও হয়ে যাচ্ছে। একটুও খামতি নেই সেই সুরে, দ্রুত পায়ে ঝরোখার আড়ালে দ্রুতসঞ্চারমান রূপমতী নারী। কাশ্মীন শশিরেখাকে বুকে জড়িয়ে নিতে শ্রোতা উদ্বেল।

'বরসন লাগি শ্রাবণ বধিয়া...তেরে বিনা লাগে না মেরে জিয়া'… বর্ষার ঘনঘটায় অনুপস্থিত প্রিয়জনকে পাবার আকুলতা। মেঘমল্লারে ঠুমরি গাইবার সময় রামাবাই মা শশিরেখাকেও ভুলিয়ে দিতে পারে। মা-মেয়ের মেঘমল্লার রাগ যে কোনো ঋতুতে মন্দিরের বদ্ধ প্রাঙ্গণে বৃষ্টি নামিয়ে ফেলবে শ্রোতার মনে।

ক্রমে ক্রমে এক একটা প্রতীক হয়ে গেছে ইয়েলাম্মা মন্দিরের দেবদাসীরা। মানুষের জীবনরহস্যের ইঙ্গিত, মেঘমল্লার রাগের মতই। ধ্বনি ও অক্ষরের গড়নে এক রহস্যময় কবিতা। মেঘগর্জন, বারিধারা, বিজলিচমক, রুপোলি আঁধার, বিরহ, আনন্দ, এবং প্রেম।

শশিরেখার মা চন্দ্রাম্মাও ছিল এ মন্দিরের দেবদাসী। তিন প্রজন্মের এই ধারা হঠাৎ এসে বন্ধ হয়েছে এই মেঘাশ্রীর সময়ে। বিদ্রোহিনী রামাবাইয়ের প্রতি তাই কঠিন হয়েছে মন্দির কর্তৃপক্ষ।

তবে এমন একটা অবস্থা এখন, ওই মেয়েটাকে দেখা করতে দিতে বাধ্য হয়েছে আজ।

দিদিমার কাছে গল্প শুনেছে ছোট্ট মেঘ। বাগালকোট জেলার মুধল গ্রামের গল্প।

দিদিমা তখন নয় বছরের ছোট্ট শশিরেখা। দিদিমার মা মুধল গ্রামে জমিজমা কিনেছিল দেবদাসীর কাজ করে। ছোট্ট শশিরেখা স্কুলে পড়ত, আর পাঁচটা মেয়ের মতো। কিন্তু অসুখ হয়ে মন্দিরের কাজ গেল চন্দ্রাম্মা মায়ের। শরীর দুর্বল, দুরারোগ্য এইডস ব্যাধি। গ্রাম থেকে তাড়িয়ে দিল। তাড়িয়ে দিল নিতান্ত আপনজনেরা। কাকা, জ্যাঠারা। মেয়েকে নিয়ে শোলাপুরে গণিকাপল্লী।

তখনও স্কুলে পড়ত শশিরেখা। ক্লাস এইটে স্কুলে যাবার সময় সাইকেল নিয়ে ছেলেরা নোংরা ইশারা করত, "কাম্মীনের মেয়ে, স্কুলে গিয়ে কী করবি?"

সেই শোলাপুরকে স্মার্ট-সিটি করার পরিকল্পনায় গণিকাপল্লী উচ্ছেদ হল। চন্দ্রাম্মা মা তখন প্রায় মৃত্যুশয্যায়। ইয়েলাম্মা মন্দিরের মর্মরমূর্তির কাছে মেয়েকে সমর্পণ করল মা। আর তো কোনও জীবিকার অভিজ্ঞতা ছিল না। কেউ ছিল না, একটু হাত ধরে এগিয়ে দেয় জীবনের দিকে।

ঈশ্বরের সেবিকা, মন্দির সেবিকা। মন্দিরের মেঝে পরিষ্কার করা, পবিত্র প্রদীপে তেল ঢালা, পরিষ্কার-পরিচ্ছন্ন রাখা, পূজামন্ডপে ও ধর্মীয় শোভাযাত্রায় নাচ-গান, পূজার সময় প্রতিমাকে বাতাস দেওয়া। এই কাজ।

কিন্তু দেবদাসী আসলে কলাবন্তী, যারা শিল্পকর্মে পারদর্শিনী। পড়াশোনা ছেড়ে নাচ-গানের কঠোর অনুশীলন শুরু হল। আর মাত্র পনেরো বছর বয়সে শশিরেখার নারীত্ব, সতীত্ব বিকিয়ে গেল মন্দির কর্তৃপক্ষের অনুগ্রহে। শশিরেখা হয়ে উঠল মন্দিরাঙ্গনের বারাঙ্গনা, দেহোপজীবিনী গণিকা।

(২)

সৌন্দত্তির কাছাকাছি আসতেই হাত দেখিয়ে সাইকেল থামাল একজন পুলিশ। একদিকে ঘন নীল মলপ্রভার বিশাল জলধারা, অপরদিকে মরুভূমির মতো ধু-ধু করছে বালি। ঢেউ খেলানো পাহাড়ের সারি। রঙিন পাথরের সুন্দরী সৌন্দত্তির সিদ্ধাচল পর্বত।

সাইকেল থেকে নেমে দাঁড়াল মেঘ। মায়ের ওষুধের প্রেসক্রিপশন নিয়েই বেরিয়েছে, এগিয়ে দিল, “ওষুধ পৌঁছতে গেছিলাম”।

মুখে মাস্ক থাকায় একটু যেন অসুবিধে হল পুলিশ লোকটির। দেবদাসী-দর্শনে বাধা।

“ওহ, আমি ভাবলাম সত্যাম্মা কুণ্ডে স্নান করবে,” চোখে ঝিলিক দিয়ে হাসল, “ভাবলাম ওই উচ্চিংড়ে পুরুতটাকে ডাকি”।

সত্যাম্মা কুণ্ডে স্নান করানোর অধিকারী একমাত্র বৃহন্নলা

পুরোহিতরা। পুলিশ মেঘকে একজন দেবদাসী ধরে নিয়েছে। আর স্বাভাবিকভাবেই অসম্মান করছে।

মুখ ঘুরিয়ে সাইকেলে উঠে পড়ল মেঘ। এখন এই নিয়ে শক্তিক্ষয় করে লাভ নেই। আর ছ'দিন পরে শেষ হবে লকডাউন। যা করার এর মধ্যেই করতে হবে। লকডাউন শেষ হলেই তীর্থযাত্রী আসা শুরু হবে। আর মা-কে বার করে আনা যাবে না তখন। মন্দিরের রাজনীতি।

অনেকদিন ধরেই বেরিয়ে আসার চেষ্টা করেছে মা। মেয়ের সঙ্গে সঙ্গে ম্যাট্রিক পরীক্ষা দিয়ে পাশ করেছিল দেবদাসী রামাবাই। সে নিয়ে খবরের কাগজেও লেখালেখি হয়েছিল। কিন্তু কাজের কাজ কিছু হয়নি। পরিবার-সমাজ থেকে বিচ্ছিন্ন হয়ে মন্দিরের অন্ধকারে অভিশপ্ত জীবন কাটাতে হয়েছে রামাবাইকে।

একটু দিনবদলের সম্ভাবনা দেখা দিয়েছে এতদিনে। এক সংগঠনের আবেদনের ভিত্তিতে দেবদাসী প্রথা তুলে দিতে কর্ণাটক রাজ্যসরকারকে নির্দেশ দিয়েছেন সুপ্রিম কোর্ট। তবে আইন থাকলেই যে সবাই মানবে, এ দেশে এখনও তেমন নিয়ম হয়নি।

এই তো লকডাউনের মধ্যেই কত লোক বাইরে বেরিয়ে ঘুরছে। করোনা নামক বিপজ্জনক ভাইরাসের ভয়ে কাবু নয় মানুষ। আর নারী-নির্যাতন, লাঞ্ছনা, গঞ্জনা দিয়ে মেয়েদের যৌনদাসী করার যে ভাইরাস যুগ যুগ ধরে সমাজটাকে পঙ্গু করে রেখে দিচ্ছে, সে নিয়ে মানুষের ভাবনাই নেই।

তবে সেই ভাইরাসটাকে জব্দ করার একটা সুযোগ নেবে মেঘ, এই লকডাউনের আড়ালেই।

কামিজের পকেট থেকে সেলফোন বার করে সময় দেখে নিল। আজই সুপ্রীম কোর্টের রায়। লকডাউন চলছে বলে অনলাইন শুনানি হয়েছে। দেবদাসী এবং যৌনকর্মীদের অধিকার আন্দোলনের অন্যতম নেত্রী মেঘাশ্রী। মেঘাশ্রীর আবেদনে সাড়া দেবে আদালত? সাড়া দেবে সমাজ?

কিশোরী মেঘাশ্রীকেও দেবদাসী বানানোর আপ্রাণ চেষ্টা হয়েছিল। রুখে দাঁড়িয়েছিল মা রামাবাই। সমাজের বিষ নজর থেকে মেয়েকে বাঁচানোর জন্য কম বয়সে পাত্রস্থ করার চেষ্টাও করেছিল তখন।

বেঁকে বসেছিল মেঘই। শিরায় তখন শিক্ষা ও সমাজ পাল্টানোর ভাবনা। একটা ভাল কাজ করেছিল মা তখন। মেঘাশ্রীকে দূরে পাঠিয়ে দিয়েছিল। বড় হবার পর্বের পুরোটাই কেটেছে দূরে ইংরেজি বোর্ডিং স্কুলে।

ভাগ্যিস! তাই তো আজ একটা বিশ্বাস ফিরিয়ে দেবার সম্ভাবনা তৈরি হয়েছে। ভাগ্যিস লকডাউনটা হল। ভাগ্যিস করোনা ভাইরাস এল।

দুটি ভাইরাস। বিষে বিষে বিষক্ষয়। ভাইরাসে আক্রান্ত না হলে কি আর মন্দির-গর্ভগৃহ থেকে মুক্তি ঘটত? করোনা-আক্রান্ত দেবদাসীকে জায়গা দেবে না ব্যবসাকেন্দ্র। ঠিক যেমন কিশোরী কন্যাকে নিয়ে গণিকাপল্লীতে চলে যেতে হয়েছিল এইডস-আক্রান্ত চন্দ্রাম্মাকে। লকডাউনের প্রথম দিনই বুদ্ধিটা মাথায় এসেছিল মেঘাশ্রীর। রামাবাইয়ের মুক্তির উপায় করোনা, লকডাউন।

ভাগ্যিস কোর্টের শুনানিগুলো হল কোনও বাধা ছাড়াই। ভাইরাসের মরণ কামড়ের তীব্রতা টের পেয়েছে গোটা দেশ। সামাজিক বৈষম্য ও পারিবারিক বঞ্চনার বিপক্ষে লড়াইয়ে সায় দিতে পেরেছে আদালত। বিশেষত যখন জেনেছে, বাদীপক্ষের দেবদাসী মা করোনা-আক্রান্ত। চৌষট্টি বছরের বৃদ্ধা, দেবদাসী প্রথায় বন্দিনী, পারিবারিক সম্পত্তি হাতছাড়া। সাড়া দিয়েছে বিচারকের মানবপ্রকৃতি।

হ্যাঁ, এইটুকু চাতুরী করেছে মেঘ।

ঠিক যেমন রাগ মেঘমল্লার। নিষাদ কোমল ছাড়া বাকি সব স্বর শুদ্ধ। কিন্তু কুশলী শিল্পী দুই নিষাদই ব্যবহার করে থাকেন অনায়াসে। আর তাই গম্ভীর প্রকৃতির রাগ মেঘমল্লারের আবেদনে বুকের মধ্যে সজল টইটম্বুর।

ছোট্ট বসতি। পাহাড়ঘেরা ছোট্ট গ্রাম ধুমল। নদীর ধারে বাসা। বাসা না, বাড়ি। বাড়ির সঙ্গে একটা ছোট্ট বাগান। চন্দ্রাম্মার দেবদাসী-জীবনের বিনিময়ে এই বাড়ি। ঘরের সামনের আঙিনায় জবা, নয়নতারা, অপরাজিতা। ছোট নিচু পাতকুয়ো। গরু, ছাগল। পায়রা, শালিখ। পাহাড়ের ঢালে সূর্যাস্ত। সবুজ ঘাসজমিতে বিকেলের আলো মিলিয়ে গেলেই চারদিক নিস্তব্ধ।

এত নির্জন।

দেবদাসীদের পারিবারিক সম্পত্তিতে ভাগ দেওয়া হয় না। চন্দ্রাম্মার জমি তাঁর খুড়তুতো ভাইদের কাছ থেকে উদ্ধার করতে কম বেগ পেতে হয়নি। সুপ্রীমকোর্ট পর্যন্ত লড়াই করেছে মেঘাশ্রী। প্রান্তবাসী মেয়েদের আর্থ-সামাজিক-শারীরিকভাবে পিষে ফেলার সামাজিক ভাইরাসকে শেষ করতে সায় দিয়েছেন শীর্ষ আদালত। মাকে একেবারে গ্রামের বাড়ি নিয়ে এসে অবাক করে দিয়েছে মেঘ।

আকাশ কালো করে বৃষ্টি আসছে। মা গেয়ে উঠল দ্রুত ত্রিতালে

খেয়াল, *‘বরসন লাগি বাদরিয়া’*... ধীরে ধীরে দিগন্তে মেঘের সঞ্চার। আস্তে আস্তে সমস্ত আকাশ পরিব্যাপ্ত করে বৃষ্টি নামল। মাঠঘাট প্লাবিত করে, নিজেরও একাকার হয়ে যাওয়া প্রত্যক্ষ হবে এবার। আন্দোলিত গান্ধার এবং দু'টি নিষাদ।

দূর থেকে বাঁশির শব্দ। সুরের ঝর্ণার কল্লোল। ধৈবতে নিষাদে সপ্তমে বাঁশি।

মা-কে দু'হাতে জড়িয়ে ধরল মেঘাশ্রী। জড়তাহীন, ঋজু, সাবলীল মেঘ। মেয়ের মাথায় হাত রেখে মুক্তির আনন্দে হাসল দেবদাসী-মা রামাবাই। ভাগ্যিস লকডাউনটা হয়েছিল।

বন্দি মন

প্রকল্প ভট্টাচার্য্য

ফোনটা এল প্রায় রাত এগারোটা নাগাদ। হঠাৎই।

এমন কিছু বেশী রাত নয়, তবে এখন হাতে কাজ না থাকায় তাড়াতাড়িই খেয়ে শুয়ে পড়ে তাদের গোটা কলোনি। বিমলও ঘুমিয়েই পড়েছিল। ঘুমচোখে অচেনা নম্বর দেখে প্রথমে তুলতেও চায়নি। তবু কী ভেবে জড়ানো গলায় বলেছিল, "হ্যালো..."

-"ঘুমিয়ে গেছিলেন! আসলে মা-বাবুকে লুকায়ে আপনাকে ফোন করতে দেরী হল..."

ফিসফিসে জড়ানো স্বর... তবু বুঝতে এক মুহূর্তও দেরী হল না বিমলের! মঞ্জু!

-"তুমি... তুমি কেমনে...কেমন আছ! ফোন কোথায় পেলে!"

-"ভাইয়ার ফোন...লুকায়ে নিছি...আপনি কবে আসবেন? কতদিন দেখি নাই আপনাকে...ভাল লাগে না..."

-"জানোই তো এখন সব বন্ধ, গাড়িঘোড়া চলছে না। চালু হলেই চলে আসব। মা, বাবু ভাল আছে? তুমি ভাল আছ?"

-"সবাই ভাল আছেন, আমি ভাল না...আপনি চলে আসুন। ঐ, কে বোধহয় আসছে, আবার কাল ফোন করব। প্রণাম নেবেন!"

ফোনটা কেটে গেছিল। বিমল কয়েকবার 'মঞ্জু, মঞ্জু' বলে ডেকেও আর সারা পায়নি। ভেবেছিল কলব্যাক করবে, কিন্তু নিজের মা-বাবুকে তো চেনে, যদি সত্যি ওরা জানতে পারে যে নতুন বৌ রাত্তিরে লুকিয়ে লুকিয়ে তার স্বামীকে...

মঞ্জু তার খুবই নতুন বৌ। মাসখানেক আগেই বিয়ে, অষ্টমঙ্গলা, দ্বিরাগমন সেরে নিজেদের মত সংসার গুছিয়ে বসতে না বসতেই পাড়ার হরেনদা এই কাজটার কথা জানাল। "পয়সাকড়ি ভাল দিবা, সাথে তিনবেলা খাওয়া! কাজ শ্যাষে উপরিও দিবা! জুটে যা দিকি!"

তা জুটে গেছিল বিমল। ভাল কাজ আসায় তার মা বাবুও খুশী হয়েছিল নতুন বৌয়ের পয়মন্তে। শুধু মঞ্জু খুশী হয়নি। আসবার আগের রাতের ঘনিষ্ঠ মুহূর্তে, দরমার দেওয়ালের সামান্য ভরসা সম্বল করে সে কেঁদে বলেছিল, "আমারেও নিয়া চলো!" সে আর্তি ফেলা কঠিন হলেও, রাখা ছিল অসম্ভব। বিমল তা রাখেওনি। বুঝিয়েছিল "ধুর পাগলি! ই তো দশ দিনের কাম! ফুরালেই চলে আসবা আমি!"

তখন কে জানত, পরিস্থিতি এমন হয়ে যাবে! দু-তিনদিন কাজ হওয়ার পরেই এল নোটিশ। কেউ বাইরে যেতে পারবে না। মনে আছে, সেই রাতেই কিছু মরদ ফিরে গেছিল। গাড়ি ছিল না, হেঁটেই চলে গেয়েছিল। কিন্তু মালিক তাদের ওপর খুশী হয়নি। বলেছিল, আর তাদের কখনো কাজে ডাকা হবেনিকো। বিমল তাদের সঙ্গে যায়নি, অনেকের মতো ভেবেছিল কী নাকি অসুখ হচ্ছে সবার, সেরে গেলেই কাজটা শুরু হবে। কিন্তু কই! এক ডাক্তার এসে তাদের বাইরে বেরোতে মানা করল, হাত ধুতে শেখাল, সকলকে সাবান দিল, একটা মুখোশও দিল। শুধু বলল না, এই অসুখটা সারবে কবে। মালিকও কিছু বলেনা, শুধু বলে 'লকডাউন লকডাউন'। রোজ খাবার পায় সকলে, শুধু ঘর থেকে বেরোতে পারে না এক হপ্তার ওপর। বিমলের ঘরে আরও তিনজন থাকে। রমেন সারাদিন ঘুমায়, তরুণের ফোনে টিভি দেখা যায় তাই সে খবর দেখে, সিনেমা দেখে, বংশী উদাস হয়ে ফ্যালফ্যাল করে তাকিয়ে থাকে আর বিড়ি খায়...চামসে গন্ধে আর অনিশ্চয়তায় ছোট ঘরটা কেমন অন্ধকূপ হয়ে থাকে।

বিমল ভাবে, কোথা থেকে কী হয়ে গেল। কোন বিদেশের থেকে নাকি এসেছে এই অসুখ, তাতেই সারা দেশের সবাই কাজ বন্ধ করে ঘরে বসে আছে। কতদিন? তা কেউ জানে না। অনেকেই ভেবেছিল খুব বেশী হলে এক সপ্তাহ হবে, কিন্তু দশ দিন পেরিয়ে গেল, আরও নাকি এইভাবেই থাকতে হবে! এইভাবে!

সকালে ঘুম থেকে উঠেই অভ্যাসমত বিমল মুখ হাত ধুয়ে তৈরি হয়ে নেয় কাজে যাওয়ার জন্য। কিন্তু দরজা অবধি গিয়েই বাইরের শুনশান রাস্তা দেখে ধীরে ধীরে আবার ফিরে আসে নিজের বিছানায়...শুয়ে পড়ে চোখ বোজে। আগে তারা চারজন নিজেদের

মধ্যেই গল্প করত, গান আড্ডায় সময় কাটাত। খাবার সময়মত পৌঁছে যেত ঘরে ঘরে, দিন কেটে যেত আনন্দে। এখন আর বলবার মতো কথা বাকি নেই, কেউ কিছু জানতে চাইলে বাকিরা খেঁকিয়ে ওঠে। খাবার এখন সময়মত আসে, কিন্তু দিনগুলো যেন আর কাটতেই চায় না। আছে সবই, তবে অভাব যদি থাকে, তা হল নিরাপত্তার।

বিমলের বাড়িতে আর কারো কাছে ফোন নেই। খোঁজখবরের জন্য পাড়ার মোতিয়া ভরসা। আগে থেকে জানিয়ে রাখলে সে তার ফোন নিয়ে বিমলের বাড়ি চলে আসে, মা বাবুর সঙ্গে কথা হয়। না, মঞ্জুর সঙ্গে বাড়ি ছেড়ে আসবার পর আর কথা হয়নি। ইচ্ছা থাকলেও উপায় ছিল না। তবু লজ্জার মাথা খেয়ে মা-কে এক দুইবার জিগ্যেস করে ফেলেছে, বাড়ির অন্য সবাই ভাল আছে কিনা। মা বলেছেন, হ্যাঁ, সবাই ভাল আছে। ব্যাস, ওটুকুই সম্বল। হতাশা আর অনিশ্চয়তার মধ্যে সে যখন প্রায় তলিয়ে যেতে বসেছিল, তখনই এল ফোনটা।

আজ বিমলের ঝকঝকে চোখমুখ দেখে বাকিরাও হাসাহাসি করছিল, কিন্তু তাতে বিমলের কিছুই এসে যাচ্ছিল না। ঝাড়ু মারা, জামাকাপড় কাচার মতো কাজগুলো করতেও খুব ভাল লাগছিল তার। তাড়াতাড়ি রাতে খাওয়া সেরে সে ফোন হাতে বসে রইল। মনে মনে ঠিক করেছিল, আজ অনেক কথা বলবে মঞ্জুর সঙ্গে। কত গল্প যে জমে আছে!

রাত বাড়তে লাগল... এগারোটা... বারোটা... একটা...একটু ঝিমিয়ে পড়েছিল বিমল, হঠাত চমকে উঠে দেখল রাত তিনটে। কোনও ফোন আসেনি। উত্তেজনায় সে আবার কলব্যাক করতে গিয়েও সামলে নিল নিজেকে। তারপর স্থির করল, পরদিন সে পালিয়ে যাবে। ফিরতেই হবে তাকে মঞ্জুর কাছে!

সকাল থেকে চুপচাপ বসে সে ঠাহর করে নিচ্ছিল কোনদিক দিয়ে গেলে সে গ্রামে পৌঁছবে। হিসাবমত কুড়ি মাইল দূর, এক রাতের মধ্যেই তার পৌঁছে যাওয়া উচিৎ। সোজা সড়ক ধরে গেলেই হবে, তাও সে জানে। পালালে এই কাজটা আর তার থাকবে না, সে না থাকগে। মনে মনে প্রস্তুত হয়ে নিল বিমল। কিন্তু যদি পুলিশ ধরে! একবারের জন্য ভয়ে হাত-পা পেটে সেঁধিয়ে গেলেও, যেই মঞ্জুর সেই করুণ মুখটা মনে পড়ল, বিমল ঝুঁকি নিতে তৈরি হয়ে গেল। সকলকে লুকিয়েই নিজের ঝোলা বেঁধে ফেলল, রাতে খাবারটাও ঝোলাতে ঢুকিয়ে নিল।

রাস্তায় লাগবে। তারপর রাতে সবাই ঘুমোলে আস্তে আস্তে দরজা খুলে বেরিয়ে পড়লো।

মোবাইল ফোনের আলোয় প্রধান সড়কে এসে পৌঁছতেই তার অদ্ভুত আনন্দ হল, যেন মুক্তি পেয়েছে! বড় বড় পা ফেলে সে এগোতে লাগল, ফুটফুটে জ্যোৎস্না, তার মধ্যে অল্প হাওয়া...সুন্দর লাগছিল রাতের পরিবেশটা। নানা কথা চিন্তা করতে করতে বিমল ভোরের দিকে এসে পৌঁছল তাদের গ্রামে। ক্লান্ত, পরিশ্রান্ত হয়ে দরজা নাড়তেই মা এসে দরজা খুলে হতভম্ব হয়ে গেল!

ঘরে এসে মঞ্জুর সামনে দাঁড়াতেই এতদিনের জমানো কষ্টে, অভিমানে মঞ্জু কেঁদেই ফেলল। তারপর বিমলের বুকে ঝাঁপিয়ে পড়ে গুমগুম করে কিল মারতে লাগল আর জড়িয়ে জড়িয়ে কী সব বলতে লাগল। একটু শান্ত হলে বিমল বলল, "ভাগ্যিস সেদিন ফোন করেছিলে, তাই সব ছেড়ে চলে এলাম!"

মঞ্জু খুশী হলেও, অবাক হয়ে তাকাল। "ফোন! আমি!!"

এদিক ওদিক কেউ নেই দেখে বিমল বলল, "আরে, সেদিন রাতে, তোমার ভাইয়ার ফোন থেকে..."

"ভাইয়া! সে এখন কী করে আসবে! সবাই তো আটকে আছে! ফোন তো তার কাছে!"

এটা তো বিমলের মাথায় আসেনি! সত্যি তো!

"কিন্তু এই দ্যাখো, এই নম্বরটা..."

কল লিস্ট ঘাঁটতে লাগল বিমল, কিন্তু কোন অচেনা নম্বর পেল না। দু'দিন আগে কোনও ফোনই আসেনি তার ফোনে।

সমাপতন

শরণ্যা মুখোপাধ্যায়

দৃশ্য ১

টিপ টিপ করে বৃষ্টি পড়ছে। ঘরের ভিতরটা অন্ধকার। নোনাধরা ঘরটার জানলার শিকগুলো কিন্তু খুব মজবুত। দরজাটাও। শুরুর দিকে তিতাস বারবার চেষ্টা করত। কোনও লাভ নেই। ক্ষিদেতে তার নাড়িভুঁড়ি ছিঁড়ে যাচ্ছে। আজ কতদিন হল সে জানে না। দিনের হিসেব তার প্রথম দু'দিনের পরই গুলিয়ে গেছে। চিৎকার করলেও কেউ শুনতে পাবে না। এটা একটা পোড়ো বাড়ি। পাগলের মত ঘরের চারপাশ খুঁজতে থাকল তিতাস। ছিটকে আসা স্ট্রিট-ল্যাম্পের আলোয় এককোণায় দেখতে পেল খবরের কাগজের ডাঁইটা। মুহূর্তেই চৌকির ওপর থেকে লাফিয়ে নিচে নামল তিতাস। একটু দূরেই রাখা আছে ওগুলো! কিন্তু হাতটা কাগজগুলোর থেকে ইঞ্চিদুয়েক দূরে থেমে গেল। আগেরদিন আরেকটু কাছে ছিল, একটা গোটা কাগজ কচমচ করে চিবিয়েছিল সে। ওরা ভুল করে জলের বোতলটা ফেলে গিয়েছিল, তাই দিয়েই গিলেছিল কাগজগুলো, কিন্তু আজ আর হাতটা পৌঁছাল না। পায়ের শেকলে টান পড়ছে। প্রাণপণে পা-টা ছাড়াবার চেষ্টা করল তিতাস। গোড়ালির উপরভাগের বেশ কিছুটা অংশ কেটে আছে ইতিমধ্যেই। সে জায়গাটা আরো ছড়ে গিয়ে ভীষণ

লাগছে, কিন্তু খিদেটা যে তার থেকেও প্রবল। বেশ কিছুক্ষণ চেষ্টার পর মাটিতেই মাথা রাখল তিতাস। দুর্বল শরীর আর পারছে না। শীত করল তার হঠাৎ, একটুকরো সুতোও নেই শরীরে। কোনোক্রমে হাতদুটো জড়ো করল তিতাস। চোখ বন্ধ করে কী যেন বলল! পলাতক কোনও ঈশ্বরের কাছে বুঝি জানাল তার মনস্কাম, তারপর স্থির হয়ে গেল। নগ্ন, দুর্বল শরীরটা কুঁকড়ে পড়ে রইল কোলকাতার উপকন্ঠে একটা স্যাঁতসেতে পোড়ো এঁদো ঘরের ফাটা মেঝেতে।

দৃশ্য ২

বাবা যুদ্ধে গেছে, এ কথা সে শুনেছে অনেকদিন আগেই। চারদিকে শুট-আউটের শব্দ। এই যে মাটির নিচে লোহার দরজাওয়ালা জায়গাটার মধ্যে তারা থাকে, সেটাকে বাঙ্কার বলে। এ কথা সে জেনে গেছে কাকু, মানে আহিরির বাবার কাছ থেকে। কোয়ামে যদিও একা নয় এখানে। তার সাথে ওসকুয়া, আমারে আর ইসাবিসের মত আরো অনেক বন্ধুরা রয়েছে। তাদের বাবা-রা সবাই যুদ্ধে গেছে ওই সাদাচামড়ার লালমুখো সাহেবগুলোর সঙ্গে। সে জানে এ যুদ্ধে তাদের বাবা-রা জিততে পারছে না। ওই সাহেবদের কাছে বোম নামের একটা অস্ত্র আছে, যেটা আকাশ থেকে নেমে আসে। কোয়ামের মা যখন ছিল, তখন তারা তাদের এই নাইজেরিয়া দেশটার বাগো গ্রামে থাকত। ছোট্ট গ্রাম, একটু দূরেই ছিল ওগিচো নদী, সেখানে কোয়ামের বাবা-দাদারা যেত মাছ ধরতে! একদিন হঠাৎ কী হল কে জানে। সবাই যুদ্ধ বলে একটা জিনিস শুরু করল। তাদের মত কালো মানুষদের জমি থেকে হঠিয়ে দিতে লাগল। তারা নাকি সরকারী জমিতে ছিল এতদিন। একদিন সকালবেলা অনেকগুলো বড় বড় গাড়িতে ভারী ভারী জুতো পরে অনেকগুলো লোক এল। তাদের হাতে বড় বড় বন্দুক। কোয়ামের বন্ধু সেকুমের বাবা-মাকে রাস্তার মাঝেই মারল লোকগুলো। কোয়ামের বাবাও মরে যেত, যদি না সে তখন নদীতে যেত মাছ ধরতে। কোয়ামের বাড়ীতেও ওরা ঢুকেছিল। কোয়ামে তখন তাদের ঘরের নিচে বাবার তৈরী ছোট্ট খুপরিটায় লুকিয়ে ছিল। তাদের কাঠের মেঝের ফাঁক দিয়ে সে দেখছিল ওই ভারী বুটগুলো সব লণ্ডভণ্ড করে দিচ্ছে, ওদের পায়ের চাপে কাঠের মেঝের সরু ফাঁক গলে একরাশ ধুলো ঢুকে গেছিল কোয়ামের চোখে। বাইরের ভয়-ধরানো শব্দগুলো যখন কমে এসেছে, তখন আস্তে আস্তে চোখ কচলাতে কচলাতে সে

তাদের কাঠের বারান্দাটায় বেরিয়ে দেখেছিল চারদিক ধূসর হয়ে গেছে। এদিকে ওদিকে ছড়িয়ে তার চেনাশোনা কাকুগুলোর দেহ। সৈন্যগুলো কাকিমাগুলোকে টেনে কোথায় যেন নিয়ে যাচ্ছিল। তার মা গিয়েছিল হাট থেকে সব্জি আনতে। ওই রাস্তাতেই মা-কেও ওরা ধরে ফেলেছিল। কোয়ামে শুনেছে। তারপর তার আর তার বন্ধুদের বাবা-রা সবাই মিলে এই বাঙ্কারে চলে এসেছে। এখানে দিন-রাত হয় না। কোয়ামের স্কুলও বন্ধ হয়ে গিয়েছে অনেকদিন। মাঝে মাঝে শুধু শব্দ হয়। আর কাকুরা কোথা থেকে যেন খাবার নিয়ে আসে, সে জানে না। তবে খাবার আর বেশি নেই! রাতে শুয়ে সে বাবাদের আলোচনা শুনেছে। ওরা ভেবেছিল সে ঘুমিয়ে পড়েছে। কিন্তু না কোয়ামে ঘুমিয়েছিল, না তার বন্ধুরা। ওরা মনে করে তারা এখনো ছোট আছে। কিন্তু কোয়ামে সব বোঝে। এমন করে আর বেশিদিন চলবে না। সে বুঝে গেছে। অন্ধ খোপটার মধ্যে খড় দিয়ে তৈরী নিজের ছোট্ট বিছানাটায় বসে কোয়ামে একমনে তার মায়ের শেখানো প্রার্থনাটা বলতে থাকে। মা বলেছিল মন দিয়ে ডাকলে তার মত ছোটদের কথা ঈশ্বর আগে শোনেন। বাইরে তখন অঝোরে চলছে রক্তপাত আর হিংসা।

দৃশ্য ৩

নিউ সাউথ ওয়েলসের দক্ষিণে যে বিরাট জঙ্গলটা আছে, সেটার অনেকটা জুড়ে আগুন ধরে গেছে। পুড়ছে হাজার হাজার গাছ। লক্ষ লক্ষ বর্গকিলোমিটার জুড়ে সোনালী-হলুদ আলো ছেয়ে আছে। কালো ধোঁয়া দেখা যাচ্ছে কয়েকশো মাইল দূর থেকেও। এখানে রাস্তা হবে, বড় বড় কোম্পানি আসবে, জমি-বাড়ি, মানুষের জন্য কারখানা এই সবকিছুই হবে। তাই কিছু অবলা প্রাণ বলি দেওয়া তো যেতেই পারে, উদ্দেশ্য যখন এতই মহতী। জঙ্গল থেকে কদিন ধরেই বেরিয়ে আসছে হাজারে হাজারে পশুপাখি। প্রাণপণে তারা ছুটছে উদ্দেশ্যহীনভাবে। জানে না কোথায় যাবে! এইসময়েই কোনও এক পড়ন্ত বিকেলে জ্বলন্ত জঙ্গল থেকে শোনা গেল অদ্ভুত এক আওয়াজ। না, তা কোনও শিকারের শব্দ নয়। চেনা কোনও শব্দই নয়। কাছের গ্রামের এক বৃদ্ধ মানুষ, বহু পুরোনো কান দিয়ে শুধু সেই শব্দটা শুনে চিনতে পারলেন, আর পেরেই শিউরে উঠলেন। দৌড়ে গিয়ে তাঁর নাতির কানদুটো চেপে ধরলেন তিনি।

"কী হল, বাবা?" ... ছুটে এল তাঁর বৌমা।

"ও কীসের শব্দ বাবা?"

"ধ্বংসের, বৌমা...পাখির কান্না, এর আগে আর একবারই শুনেছিলাম...কানচাপা দাও, ও কান্না শুনো না..."

দুই পরিণত মানুষ আর এক অপাপবিদ্ধ শিশু দাঁড়িয়ে রইল সেই অপার্থিব ভেসে চলা ডাকের মধ্যে। কিন্তু কানচাপা দিলেই কি থামানো যাবে নিষ্পাপ রক্তপাতের আকণ্ঠ প্রারব্ধ? উত্তরটা জানেন বৃদ্ধ, তাঁর চোখের তারায় ধরা পড়ছে পীত-আতঙ্ক...

লকডাউনঃ ১৮তম দিন

"ধুর শালা, চাল শেষ, আটা শেষ। কিচ্ছু নেই খাবার মত! শালা বার হতে না দিলে এবার পুলিশগুলোকে ধরে..."

"ভুলভাল বকিস না, এখানে সুপার-লকডাউন চলছে কেন জানিস? আমাদের বাড়ির পাশের বাড়িতে তিনটে কেস ধরা পড়েছে! ভাগ্যিস এখানে থেকে গেছিলাম।"

"তোর মা-বোন?"

"আছে কোনওভাবে। এখন কী করে দেখব? আর তোর পাল্লায় পড়ে ওই মেয়েটার জন্য যা কেস খেলাম..."

"সত্যি বলেছিস, শালা মালটা যে কাচের বোতল অব্দি চিবিয়ে খেয়ে নেবে কে জানত! রক্তফক্ত বেরিয়ে শালী..."

"তোকে বলেছিলাম ফুর্তি করছিস কর, কিন্তু খেতে দে কিছু, তুই তো শুনলি না..."

"ধুর, ওসব খেতে-ফেতে দিলেই ঝামেলা, বেঁচে থাকলে তো আবার থানায় যাবে, কেস হবে! তার চেয়ে এই ভালো, বডিটা এই বাড়িটার পাশের বাগানেই কেমন সাইড করে দিলাম! খাস্তা ছিল কিন্তু মালটা!"

"কিন্তু খিদেয় যে পেট ছিঁড়ে যাচ্ছে রে! কী করবি?"

দুই বন্ধু সন্ধ্যার মুখে চুপিচুপি বেরোল বাজারের দিকে! কিন্তু বাজার কোথায়!

"শালা, আবার বেরিয়েছিস তোরা... কার্ফ্যু চলছে জানিস না!" পুলিসের মারে তপনের একটা হাত ভাঙল, আর সিরাজুলের মাথা ফাটল। গোঙাতে গোঙাতে কোনক্রমে পোড়ো বাড়িটায় ফিরে এলো দুজনেই। দরজা বন্ধ করে মাথায় হাত দিয়ে বসে রইল অনেকক্ষণ। তারপর দুজনেরই চোখ গেল কোণের ডাঁই করা বোতল আর খবরের কাগজগুলোর দিকে।

লকডাউনঃ ২৫তম দিন

বরিসের পুরো ব্যাটেলিয়ানটা আটকে গেছে নাইজেরিয়ার ওবাকো গ্রামে। এখানকার পারমাণবিক প্ল্যান্ট তৈরীর কাজও বন্ধ। রোগটার কথা শুনেছিলেন তাঁরা সবাই। কথা ছিল বিশেষ আপৎকালীন প্লেন আসবে তাঁদের নিয়ে যাবার জন্য। কিন্তু কে আসবে? তাঁদের দেশে মৃতের সংখ্যা এক লাখ ছাড়িয়ে গেছে। সরকার এইমুহূর্তে তাঁদের নিয়ে ভাবছে না।

সেনাদের মধ্যে বিশৃঙ্খলা শুরু হয়েছে। এই গ্রামটার সব বাড়ি খোঁজা শেষ। যা খাবার ছিল, তা দিনসাতেক আগেই ফুরিয়েছে। বরিস জানেন এই অবস্থায় একটা সশস্ত্র, মানুষ-হত্যায় সুশিক্ষিত দলকে শান্ত রাখা কী কঠিন। গ্রামের একটা বাজার বসত মাসখানেক আগেও। কিন্তু তাঁরা আসার পর, আর একটা লোকও নেই, কেউ বেঁচে নেই।তাঁরই নেতৃত্বে হয়েছে পুরোটা। আর তারপর... বরিস জানেন এ কদিন ওরা কী করছে, কিন্তু কিছু করার নেই তাঁর।

তাঁবু ঠেলে ঢুকল তাঁর অধীনে থাকা ক্যাপ্টেন। "স্যর, আজ লটারিতে আপনার নাম উঠেছে..." শ্বাস ফেলে শেষবারের মত উঠে দাঁড়ালেন ২২ নং স্কোয়াডের ক্যাডেট। ওই বড় গাছটার সামনেই বধ্যভূমি।...

দুড়ুম।

গাছ থেকে উড়ে গেল কিছু পাখি। চারিদিকে ছড়িয়ে থাকা অস্ত্রসম্ভারের মধ্যে পড়ে রইল জয়ী অধিনায়কের দেহ। লালা ঝরছে সেনাদের চোখ থেকে। আজ বরিসের ব্যাটেলিয়নের ফিস্ট।

লকডাউনঃ ৩৫তম দিন

কদিনেই বড় হয়ে গেছে ছেলেটা। দাদুর সাথে হাত লাগিয়ে খুঁড়ে ফেলেছে আরো দশটা কবর। রাস্তা তৈরী করতে আসা শহরের বাবুগুলোর অনেকজনকেই মাটি চাপা দিল, কিন্তু এখনো দেহ আসছে মিছিল করে! ওরা নাকি একসাথেই থাকত, দূরত্ব বজায় রাখেনি! আকাশের দিকে তাকাল ছেলেটা, না, আর কোন পাখির কান্না শোনা যায় না...

অণুগল্প

বেলাশেষে

অসীম কুমার চট্টোপাধ্যায়

তারাপদ বুঝেছিল বাবা হওয়া যতটা সহজ, বাবার দায়িত্ব পালন করা ততটাই কঠিন। এই কঠিন কাজটাই সে করতে চায় জীবনে। নজির গড়বে আদর্শ পিতার। বাবা থাকা সত্ত্বেও সে নিজে কোনদিন বাবার স্নেহ ভালোবাসা পায়নি। এই দুঃখ তার আজীবন রয়ে যাবে। তার সন্তান, সে ছেলেই হোক আর মেয়েই হোক, তাকে সে আদরে ভরিয়ে দেবে। সন্তানের কাছে বাবার গুরুত্ব একমাত্র সন্তানই বোঝে।

যথাসময়ে তারাপদর বিয়ে হল এবং নিয়ম মেনে সন্তানও হল। কিন্তু সুখ সইল না তার কপালে। ছেলের যখন দু'বছর বয়স, তার স্ত্রী পালিয়ে গেল তার নিজের জামাইবাবুর সাথে। দুটো সংসার ভেসে গেল একসাথে।

মুশকিলে পড়ল তারাপদ। বাড়িতে আর কেউ নেই যে বাচ্চা সামলাবে। তার বাবা মা অনেকদিন আগেই গত হয়েছেন। একটা দিদি ছিল। সে এখন থাকে বেনারসে। নিজের সংসার নিয়ে হিমশিম খাচ্ছে। কী যে করে তারাপদ ভেবে পেল না। অবশেষে চাকরিটাই ছেড়ে দিল। পুরো সময় নিয়োগ করল ছেলেকে মানুষ করতে। এক বন্ধুর সহযোগিতায় একটা কোম্পানিতে পার্টটাইম জব পেল। ওয়ার্ক ফ্রম হোম। রাতের দিকে কাজ। সুবিধা হল তারাপদর।

এভাবেই দেখতে দেখতে ছেলে বড় হল। উচ্চশিক্ষিত হল। চাকরি পেল বিদেশী কোম্পানিতে। সবাই বলে তারাপদর ছেলেটা মানুষের মত মানুষ হয়েছে। আর হবে না-ই বা কেন? তারাপদ ছেলের জন্য যা

করেছে, খুব কম বাবা-ই তা করে। হাজারে একজনও আছে কিনা সন্দেহ।

ছেলে বিয়ে করল তার এক বান্ধবীকে। বড়লোক বাবার একমাত্র মেয়ে। বিয়ের তিন মাসের মধ্যে ছেলে বৌকে নিয়ে পাড়ি দিল মেরিকায়। একদম একা হয়ে গেল তারাপদ। মনকে সান্ত্বনা দিল এই বলে যে এটাই বাস্তব। বাস্তবের ভয়ঙ্কর রূপ দেখা আরো অনেক বাকি ছিল তারাপদর। বিদেশে বসেই ছেলে তার বৃদ্ধাশ্রমে থাকার ব্যবস্থা করে ফেলেছে। পুত্রস্নেহে অন্ধ তারাপদ। ছেলের কথামত বাড়ি বিক্রি করে দিল। সমস্ত টাকা ব্যাংকের মাধ্যমে পাঠিয়ে দিল ছেলের একাউন্টে। এখন তার ঠিকানা বৃদ্ধাশ্রম।

নিঃসঙ্গ জীবনে স্মৃতির স্রোত বেয়ে ভেসে আসে ফেলে আসা দিনগুলো। মনে পড়ে ছোটবেলার কথা। নিজে কোনদিন বাবার আদর পায়নি তারাপদ। তার বাবা ছিলেন কোলিয়ারির সুপারভাইজার। অসম্ভব বদরাগী। একবার আইসক্রিম খাবার জন্য মাত্র একটাকা চেয়েছিল তারাপদ তার বাবার কাছে, বিনিময়ে জুটেছিল বেতের বাড়ি।

ভাল ফুটবল খেলত সে। একবার টিম সিলেকশনে ক্লাবের কোচ সবাইকে দাঁড় করালেন। তারাপদ ছিল সেই লাইনে। সবার পায়ে বুট ছিল, একমাত্র তারাপদ ছিল খালি পায়ে। বাদ গেল তারাপদ। বাবাকে অনেক করে বলেছিল একটা বুট কিনে দিতে। দেননি।

ক্লাস ইলেভেনে পড়ার সময় স্কুলের থেকে সিনিয়র ছেলেদের মুর্শিদাবাদে বেড়াতে নিয়ে গেছিল। ছাত্র পিছু মাত্র একশো টাকা। বাবাকে অনেক করে বলেছিল। বাবা দেননি সে টাকা। আর কোনদিন তারাপদর মুর্শিদাবাদ যাওয়া হয়নি।

টুকরো টুকরো সব ঘটনা ভেসে উঠছে। এলোমেলো, অবিন্যস্তভাবে। বিবাহিত জীবন সুখের হল না। কত স্বপ্ন। কত ভালবাসা। ধরে রাখতে পারল না নিজের স্ত্রীকে।

একরত্তি ছেলের মধ্যেই খুঁজে পেয়েছিল বেঁচে থাকার সুখ। সব ছেড়ে শুধু জড়িয়ে ধরেছিল ছেলেকে। ছেলের কোনও ইচ্ছাই অপূর্ণ রাখেনি। সেই ছেলেও তাকে ছেড়ে চলে গেল। তার মত হতভাগ্য বৃদ্ধরা ভরিয়ে তুলেছে বৃদ্ধাশ্রম। নীরবে চোখের জল ফেললেও সবার মুখেই সন্তানের প্রশংসা। শাক দিয়ে মাছ ঢাকা। প্রতিদিন বেলাশেষে কপালে দু'হাত ঠেকিয়ে আকাশের দিকে মুখ করে তারাপদ বলে, ঠাকুর, আমার ছেলেটাকে ভাল রেখো। ও যেন সুখে থাকে। শান্তিতে থাকে।

পিতৃঋণ

চিরঞ্জিৎ সাহা

দারিদ্র্য ছিল আমাদের নিত্যসঙ্গী। আমি ছাড়াও বাবা, ঠাকুর্দা, ঠাম্মি, মা আর পিসিকে নিয়ে মোট ছয়জনের সংসার। ভাতের সাথে নুনটুকুও পাতে জুটত না রোজ। কিন্তু অভাব ছিল না আন্তরিকতার। শতকষ্টেও পারিবারিক বাঁধন আমাদের আলগা হয়নি কোনোদিন।

সমস্যাটা প্রথম হাজির হয় বছর পনেরো আগে। আমি তখন ক্লাস ফাইভ। বিয়ে ঠিক হল পিসির। পাত্রপক্ষের দাবীমত তিন ভরি গয়না যৌতুকে দিতে গিয়ে ঠাম্মি নিজের আলমারি খুলে একে একে বের দিয়েছে সব। কিন্তু তাতেও কম পড়ছে বেশ কয়েক আনা। দাদু, বাবা এমনকী আমিও সেদিন কত করে মা-কে বলেছিলাম নিজের কানের দুলজোড়া খুলে তুলে দিতে পিসির হাতে। মা রাজি হয়নি। আরও এক বাড়ি বেশি কাজ করে মা-কে পরে দুল গড়িয়ে দেওয়ার প্রতিশ্রুতি দেয় ঠাকুমা স্বয়ং। কিন্তু চিঁড়ে ভেজেনি তাতেও। বিয়ের পর পণের চাপে শেষমেষ আত্মহত্যা করতে বাধ্য হয় পিসি। মা-কে শোকে পাথর হতে দেখলেও চোখের জলে ভিজতে দেখিনি সেদিন।

বছর ঘুরতে না ঘুরতেই কলকাতার কারখানায় মর্মান্তিক দুর্ঘটনার কবলে পড়ে আমার বাবা। কাটা যায় পা। শয্যাশায়ী বাবার যত্নে আন্তরিকতার কোনোরকম খামতি রাখেনি চিরদুখিনী মা আমার। ঘড়ির সাথে পাল্লা দিয়ে ডুবে গেছিল বাবার সেবায়। চিকিৎসার খরচ জোগাতে স্বেচ্ছায় বিক্রি করে নিজের বালাজোড়াও। কিন্তু অপারেশনের জন্য তখনও প্রয়োজন আরও কুড়ি হাজার টাকা।

মায়ের পা ধরে খুব কেঁদেছিলাম দুলজোড়া বিক্রি করে বাবাকে বাঁচানোর জন্য। মা রাজি হয়নি। শেষমেষ মৃত্যুমুখে ঢলে পড়ে আমার বাবা। নিঃস্বার্থতায় বাঁধা আমাদের পারিবারিক সুরটা কেটেছিল তখনই। বাধ্য হয়ে একসাথে থাকতে হলেও তারপর থেকে মায়ের সাথে আর ভালোভাবে কথা বলিনি কোনোদিন। দুটো প্রাণের চেয়েও একজোড়া সোনার দুল যার কাছে অনেক বেশি দামি, নিজের স্বর্ণলিপ্সাকে হয়ত সে আঁকড়ে রাখবে একমাত্র মেয়ের মৃত্যুদিনেও। হলও তাই....

স্কলারশিপের টাকায় গ্র্যাজুয়েশনটা কমপ্লিট করেছি সবেমাত্র। ঠাকুর্দা-ঠাকুমাও গত হয়েছেন বেশ কয়েক বছর আগে। মায়ের ঠোঙা বানিয়ে উপার্জিত অর্থ আর আমার টিউশনই সেসময় বেঁচে থাকার একমাত্র সম্বল। এরই মাঝে একটি সুপ্রতিষ্ঠিত বেসরকারি কোম্পানি থেকে চাকরির অফার আসে হঠাৎ। কুড়ি হাজার টাকা ঘুষ চেয়েছিল ওরা। নাহ! শত অনুরোধ সত্ত্বেও দুলদুটো খুলে দেয়নি আমার মা; আমার হাতে সামান্য রুমাল কেনার টাকাটুকুও ছিল না সেসময়। বালিশে মুখ গুঁজে কেঁদেছিলাম খুব কিন্তু থেমে যাইনি। মায়ের নিষ্ঠুরতা যেন আমাকে শক্ত করেছিল আরও।

শেষমেষ গতমাসে প্রফেসর হিসেবে জয়েন করি আশুতোষ কলেজে। মায়ের সাথে থাকার ইচ্ছে আমার শেষ হয়েছে বহুকাল আগেই। নতুন ফ্ল্যাটে শিফট করার প্রস্তুতি হিসেবে কলেজ ছুটির পর একদিন শেষবারের মতো বাড়িতে যাই নিজের দরকারি জিনিসগুলো গুছিয়ে আনতে। ভাঙাচোরা দরজা খুলে ঘরে ঢুকতেই চমকে উঠি কড়ি বরগা থেকে ঝুলন্ত মায়ের নিথর দেহটা দেখে আর মেঝেতে পড়ে একটা চিঠি-

"প্রিয় রুকু,

জানি, তোর মনে আজ আমার জন্য শুধুই ঘৃণার পাহাড়। তোর অবশ্য এতে ভুল নেই কোনো, দোষ আসলে পুরোটাই আমার। একটার পর একটা প্রাণ ঝরে যেতে দেখেও আমি প্রাণপণে আঁকড়ে ছিলাম নিজের দুলজোড়াকে। সংকটের চরমতম মুহূর্তেও নিদারুণ স্বার্থপরতার নিদর্শন দিয়ে টিকিয়ে রেখেছিলাম নারীসুলভ গহনাপ্রীতি। তোকে এসব বলতে হবে ভাবিনি কোনোদিন। আজ তুই প্রতিষ্ঠিত। হয়ত সরে যেতে পারতাম নিঃশব্দেই। কিন্তু চাইনি, তুইও আমার মতো একটা মিথ্যের বোঝা বয়ে চল আজীবন। তাই এই চিঠি।

আমার বিয়ের সময় তোর ঠাকুর্দার দাবীমত তিন ভরি সোনার গয়না শত চেষ্টার পরও জোগাড় করতে ব্যর্থ হয় তোর দাদু মানে আমার বাবা। কিন্তু সমর্থ মেয়ে বাড়িতে থাকার জ্বালা তখনকার দিনে অনেক আর ওই সামান্য পণটুকু ছাড়া বিয়েও সম্ভব ছিল না কিছুতেই। তাই বাধ্য হয়েই শেষমেষ একজোড়া রুপোর দুলে সোনার জল করে কানে পরিয়ে দেয় আমার মা। বিয়ের পর এভাবেই পুরো তিনভরি গয়নায় সেজে আমি হাজির হই শ্বশুরবাড়িতে। সময় আর সংসারের দাবিতে এরপর একে একে বিক্রি করেছি সব কিন্তু খুলিনি ওই দুলজোড়া। স্বর্ণকারের হাতে পড়লে বিষয়টা ধরা পড়ে যেত সহজেই। বাবাকে ভীষণ ভালবাসি যে.... নিজের মৃত বাবার সম্মানরক্ষার্থে মিথ্যে অভিনয় দিয়ে আজীবন তাই আগলে রেখেছি রুপোর দুলজোড়াকে। শত সমস্যা সত্ত্বেও হাতছাড়া করিনি কোনোদিন।”

পুলিশ এসে কড়ি-বরগা থেকে কোলপাঁজা করে নামিয়েছে মায়ের নিথর দেহটাকে। পোস্টমর্টেমে নিয়ে যাওয়ার জন্য প্রস্তুত হচ্ছে গাড়ি। ওসি সাহেব দুলদুটো খুলে তুলে দিলেন আমার হাতে। মায়ের স্তব্ধ পা দু’টোকে বুকে ধরে খুব কেঁদেছিলাম সেদিন।

মায়ের মুখে ছিল ভুবনমোহিনী এক নীরব হাসি। লাঞ্ছনা, অপমান, দায়িত্ব, যন্ত্রণার বিষাক্ত এক অধ্যায় শেষে চিরশান্তির দেশে পাড়ির হাসি। সমস্ত দায় থেকে চিরমুক্তির হাসি। পিতৃদিবসের পুণ্যক্ষণে জীবনের শেষ দৃশ্যে শ্রেষ্ঠ মেয়ে ও শ্রেষ্ঠ মায়ের শিরোপা জয়ের মৃত্যুঞ্জয়ী এক স্বস্তির হাসি।

পাপ

সরিতা আহমেদ

অন্ধকার ঘরটায় যখন তার জ্ঞান ফিরল তখন বাইরে গনগনে সূর্যটা আমবাগানের পেছনে ঢলে পড়েছে। তন্দ্রাচ্ছন্ন ভাবটা দ্রুত কেটে গেল গায়ের উপর দুরন্ত কিছুর সর্পিল চলনে। ধড়মড় করে উঠে বসতেই পায়ে টান পড়ল মোটা শিকলে। এভাবে কতদিন বাঁধা আছে সে – মনে পড়ছে না।

যেন এইমাত্র সে আয়নার সামনে দাঁড়াল, পছন্দসই নেলপালিশ বাছল, হাতে পায়ে লাগানো হেয়ার-রিমুভাল ক্রিম যত্ন করে তুলল, দিদির অজস্র কালেকশান থেকে কানের দুল আর ব্যাকক্লিপের ম্যাচিং নিয়ে তর্ক জুড়ল...

"এই হিজড়া, বেরো ঘর থেকে।" এমন চেঁচামিচি জুড়েছিল দিদি যে, মা বেলনা হাতে দৌড়ে এসেছিল। তার গালে সপাটে এসেছিল একটা থাপ্পড়। মাথাটা বোধহয় দেওয়ালে ঠুকে গিয়েছিল।

এই ক'টি তাজা স্মৃতি ছাড়া বাকি সব ঝাপসা।

"কেউ আছ? প্লিজ হেল্প।" – কয়েকবার চিৎকার করে ডেকেছে সে। সাড়া মেলেনি। অন্ধকারে চোখ সইয়ে নেওয়ার পরে এটুকু বুঝেছে তার গায়ে স্কুল-ড্রেস আর গোপনাঙ্গে টনটনে ব্যাথা। অজ্ঞান অবস্থায় কীভাবে প্যান্ট ভিজিয়েছে - কিচ্ছু বুঝতে পারছে না সে।

হাতদুটো পিছমোড়া করে বাঁধা। কোনোমতে ঘষটে ঘষটে পেছনের দেওয়ালে হাত দিয়ে সে বোঝার চেষ্টা করে এটা কোন জায়গা, তাকে কি শাস্তি দিতেই মা এখানে বন্ধ করে রেখেছে? নাকি কেউ তাকে

কিডন্যাপ করেছে! শেষের সম্ভাবনাটা মনে আসতেই প্রচণ্ড ভয়ে সে ফুঁপিয়ে কেঁদে উঠল। কান্নার প্রতিধ্বনি আরও বীভৎস স্বরে প্রতিধ্বনিত হল। এইসময় আরেকবার কিছু একটা পায়ের উপর দিয়ে দৌড়ে যেতেই "বাবা গো," বলে চমকে উঠল সে।

ছোট থেকেই সে বড্ড বাবা-ঘেঁষা। লোকে বলে যে বয়েসে বাচ্চারা আধোবুলিতে 'মা' ডাকে - ওই বয়সে সে 'বা-ব্বা' ডাকত। বাবা তাকে দিদির চেয়েও বেশী ভালবাসে, আদর করে, অঢেল রং পেন্সিল ও খেলনা কিনে দেয়, মেলায় ঘাড়ে চড়িয়ে ঘুরিয়ে দেখায় ম্যাজিক'শো। তার কাজলরাঙা চোখ, রঙিন নখ দেখে মাঝেমাঝে অবশ্য গম্ভীর হয়ে বলে "এসব কি ঠিক হচ্ছে?" সে দ্রুত আলনায় গুছিয়ে রাখে ঝলমলে স্কার্ট।

"সব পাপের একটা প্রায়শ্চিত্ত থাকে। গুরুদেবের কথা মত এ ছেলেরও একটা কিছু ব্যবস্থা কর। নইলে উনি তো বলেইছেন মেয়েটাকে নিয়ে বড় বিপদ হবে। পাড়ায় ছিছিক্কার হচ্ছে – জানো?"

মায়ের ঝংকার থামিয়ে বাবার শান্তস্বর এসেছিল - "হুম।"

বাবার এই শান্ত গলা, সৌম্য ব্যক্তিত্ব তাকে ভরসা দেয় – তাকে কেউ বুঝুক না বুঝুক, বাবা সবটা বোঝে ।

প্যাণ্টের পকেট থেকে তীক্ষ্ণ কিছু উরুতে ফুটছে। চট করে মনে পড়ল ফাদার'স ডে-র জন্য কেনা নতুন পার্কার পেনের কথা - কাঁচের বাক্সটা বোধহয় ভেঙে গেছে। বাবার মুখটা মনে করে আবারও ডুকরে উঠল সে। বাবা হয়ত তাকে হারিয়ে পাগল হয়ে যাচ্ছে।

সিনেমার মত গুণ্ডারা কত টাকা চাইবে বাবার কাছে? এবার ব্যাবসায় নাকি খুব লোকসান হয়েছে। বাবা কি পারবে টাকা জোগাড় করতে?

ভাবনার কুয়াশাজাল ফুটো করে দরজায় খুট করে শব্দ হল।

দুটো ছায়ামূর্তি ঘরে ঢুকেছে। সে দমবন্ধ করে দেওয়ালে সেঁটে বসল। তার ছোট্ট বুকে কালিন্দীর পাড়-ভাঙার শব্দ। হঠাৎ ফস করে একটা টর্চলাইট তার মুখে এসে পড়ল।

"তুমি সাল্টাবে তো? নাকি আমাকেই সবটা করতে হবে?"

"ইঞ্জেকশানটা ধর।"

"দেখ, সবটা আমাকে করতে হলে কিন্তু ডাবল চার্জ।"

"কিন্তু কথা তো..."

"চুপ কর! জিম্মি আর খালাসের আলাদা চার্জ। ব্যাস!"

"ধুর, প্রব্লেমটা বোঝ - আমার হাতে গ্লাভসটাভস কিছু নেই।"

শেষের কথাটার দমকে টর্চের আলোটাও ঘুরে গেল বেমক্কা।

"বাবা !!" – কোণা থেকে আসা অপ্রত্যাশিত স্বর শুনে দ্বিতীয় ব্যক্তি চমকে উঠে চট করে আলোটা নিভিয়ে দিল। ভূত দেখার মত অবিশ্বাস্য বিস্ময় আর ভয় ছিল গলাটায়।

এক থালা চাঁদের বুকে এখন চাপচাপ মেঘের দল। অন্ধকারটা ফিরে আসছে।

ছোটগল্প

খড়

নন্দিনী সেনগুপ্ত

একপক্ষকাল হইল, মানদা চায়ের বিপণী খুলিয়াছে। লকডাউন এখনো পুরাপুরি উঠে নাই এই নগরে; তদসত্ত্বেও ক্রেতা মন্দ আসে না। সামাজিক এবং শারীরিক দূরত্বের নিষেধাজ্ঞা যথাযথরূপে পালন করিয়া কীরূপে চা বিতরণ সম্ভব, তাহা বিশ্বসংসারে কেহ জানিলে যেন মানদাকে শিখাইতে আসে।

মানদার মুখাবরণী কিঞ্চিৎ শিথিল হইয়া গিয়াছে। হইবে না-ই বা কেন? উহা মানদা বিনামূল্যে লভিয়াছে। কী বস্তু দিয়া এই মুখাবরণী নির্মিত তাহা বোধকরি ঈশ্বর এবং ভাইরাস, কেহই জানেনা। মানদা উহা নিয়মিত উত্তমরূপে হস্তপ্রক্ষালন পূর্বক ধৌত করিয়া সূর্যালোকে শুষ্ক করিয়া লয়। কিন্তু উহা ক্রমেই শিথিল হইতেছে। নাসিকা হইতে সর্বদা নিম্নগামী হইতে চাহে মাধ্যাকর্ষণের প্রভাবে। মানদা চা বিতরণ করিবে, নাকি শিথিল মুখাবরণী স্বস্থানে রাখিবে, ভাবিয়া পায় না।

নিকটস্থ অঞ্চলে বসবাসকারী ঘোষজা লকডাউনের পূর্বে নিয়মিত মানদার চা পান করিতেন। তাহার মধুমেহ রোগের কারণে স্বগৃহে দারাকর্তৃক পরিবেশিত চায়ে মিষ্টত্ব অনুপস্থিত; ইদানীংকালে দারার জিহ্বাগ্রেও মিষ্টত্বের অনুপস্থিতির সঠিক কারণ ঘোষজা জানেন না, অনুসন্ধান করিবার মত ধীশক্তি তাহার নাই। ঘোষজা অদ্য পুনরায় আসিয়াছেন, মানদার বিপণী খুলিয়াছে। জীবনে স্বাদের ভিন্নতা অতি প্রয়োজনীয়, ইহা তিনি বিশ্বাস করেন।

ঘোষজা একদৃষ্টে দেখিলেন; না, মানদার শিথিল অঞ্চলের প্রতি তাহার দৃষ্টি পড়িল না। তিনি অপলক দেখিলেন মানদার শিথিল মুখাবরণীর দিকে, আপন মুখাবরণী স্বস্থানে আছে কিনা, তাহা পরীক্ষা করিলেন। অতঃপর তাহার এই বোধ জাগ্রত হইল যে মুখাবরণী উন্মোচন না করিয়া চা পান করা অসম্ভব। তিনি প্রশ্ন করিলেন, "স্ট্র আছে?"

মানদা হতভম্ব হইল। শিথিল মুখাবরণী সামলাইয়া সে-ও প্রতিপ্রশ্ন করিয়া বসিল, "স্টঃ?"

ঘোষজা বিমর্ষ হইলেন। স্খলিতপদে ঘরে ফিরিলেন। চা পানের আশা মরিয়া গেল। ভিন্নতা আস্বাদন করিবার লিপ্সা বৃহত্তর বিপর্যয় আনিতে পারে, ইহা ভাইরাসের প্রকোপ না বৃদ্ধি পাইলে ঘোষজা হৃদয়ঙ্গম করিতে পারিতেন কি?

ঘোষজা ভাবিলেন কী কুক্ষণে তিনি স্ট্র দিয়া চা পানের কথা চিন্তা করিতেছিলেন! চায়ের কাপ মানদা সাধারণত উত্তমরূপে ফুটন্ত জলে ধৌত করিয়া লয় তাহার সম্মুখে - কিন্তু স্ট্র? মুখাবরণীর পার্শ্ব দিয়া স্ট্র প্রবেশ করাইয়া চা পান অতি সহজ হইবে - কিন্তু স্ট্র? প্লাস্টিকনির্মিত সেই খড় কীরূপে সংক্রমণমুক্ত হইবে? ঘোষজাই বা কীরূপে আপন মুখাবরণী রাজপথে দাঁড়াইয়া উন্মোচন করিবেন? তাহাও যে অসম্ভব!

ঘোষজা অত্যন্ত অলীকবস্তু কামনা করেন নাই; অথচ এই ঘটনা রং চড়াইয়া সম্ভবত তাহার কোনো শত্রু সেই অঞ্চলে রটাইয়া দিল; সেই রটনা দারাকর্ণে প্রবেশ করিতে বিলম্ব হইলোনা। সামাজিক এবং শারীরিক দূরত্বের নিষেধাজ্ঞা বলবৎ থাকা সত্ত্বেও এত দ্রুত এই রটনা কীরূপে সম্পন্ন হইল, ঘোষজা ভাবিয়া বিহ্বল হইলেন।

সাধারণত দারা তীক্ষ্ণ কলহবাণ নিক্ষেপ করিয়া থাকেন। ঘোষজা এক শব্দে উত্তর করেন অথবা নীরব থাকেন। এইরূপেই তিনি আক্রমণ প্রতিহত করিয়া থাকেন। অদ্য দারা প্রবলবেগে রোরুদ্যমানা। কীরূপে তাহাকে শান্ত করিবেন, ভাবিয়া কূলকিনারা না পাইয়া ঘোষজা শয়নকক্ষের অভ্যন্তরে মুখাবরণী পরিধান করিয়াছেন, যেন সেই চারিখানি লাঙ্গুলবিশিষ্ট ক্ষুদ্র বস্ত্রখণ্ডটি ঢাল হইয়া তাহাকে আগত আক্রমণ হইতে রক্ষা করিবে।

- "তুমি মোড়ে চায়ের দোকানে দাঁড়িয়ে স্ট্র দিয়ে চা খাচ্ছিলে? একটু ধনেপাতা আনতে পাঠিয়েছিলাম তোমাকে, তুমিই বলেছিলে মাছের

ঝোলে একটু ধনেপাতা... উহুহুহু... আমার বিশ্বাসের এই মর্যাদা রাখলে তুমি?'

- "বিশ্বাস?" একটি শব্দ নির্গত হয় তাহার আবৃত মুখ হইতে।

- "হ্যাঁ, বিশ্বাস! আর কোথাও যাবার কথা ছিল না তোমার। জানো না যেন, বাতাসে ভাইরাস থিকথিক করছে! ওগো, তুমি এ কী করলে গো! কেন তুমি বাইরে চা খেলে? আমি যে ঘরে তোমাকে সকালে চা দিই, সে কি তোমার বিষ লাগে, যে অমৃতের জন্য বাইরে গেলে তুমি! উহুহুহু... এ কী হল গো!"

- "আরে আমার কিছু হয়নি!" ঘোষজা হাত তোলেন বরাভয়ের ভঙ্গিতে।

- "হতে কতক্ষণ! জানো না তুমি? কিছু হলে মরামুখটাও দেখতে দিচ্ছে না, আমার কিছু হলে শেষ দেখাটাও দেখতে পাবেনা তুমি, তোমার কিছু হলে... উহুহুহু"...

ঘোষজা এরূপ আক্রমণ স্বপ্নেও কল্পনা করেন নাই। কাহাকে দোষ দিবেন? তাহারই স্বাদপ্রিয় স্বভাবের জন্য এই বিপর্যয়। মৎস রন্ধনপ্রণালীতে ধনেপাতার মত একটি তুচ্ছ উপাদান যুক্ত করিবার প্রসঙ্গ অবতারণা না করিলে, ধনেপাতা ক্রয় করিতে সেই দিবসে বাহিরে যাইবার প্রয়োজন পড়িত না। বাহিরে না গেলে তিনি মানদার উন্মুক্ত বিপণী দেখিতে পাইতেন না। উহা দেখিয়া পূর্বের ন্যায় তাহার চা-তৃষা জাগিয়া উঠিত না এবং এইরূপ রটনার জন্ম হইত না। সকল সমস্যার মূল ধনেপাতা, ইহাই তিনি অনুভব করিলেন। তাহার নিরন্তর মৌনব্রত এবং ঈশ্বরের কাছে ধনেপাতা ত্যজিবার আন্তরিক প্রার্থনায় সম্ভবত ধীরে ধীরে দারার ক্রন্দনবন্যা এবং ক্রোধঝঞ্ঝা প্রশমিত হইল।

রাত্রে ভোজনের সময়ে টেবিলে পায়েসের বাটি দেখিয়া ঘোষজা উৎফুল্ল হইলেন।

"খাও একটু, সুগারফ্রি দিয়ে করেছি"- দারার কণ্ঠস্বরে ঘোষজা আহ্লাদের আভাস পাইয়া আশ্বস্ত হইলেন।

"ভাল হয়েছে, একটু আলাদা হয়েছে। যেমনটি হয় তোমার হাতে... তা হয়ত নয়, তবে... ভালই..." খাদ্যবস্তু বিষয়ে সুচিন্তিত মতামত প্রদান করিতে ঘোষজার দ্বিধাবোধ হয় না।

- "হ্যাঁ, একটু তেজপাতা দিই... তা ঐটা বেশি ব্যবহার হয়েছে কদিন, ফুরিয়ে গেছে।" দারা অন্যমনস্কভাবে কহিয়া চকিত হন... "তাই বলে যেন কাল আবার তেজপাতা আনতে ছুটো না সকালে।

একদম আর বাজারে যাওয়া নয় কদিন। যেমন চলছে চলুক।” দারার কণ্ঠস্বরের তেজ তেজপাতার অধিক কিনা সেই তুল্যমূল্য বিচার করিবার চেষ্টা ছাড়িয়া দেন ঘোষজা।

“বলছি যে... তেজপাতা আনতে নয়।” কিঞ্চিৎ কম্পিত হয় ঘোষজার কণ্ঠস্বর... “সুগারের পেশেন্ট, একটু হাঁটাহাঁটি না করলে কি চলে?” শয্যায় মশারি গুঁজিতে গুঁজিতে প্রস্তাব উত্থাপিত হয়।

“‘আমিও সঙ্গে যাব”... দারার তেজোদ্দীপ্ত কণ্ঠস্বরে ঝঞ্ঝাবাত্যার পূর্বাভাস পাইয়া ঘোষজা মৌনব্রত অবলম্বনপূর্বক নিদ্রাদেবীর আশ্রয়প্রার্থনা করিতে থাকেন।

“কাল নয়। আমার হাঁটার জুতোটা একটু পরিষ্কার করে নিই। পরশু যাব।” দারা চরম সিদ্ধান্ত ঘোষণা করেন।

“বেরোচ্ছি যখন, বাজারের ব্যাগটাও...” ট্র্যাকপ্যান্ট এবং স্নিকারশোভিত ঘোষজা বাক্য অসম্পূর্ণ রাখিয়া গৃহের দুয়ারে অপেক্ষা করিতে থাকেন। হস্তধৃত বটুয়ামধ্যে টাকাকড়ির সহিত ক্ষুদ্র একখানি স্যানিটাইজারের শিশি গুছাইয়া লইয়া এবং সালোয়ার-কামিজের সহিত ম্যাচিং মুখাবরণী পরিধান করিয়া দারা প্রস্তুত হইয়াছেন।

নিকটস্থ উদ্যানে প্রাতঃভ্রমণ মন্দ হইল না। বৃহৎ পণ্যবীথি অবধি যাইবার প্রয়োজন পড়িল না। ভ্রাম্যমান শকটের বৃহৎ পাত্রের জলে সন্তরণরত জীবন্ত মৎস ক্রয় করিয়া, উহাদিগকে হত্যা করাইয়া, কর্তন করাইয়া এবং মৎসখণ্ডগুলির ধৌতকর্ম উত্তমরূপে সমাধা করাইয়া দম্পতি বিশেষ পরিতোষ লাভ করিলেন। সামাজিক এবং শারীরিক স্পর্শ বাঁচাইয়া মৃত মৎসে পরিপূর্ণ কৃষ্ণবর্ণ প্লাস্টিকপুঁটুলি হস্তগত হইল।

ফিরিবার পথে মানদার বিপণী। মানদা মুখাবরণীর ভিতর হইতে নীরবে হাস্য করিল। মুখাবরণী কিঞ্চিৎ শিথিল হইয়াছে বলিয়া এবং মানদার চক্ষু কুঞ্চিত হইল বলিয়া তাহার হাস্য সকলেই বুঝিল।

মানদা সহাস্যে ডাকিল, “দেদাবাবু, আজ স্টঃ এনে রেকিচি।”

ঘোষজা আপন মুখাবরণী এবং মৎসপুঁটুলি সামলাইয়া, দারার রোষকষায়িত লোচনের প্রতি দৃকপাত করিয়া, মস্তক আন্দোলিত করিলেন... “থাক”

গৃহিণীর ক্রোধবন্যায় যে প্লাস্টিকের খড়কুটা মুহূর্তের মধ্যে ভাসিয়া যাইতে পারে, এই জ্ঞান তাহার আছে। ঘোষজা চক্ষু মুদিয়া ঈশ্বরের কাছে প্রার্থনা করিলেন যে ভাইরাসকূলেরও যেন অচিরে এই প্রক্রিয়ায় পঞ্চত্বপ্রাপ্তি ঘটে।

কৃষ্ণপক্ষের রাত

সর্বাণী বন্দ্যোপাধ্যায়

প্রতিদিন ভোরে আমার ঘুম ভেঙে যায়। চারপাশে দিন জেগে ওঠার আওয়াজ। ফুটে ওঠা আলো। মন ভাল হবার কথা। হয় না। প্রতিটি ভোর আমাকে গাঢ় বিষাদে চুবিয়ে দেয়। সারাদিন আমি একটা আচ্ছন্ন মানুষের মত ঘুরি, ফিরি, কথা বলি। এই বিষাদের কথা কাউকে বলি না।

একথা বলার নয়। প্রতি ভোরে এক অদ্ভুত স্বপ্ন দেখি আমি। কোনমতেই ওই স্বপ্নের হাত থেকে আমার ছাড় নেই। রোজ রোজ একই স্বপ্ন। স্বপ্নটা অদ্ভুত! ভয়ঙ্কর! ঘুমোবার আগে প্রতিরাতে আমার মনে হয়, আগামীকাল হয়ত নয়। পরেরদিন ভোরে হয়ত স্বপ্নটা এভাবে আমাকে তাড়া করবে না। কিন্তু না। বিশ্রী কালো স্বপ্নটাই রোজ ভোরে আমার কাছে আসে। আমাকে দুমড়ে মুচড়ে নিঃশেষ করে দেয়। হয়ত এস্বপ্নের হাত থেকে কোনদিন আমার নিস্তার নেই।

স্বপ্নের শুরুতে যতদূর আমি মনে করতে পারি আসেন বিক্রমের বাবা। ধুঁকতে ধুঁকতে টলতে টলতে আমার ঠিক সামনে এসে দাঁড়ান। একটু হাসেন। তারপর একহাত তুলে আমাকে ডাকেন। তার আর একহাতে অনেকগুলো জামা। লাল, নীল, হলুদ জামাগুলো হাওয়ায় ওড়ে। ওগুলো সবই আমার চেনা। বিক্রমের জামা।

উনি বলেন, "তোমার বন্ধুর এই জামাগুলো আলমারিতে ছিল। একদম নতুন তো, তাই ফেলে দিতে পারছি না। তোমারও তো নতুন

চাকরি। এইসব জামা নেবে নাকি? দেখো সব নতুন! তোমার গায়ে একদম ঠিকঠাক হবে। মানে বেমানান হবে না।"

আমি ঘাড় নাড়ি। না বলি। উনি তবু কথা শোনেন না। বিক্রমের কয়েকটা জামা নিয়ে আমার দিকে ধীরপায়ে এগিয়ে আসেন। আমাকে পরাবেনই। আমি বারবার বোঝাতে চেষ্টা করি। হবে না। ওর জামা আমার গায়ে কী করে হবে? উনি জোর করে আমায় পরান। আমি আয়না দেখি। আমার শরীরে জামাগুলো বিশ্রী ঢলঢলে। আমি ওগুলো থেকে বেরিয়ে আসতে চাই। পারি না। ধস্তাধস্তি চলে। আমার ঘুম ঠিক তখনই ভাঙে।

অনেকদিন ভেবেছি এরপরে কী হবে? কিন্তু স্বপ্ন তো বাড়ানো যায় না। ঠিক ওইসময়ে রোজ আমার ঘুম ভেঙে যায়। আর চোখ খুলে একটা তেতো ভোর দেখি আমি।

বিক্রম ছিল আমার প্রিয় বন্ধু। বাড়ির সময়টুকু ছাড়া দুজনে দুজনে সারাক্ষণ। আজ আমার খালি লাগে চারপাশ। ফাঁকা বাতাস আমার শরীরের মধ্যে ফিস্‌ফাস্‌ আওয়াজ তোলে। এমনকি রঞ্জনা আমার সঙ্গে দেখা করতে এলেও ও সাইকেল নিয়ে দাঁড়াত মোড়ে। পাহারায় থাকত। নদীর দিকে বাড়ির কেউ এলেই খবর পেতাম। তবে সে অনেক আগের কথা।

আমাদের বাড়িতেও সবার খুব প্রিয় ছিল বিক্রম। মেয়েদের ব্যাপারে ও খুব লাজুক। বরাবর দেখেছি ও অপরিচিত মেয়েদের এড়িয়ে চলে। কম কথা বলে। তাকায় না। এরজন্য বন্ধুরা খ্যাপাত ওকে। কিন্তু আমার বাড়িতে ও খুব সহজ ছিল। ভালো রান্না হলেই বউদি ডেকে পাঠাত ওকে। "আজ সন্ধেয় মূলোর পরোটা আর ভেজিটেবিল চপ হবে। এসো কিন্তু।"

কোথা থেকে কী যে হয়ে গেল। আসলে ও যে এত তাড়াতাড়ি শেষ হয়ে যাবে কখনো ভাবিনি। ওর শেষযাত্রায় একদম বেসামাল ছিলাম আমি। শ্মশানে অজয়ের ফিসফিসানি আমার কানে আসছিল। "মিন্টুকে ধর। অনুপ ধর মিন্টুকে। ও পড়ে যাচ্ছে।"

এরকম আমার আর একবার হয়েছিল। প্রচন্ড গরমে আগ্রায় ফতেপুর সিক্রির সামনে আমি পড়ে যাচ্ছিলাম। তখন আমায় ধরেছিল বিক্রম। সেবার আমি যে টলছি, একা ও ছাড়া আর কেউ খেয়াল করেনি।

সেদিন শ্মশানে আমি বড় বেশি টলছিলাম। টলটল করছে মাথা। চোখে ফ্যাকাশে ছাই। মাথা ফাঁকা। বিনবিনে ঘাম বুকে পিঠে। অসম্ভব

ঘামছি। জল গড়াচ্ছে আমার গা বেয়ে। হাতের চেটো ঘামছে। পা দিয়ে জল। মাথা থেকে জল। শুধু চোখে কোনও জল নেই। আমি কাঁদতে পারছি না। ভোরবেলা ঘুম ভাঙার পর ছবিগুলো চোখের সামনে ভাসে। সিনেমার মত সিকুয়েন্স পাল্টায়। রূপপুরে যাবার পর এত ভাল লেগেছিল! বেশি ভাল কি সয় না?

বিক্রম তখন থানার ওসি। রূপপুরে ওর পোস্টিং। পুরো সার্কেলটা ওর আন্ডারে। ওখানকার একটা বিলে ও আমাদের বেড়াতে নিয়ে গেল। ও নিজেই ড্রাইভ করছে। এবড়ো খেবড়ো রাস্তা। খানাখন্দে ভর্তি। জিপে আমি, অজয়, অনুপ, সুজয় আর বিক্রম।

ওখানে বড় বড় মার্কেট। চওড়া রাস্তা। ধুলো ওড়া রাস্তায় বিহার মার্কা রুখু গন্ধ। আমাদের হুগলীর মত নয়। আমরা সবাই খুব মুডে। আমি বিক্রমের সিগারেটে ঘন ঘন আগুন ধরাচ্ছি। সিগারেট খাওয়াটা ওর বড্ড বেড়েছে। কিছু বললেই বলে, “টেনসান বুঝলি! এত টেনসান না, এখন এটাই আমার বন্ধু।”

ওখানকার বিলে আমরা নৌকা চাপলাম। পুরো বিলটা ইজারা নিয়ে মাছ চাষ হচ্ছে। রাতে পাহারা থাকে। পাশেই বাড়ি ভদ্রলোকের। আমাদের খুব যত্ন করে তেলেভাজা, লুচি, আলুর তরকারি, বড় বড় মিষ্টি খাওয়ালেন। বিলের নৌকাগুলো সরু লম্বা। হুগলীর গঙ্গায় আমরা নৌকা চালিয়েছি তো। সেই বিদ্যে কাজে লেগে গেল।

বিশাল বিল। বড় বড় পদ্মফুল আর পদ্মপাতায় ঢাকা। তাকিয়ে থাকলে এক কবির ‘সাপ আর ভ্রমর’ নিয়ে সেই বিখ্যাত কবিতাটা মনে পড়ে। ছমছমে সন্ধ্যা নামছে ধীরে ধীরে। আলো ফুরোবার আগেই আমরা ঘাটে নৌকা লাগালাম। ভদ্রলোক হাল টানতে টানতে বিড়বিড় করছেন, “দিনকাল ভাল নয়।”

“মিত্রবাবু, কী বলছেন?” বিক্রম হাসতে হাসতেই প্রশ্ন করে। উনি উত্তর দেন না।

ফেরার পথে ওই তুলল কথাটা। এলাকাটা একদম বদমাস জোচ্চরদের আড্ডা হয়ে গিয়েছে। বর্ডার এরিয়া, স্মাগলারদের রাজত্ব। অনেক বেআইনি ব্যবসা চলে। টাকা এখানে হাওয়ায় ওড়ে। সেদিন ওর গায়ে সাদা স্পোর্টস গেঞ্জি ছিল। ছাঁটা ছোট ছোট চুল। চওড়া পেটা চেহারা। শরীরে কোথাও বাড়তি মেদ নেই। আমি কালো, রোগা, লম্বা। বিক্রমের নেপালি প্যাটার্নের মুখ। চোখদুটোয় সামান্য খয়েরি ভাব। গায়ের ফর্সা রঙে যেন আবির মেশানো। সর্বদাই কর্মব্যস্ত হাবভাব।

শেষযাত্রায় ওর নিরুত্তাপ, নিরুদ্বিগ্ন মুখ দেখেছিলাম। যা এখনো আমার চোখে ভাসে। ঘুমন্ত শান্ত মুখ। সত্যিই কি অনেক ঘুম জমা হয়েছিল?

স্কুলে, কলেজে আমরা একসঙ্গে পড়েছি। আমি বি.এস্‌সি। আমার অনার্স ছিল বায়োলজিতে। ও অর্ডিনারি বি.কম। পড়াশুনা নিয়ে বিশেষ মাথা ঘামাত না। কিন্তু আমার কেরিয়ার নিয়ে ওকে খুব চিন্তা করতে দেখেছি। এতদিনে আমি স্কুলে চাকরি পেলাম। ওর ভাবনা ঘুচল। তবে এখন তো ও সব ভাবনার ওপারে।

ভোরে ফিরে আসে পুরনো দিন। আমার সবকিছু নিয়েই ও খুব ভাবত। আমি মাঝেমাঝেই প্রেমে পড়তাম। মেয়েদের চালচলন, সাজগোজ, হাবভাব মন দিয়ে লক্ষ্য করতাম। ওকে কিছু বললে ও হাসত। বলত, "কী যে পাস মেয়েদের মধ্যে। ওরা তো সবাই একরকম।"

বিক্রম চাকরি পেতে ওর মাকে বলেছিলাম, "এবার ওর বিয়ে দিন।"

ও বলল, "তারপর আমার বউয়ের সঙ্গে প্রেম করবি নাকি?"

আমার এই প্রেমরোগ নিয়ে খুব খ্যাপাত ও। অথচ ওকে কিছু না বলে পারতাম না। ফার্স্ট ইয়ার ইংলিশ অনার্সে সেবার মলি সেন ভর্তি হয়েছে। ফর্সা, সামান্য বেঁটে, বব চুল, স্টাইলিশ মলি সেনকে নিয়ে কলেজ উত্তাল। বাংলা অনার্সের ধ্রুব তো গানই লিখে ফেলল। যথারীতি আমিও হাবুডুবু। কেবল বিক্রম বেপাত্তা করছে ব্যাপারটা। কিছু বললেই বলে, "যা খুশি কর। শুধু আমাকে বলতে আসিস না। আমি তোদের সঙ্গে নেই।"

মলি সেন খুব ডাঁটিয়াল ছিল। সারাক্ষণ বইমুখে। কারো সঙ্গেই মিশত না। একদিন অসময়ের বৃষ্টিতে ভিজেভিজে করিডর পেরোচ্ছে। আমি নেহাতই আলাপের লোভে বাড়িয়ে ধরেছি ছাতা।

"নো থ্যাঙ্কস্।" বলে চলে গেল।

মুখ শুকিয়ে দাঁড়িয়ে আছি। পিঠে জোর থাপ্পড় একটা। দেখি বিক্রম। "কী যে ছেলেমানুষি করিস না।"

আমি লজ্জা পেয়ে মুখ ঘোরাই। তার পরেরদিন মলি সেন কলেজে ঢুকছে। গেটের মুখের ছেলেমেয়েদের জটলা পেরিয়ে, ভিড়ের ফাঁক গলে এগিয়ে আসছে অহঙ্কারি ভঙ্গিতে। যেন ও মিশরের রানী ক্লিওপেট্রা। আমি হাঁ করে মলি সেনকে সিনেমায় দেখা ক্লিওপেট্রা হয়ে যেতে দেখছি। হাতে গলায় কোথাও সাপের চিহ্ন নেই। পোশাক ও

আধখোলা নয়। কিন্তু ভঙ্গিমা! অবিকল এক। আমি আগের দিনের গ্লানি ভুলে গেছি। হঠাৎ কোথা থেকে বিক্রম এসে ক্লিওপেট্রাকে এক ধাক্কা মারল। পরক্ষণেই সাইকেল থেকে মলি সেনের দিকে হাত বাড়িয়ে দিয়েছে ও। কাদার মধ্যে মলি সেন। বিক্রম সাইকেল থেকে নেমে 'স্যরি' বলছে। সবাই হাসছে। এই ঘটনার পর মলি সেন কলেজ চেঞ্জ করে। প্রিন্সিপাল বিক্রমকে ডেকে ধমকান। আমারও ভাল লাগেনি ঘটনাটা। কিন্তু ও অনুতপ্ত হয়নি। আমার জন্য ও অনেকদূর উঠতে নামতে পারত।

সেদিন শ্মশানে মেসোমশাই আসেননি। উনি খুবই নিরীহ মানুষ। খবর পাওয়ার পর থেকেই বিছানায়। উঠতে পারছেন না। যেন কোমর ভেঙে গিয়েছে ওনার। সত্যি! এতবড় শোক সামলানো মুস্কিল। আমার কাঁধে হাত রেখে বললেন, "তোমাকেই দায়িত্ব দিলাম। বন্ধুর শেষ কাজটা...।" কথা শেষ না করেই উনি ঘরে ঢুকে যান। মাসিমা কয়েকমাস হল হার্টফেল করেছেন। তারপরেই এই ঘটনা। বিক্রমের পোষা ময়নাটাও ঝিমোচ্ছে দাঁড়ে। কথা বন্ধ ওরও। কী বুঝেছে কে জানে? এইসব শোকের শেষ আছে কি? মা মারা যেতে বিক্রম একদম ভেঙে পড়েছিল। তার কদিন আগেই ওর প্রমোশান হয়েছে। ও নদীয়ায় পোস্টেড। আমি ওর পাশেপাশে ছিলাম।

আজ ও আমার পাশে অজয়, সুজয়, অনুপ। আমি কিন্তু কাঁদতে পারছি না। সারা শরীরের রন্ধ্রে রন্ধ্রে হাহাকার বাজছে। পা বেয়ে উঠে আসছে হাহাকার। চুলের ফাঁকে ফাঁকে বাজছে। অথচ কাউকে এই হাহাকারের ভাগ দেওয়া যাচ্ছে না। আমার চোখে একফোঁটা জল নেই। মাথা টলছে। চোখে অন্ধকার দেখছি। প্রতিমুহূর্তে মনে হচ্ছে এই পৃথিবীর সব রূপ, রস,গন্ধ আমাকে ছেড়ে চলে গিয়েছে!

সেবার বিক্রমের প্রমোশানটা হঠাৎই হল। ঢুকেছিল এস. আই হয়ে। তখনও আমি এম.এস.সি-তে ভর্তি হইনি। এমপ্লয়মেন্ট এক্সচেঞ্জ থেকে ও আমি দুজনেই কল পেয়ে রিটেন্ দিলাম। ওতরালামও দুজনেই। তারপর ইন্টারভ্যু। আমার হল না। ও পেয়ে গেল চাকরিটা।

ও ট্রেনিংয়ে গেল। আমি গেলাম এম.এস.সি পড়তে। ফোনে টুকটাক কথাবার্তা, খবরাখবর নেওয়া। বাড়ি এলে দেখাও হত না সবসময়।

অজয়ের স্টেশনারি গুডসের দোকানটাই ছিল আমাদের আড্ডার ঠেক। সুজয় দাদার সঙ্গে নেমেছে কন্ট্রাকটারিতে। অনুপের

ফোটোগ্রাফির নেশা। ছোট একটা স্টুডিও আছে ওর। শুধু আমিই বেকার। টুশানি করে সাত-আটশো টাকা পাই। তবে বিক্রমের চাকরির গ্ল্যামারই আলাদা। রূপপুরে ওর সঙ্গে বেরোলে কতজন যে সেলাম ঠুকত। এই প্রমোশানটা ওর পুরস্কার।

ওখানে বিশাল একটা চোরাচালানের গ্যাংকে ধরেছিল ও। দু'কোটি টাকার এক প্রাচীন অষ্টধাতুর কৃষ্ণমূর্তি চালান হচ্ছিল। দেবতার গায়ের গয়নাই প্রায় এক কোটি টাকার মত। হালদার ফ্যামেলি রূপপুরের বিখ্যাত ধনী পরিবার। ওদের কয়েক পুরুষের পূজিত গৃহদেবতা। বড় নাটদালান। মন্দিরের প্রধান দরজা লোহার। তবু কী করে যে চুরি হল!

কাগজে চুরি হবার খবরটা পাই আমরা। বিক্রম তখন রূপপুরে। বিরাট গ্যাং,বর্ডার দিয়েই মূর্তি চালান করছিল। পরে ওকে জিজ্ঞেস করি, "কীভাবে ধরলি?"

ও আমাকে বলেছিল, "অদ্ভুত ভাবে সাহায্য পাই, ওই বাড়ির এক বউয়ের কাছে।"

"কীরকম?"

"চুরির কেসটা এল আমার ঘাড়ে। দুশ্চিন্তায় রাতে ঘুমোতে পারি না। বর্ডার এরিয়ায় মাল একবার চালান হয়ে গেলে আর হদিশ পাওয়া যাবে না। একদিন সকাল সাড়ে ছ'টা নাগাদ একটি বউ রিক্সা করে আমার কোয়ার্টারে হাজির। অভিজাত, সুন্দরী মহিলা। মাথায় বড় করে ঘোমটা টানা। আমি বেশ ঘাবড়ে গেছি। উনি ঘোমটা সরিয়ে আমায় বললেন, 'অফিসার এই মূর্তি চুরির ব্যাপারে আপনাকে আমি সাহায্য করতে এসেছি। ওই হালদার বাড়ির বউ আমি। তবে এখানে যে এসেছি কেউ জানে না। এ খবর কাউকে জানালেও আমার বিপদ হবে।'

আমি তো তখন একেবারে বোবা। উনি আবার বলেন, 'শুনুন, ওই মূর্তি আজকালের মধ্যেই বর্ডার পেরোবে'।

বলি, 'কী করে জানলেন?'

'স্বপ্ন পেয়েছি। এই দুদিন কোন গাড়ি ভাল করে সার্চ না করে ছাড়বেন না'।

তবু বলি, 'স্বপ্ন? নাকি?'

উনি উত্তর না দিয়েই পেছন ফেরেন। ওঁর কথামত পরপর দুদিন প্লেন ড্রেসে বর্ডারের কাছেই ঘাঁটি গাড়ি আমরা। বর্ডারের সিকিউরিটি ফোর্সকেও অ্যালার্ট করা হয়। মুর্তিটি ধরা পড়ে। সামান্য গোলাগুলিও

চলে।” বিক্রম ওর গেঞ্জির হাতা তুলে আমাদের ব্যান্ডেজ দেখায়। তার পরেরবার এসে ও আর একটা অদ্ভুত খবর দেয়। ওই বউটি নাকি সুইসাইড করেছেন।

“তোরা কাউকে অ্যারেস্ট করলি না?” আমি জানতে চাই।

“উপায় ছিল না। সুইসাইড নোটে পরিষ্কার লেখা ছিল, ‘আমার মৃত্যুর জন্য কেউ দায়ী নয়।’ আমার কিছুই করার ছিল না।” ও নিরুপায়ের হাসি হাসে।

আমারও কিছু করার ছিল কি? সেদিনের পর থেকে একটাই চিন্তা আমাকে ছিন্নভিন্ন করছে। এ খনন তো কাউকে দেখানোর নয়। ভেতরে ভেতরে আমি যেন এক অতল গহ্বরে ক্রমশঃ তলাচ্ছি।

আমার চোখে ঘুম নেই। কোনও কোনও রাতে বিছানায় শুলে মনে হয় বুঝি বালিশ থেকে মাথা নেমে গেল। হঠাৎ চমকে যাই। মা ভয় পেয়ে রোজ শুচ্ছে আমার কাছে। বউদি ইষ্টদেবতার ছবি রেখেছে আমার বালিশের নীচে। বউদি তো জানে না কোন ধারালো অস্ত্রে প্রতিনিয়ত খান্‌খান্‌ হচ্ছি আমি। গতকালই দাদা বলছিল আমাকে ডাক্তারের কাছে নিয়ে যাবে।

শ্মশান থেকে আমরা ফিরে আসছি, হঠাৎ একটা ধূলোর ঝড় এল। হাওয়ায় এলোমেলো পাতারা আমার ভিজে শরীর ছুঁয়ে উড়ে যাচ্ছে। কোনও এক শীতের কন্‌কনানি শরীরকে ভেতর থেকে ঝাঁকিয়ে দিচ্ছে। জানি না সবার ওরকম লাগছে কিনা। সম্ভবত না। এ শুধু আমার যন্ত্রণা। কেননা নেপথ্যের কাহিনী ওদের অজ্ঞাত তো।

বিক্রম চলে যাবার আগের কথা। অনেকক্ষণ অজয়ের দোকানে আড্ডা মেরে সেদিন সাড়ে দশটা নাগাদ বাড়ির দিকে ফিরছি। ছুটিতে বাড়ি এলেই আমাদের আড্ডায় বিক্রমও থাকে। রাস্তায় সবাই অদৃশ্য হতেই আমার সাইকেলের রড ধরে দাঁড় করাল দুজন। দূরে দূরে আরো কিছু ছায়ামূর্তি। কেউ নেই কোথাও। পোষ্টের নীচে বসে থাকা কুকুরটাও একইভাবে বসে। এগিয়ে এল না। লম্বা সরু তলোয়ার জাতীয় অস্ত্র, অন্ধকারেও তার ফলাটা জ্বলছে, হাতে ধরা আছে একজনের। আমার সামনে আনেনি। ওরা জানে বোধহয় আমি ভীতু। বিক্রমের গতিবিধি সংক্রান্ত সামান্য কয়েকটি কথা জিজ্ঞেস করল আমায়। নির্দেশ দিল পরেরদিন সন্ধেয়, সাতটা নাগাদ, মার্কেট যাচ্ছি বলে আমি যেন বাড়ি থেকে বেরিয়ে যাই। এখানে থাকলে সন্ধেবেলায় বিক্রম যে রুটিন করে আমার বাড়ি আসে সেটা ওরা জানে দেখলাম।

আমার খুব নার্ভাস লাগছিল। যদিও ওদের কথা কাউকে বললে

আমার কী পরিণতি হবে সে কথা সহজেই আমাকে বোঝাতে পেরেছিল ওরা। কেননা আমি তো রোজ রোজ বৃষ্টি দেখতে চাই, রাতের জোছনার মায়া, দিনের রোদ্দুরের তাপ নিতে চাই। আমার নিজের বেঁচে থাকা কি জরুরি নয়? অন্য কারো দায় আমি নেব কেন?

নিজেকে বোঝালাম মৌচাকে ঢিল মারলে এমন হয়। নিজেকে ঠিক রাখার জন্য গান শুনলাম, টিভি দেখলাম। মাঝেমাঝে ভরসা পাবার জন্য ভাবছিলাম বিক্রমের প্রচন্ড সাহস। ও ওদের ঠিক সামলে নেবে।

পরদিন সন্ধেবেলায় বাড়ি থেকে সাতটা নাগাদ বেরোলাম। মনকে ঘুম পাড়িয়ে রেখেছি। কানে আওয়াজ আসছে, শুনছি না। চোখ খোলা তবু দেখছি না। বাজারে যাওয়ার পথেই বিক্রমের খুন হওয়ার খবরটা পেলাম। তারপর থেকেই শুধু আফশোষ। যেন চারপাশের আকাশ ছোট হয়ে আমাকে ধরতে আসছে। বাতাসে অদৃশ্য বারুদের গন্ধ। আমার দম আটকে আসছে। শরীর থেকে ক্রমাগত জল বেরোচ্ছে। সব জল বুঝি বেরিয়ে যাবে। আমি বোধহয় আর নিঃশ্বাস নিতে পারব না।

এ ঘটনার বেশ কিছুদিন পর এক ভোরে অস্বস্তিতে আমার ঘুম ভাঙে। সেদিনই প্রথম ওই বিভৎস স্বপ্নটা দেখি আমি। তখনও জানতাম না ওটাই শুরু। আর কোন শেষ নেই। ওই এপিসোডটা আমার জীবনে চিরকালের মত স্থায়ী হয়ে গেল। ডাক্তারের কাছে গিয়েছিলাম। উনি অদ্ভুতভাবে বললেন আমার অবচেতনে একটা পাপবোধ জন্ম নিয়েছে। অ্যাডভাইস দিলেন ঘনিষ্ট কারো কাছে নিজেকে উন্মোচন করতে। উনি তো জানেন না আমার ঘনিষ্ট কেউ নেই। আজও ভোরেই উঠেছি। না স্বপ্ন দেখে নয়। সিদ্ধান্তটা নিয়ে নেবার পর, কয়েকদিন হল ওই স্বপ্নটা আর দেখছি না।

এখন রূপপুরে যাবার বাসে বসে আছি। যাব ওখানে, একদম একা। বিক্রমের মার্ডার কেসে অ্যারেষ্ট হয়েছে কয়েকজন। তাদের মামলা চলছে ওখানকার কোর্টে। আমি ঠিক করেছি যা বলার ওখানেই বলব। হয়ত যেতাম না কোথাও। কিছু বলতাম না কাউকে। সবকিছুর জন্য দায়ী ওই ভোরের স্বপ্ন। অদ্ভুত ওই স্বপ্ন ভারি যন্ত্রণায় রেখেছে আমায়। ভোরের আলো ঢেকে দিচ্ছে বিশ্রীভাবে। দমবন্ধ হয়ে আসছে তখন। না, আর নয়। ওই কালো অন্ধকার সরিয়ে ভোরের আলো ফেরাতে হবে তো!

বাকিটা ব্যক্তিগত

প্রিয়াঙ্কা রায় ব্যানার্জী

রঙীন,

আজ তোমাকে স্বপ্নে দেখলাম। বহু-বহুদিন পর। আমি তোমাকে ভুলিনি যদিও। মাঝে মাঝেই, অফিসের কাজের ফাঁকে ফেসবুকে বন্ধুদের কমেন্টের ভিড়ে তোমার মুখটা উঁকি দিয়ে যায়। তুমি বোধহয় জোর করেই আমাকে ভুলে গেছ, একদিন দেখলাম ফেসবুক থেকে আমাকে বাদ দিয়ে দিয়েছ। কেন গো, কী করেছিলাম আমি? তোমাকে ভাল লাগে, সেটা বোকার মত প্রকাশ করে ফেলেছিলাম শুধু। আর তো কিছু করিনি। তাতেই কি তুমি...?

আজ খুব পুরনো কথা মনে পড়ছে, জানো। অফিসে এসে কাজ করতে না পেরে নোটপ্যাড খুলে পাগলের মত লিখে যাচ্ছি – এই চিঠি – যা কোনোদিন তোমাকে পাঠাবো না। মনে আছে, একটা গোটা শীত দুজনে একসঙ্গে কাটিয়েছিলাম, বরফের শহরে। একে অপরের সান্নিধ্যে উষ্ণতা আদানপ্রদান করেছিলাম। বড় ভাল কেটেছিল সেই দিনগুলো, তোমার সাথে দেখা হওয়ার পরের দিনগুলো। কী করে প্রথম দেখা হয়েছিল জানো? সেটাই তোমাকে বলিনি কোনোদিন, লজ্জায়। দুর্গাপুজোর আগে একদিন অফিস যাওয়ার জন্যে বাস স্টপে দাঁড়িয়ে আছি, হঠাৎ তোমাকে চোখে পড়েছিল। একই বাসে উঠেছিলাম দুজনে। তুমি উঠেই কানে ইয়ারফোন গুঁজে বই খুলে বসেছিলে। আমি একটু দূরে বসে তোমায় দেখছিলাম। মানে, বেশ নির্লজ্জের মতই দেখছিলাম। ভাগ্যিস ওটা দেশ ছিল না, নইলে

নির্ঘাত কেউ বুঝে ফেলত। বিদেশে ওসব কেউ লক্ষ্য করে না। তোমার ঝোঁকানো মাথাটা পাশ থেকে দেখছিলাম। আসন্ন শীতের মেঘলা আলোছায়াতে তোমার টিকোলো নাকটা আরো প্রখর, আরো দৃপ্ত দেখাচ্ছিল। একটু বড়, টানা চোখে কীরকম একটা উদাসীনতা মাখিয়ে ঠোঁটদুটো চেপে তুমি একমনে বই পড়ে যাচ্ছিলে। নিজের স্টপে নামার জন্যে যখন উঠে দাঁড়ালে, লম্বা দোহারা শরীরটা প্রায় বাসের মাথায় ঠেকে যাচ্ছিল। আমাকে প্রায় মাথা তুলে তোমায় দেখতে হল। তুমি কিন্তু একবারও আশেপাশে তাকাওনি, অর্জুনের লক্ষ্যভেদের মত বাসের দরজাটা দেখছিলে। আর তোমার চোখদুটো আমায় টানছিল। ভীষণভাবে টানছিল। কী মায়াবী অথচ উদাসীন দুটো চোখ। যেন অযুত ভালবাসা জমিয়ে রেখেছ নিজের ভেতর কিন্তু বিলিয়ে দেওয়ার মত কাউকে পাচ্ছ না। আমি সম্মোহিতের মত তোমার দিকে চেয়ে ছিলাম লোকলজ্জা বিসর্জন দিয়ে। তোমার চেহারাটা, চোখদুটো প্রায় আমার মনে গেঁথে যাচ্ছিল, কেউ যেন কেটেকুঁদে বসিয়ে দিচ্ছিল আমার মনের দেওয়ালে।

তারপর থেকে প্রত্যেকদিন বাস স্টপে তোমাকে দেখার আশায় থাকতাম, যেন স্কুল-কলেজের দিনগুলো ফিরে এসেছিল। কিন্তু আর একদিনও দেখা পাইনি। দুর্গাপুজোর দিন বাঙালি সহকর্মীদের সাথে একটা ঢাউস ইশকুলে গিয়ে অঞ্জলির লাইনে দাঁড়িয়ে হঠাৎ স্থানুবৎ হয়ে গেলাম...তোমাকে দেখে। বিশ্বাস করো, দু-এক মুহূর্তের জন্যে হৃৎপিন্ড থমকে গেছিল। তুমি একদিকে বসে একদৃষ্টিতে মা দুর্গার দিকে তাকিয়ে ছিলে কীরকম সমাধিস্থভাবে, অঞ্জলি দাওনি বাকি পাঁচজনের মত। আমার খুব ইচ্ছে করছিল তোমার সাথে একবার কথা বলার, তোমার গলার আওয়াজ শোনার, তোমার নামটা জানার; সুযোগের অপেক্ষায় উশখুশ করছিলাম। ভাগ্যক্রমে আমার এক সিনিয়ার সহকর্মী তোমাকে চিনতেন, তিনি নিয়ে গিয়ে আমাদের সবার সাথে আলাপ করিয়ে দিলেন। দুজনের কম্প্যানি আলাদা হলেও একই টেকপার্কে অফিস জেনে মনে মনে আনন্দে লাফাচ্ছিলাম। সেদিনই প্রথমবার তোমার নামটা শুনলাম – *রঙীন*। লাল-নীল-সবুজ নয়, পুরোটা রঙীন। চেনাজানা লোকেরা অবশ্য বলছিল রঙীনের চেয়ে সাদা-কালো নামটা তোমায় বেশি মানায়। তুমি নাকি গম্ভীর, রাগী, চুপচাপ, অমিশুক, চাপা, ইত্যাদি। আমি ওসবে কান দিইনি, বরঞ্চ তোমাকে একটু কাল্টিভেট করতে চেয়েছিলাম। মনে আছে, কদিন পর বিজয়া সম্মিলনীর দিন তোমার

ফোন নম্বর চাইলাম? উফ, সে যে মনে মনে আমাকে কতটা সাহস জোগাতে হয়েছিল তুমি যদি জানতে! সটান গিয়ে বললাম, "হাই! পুজোর দিন সেই যে আলাপ হল, চিনতে পারছ? তোমার নম্বরটা পেতে পারি? আমরা তো একই কমপ্লেক্সে কাজ করি, কখনো দেখা হতে পারে।" তুমি নিশ্চয়ই আশা করোনি আমি সোজা গিয়ে এরকম বলব, তাই বোধহয় ঘাবড়ে গিয়ে নম্বরটা দিয়েই দিয়েছিলে।

ফেসবুকে বিজয়া সম্মিলনীর একই ছবিতে কে যেন আমাদের দুজনকেই ট্যাগ করেছিল। ব্যাস, আমিও মওকা দেখে তোমাকে বন্ধুত্বের আহ্বান পাঠিয়ে দিলাম। মাঝে মাঝে টুকটাক হাই-হ্যালো চলছিল। কাজের চাপে তুমি কিনা জানি না, তবে আমি বেশ কয়েকদিন জর্জরিত ছিলাম। তোমার খোঁজ নেওয়ার সময় পাইনি। তারপর একদিন তোমাকে দেখতে খুব ইচ্ছে হল, তোমার গলার আওয়াজটা – একটু ভারী, চাপা – শুনতে খুব ইচ্ছে হল। ফোন করে লাঞ্চের অ্যাপো করলাম। তুমি একবারেই রাজি হয়ে যাবে ভাবিনি জানো, আমিই একটু অবাক হয়ে গেছিলাম। লাঞ্চে গিয়ে বুকটা একটু দুরুদুরু করছিল, তুমি কী ভাববে, কী বলবে, সেসব ভেবে। তবে দেখলাম, লোকে বেশ ভুল বলে। তোমার সঙ্গে কী সহজেই আমার বন্ধুত্ব হয়ে গেল। গল্প করতে করতে লাঞ্চের ঘড়ি পেরিয়ে বিকেল অব্দি চলে যাচ্ছিল প্রায়। আমি বোধহয় তোমার মুষ্টিমেয় বাঙালী বন্ধুদের একজন ছিলাম, না? তোমার তো অবশ্য বন্ধুসংখ্যাই গুটিকয় ছিল। চাপা স্বভাবের মানুষ, বেশি কথা বলতে পছন্দ করো না, বাজে কথা একটাও বলো না, নিজের সম্পর্কে খুউব কম কথা বলো – এরকম লোকের 'বাঙালী' বন্ধু থাকা বেশ চাপের। কন্সট্যান্ট বকবক না করে গেলে আর আড্ডা কীসের? আমরা দুজন অবশ্য এই নিয়মের খানিকটা বিপরীত স্বভাবের। মনে আছে, প্রায় রোজই এক বাসে বাড়ি ফিরতাম? মানে, যেদিন দুজনের ফেরার সময় কাছাকাছি হত, একে অপরের কাজ শেষ হওয়া অব্দি অপেক্ষা করতাম, তারপর বাস ধরে যে যার বাড়ি।

আলাপ পর্বের মাঝেই ঝুপ করে শীতটা এসে গেছিল। যেদিন প্রথম বরফ পড়ল, হাঁ করে দাঁড়িয়ে চোখ বন্ধ করে গায়ে মাথায় বরফ মাখছিলাম। ঠিক মনে হচ্ছিল কেউ ঠান্ডা পেঁজা তুলো দিয়ে মুখ মুছিয়ে দিচ্ছে। আর তুমি বাস স্টপে শেডের নীচে বসে হাসছিলে। বিশ্বাস করো, সে একটা দারুণ হাসি ছিল – মৃদু, অথচ স্পষ্ট, স্নেহময় – শুধু ঠোঁটে নয়, পুরো চোখেমুখে হাসি খেলা করছিল, যেন আমার

কান্ড দেখে তুমি খুব মজা পাচ্ছিলে। কদিন পরে অফিসের সামনে ব্ল্যাক আইসের ওপর পা পিছলে পড়ে যাচ্ছিলাম, ভাগ্যিস তুমি হাতটা ধরেছিলে। খুব ভাল লেগেছিল, জানো। ভরসা পেয়েছিলাম অনেকটা। শক্ত করে হাতে হাত ধরে বাকি পথটা পেরিয়েছিলাম। সেদিন মনে হয়েছিল যে তুমি আমাকে বন্ধু বলে মেনে নিয়েছ। তোমার চারপাশে গড়ে তোলা দেওয়ালের একটা হলেও ইঁট খসাতে পেরেছি আমি। যদিও বহু চেষ্টা করেও তোমার জীবন সম্পর্কে বেশি কিছু জানতে পারিনি। নিবাস কলকাতা, পরিবার বলতে বাবা-মা আর চাকরি – এই পর্যন্তই বলেছিলে। কীসের যে তোমার এত নির্লিপ্তি, কেনই বা তুমি সবার থেকে আলাদা থাকো, কার জন্যে তুমি এত উদাসীন, সেসব কিছুই আমি জানতে পারিনি, রঙীন। ভেবেছিলাম আরেকটু সময়ে একসঙ্গে কাটালে হয়ত জানতে পারব। শহরে বরফ থাকলেও তোমার ভেতরের বরফ যে একটু একটু করে গলছিল সেটা বুঝতে পারছিলাম। এক সন্ধ্যায় তোমার কোথায় একটা পার্টি ছিল বলেছিলে। আমি রাত্রে খেয়ে উঠে শুয়ে শুয়ে ল্যাপটপে সিনেমা দেখছিলাম, তখন রাত্রি বারোটা হবে। বাইরে হু হু ঠান্ডা, বরফ পড়ছিল একটু একটু। হঠাৎ তুমি ফোন করে বললে আমার ফ্ল্যাটের সামনে গাড়িতে বসে আছ। অত রাত্রে, সত্যি বলতে কী, একটু ঘাবড়ে গেছিলাম। আরো অদ্ভুত, তুমি বললে কোনো কারণে একটু ডিস্টার্বড আছ, আমি কি তোমার সঙ্গে একটু হাঁটতে যাব। অত ঠান্ডায় হাঁটাহাঁটির ইচ্ছে না থাকলেও তোমার গলায় একটা হালকা আর্তি শুনে নেমে এসেছিলাম।

কারণটা আমি আজও জানতে পারিনি, তুমি সেদিন বলোনি। তবে যাই হোক না কেন, মাঝরাত্রের সেই অদ্ভুত শীতার্ত পথচারিতা আমার চিরদিন মনে থাকবে। থোকা থোকা তাজা বরফের ওপর নীরবে, আস্তে আস্তে হাঁটছিলাম দুজনে। তুমি শুধু বলেছিলে, “কী হয়েছে আমাকে জিজ্ঞেস করো না প্লিজ। কিছুক্ষণ চুপচাপ হাঁটতে চাই, মনে হল তোমার চেয়ে ভাল সঙ্গী আর কেউ হবে না।” আমি যথারীতি দু'একবার পা পিছলে পড়ে যাচ্ছিলাম, সেই দেখে তুমি আবার আমার হাত ধরেছিলে, শক্ত করে অথচ পরম মমতায়। সেই রাত্রে কেউ আমাদের দেখলে ভাবত আমরা হয়ত সারাজীবনের পথ একসঙ্গে পার করব। কিন্তু তা তো হল না। তুমি যে কী ভাবতে, কী করতে, আমি কখনো বুঝতে পারিনি। ওই হণ্টনপর্বের পর কয়েকদিন তুমি একেবারে গায়েব ছিলে। অফিস যাওয়া-আসার সময় বদলে

ফেলেছিলে, হয়ত আমাকে অ্যাভয়েড করতে। বেশ কবার ফোন করলেও ধরোনি। প্রথমে ভেবেছিলাম তুমি অসুস্থ হয়ত, কিন্তু তারপর দেখলাম দিব্যি ফেসবুক করছ অন্যদের সাথে। আমিও আহত বোধ করে আর ফোন করিনি অনেকদিন। আশ্চর্য্যভাবে তুমিও চুপচাপ ছিলে। একদিন ফেসবুকে অনলাইন দেখে 'হাই' বললাম, তুমি উত্তর দিলে, কিন্তু ওই 'হ্যালো' অব্দিই। কী অদ্ভুত, না?

এই জন্যেই অবাক হয়েছিলাম যখন তুমি ফোন করে ডিনারে ডাকলে, তাও তোমার বাড়িতে! ওখানকার লোকেদের মধ্যে কাউকেই বোধহয় তার আগে তোমার বাড়িতে ডাকোনি। আমি অনেকটা খুশি আর একটু অবাক হয়েছিলাম। মনে মনে অনেক কিছু ভেবে নিয়েছিলাম, হয়ত সেটাই তোমার সঙ্গে আমার একটা সম্পর্কের সূত্রপাত হতে পারত। সেই সন্ধ্যায় আমি একটু সেজেগুজেই গেছিলাম তোমার বাড়ি। হয়ত একটু বেশিই সেজে ফেলেছিলাম। তুমি দরজা খুলে আমাকে দেখে একটু চমকে গেছিলে, কী জানি একটু খুশিই হয়েছিলে কিনা। না বোধহয়, তাই না? কত কী রান্না করেছিলে আমার জন্যে। তখনও বুঝিনি কেন অত ঘটা করে ডেকেছিলে। বোকার মত ভেবেছিলাম হয়ত আমার জন্যেই অত আয়োজন করেছিলে, নিজের হাতে এটা সেটা রান্না করে। অত খাওয়া আর আড্ডার পরে বসে কফি খেতে খেতে তুমি বোমাটা ফেলেছিলে, একেবারে আমার মাথা ওপর। বলেছিলে তোমার এনগেজমেন্টের কথা। হ্যাঁ, আমার এখনও স্পষ্ট মনে আছে সেই মুহুর্তটা। কলকাতায় তোমার বাগদত্তা আছে জেনে আমি কিছুক্ষণ হতভম্ব হয়ে বসে ছিলাম। আমার চোখেমুখে আঘাতটা বোধহয় একেবারেই পরিষ্কার দেখা যাচ্ছিল। তুমি একটু ইতস্তত করে আমার হাতের ওপর হাতটা রেখেছিলে। আর আমি তোমার সামনে অশ্রু বিসর্জনের ভয়ে নিজেকে এক্সকিউজ করে বাথরুমে চলে গেছিলাম। কয়েক মিনিটে নিজেকে সামলে এসে বিদায় নিয়ে বাড়ি ফিরে গেছিলাম। সেদিন আঘাতটা খুব কড়া দিয়েছিলে, রঙীন। অত ভণিতা করে ডেকে খাইয়ে না বলে সোজাসুজি জানিয়ে দিতে পারতে। কিম্বা হয়ত পারতে না, তাই একটা মেকি ডিনার সাজিয়েছিলে। তোমার উদ্দেশ্য কিন্তু সফল হয়েছিল। আমি তোমার থেকে অনেক দূরে সরে গেছিলাম। বোকা ছিলাম হয়ত। হ্যাঁ, বোকা ছিলাম নিশ্চিত।

এখন ভাবলে বুঝি, রঙীন, কেন তুমি আমাকে আঘাত দিয়েছিলে, কেন দূরে সরিয়ে দিয়েছিলে। ছোটগল্পেই শেষ করে

দিয়েছিলে যাতে তোমার-আমার ব্যাপারটা উপন্যাস অব্দি না গড়াতে পারে। বুঝি, সবই। তবে এখন, এই যা। তখন বুঝলে হয়ত তুমি আমাকে একটা সুযোগ দিতে পারতে। তোমার মনের দেওয়ালের যে ইঁটটুকু আমি খসিয়েছিলাম, সেটা তুমি নিপুণভাবে আবার জোড়া লাগিয়ে দিলে। এখন ভাবলে কষ্ট হয়, জানো।

আচ্ছা, অন্য কেউ কি আর কোনোদিন তোমার সঙ্গে মাঝরাত্রে বরফের ওপর নিস্তব্ধে হেঁটেছে? উত্তরটা আমি জানি।

~ ইতি

মা

শ্রীপর্ণা বন্দ্যোপাধ্যায়

বেড়ালের আগমনে শুধু ইঁদুর নয়, বাড়িতে জনসমাগমও কমে গেল। অবশ্য বাড়ির শরিকরা বাবার জমিজিরেত আর মায়ের নামে করা প্রকাণ্ড বাড়িখানার মোহ ত্যাগ করে যে যার মত সুপ্রতিষ্ঠিত। তারা নিজেদের ঘরগুলো ন'বৌ সুনীতাকে ছেড়ে দিয়েছে দেখাশোনা ও প্রয়োজনে ব্যবহারের জন্য। তার বদলে অশিতিপর বৃদ্ধা মায়ের জন্য খেয়াল খুশিমত যৎসামান্য টাকা পাঠিয়ে কর্তব্য সমাধা করছে। বুড়িকে তার সক্ষম ছেলেরা বা এক মাত্র কোটিপতি মেয়ে নিজেদের কাছে নিয়ে যাবার নামটা পর্যন্ত করে না। অসুস্থ শুচিবায়ুগ্রস্ত মায়ের হ্যাপা সামলানোর পরিবর্তে ন'ভাই আর ভাইয়ের বৌকে সর্বস্ব ভোগ দখল করার অবাধ স্বাধীনতা দিয়েছে তারা। আগে যাও বা মা-কে দেখতে আসত, এখন বেড়ালের উৎপাতে সেটাও কমে গিয়েছে। এলেও এক বেলার বেশি বেড়ালের লোমের ফোড়ন দেওয়া খাদ্য গলাধঃকরণ করে না। তড়িঘড়ি চলে যায়। বিছানার সঙ্গে মিশে থাকা বৃদ্ধা তাঁর ঘোলাটে দৃষ্টি মেলে তৃষিত চোখে তাকিয়ে থাকেন, কে এল তাঁকে দেখতে। আর কম শোনা কান পেতে শুনতে চান, তাকে তাঁর ছেলেমেয়েদের কেউ নিজেদের কাছে দুদিন ঘুরিয়ে আনতে চাইছে।

আপদ অবশ্য একটা, না দুটো রয়ে গেছে। বড় ছেলে ও বৌ। ওপাশের চিলতে খানেক অংশ জুড়ে। ছেলে নাকি মায়ের সাথে দেখা করতে চায়। ঢং! মা-কে নিজের কাছে রাখতে পারে না, ঠাকুর দেখতে আসা! আর বড় বৌকে দেখলে গা জ্বলে যায়। শাশুড়িকে ভালমন্দ

রেঁধে খাইয়ে নাম কেনার কৌশল। নিক না চব্বিশ ঘণ্টা বছরভরের দায়িত্ব। কত বাহানা। তাদের বয়স হয়েছে; দুজনেরই শরীর খারাপ। বয়সকালে নাকি সবই করেছে। কী করেছে, সে কি সুনীতা দেখতে এসেছিল? হুঁঃ! বুড়োর এক চোখ গ্লোকোমায় কানা, আরেকটাও নষ্ট হয় না? হাঁটে তো থপ্থপ্ করে। দু'পা যেতে রিকশা টেম্পো চাই। আর ঐ স্বার্থপর বড় বৌটার এক পা ভেঙেছে। আর একটাও ভেঙে যাক। কিডনিতে গণ্ডগোল? পচে যেতে পারে না? বছরে আট মাস তো মেয়েদের বাড়িতেই কাটিয়ে আয়েস করে আসে। নাকি চিকিৎসা করাতে যাচ্ছে। দু-দুটো মেয়ে পার করেছে সম্বন্ধ করে, কিন্তু বিনা পণে। দুটো ভাল জামাই বাগিয়েছে। তারা আবার শ্বশুর শাশুড়ির দেখাশুনোও করে পাল্লা দিয়ে। আর সুনীতার বড় মেয়ে প্রেম করেও এক লাখ নগদ। মর! বুড়িকে ইচ্ছা করে এক্ষুণি হাত ধরে হিড় হিড় করে টেনে পার্টিশনের ওপারে বড় বৌয়ের সংসারে চালান করে দেয়। অবশ্য বড় জা অসীমা শত অনুরোধ করলেও আজকাল এপাশ থেকে পার্টিশনের দরজা খোলে না সুনীতা। ছোট মেয়েটাকেও শেখানো আছে, যেন জ্যেঠির কথার উত্তর না দেয়।

সুনীতার কত চিন্তা। চাষের চাল, সব্জি, পুকুরের মাছ, বাগানের লেবু, নারকেল, আম, জাম, কাঁঠাল, পেয়ারা, কুল থেকে গাঁদালপাতা, নিমপাতা, কচু, ওল, হলুদ সব আগলাতে হয়। পাড়াটাও ভাল নয়, আবার বড় গিন্নী কিছু কুড়িয়ে পেলেও আফসোসের সীমা থাকবে না। চালে পোকা লাগুক, বা আম পচে যাক; কাউকে হাত তুলে কিছু দিয়ে অপচয় করেছে, সুনীতার এমন বদনাম কেউ দিতে পারবে না। তার ওপর বাড়ি ভাড়াটাও তো তার চাই। নিজের বাপের বাড়িতে কর্তব্য আছে। বরের এক মালদার প্রভাবশালী বন্ধুকেও তুষ্ট রাখতে হয়। এতকিছু সামলে, নিজে খেয়ে, মেয়েদের ও বরকে খাইয়ে বুড়ি শাশুড়ির দায়িত্ব নেওয়াটা কঠিন কাজ নয়? সর্বক্ষণের মোতায়েন ঠাকুর আছে। কিন্তু বহুদিন তাকে মাইনে দেয় না সুনীতা। লোকটা খাওয়া থাকার বিনিময়ে সামান্য কিছু রান্না করে দেয়। মাছ মাংস করায় না পাছে ভাগ দিতে হয়ে। শাশুড়ির গয়না, বাসনকোসন, রূপোর টাকা সব সুনীতা ও তার স্বামীর দখলে চলে এসেছে। ননদের সঙ্গে সাঁট আর ভাগ-বাঁটোয়ারা করে শ্বশুরের রাখা টাকাগুলোও গিলে ফেলেছে। শাশুড়ির বোঝাটা কেবল গলায় আটকে আছে। যদিও তাঁকে দেখিয়েই রোজগার, তাঁর দেখাশোনার দৌলতেই সম্পত্তির দখল। কিন্তু শ্বশুরের ভিটেতে নিজের রোজগেরে বোন মিত্রাকে রাখতে হয় না? তাকে একটা

ভাল ঘর আর তার আসবাবগুলো রাখার জন্য যথেষ্ট জায়গা না দিলে চলে? স্বামীর ধনকুবের বন্ধুর বড় প্রিয় বান্ধবী মিত্রা। ঐ বন্ধু যে স্বামীটিকেও অফিসেও টু পাইস উপরি কামিয়ে নিতে সাহায্য করে।

ওদিকে বড় বৌ, ষাট পেরিয়ে যাওয়ার অজুহাতে আর জড়ভরত স্বামীকে সেবা করার বাহানায় শাশুড়ির ঝামেলাটা দিব্যি এড়িয়ে যাচ্ছে; অথচ বাড়িটা খালি করে দিচ্ছে না। সুনীতারা তো এত কিছু নিচ্ছে, শুধু বুড়ির দায়িত্বটা ওরা নিতে পারে না বাড়িতে থেকেও? বলে কিনা আয়া রাখতে; সবাই মিলে ভাগ করে টাকা দেবে। তাছাড়া মায়ের বাড়ি ভাড়ার টাকাও আছে। ইস! সেই ফাঁদে পড়ে টাকার শ্রাদ্ধ করে আর বড় ভাসুর-জাকে গালাগালের অধিকারটা ফস্কায় আর কী? কে কত দেবে আজ বিশ বছরে সুনীতা অতনুর জানা হয়ে গেছে। কিচ্ছু দিতে হবে না, ঘাটের মড়াটাকে নে। তাহলে বুড়ির ঘরটাও সুনীতাদের দখলে চলে আসে। তখন একটা পেয়িং গেস্টও রাখতে পারবে। বাকি ভাসুর দেওরদের তো কাছে পায় না; তাই সব বিদ্বেষ-বিষ, ঝাল গিয়ে পড়েছে বড় পক্ষের ওপর। নিজে নিয়ম করে গালমন্দ করে, আর স্বামীকে দিয়েছে দাদা-বৌদিকে গায়ে পড়ে অপমান করার দায়িত্ব। অতনু সেটা ভালই পারে। তবু যেন রাগ পড়তে চায় না। এখন বেড়াল পুষে বেশ টাইট দেওয়া গেছে। রোজ ওদের সংসারে নষ্ট অনিষ্ট করে আসে তার বেড়াল সেনারা। কত সামলাবি সামলা। একটা তো নয়। পুরো ব্যাটেলিয়ন। হিন্দুস্তান-পাকিস্তানের পলকা কাঠের পার্টিশন তারা অনায়াসে পেরোতে বা গলে যেতে পারে। যখন তখন জানলা পথে হানা দেয়। মুখচোরা বড় বৌ বেড়ালের জ্বালায় কিছু বললে মুখ ভেঙে দেয়ার ক্ষমতা সুনীতা রাখে। "আমার বেড়াল তো ঢাকা সরিয়ে খাবার খেতে পারে না। নিজেরা সাবধান হতে পারে না। বেড়াল তো বেড়ালের কাজ করবেই।" এমনিতেই ভাসুরের মাথায় গোলমাল হয়েছে কয়েকবার। জা-টাকেও বদ্ধ উন্মাদ করে দেবে যদি একটানা বাড়িতে থাকার স্পর্ধা দেখায়।

বেশ কিছু মাস বন্ধ পড়ে থাকার পর ঘরে ঢুকলেন অর্ধেন্দুবাবু আর অসীমাদেবী। সঙ্গে মেয়ে আর নাতনি। সারা ঘর ধুলো আর ঝুলে ভরে আছে। ঢোকামাত্র নাতনি নিমকি আর মেয়ে শর্বরী পাল্লা দিয়ে হাঁচি শুরু করল। কাজের মহিলাকে বছরে চার মাস খাটিয়ে বারো মাসের মাইনে দেন তাঁরা। তবু সন্ধ্যেবেলায় পৌঁছে ডাকিয়ে আনতে বাধো বাধো লাগে। কিন্তু মেয়ে-নাতনির অবস্থা দেখে বাধ্য হয়ে অন্ধকারে বেরোলেন অসীমা পাশের গলি থেকে কাজের বৌটাকে

ডেকে আনতে। সব ময়লা তাঁর একার পক্ষে পরিষ্কার করা সম্ভব নয়। তার ওপর বাথরুমে ও ভাঁড়ারে বেড়ালের গু। ইস্! ঐ দুটো জানলা বন্ধ করে যেতে ভুলে গিয়েছিলেন। বৌকে বলা যাবে না, নিজেকেই পরিষ্কার করতে হবে ওটা।

হ্যাঁচ্চো! এখানে সেখানে ইঁদুর মারা বিষ ছড়িয়ে যাওয়া হয়েছিল। এবার একটাও মরা ইঁদুরের গন্ধ বা অস্তিত্ব টের পাওয়া গেল না। মা বলে ঘরে নেংটি বাগানে ধেড়ে, কোনওটাই বিশেষ দেখতে পাওয়া যায় না। না সুনীতা কাকীমার ফৌজ এই একটা কাজ ভালই করেছে। কাজের বৌকে নিয়ে মা ফেরার আগে শর্বরী ঝটপট ময়দানে নেমে পড়ল। বিছানার চাদর বদলাতে হবে। ব্যাগ খুলে বাড়ির জামা তোয়ালে বার করে মেয়েটাকে পরিষ্কার করতে হবে। নিজেকেও পরিষ্কার হয়ে প্যাক করে আনা খাবার দাবার বাড়তে হবে। বাবা তো ট্রেনের পোষাকে আর পা না ধুয়েই টিভি খুলে নিজেদের বিছানায় লম্বা হয়েছে। কিছু বলা বৃথা। একে তো নার্ভের গোলমালে আর ব্লাড-সুগারে হাঁটা বাগ। তারপর এতটা পথ এসে মেয়ের কিট্‌কিট্ শুনলে বোম হয়ে যাবে। শর্বরী বাপের বাড়ি বিশ্রাম করতে আসেনি। তার অনেক কাজ। কাল সকাল থেকে ইলেকট্রিক, গ্যাস, ব্যাঙ্ক, গোলদারি, কাঁচাবাজার অনে-ক হ্যাঁচ্- অনেক কাজ চো চো চো। "মিয়াও"। এ কী! ঘর খুলতে না খুলতেই এসে হাজির। খাবার টেবিলে ধোসার প্যাকেট। ধর ধর। যা, পালা। আপদ মন্দ নয় তো?

মা ফিরল নিজের দাসী কাম সখী বৌকে নিয়ে। কোনওক্রমে পাওয়া অংশটুকু বাসযোগ্য করার জন্য খানিকটা বাড়িয়ে নেবার পর গোলকধাঁধাঁ হয়ে গেছে। মা যত কাজ করে তার চেয়ে ঘুরপাক খায় বেশি। কেবল বেড়ালগুলোই লক্ষ্যে অবিচল। সকলের হাতে খাবারের প্লেট তুলে না দিয়ে শর্বরী বা তার মা শান্তিতে বাথরুমেও যেতে পারছে না।

যা হোক করে ধোসাকে রক্ষা করা গেলেও চায়ের কাপ গ্লাস উল্টে খাবার টেবিলে হুলুস্থূল বাধিয়ে দিল দুটো বেড়াল মিলে। শর্বরী কিছু না পেয়ে চিরুণী হাতে তাড়া করল। কিন্তু ওদের নাগাল পাওয়ার চেয়ে ছায়া ধরা সহজ। এই গরমেও জানলা কপাট বন্ধ রাখতে হবে। রান্নাঘরের জানলায় জাল বসানো হয়েছে। সব দরজা জানলায় তো সেটা সম্ভব নয়। খাবার রেখে পেছন ঘুরেছ কি অনর্থ।

একজন শুধু ম্যাও-কূলের কীর্তি দেখে হেসে কুটোপুটি। নিমকি। কুচো নিমকির মতোই চেহারা। দিদার মুখে বেড়ালের বাচ্চা দেওয়ার

গল্প শুনে বেড়ালছানা দেখার জন্য অস্থির হয়ে উঠেছে। এই কদিনে মা-কে লুকিয়ে বিস্কুট খাইয়ে একটা মেনির সাথে বেশ ভাব জমিয়ে ফেলল। বিস্কুটের লোভে বেশ কয়েকটা নিয়মিত হাজির হয়। তাদের অবশ্য দুটো বিস্কুটে পেট বা চুরির বৃত্তি কোনওটাই ভরে না। তবে নিমকির অনুরোধ মেনি রাখল, নিমকি আর তার মায়ের শোবার বিছানায় চুপি চুপি তিনটে বাচ্চা দিয়ে। এই নিয়ে অসীমাদেবীর সংসারে চারবার। কোনওটা আলনার কাছে টেবিলে রাখা ভাঁজ করা কাপড়ের গাদায়, কোনওটা ছোট বিছানায় রাখা কাচা কাপড়ের স্তূপে। আগের বারগুলো যে বিছানায় মেটার্নিটি ওয়ার্ড খুলেছিল, সেই ডিভানটা অন্ধকার একটা ঘরে অব্যবহৃতই পড়ে থাকে। সেখানে লোম বিছিয়ে ছানা দিলে কাপড় কেচে অন্যত্র সরিয়ে রাখা যায়। ঐ বিছানায় কেউ শোয় না পারতপক্ষে। যতবার অসীমা ছানাগুলোকে পার্টিশনের ওপারে করে দেন, বা গাছের তলায় দিয়ে আসেন ততবার মা বেড়াল মুখে করে বাচ্চাগুলোকে নিয়ে ফের হাজির হয় তার লোম বেছানো বিছানায়। অগত্যা মেনির সুবুদ্ধির ওপর তার প্রস্থানের দায়িত্ব রেখে দিতে বাধ্য হন। একবার ছানা দেওয়ার কদিন পর ন'জা সুনীতাকে ডেকে সাড়া পেয়ে কাকুতি-মিনতি করে বেড়াল পরিবারের পুনর্বাসন করাতে পেরেছিলেন। কিন্তু এবার যে এই হতচ্ছাড়ী মেয়ে-নাতনির শোবার বিছানায় আঁতুড় পেতেছে। কখন কাজ সেরেছে কেউ লক্ষ্য করেনি। নির্ঘাৎ ওরা সকালে বিছানা ছাড়ার পরই হবে। খেয়াল করেনি কেউ। মেয়ে বাইরের কাজে, অসীমা রান্নাবান্নায় আর নিমকি রিমোটের দখল নিয়ে দাদুর সাথে লড়াই করায় ব্যাস্ত ছিল। দুপুরে চারজনই অসীমাদের ঠাণ্ডা ঘরে ঐ খাটেই শুয়েছিল। বিকেলে উঠে এঘরে ঢুকে অসীমা দেখেন এই কাণ্ড। রাতে ঘ্যাঁসাঘেঁসি করে এক বিছানায় চার জন শোয়া অসম্ভব। মহা চিন্তা। তবু অসীমা মজা দেখানোর জন্য মেয়েকে আর পাঁচ বছরের নাতনিকে ডাকলেন। সবার মুখ দিয়ে সমস্বরে বেরিয়ে এল "কী স্যুইট!" এমন কী নিমকির শুয়ে টিভি দেখা দাদুও বললেন। খানিকক্ষণ অ্যানিমাল প্ল্যানেট দেখে কাটল সবার।

তারপরেই মা মেয়ে পড়লেন চিন্তায় কীভাবে জবরদখলকারীদের উচ্ছেদ করে বিছানা পুনরুদ্ধার করা যায়। অর্ধেন্দুবাবু বেড়ালছানা দেখার পর আবার শয়নে পদ্মনাভ হয়ে টিভির রিমোট টিপে স্পোর্টস্ চ্যানেল থেকে ন্যাশনাল জিওগ্রাফি, ডিসকভারি এসবে ঘুরপাক খাচ্ছেন। তাঁর শোয়াতে কোনও সমস্যা তৈরী হয়নি।

নিমকি আনন্দে লাফাচ্ছে। দাদু-দিদুর বাড়িতে তার খেলার সঙ্গী নেই। তার অনুরোধেই তো মা বেড়ালটা বাচ্চা দিয়েছে। আবার বাচ্চাগুলো কেমন মায়ের শরীরে মুখ ডুবিয়ে চুকচুক করে দুদু খাচ্ছে। লোমের গদি। সেও বেড়াল পরিবারের সঙ্গে শুতে চায়। মা রাগ করছে কাচা চাদর আবার বদলাতে হবে বলে। একে লোম, তার ওপর ছানাগুলো হিসুও করেছে।

"ও মা, কী করব? কাকিমাকে ডাকলাম সাড়া নেই। ওরা নেই বোধহয়। মিত্রাকেও কতবার ডাকলাম। সেজকাকুও গেছে, না রাতে ফিরবে? রাতে শোব কোথায়?"

"এক কাজ কর, আজ রাতটা আমাদের বিছানায় কাটিয়ে দে। আমি মেঝেতে মাদুর পেতে শুয়ে পড়ব। যা করার কাল করব। সুনীতারা নিশ্চই কাল ফিরে আসবে।"

"দূর! ওভাবে শোয়া যায়? নিমকি হাত পা ছোঁড়ে। পাশবালিশ চাই। এই খাটেই ব্যবস্থা করতে হবে।"

"সুনীতারা বেড়ালের সঙ্গে শুতে পারে। ইমিউনড হয়ে গেছে। কিন্তু আমাদের তো ডিপথেরিয়ার ভয় আছে।"

"পার্টিশনের ওপাশে আস্তে করে নামিয়ে দেব?"

"দিতে পারিস। তবে আমার আগের অভিজ্ঞতা বলছে ও বাচ্চাগুলোকে নিয়ে আবার এইখানেই ফিরে আসবে। এর আগে দুবার বার কয়েক সরানোর পরও দেখলাম মা বেড়ালটা বাচ্চাগুলোকে নিয়ে বারবার ফিরে আসছে। ছানাগুলো শক্ত না হওয়া পর্যন্ত গ্যাঁট হয়ে আমার আলনা বিছানা দখল করে রইল। থার্ড-বার খালি সুনীতাকে ডেকে দিয়ে দিতে পেরেছিলাম।"

শবরী বাচ্চাগুলোর ঘাড়ের চামড়া আলতো করে ধরে কাঠের বেড়ার ওপাশে সাবধানে ফেলে দিল। মায়ের কথা একদম ঠিক। কয়েক মিনিটের মধ্যে মেনিটা বাচ্চা তিনটেকে নখে মুখে নিয়ে আবার তার লোম বেছানো শয্যায়। এমন হাবভাব যেন শবরীরাই বহিরাগত, বেড়ালটার বাড়িতে এসে জুটেছে।

শবরী এবার বলল, "বড্ড ছোট। চোখ ফোটেনি মা। বাগানে দিয়ে আসব? কোনও ক্ষতি হবে না তো?"

মা বললেন, "দেখ। তবে কাল সকাল পর্যন্ত দেখতে পারতিস।"

ওদের না সরিয়ে খেতে পর্যন্ত বসা যাচ্ছে না। শবরী এবার ছানাগুলোকে বাইরের দরজা খুলে বাগানের নারকেল গাছের গোড়ায় দিয়ে এল। লক্ষ্য করল, রাতের অন্ধকারে মা-টার চোখ জ্বলছে।

ও হরি! মেয়েকে খাওনোর ফাঁকে দেখল, লোমের গদিতে ওরা চারজন ফের গদিয়ান। আচ্ছা জ্বালা তো! এবার কাকু-কাকিমাদের দরজার সামনে যে আম গাছটা আছে, সেখানে দিয়ে আসবে। খাওয়াটা হোক। ঐ লোম না সরালে মা বেড়াল কিছুতেই বিছানাটা ছাড়বে না।

নিমকি বেড়ালছানাদের পাশে শুতে খুব আগ্রহী হলেও নিজের মা, দিদু, বেড়াল মা কেউ সম্মতি দিল না। মেনিটা এবার যেন একটু রেগে ফ্যাঁস্ করল। বাধ্য হয়ে নিমকি পাশের ঘরে দাদু দিদুর বিছানায় শুয়ে পড়ল।

সবার খাওয়ার পাট চুকতে শর্বরী আবার ছানাগুলোর দিকে এগোল। মা-টা কোথায় ছিল কে জানে, বাঘিনীর মত শর্বরীকে আক্রমণ করল। দাঁত নাকি নখের আঁচড়ে শর্বরীর ডান হাতখানা ফালা করে দিল।

অসীমা ছুটে এলেন মেয়েকে ছাড়াতে। "বললাম, কাল সকালে যা করার করব। একটা রাত একটু অ্যাডজাস্ট করলে কী ক্ষতি হোত? এখন যদি ডিপথেরিয়া হয়? মানু, ডেটল লাগা। কী হবে কে জানে?"

শর্বরী বেড়ালটার দিকে তেড়ে ফিরতেই ও আবার জানলা দিয়ে পালিয়ে বাগানের অন্ধকারে মিশে গেল। আর ওকে মারতে উদ্যত হাত কাঠের চেয়ারের কোনায় ঠুকে "ওহ্!" করে ককিয়ে উঠল শর্বরী। মা ঝট করে ঘরের জানলাগুলো বন্ধ করে দিলেন।

"ডেটল লাগালেও ডিপথেরিয়ার হাত থেকে নিস্তার পাব না মা। কামড়েছে কিনা, বুঝতে পারছি না। স্তন্যপায়ী যখন, অ্যান্টি-র‍্যাবিস্ও নেওয়া উচিৎ। ওঃ. মাগো। বড্ড জ্বলছে। হতভাগাগুলোকে আজই পগার পার করব।"

"এত রাতে কী করবি? বাগানে সাপ-খোপ আছে বেরোস না। কাল নিশ্চই ওরা চলে আসবে। তখন সুনীতাকে ডেকে.."

শর্বরীর মাথায় রোখ চেপে গেছে। "না, আজ এখনই ওগুলোর ব্যবস্থা করব। ওদের মা-টা নেই, এই সুযোগ।" একটা নোংরা কাপড়ে ছানাগুলোকে রেখে পুঁটলি বানাল শর্বরী।

"লতাপাতা, বিছে কত কী থাকতে পারে। মানু, লক্ষ্মী সোনা মা! এখন বেরোস না।...টর্চ নিয়ে হাত তালি দিতে দিতে যা তা হলে। আমিও আসছি.."

মেয়ে ততক্ষণে হনহন করে খানিকটা এগিয়ে গেছে। কারও কথা শুনবে না। মা বেড়ালটাও পিছু নিয়েছে। ভয় হল, আবার যদি

আক্রমণ করে। কিন্তু "মিউ মিউ" ধ্বনি আর পেছনের দুপায়ে ভর দিয়ে দাঁড়িয়ে সামনের পা দু'টো দিয়ে যে ভঙ্গী করতে লাগল, তাতে জঙ্গীপনার চেয়ে যেন অনুনয়ই ফুটে উঠল। শবরী ভ্রুক্ষেপ করল না। হাতে চামড়া ছিঁড়ে জ্বলছে, আর মাথায় জ্বলছে আগুন। কী ভেবেছে কী, সেজকাকু আর কাকীমা? বাউন্ডারির গেট খুলে সোজা ওপাশের আস্তাকুঁড়ে ছুঁড়ে দিল পোঁটলাটা। "যাঃ! তোর বাচ্চাগুলোকে নিয়ে ঐখানে থাকবি যা।"

বেড়াল মা কী বুঝল কে জানে কিঁউকিঁউ করতে করতে শবরীর সঙ্গে সঙ্গে ফিরে এল। কিছুতেই গেটের বাইরে গেল না।

অসীমাদেবী মেয়ের মেজাজ জানেন। "হ্যাঁ রে, একেবারে বাউন্ডারির বাইরে ফেলে দিয়ে এলি? কেষ্টর জীব। এখনও চোখ ফোটেনি। এত রাগ তোর? কাল সকাল পর্যন্ত তর সইল না। ওগুলোর কিছু হলে?"

"থামো তো! নিজের মেয়ে কাল সকাল পর্যন্ত ডিপথেরিয়ায় না জলাতঙ্কে মরে সে চিন্তা নেই, কেষ্টর জীব দেখাচ্ছে। দাঁড়িয়ে দাঁড়িয়ে কী দেখছ কী? ডেটল আনবে না, দাঁড়িয়ে থাকবে? যেমন বেড়াল, তার তেমন মালিক। সারা বছর যারা হাড় জ্বালায় বলে নিজেদের বাড়িতে টিঁকতে পারো না, তাদের জন্য দরদ উথলে উঠছে! উঃ, মাগো! কাল হসপিটালে যেতে হবে। নিমাইকাকুর কাছে অ্যান্টির‍্যাবিস্ আছে?"

নিমাই এ অঞ্চলের সব চেয়ে পসারে ওষুধের দোকানের মালিক। ডাক্তারের প্রক্সিও বলা যায়।

পাশের ঘর থেকে অর্ধেন্দুবাবু সাড়া দিলেন এতক্ষণে, "না হলে টেডভ্যাক নিয়ে নিস। কুকুর কামড়ালে জলাতঙ্ক হয়। বেড়ালের কামড়ে কী হবে? কামড়েছে কি?"

"না, আদর করেছে।"

বিছানার সদ্য দু'দিন আগে বদলানো কাচা চাদর আবার বদলাতে হল। রাতে নিমকি আর তার দাদু ছাড়া বাকি দুজনের চোখে ঘুম এল না। অসীমার মেয়ের জন্য উৎকণ্ঠায়, আর শবরীর জ্বালা, ব্যথা আর চিন্তায়।

দু'চোখের পাতা এক হলেই শবরীর হাবিজাবি স্বপ্ন। নার্সিংহোমে ওর পাশে শুইয়ে দেওয়া হল ছোট্ট এক দেবশিশুকে। আয়ারা জায়গা মতো এনে দিতেই চুক্চুক করে দুধ টানছে বাচ্চাটা।...এবার একটু বড়। তখনও নিমকি নামটা রাখা হয়নি, বুজকু ডাকা হোত। শবরীর বুকে মুখ গুঁজে ছোট্ট হাত দিয়ে থুপথুপ করে মেরে আদর করছে মাকে।

বেড়ালছানাগুলোও দুধ পান করার সময় ঠিক ঐ রকম ভাবে মায়ের গায়ে হাত, থুড়ি পা চাপিয়েছিল। দৃশ্যদুটো এক হয়ে গুলিয়ে যাচ্ছে। ডান দিকের দুধ খেতে খেতে বাঁ দিকের বৃন্তে ক্ষুদে নখের খিমচি। শবরী “ওঃ,” বলতেই নিমকির মুখ দুষ্টু দুষ্টু হাসিতে ভরে গেল। আবার “উঃ,” শোনার জন্য ফোকলা মাড়ি দিয়ে দুদুতে কামড়।

“উঁয়া, অ্যাঁ-অ্যাঁ...।” কে কাঁদে নিমকি সোনা? স্বপ্ন? না তো! মেয়েটা তো দিদুর গায়ে পা তুলে পাশের ঘরে অকাতরে ঘুমোচ্ছে। তা হলে বেড়ালের ডাক? সেই মেনিটা নয়ত? একটা জানলা খুলে শুতে হয়েছিল। গরমকাল। মশারির জন্য বিড়ালী শবরীকে আক্রমণ করতে পারছে না। না, ও আক্রমণ করতে চাইছেও না। সারা ঘরময় ঘুরপাক খাচ্ছে। এ ঘর ও ঘর করছে। নির্ঘাৎ আঁতিপাতি করে খুঁজছে ছানাদের। আর কী অলুক্ষুণে মন কেমন করা কান্না!

শবরীর হাত ফুলে গেছে। কী হবে কে জানে? চোখ ছাপিয়ে জল এল। শরীরের যন্ত্রণায় নয়। সদ্যজাত বাচ্চাদের শরীরে কী মিষ্টি একটা গন্ধ থাকে। সারা ঘর ভরে যায়। বেশ কিছুদিন পর্যন্ত থাকে। নিমকিকে বুকে জড়িয়ে ওর ঘাড়ে মুখ গুঁজলে এখনও একটা বাচ্চা বাচ্চা গন্ধ পায় শবরী। নিষ্কলুষতার গন্ধ! বেড়ালের ঘ্রাণশক্তি কুকুরের মতো অতটা না হলেও মানুষের চেয়ে তো অনেক তীব্র। কেন মেনিটা এখানে ঘুরপাক খাচ্ছে? গন্ধে গন্ধে বাচ্চাগুলোর কাছে পৌঁছতে পারছে না? চোখেও তো দেখল, কোথায় ওরা। এই ঘরে কি ওর সন্তানদের গন্ধটা কয়েদ হয়ে আছে? শবরীর ঘুম ভাঙা চোখেও নার্সিংহোমের বেডে শোয়ানো নিমকির মুখ আর চোখ না ফোটা বেড়ালছানাগুলোর মুখ এক হয়ে যাচ্ছে।

ঘুমোতে চেষ্টা করল। পেইনকিলার, অ্যান্টাসিড আর ঘুমের ওষুধ এক সাথে গিলে ফেলল। তবু রাতভর “উঁয়া, উঁয়া, অ্যাঁও অ্যাঁও, মিউমিউ,” থেকে নিস্তার পেল না। নিমকি কী মিষ্টি দেখতে, অনেকটাই পুশির মতো!

সকাল হতেই মা পাড়ার এক ডাক্তারকে বাড়ি গিয়ে রাজি করিয়েছেন চেম্বারে বেরোনোর আগে শবরীকে দেখার জন্য। ফিরে এসেই সদ্য ঘুমিয়ে পড়া মেয়েকে তাড়া দিলেন, “ডক্টর পি কে রায়কে দেখিয়ে আয়। চট্‌পট্ যা। চেম্বারে বেরিয়ে গেলে এখন আর কাউকে পাব না। চা করে রাখছি। এসে খাবি। আগে তৈরী হয়ে ঘুরে আয়।”

নিমকি তখনও ওঠেনি। হরলিকস্ খাওয়ানোর জন্য অসীমাদেবী ডাকতে যাচ্ছিলেন। জলখাবার হতে দেরি হবে। শবরী বলল, “থাক

মা, ও উঠে ছানাগুলোকে দেখতে না পেয়ে যদি কান্নাকাটি করে? আমি বরং আগে রাস্তার ডাস্টবিনটা থেকে চুপি চুপি বাচ্চাগুলোকে তুলে এনে বারান্দার সিঁড়িতে রাখি। নিশ্চই মা বেড়ালটা খুঁজে পেয়ে যাবে।"

"আগে ডাক্তারের কাছে যা। অলরেডি অনেকটা দেরি হয়ে গেছে। ডাক্তার দেখিয়ে ওষুধপত্র নিয়ে ওদের খুঁজিস। পি কে রায় বেরিয়ে যাবে কিন্তু..."

"আরে রায়কাকু কি দাঁত ব্রাশ না করেই চেম্বারে যাবে? আমি ঝট্ করে বাচ্চাগুলোকে নিয়ে আসি। কতক্ষণ আর লাগবে?"

"কালকেই মানা করেছিলাম ঐ জন্য। একেবারে কচি। একটা রাত একটু অ্যাডজাস্ট করলি না। ফেলেই যখন এসেছিস, তখন মায়া দেখিয়ে কী করবি? তোর কাকিমা জানতে পারলে আমাদের সবাইকে গুয়ে বসিয়ে ছাড়বে। ব্যাপারটা আর ঘাঁটাস না। আচ্ছা, তুই চিকিৎসা করাতে যা, আমি গিয়ে খুঁজে দেখছি।"

"আমি দৌড়ে যাব আর আসব। এই তো গেটের বাইরেই। অন্তত দেখে আসি মা। কাল সারা রাত ঘুমোতে পারিনি।"

"হাতে অমন ক্ষত নিয়ে পারার কথাও নয়। এখন যা তো হাতটা দেখাতে ..."

রাতে কথা শোনেনি শর্বরী, দিনেও শুনল না। ময়লা গাদায় গিয়ে তন্নতন্ন করে খুঁজেও বাচ্চাগুলোকে দেখতে পেল না। হে ভগবান! কোথায় গেল? হঠাৎ চোখে পড়ল, পোঁটলার কাপড়খানা নিয়ে দুটো কুকুর প্রাণপণ টানাটানি খেলে যাচ্ছে।

অপরিচিত

অভ্র পাল

(১)

কিছুদিন হল কলেজ থেকে পাশ করেছি – কিন্তু কেউই এখনও সেভাবে চাকরিবাকরি করা শুরু করিনি। আমরা দুই বন্ধু মাঠের এক কোণে বসে আছি। শুধু বন্ধু বললে কম বলা হবে – অভিন্নহৃদয়ের বন্ধু বলা যেতে পারে। হরিহরাত্মা বললে আজকাল লোকে গে ভাববে। সেরকম না – ব্রো টাইপ। একদম ছোট থেকে।

উদয়ন সংঘের এই মাঝারি মাপের মাঠটাই একমাত্র টিঁকে আছে আমাদের ছোট্ট শহরতলীতে। আমাদের চোখের সামনে প্রায় গোটা তিনেক খেলার মাঠ এক এক করে হারিয়ে গেল। মাঠ, পুকুরর বুজিয়ে জেগে উঠল একের পর এক নতুন নতুন ফ্ল্যাটবাড়ি। আমরা দুজন এই পাড়াতেই বড় হয়েছি। কিন্তু আমাদের বড় হওয়ার সাথে সাথে এতদিনের প্রিয় জায়গাটা বদলে গেল। সেই ফাঁকা ফাঁকা ভাবটা আর নেই। এত মানুষের ঢল কোথা থেকে আসছে তা কেউ জানে না, কিন্তু আসছে। রাস্তায় কেউ কাউকে দেখে আজকাল আর সেভাবে চিনতেই পারে না – একটা সময় ছিল, পাড়ার সবাই সবাইকে চিনত। এখন আমদের এই শহরটা নতুন হয়ে গেছে আর আমরা পুরনো।

ঘাসের ওপর পা ছড়িয়ে বসে দুজন তাকিয়ে আছি দুদিকে, এটা আমাদের অনেকদিনের অভ্যাস। খেলার শেষে এরকমভাবেই বসে থাকতাম কিছুক্ষণ, কথা বললাম কিছু না কিছু নিয়ে। আজকে কিচ্ছু

ভালো লাগছে না। মাঠের এক কোনে একটা বড়সড় জলের ট্যাঙ্ক ছিল। কিছুদিন আগে সেটা ভেঙে পড়ে যায়। গোটা খেলার মাঠ একেবারে ভাসাভাসি কাণ্ড যাকে বলে। এখন আবার সেই ধ্বংসস্তূপের মধ্যে দিয়েই আরেকটা নতুন ট্যাঙ্ক তৈরির কাজ চলছে – বলা উচিত শুরু হয়েছিল, কিন্তু থমকে দাঁড়িয়ে আছে। মাঠের একপাশে মাটির ঢিবি – সেখানে আগে ভলিবল কোর্ট ছিল। লং জাম্পের ট্র্যাক ছিল। এক সময় ন্যাশনাল লেভেলের অ্যাথলিটরা উঠে এসেছিল এই মাঠ থেকে। তারকদা, ভবানীদা এরা সব লেজেন্ড ছিল পাড়ার।

"কী ভাবছিস এত?" আমাকে জিজ্ঞেস করল আশিস।

(২)

"এই যে আমাদের এখানে কিছু কেন হয় না?"

"কিছু হয় না, মানে?"

"কিছু হয় না মানে, দারুণ কিছু। চোখ ধাঁধিয়ে যাওয়ার মত কিছু। এই যেমন ধর আমেরিকা – ওখানে কত কী সবসময়ে হচ্ছে। ইউ এফ ও আসছে, তো আমেরিকায়। সুপারহিরো হচ্ছে তো আমেরিকায়। যুদ্ধ হচ্ছে কোথাও, তো আমেরিকা। আবিষ্কার হচ্ছে কিছু তো আমেরিকা। সব স্পেস প্রোগ্রাম ওদের। ওদের সেনাবাহিনী দেখ, অস্ত্রশস্ত্র দেখ। সৈনিকদের দেখ। ইউনিভার্সিটিগুলো দেখ। সিনেমার পর্দায় দেখ – যেমন নায়করা হ্যান্ডসাম, তেমনি নায়িকারা গ্ল্যামারাস। শালা ভগবান ওদের সব দিয়েছে। আমাদের এই পোড়া দেশে কী আছে – না চোর-জোচ্চোর আর ঐ দেখ না – দেওয়ালের গায়ে পেচ্ছাপ করা পাবলিক," আঙুল দিয়ে দেখালাম একজন মাটির ঢিপিটার ওপর দাঁড়িয়ে ভাসিয়ে দিচ্ছে। আমরা যে সেদিকে তাকিয়ে আছি – সে খেয়াল নেই।

"তুই এত আমেরিকা আমেরিকা করিস – আমার মনে হয় তুই সত্যিটা সম্পর্কে খুব একটা ভাল করে জানিস না।"

"ওরা একটা প্রথম বিশ্বের দেশ – আর ওখানেই থাকবে। আমরা তৃতীয় বিশ্ব আর ক্রমাগত পড়ছি, এটা সত্যি না?"

"সেটা হতে পারে – কিন্তু ওদের দেশটা নিয়ে আমরা সেগুলোই দেখতে পাই, যেগুলো ওরা আমাদের দেখাতে চায়। ওদের দেশেও অনেক সমস্যা আছে, যেগুলো এমনিতে ঢাকা পড়ে থাকে একটা

ঝলমলে আমেরিকার নীচে। সেগুলো মাঝে মাঝে বেরিয়ে পড়ে ধুতির নীচে আন্ডার-প্যান্টের মত।"

আমি পড়েছি ইঞ্জিনিয়ারিং। আশিস পড়েছে সমাজবিজ্ঞান আর পলিটিকাল সায়েন্স। আমাদের অনেক কথাই একটা আরেকটার সাথে মেলে না।

"সে তো তুই বলবিই..."

"না জেনে বলছি না রে, একটু খোঁজ নে। তুইও বুঝতে পারবি। ওদের অর্থনীতিটা অন্যরকম – কিন্তু ওদেরও মধ্যবিত্তদের সমস্যা আছে, সমাজের মধ্যে সাদা কালোর ভেদাভেদ আছে। ইউরোপিয়ানদের নিজেদের মধ্যে অসুবিধা আছে। মানুষের অর্থকষ্ট আছে। স্বাস্থ্য-ব্যবস্থা সবার সমান না – এই যে সংবিধান, সেখানেও লুপহোল আছে। নইলে ট্রাম্পের মত লোক, ভোট কম পেয়েও উঠে আসতে পারে না। আমাদের যেমন মুসলমানদের ভয় পেতে শেখনো হয়, ওদের তেমনি মেক্সিকানদের নিয়ে ভয় দেখানো হয়। আর অস্ত্রশস্ত্র একটা ব্যবসা ওখানে – ওটা না হলে আমেরিকা অচল।"

আমি উত্তর দিলাম না। আমেরিকা যাওয়া আমার কাছে একটা স্বপ্নের মত। কিন্তু সে স্বপ্ন খুব সম্ভব স্বপ্নই থেকে যাবে। একটা চাকরিই ঠিক করে জোটাতে পারলাম না। একটা জায়গায় ট্রেনী হিসেবে কিছুদিন ছিলাম, তারপরে চাকরি গেছে। আশিসটা ট্যুশনি করে কিছু।

আমাদের সব তর্কবিতর্ক ও একটা অন্যরকম যুক্তি দিয়ে থামিয়ে দিতে পারে।

"তুই আমেরিকা না হয় যাবি না – কিন্তু তাহলে করবিটা কী শুনি?"

"করার তো কত কী-ই আছে – পসিবিলিটিস আর এন্ডলেস।"

"আবার দার্শনিকতা কপচানো শুরু করলি? খুলে বল।"

"একটা সিগারেট ধরা..."

ধরালুম।

(৩)

বাড়িতে ঢুকে দেখলাম বাবা হইচই বাঁধিয়ে দিয়েছে। প্রথমে বুঝতে পারিনি। একবার বোন বলল, "দাদা, তুই কোথায় ছিলি এতক্ষণ। ফোন নিয়ে যাসনি কেন?"

মা বলল, “চা হবে পরে – আগে যা বাবার কাছে গিয়ে দেখা করে আয়।”

বাবাও দেখলাম আমাকে দেখে লাফিয়ে উঠল, “দেখ জয়, কী এসেছে তোর জন্য!”

এখন কিছু আসার কথা ছিল না। আমি কোনও উত্তেজনা না দেখিয়ে বললাম, “কী এসেছে শুনি?”

“চাকরির অ্যাপয়েন্টমেন্ট লেটার – এই দেখ।”

আমি একটু অবাক হলাম। সকালেও মেল চেক করেছি – আজকাল আর অ্যাপয়েন্টমেন্ট লেটার কি আসে? সবই তো ইমেলে। বাবার টেবল থেকে চিঠিটা নিয়ে দেখলাম। না, আমারই নাম। অবশ্যই বাবা আগে চিঠিটা খুলে ফেলেছে। যাইহোক, এসেছে যখন তখন দেখা যাক বলে চিঠিটা খুললাম। খুলে যা দেখলাম তাতে আমার চক্ষু চড়কগাছ।

“বাবা, এই সামান্য ইস্কুলের চাকরির জন্য তুমি এত লাফাচ্ছ?”

“আরে, ঘরে বসা বেকার ছেলের তুলনায় ইস্কুল মাস্টার ভাল। আর চাকরি করতে করতে অন্য চাকরির অ্যাপ্লাই করতে তো কেউ বারণ করেনি। ভাল চাকরি পেলে চলে যাবি – তুই পাশ করে ঘরে বসে আছিস, তার চেয়ে তো অনেক ভাল হবে? তাই না?”

কথাটা ভুল নয় – কিন্তু আনন্দপুর বলে যে যায়গাটার কথা বলেছে, সেটা ম্যাপে আদৌ কোথায় আমার জানা নেই। লিখেছে পুরুলিয়া ডিসট্রিক্ট। তাও আবার ছোট্ট বেসরকারি স্কুল। আমাকে কেন নিল সেটাই বা কে জানে?

চিঠিটা নিয়ে আস্তে আস্তে ঘরে চলে গেলাম।

(8)

এক ভাঁড় চা খেয়ে রাতের পুরুলিয়া এক্সপ্রেসে বসে আছি।

আমার উল্টোদিকের জানলায় আশিস। ও যাচ্ছে আমাকে সঙ্গ দিতে। সেটা অবশ্য বরাবরই করে। সবেতে একটু প্যাট্রোনাইজ না করলে ওর চলে না। করে আর মজা নেয় – ওকে চিনতে আর আমার বাকী আছে?

“আজকাল ট্রেনে সিগারেট ধরানো যায় না, তাই না?”

মাথা নাড়লাম।

"তুই এত আপসেট হচ্ছিস কেন?"

"আপসেট হব না? কী লাইফ চেয়েছিলাম – কী হতে চলেছে? এর জন্য এত খরচ করে পড়াশুনো করলাম? আমি জানি বাবা পিএফ-এর কিছু টাকা তুলে দিয়েছে আমার কলেজ ফি মেটাতে। আর তার কপালে সিলিকন ভ্যালির বদলে পুরুলিয়ার ইস্কুল মাস্টারি?"

"কে বলেছে এই একটা ছোট্ট ঘটনায় তোর জীবনটা ঘুরে যাবে না?"

মুখ দিয়ে প্রায় অশ্লীল একটা শব্দ বেরিয়ে এল, দু অক্ষরের। "তোর যখন এত চাকরিটা করার ইচ্ছে, তুই যা না আমার জায়গায়..."

আশিস হাসল, "কেন যাচ্ছিই তো একরকম। তুই চাকরি করলেই আমারও চাকরি করা হবে।"

"শালা, এতই যদি হাসি পাচ্ছে, তো তুই অ্যাপ্লাই করলি না কেন?"

"আমিই তো করেছি।"

"মানে, তুই করেছিস মানে?"

ও আবার হাসতে শুরু করল। আমার আরও জ্বলে গেল।

"বল শালা, নইলে ক্যালাবো কিন্তু এবার।"

"না মানে, তুই কীরকম সই করিস, তোর পরীক্ষার মার্কশিট, সার্টিফিকেট এসব কি আর আমি জানি না – তাই ভাবলাম জ্ঞান থাকতে তো তুই এই চাকরির জন্য অ্যাপ্লাই করেছিস আর কি। তাই ভাবলাম আমিই তোর নামে ভরে দিই একটা ফর্ম। ছোট ইস্কুল, তাই হয়ে গেল ইন্টার্ভিউ ছাড়াই।"

(৫)

ছোট বলে ছোট? পাঁচ কামরারও স্কুল না সাকুল্যে। নামেই সেকেন্ডারি। ছাত্র ছাত্রী বিশেষ নেই। স্কুলের নাম মণিমোহন স্মৃতি উচ্চ বিদ্যালয়। থাকার ব্যবস্থা করতে বিশেষ চাপ নিতে হল না – একটা ব্যবস্থা করাই ছিল।

ছাত্রছাত্রী কম বলে একটা ক্লাস ঘরেই দু'তিনটে ক্লাস বসে। তারাও আবার অর্ধেক দিন আসে কি আসে না।

একজন ক্ষয়াটে টাইপ হেডমাস্টার কাম অফিস। আমি বাদে আর

তিনজন লোকাল মাস্টারমশাই দিদিমণি আছেন। কথাবার্তা শুনে যা বুঝলাম এরা সবাই আশেপাশের লোক – একজন ইংরাজি জানা মডার্ন মাস্টার এলে যদি ছাত্র-টাত্র বাড়ে তাই আমার অ্যাপ্লিকেশনটা নাকি সিলেক্টেড হয়েছে। কোথায় একটা বিরাট কর্পোরেটে কাজ করব, তা না ইস্কুল মাস্টারি করছি। জব স্যাটিসফ্যাকশন তো দূর অস্ত। তবে হাতে সময় অনেক – কিন্তু সেই সময়ে যে কী করব, তার নেই ঠিক। মাঝে মধ্যে টাউন লাইব্রেরীতে যাই। আর নইলে কিছু না কিছু ভিডিও দেখে সময় কাটাতে হয়।

ইস্কুলটা চলে একজন স্থানীয় ব্যবসায়ী আর প্রাক্তন এমএলএ-র টাকায়। কিছু গ্রান্ট আসে এদিক ওদিক থেকে। তবে সবচেয়ে বড় সমস্যা হল ছাত্রছাত্রীর। যারা আছে, তারাই ঠিক করে আসতে চায় না – আর নতুনদের পারলে ধরে আনতে লোক পাঠাতে হবে।

পুরুলিয়ার ভাষাও সেভাবে বুঝতে পারি না। আমি থানায় ছিলি মানে নাকি আমি দেখছিলাম।

একদিন মর্নিং ওয়াক করতে করতে একটু দূরে হেঁটে চলে গিয়েছিলাম – দেখি গাছতলায় একটা লোক কুঁকড়ে শুয়ে আছে। ভাবলাম অসুস্থ হয়ে কেউ পড়ে আছে কম্বল মুড়ি দিয়ে। ডাকার জন্য একটু কাছে গিয়ে দেখি লোক না – ভাল্লুক। ভাগ্যিস আমার আয়ুরেখাটা একটু লম্বার দিকে।

পন টেকস পন।

বিশপ টেকস পন।

অনেক দিন বাদে দুই বন্ধু আবার সামনাসামনি দাবা খেলতে বসেছি। মাঝে মাঝে অনলাইন খেলা হত এতদিন।

"কেমন লাগছে ইস্কুল?"

"দেখ ভাই – একে তো চাকরির জন্য সুপারিশ করে পেছনটা সেঁকে দিয়েছিস ভালো করে। তার ওপর মজাও নিবি?"

"আরে মজা নিচ্ছি না ভাই, দেখ তোর লাইফটা কত সুন্দর এখন।"

"হ্যাঁ রে", অশ্লীল শব্দ, "আরও বল না।"

"না আমি ঐ জন্য বলছি না – তুই তো সাফল্যটা সব সময় কর্পোরেট আর ক্রেডিট কার্ডে মাপতে চেয়েছিলি। এখানে সেই সাফল্যের ডেফিনিশনটা একটু আলাদা।"

"কীরকম আলাদা শুনি?"

"এই ধর তুই যদি আজ ব্যাঙ্গালোরে থাকতিস, তাহলে তোর অফিস যেতে দু'ঘন্টা লাগত – ফিরতে আরও বেশি। যদি আজ চেন্নাইতে থাকতিস দুদিন অন্তর বৃষ্টিতে ভেসে যেত শহরটা। মুম্বাইতে থাকলে একটা পচা এঁদো ঘরে থাকার জন্য পুরো স্যালারি বেরিয়ে যেত। দিল্লীতে থাকলে বিশ পার্সেন্ট কি তারও বেশি লোকের মত অ্যাস্থমা ধরে যেত। কলকাতায় থাকলে বলতিস ওয়ার্ক কালচার নেই। এখানে দেখ – পরিষ্কার হাওয়া বাতাস। অফিসের পাশেই বাড়ি। খাওয়াদাওয়ার কোন অসুবিধে নেই। বড় হোটেলে খাওয়ার চেয়ে খাওয়ায় স্বাদ পাওয়াটা সবচেয়ে বেশি জরুরি। তোর কাছে সময়ই সময়। থিংক জয়, থিংক!"

"কী থিংক করব শুনি? দাবার চাল? নাইট টেকস বিশপ।"

"আরে না, তা কেন? মনে আছে তোদের কলেজে একটা কম্পিটিশনে তোর একটা প্রোগ্রাম ফাস্ট প্রাইজ পেয়েছিল – গেমিফিকেশন নিয়ে?"

"হ্যাঁ, তো?"

"সেটার কনসেপ্টটা কী ছিল?"

"কনসেপ্টটা তো তোরই ছিল। কী করে এমপ্লয়ী মোটিভেশন বাড়ান যায় – তোর কথা শুনে আমি শুধু ম্যাথামেটিকাল মডেলটা ভেবে প্রোগ্রামটা লিখেছিলাম।"

"আরে সেসব বাদ দে, কাজের কথাটা হচ্ছে একটা অর্গানাইজেশন, যেখানে এমপ্লয়ীরা মোটিভেটেড ফিল করে না। কারণটা খুব সিম্পল। শুধু অফিসে পারফর্মেন্সের ভিত্তিতে লোকজনকে রিওয়ার্ড দেওয়া হয়। কিন্তু শুধু তাই না করে, যদি একটা সোশ্যাল স্কেল করা যায়, অর্থাৎ শুধু কর্মক্ষেত্রে দক্ষতার পাশাপাশি অন্যদের সাহায্য করার প্রবণতাটাও দেখতে হবে। এই একই অবস্থা স্কুলেরও। ছাত্রছাত্রীদের শুধু জ্ঞানের কথা বলে বা শুধু নম্বরের কথা বলে ইস্কুলে আনা যাবে না – এখানে তোকে গোটা ব্যবস্থাটাকে গেমিফাই করতে হবে। বুঝলি? কুইন টু ই ফোর, চেকমেট।"

(৭)

এই ঘটনার পর কয়েক বছর কেটে গেছে। উইন্ডো সিটে বসে আছি ট্রান্স-আটলান্টিক ফ্লাইটে।

আমার এক সময়ের স্বপ্নের দেশের দিকে উড়ে চলেছি, স্বপ্নে নয়। সত্যি সত্যিই। নাহ, মণিমোহন স্মৃতি উচ্চ বিদ্যালয়ের চাকরিটাও ছাড়িনি এখনও। মনে হয় না এখনই ছাড়ব। অনেক কিছু করার আছে। এই তো সবে শুরু। নিউইয়র্ক যাচ্ছি একটা পুরস্কার নিতে। খুব সাধারণ পুরস্কার না। ইউনেস্কোর সেরা শিক্ষকের শিরোপা নেওয়ার জন্য।

আমি যে মডেলটা আমাদের ইস্কুলে শুরু করেছিলাম – সেটা খুবই জনপ্রিয় হয়ে ওঠে। আশিসের কথা শোনার পর আমারও মনে হতে শুরু করে যে আমাদের শিক্ষাব্যবস্থা মডেলটা শুধরোনো যেতে পারে। দেশের সব স্কুলের কথা আলাদা – কিন্তু একটা ইস্কুলের গ্রাম্য মানুষগুলোর কাছে আমি ভগবান। তাদের কাছে আমার যে কোনও আইডিয়াই আদেশের সামিল। আমি যখন বললাম, ইস্কুলে পড়ানোর বদলে টিভির স্ক্রিনে ভিডিও দেখানো হবে। স্মার্টফোন আর ট্যাবলেট ব্যবহার করতে দেওয়া হবে – তখন স্কুলের সেক্রেটারি বেশ অবাক হলেও মেনে নিয়েছিলেন। ইস্কুলে ভিড় বাড়তে শুরু করল। আমরা ঠিক করলাম যে ছাত্র বা ছাত্রী অন্য ছাত্রছাত্রীদের ক্লাসে আনতে পারবে, বা বুঝতে সাহায্য করবে, তারা নম্বরও পাবে। রাতারাতি ছবিটা বদলাতে শুরু করল। অবশ্য ইউনেস্কোর পুরস্কারটা যে পাব, সেটা কখনওই ভাবিনি। এক দু'টাকার ব্যাপার না – কয়েক মিলিয়ন ডলারের ব্যাপার।

আমার জানলার দিয়ে নীচে আটলান্টিক মহাসাগর দেখতে পাওয়া যাচ্ছে। লন্ডন থেকে লাস্ট ফ্লাইটটা ধরেছি। জানলার পাশেই প্লেনের ডানাটা দেখা যাচ্ছে। সেখানে বসে আছে আশিস। প্রচণ্ড হাওয়ায় ফড়ফড় করে উড়ছে ওর চুলগুলো। মুখে সেই চিরকালীন হাসি। যেন বলছে, "কেমন দিলাম?"

আমার হাতে ওয়াইনের গ্লাসটা তুলে বললাম, "উল্লাস।"

ঐ আমার অদৃশ্য সাহস। আমার অলটার ইগো – কারোর সামনে আসে না, কিন্তু একবারের জন্যও আমার সাহসের থলিটা চুপসাতে দেয়নি। আমার সব অসুবিধা, সব সমস্যা, সব ঝামেলার মধ্যে ঝাঁপিয়ে পড়ে, কিছু একটা আপাত গোলমেলে সমাধান করা ওর চাইই। সেই ছোটবেলা থেকে। যেখানে আমার ভয়, সেখানে ওর

সাহস। ওর সামনে আমার কোন অজুহাত চলে না। যেমন আমি শিওর ইউনেস্কোতে চিঠি পাঠানোর আইডিয়াটা ওরই।

ইউনেস্কোর চিঠিটা বুকপকেটে নিয়েই ঘুরে বেড়াচ্ছি। ডিয়ার মিস্টার জয়াশিস ঘোষ, প্রথম লাইনটা কবিতার মত বাজছে কানে। মনে হয় দুনিয়া এবার দুজনকেই চিনবে। এতদিন আশিস অপরিচিতই থেকে গেছে।

ভুনি ও কই মাছেরা

সুপ্তশ্রী সোম

ঘরের মধ্যে বসে কাঁথাকানিগুলো গোছ করে রাখছিল ভুনি। দাওয়ার উপর মাচায় মেলা কাঠকুটো, জ্বালানী। এখন ভাদ্র মাস। কাঠকুটো একটু রোদে না দিলে ওই বোঝার ভিতরে সাপ এসে ঢুকে থাকবে। বর্ষা এখনো শেষ হয়নি। শুকনো জায়গা সবাই খোঁজে। সুন্দরবনের এই বাদা অঞ্চলে সাপের উপদ্রব খুব। প্রতি বছর কত প্রাণ যে সাপের কামড়ে যায়। মানুষের বড় কষ্ট এখানে। এক ফসলি জমি। নোনা মাটিতে মোটা আমন ধানের চাষ হয় ওই একবারই। আর বাকি সংবচ্ছর মাঠ উদোম হয়ে পড়ে থাকে। শুধু চুচকো ঘাস একটু জলা জায়গায় জন্মায়। তার গোড়া শুকিয়ে ওরা খায়। খেবুর বলে তাকে। ওই চাষের সময়ে আর ধান কাটার সময়ে যা একটু মাঠে কাজ। তা ভুনির কপালে সে সুখ নেই। ওকে সবাই কাজে নিতে চায় না। তবু কখনো সখনো ধান রুইবার কাজ পায়। তা সে সব কাজ শেষ হয়ে গেছে তাও মাস দেড়েক হতে চলল। এখন ভাদ্রের মাঝামাঝি। খাওয়ার খুব কষ্ট। তবু বাগদি ঘরের মেয়ে বলে ওই ছোট খাপলা জাল নিয়ে বেরোলে একটু খানি চুনোচানা যা পায় তাই দিয়ে এক সাঁঝ হয়ে যায় যদি ভাত জোটে। এই বাগদি পাড়ায় মরদরা এই সময় শহরের দিকে যায় আর যারা ভাগ্যবান তারা বড় মহাজনের বাড়ি মাহিনাদার হয়ে থাকে। বাঁধা রোজগার। আর তিনবেলা পেট পুরে ভাত। তা খাটতে হয়। মাঠের যত কাজ সব করতে হয় ঘরেরও। তা নইলে ব্যাটাছেলেরা এই সময়ে মাছ ধরে বেচে আর নয়ত ওই পেটে

কিল মেরে খেবুর কি শাপলার গোড়া সিদ্ধ দিয়ে পেট ভরায়। বড় বড় সব শরীর। পেটে এক এক থালা ভাত ঢুকে যায় রেল গাড়ির ইঞ্জিনে কয়লার চাঁই দেওয়ার মত। ক্ষিদে খুব ক্ষিদে। আর সে ক্ষিদে ভাতের। গরম কিংবা পান্তা ভাতের পাতে এক ফোঁটা আলু সিদ্ধ কি কাঁকড়া পোড়া দিয়ে। আহ আর কিছু লাগে নাকি?

ভুনির ঘরে রোজগেরে ব্যাটাছেলে নেই। ভুনির ছেলের বাপ মারা গেছে। সে বড় কট্টর জোয়ান ছিল। কী জানি তিন দিনের জ্বরে সে কেন চলে গেল। ভুনি কাঠ রেখে ঘরে ঢোকে। আজ কদিন ধরে ছেলেটার জ্বর। "আজ একবার বাবুদের বাড়ি না গেলিই নয়," ভুনি অস্ফুটে বলে। নিজের ভাষায়। "ওমা আকাশ কালো করে জল আসতেছে যে। এই না রোদে দাওয়া উঠোন ভেসে যাচ্ছেলো।" ভুনি তাড়াতাড়ি দু'চারটে কাঠ যা মেলে দিয়েছিল দাওয়ার উপর তুলতে না তুলতেই হুড়মুড় করে বৃষ্টি নামে। ভাদ্র মাস। হুম করে শব্দ করে রাগটা দেখায় আকাশের দিকে তাকিয়ে ভুনি। হাত দুটো ছুঁড়ে দেয় হাওয়ায়। তার মধ্য যৌবনের না খেতে পাওয়া রোগা হাত বাতাসে শব্দ কাটে। কিন্তু বৃষ্টি বেশ চেপেই এসেছে। ছোট করে ছাড়বে না। আজ কথা ছিল বড়বাবুদের বাড়ি যাওয়ার। তা মাইলখানেক তো হাঁটতে হবে। বড়বাবুর বাড়ি গে ওই এক বস্তা ধান সিদ্ধ করে রোদ খাইয়ে রোদে মেলে দিতে হবে। তারপর দু'দিন সেই ধান রোদে দেওয়া তোলা আবার রোদে দিয়ে একেবারে ঝনঝনে করে দিলে তবে কলে যাবে। আগে ঢেঁকিতে ভুনি আর পাশের বাড়ির শিবুর মা দুজনে সারা বেলা ধরে পাড় দিত। এখন ধানের কল তাদের পেটে লাথি মেরেছে। তা যা জল নেমেছে আজ আর ধান সিদ্ধ করাবে না বড়বাবুর বউ। তবু ও পাড়ায় যাওয়া দরকার। বাঁশের মাচার উপর হাত পা জড়ো করে কেঁথা গায় দিয়ে ঘুমোচ্ছে তার ছেলে। আহা পেটটা একেবারে পড়ে গেছে। কাল রাতে একখানা মোটে রুটি খেয়েছে। ছেলের বাপ মারা গেছে তা ক'বছর যেন হল? একটু থেমে যায় ভুনির ক্ষিপ্রতা। আঙুল দিয়ে ধীরে ধীরে গোনে। সেই যে মাঠে যেবার শীতলা পুজো হলো আর শিবুর বাবা যে কালীপূজা করল। বাবুদের বড় ছেলের বে হল। ত্যাকন ও তো বেঁচে ছেল ছেলের বাবা। ভুনির হাত থেমে গেছে চার নম্বর কড়ে। ও অত ভালো করে গুনতে পারে না। মনে হয় অনেক অনেক দিন ও একা। কী মনে হতে ঘরের বাতার থেকে একটা ভাঙা আয়না নিয়ে মুখ দ্যাখে। চাঁচাছোলা মুখ। কপালের টিপের পাশে একটা আঁচিল। হাতের ভিতরে উল্কি আর দু'গাছা সাদা চুড়ি। মাজা মাজা গায়ের রঙে

রোগা হিলহিলে শরীর। মলিন ভিজে আঁচল দিয়ে মুখ মুছে বাইরে বৃষ্টি দ্যাখে ভুনি। কতদিন ধরে সে আর ছেলে কী করে যে বেঁচে আছে। এই গতর। আস্তে আস্তে ছেলের গায়ে কপালে হাত ছোঁয়ায় ভুনি। এখনো গরম।

"আজ যে করি হোক বাবুর বাড়ি যেতি হবে। বাবুর বউ ওষুধ দেবে খনে। গিন্নিমার খুব দয়ার শরীল।" বৃষ্টি থামার কোনো লক্ষণ নেই। দরজায় বসে কপালের উপর হাত দিয়ে বৃষ্টি দেখতেই থাকে ভুনি। এই বাগদি পাড়ায় সবাই ওই নদীর মাছ ধরেই বাঁচত। বিদ্যাধরীর শাখা নদী এই গ্রামে বয়ে যেত অনেক আগে। ভুনির তখন জন্মও হয়নি। ওই জলেই সব ছিল এই পাড়ার সব লোকেদের। নৌকো ও চলতো। কালে কালে সে নদী মজে গেছে। এখন খাল। যার একদিকের মুখ বন্ধ হয়ে রাস্তা হয়েছে। ওর বাবা বড় হাট্টা কাট্টা জোয়ান ছিল। বাবার কাঁধে চেপে সে নদীতে নামত। তখন সে এই এতটুকুন। নিজে নিজেই হাত নেড়ে ভুনি কথা বলে যায়। সেই নদী এখন ওরই মতো। শুকিয়ে গেছে। তবে অবরে সবরে এই খালেও জোয়ার আসে। এই এত্তো এত্তো মেকো পোনা নিয়ে। কত কত। তখন কদিন কী আনন্দ । ওই মেকো চচ্চড়ির সাথে লাগে এক থালা ভাত শুধু। আচ্ছা ওই মেকোগুলো বড় হলে কত ক্যাঁকড়া হত তাই না? নিজের মত কথা কইতে কইতে হঠাৎ নজর পড়ে ডোবার দিকে। টানা বৃষ্টিতে ভর ভর হয়েই ছেলো ডোবাটা। ওমা ও কী দেখতেছে ভুনি। "কই মাছ লয়? ওই তো একটা ওই ওই পেছনে আর এড্ডা।" টক্ করে বাঁশের আড়ে বাঁধা খারাইটা নামায়। তার পর তড়াক করে জলে নেমে পড়ে। খলবল করে চলা কইটাকে খপ করে ধরে খারাইতে পোরে।

"ওমা ধর ধর, ওই আর একডা," বলতে বলতে দাওয়া থেকে লাফ দেয় ভুনির ছেলে। মা আর ছেলে জ্বর-টর ভুলে মাছ ধরতে নেমে পড়ে। ভুনি চিৎকার করে হাত পা নেড়ে নানা আওয়াজ করে। ছেলেকে দাওয়ায় উঠতে বলে। ছেলে শোনে না। ভুনি হাল ছেড়ে দ্যায়। দ্যাখ দ্যাখ করে বারোটা মাছ ধরে ফেলে ভুনি আর ভুনির ব্যাটা। বৃষ্টির জল পেলে কই মাছ কানকো দিয়ে ডাঙায় ওঠে। কেন কে জানে। বৃষ্টিটা একটু ধরে এসেছে এতক্ষণে। হুঁশ ফেরে ভুনির। ছেঁড়া তেল চিটচিটে গামছা আর নিজের শতছিদ্র শাড়িটা দিয়ে ব্যাটার মাথা মুছিয়ে দিতে থাকে একমনে।

"আমার কিছুই হবেনি, তুই যা দিকিনি বাবুদের বাড়ি," ধাক্কা দিয়ে হাত নেড়ে নেড়ে উঁচু বাড়ি দেখায় ভুনির ছেলে। পেট দেখায়। আজ

তার জ্বর ছাড়ল। আর ক্ষিদেয় পেটের নাড়ি অব্দি পাক দিচ্ছে। ভুনি বোঝে। কথা সে বলতে পারে না ঠিকই কিন্তু বুদ্ধি তার কম নয়। জন্ম ইস্তক বোবা কালা।

ভুনি কাপড় নিংড়ে জল বের করে ঘরে ঢুকে মাটির ভাঁড়ের ভিতর হাত দেয়। চুঁচকো ঘাসের গোড়া যাকে ওরা খেবুর বলে ওই এক মুঠো তুলে দেয় ছেলের হাতে। মাছের খারাই হাতে নিয়ে উঠে দাঁড়ায়। হাত নেড়ে ছেলেকে বলে, "আসছি।" জোরে জোরে পা চালায় ভুনি। দুটো ভাত রাঁধতি হবে।

এই বড় বড় জ্যান্ত কইমাছের বদলে গিন্নিমার কাছ থেকে কিলো দুই চাল আর দশটা টাকা যে করে হোক নিতেই হবে। গিন্নিমা তরিজুত করে মাছ রাঁধুক তারা মায়ে পোয়ে দু'মুঠো ভাত খাবে। আশায় জোরে জোরে পা চালায় ভুনি। বোবা কালা ভুনি। হাত পা নেড়ে নিজের সাথে কথা বলতে বলতে। রান্নার রসায়নের ভার গিন্নিমার উপরে দিয়ে ভুনি তার আর তার ছেলের রসনার কথা ভেবে উড়ে উড়ে পথ পার হয়। তার বৃষ্টি ভেজা গা ততক্ষণে শুকিয়ে উঠেছে।

বড় সাধ জাগে

অদিতি ঘোষদস্তিদার

আজ এই আতঙ্কের দিনে তনুজার এতদিনের স্বপ্ন তাহলে পূরণ হল? এল সেই স্বপ্নের রাজকুমার?

তনুজা ওর আসল নাম নয়। নাম ছিল কালিন্দী। মায়ের দেওয়া। মাথাভর্তি একরাশ ঘন কালো কুচকুচে চুল নিয়ে নাকি জন্ম হয়েছিল। মা বলত। হয়ত তাই।

সে কথা তো মনে থাকে না কারুর।

তবে স্পষ্ট মনে আছে সেই কালিন্দীর ঢেউয়ে ডুবতে এসেছিল একজন। সেই বলত ওর মুখটা ঠিক সিনেমার তনুজার মত।

সে অবশ্য ডুবল না। ডুবিয়ে গেল ওকে। তাই কি তাকে ব্যঙ্গ করেই কালিন্দী তনুজা হল? জানা নেই।

পাশের ঘরের মেয়েগুলো অবশ্য বলে প্রথম প্রেম তো, তাই সে নামাবলি করে তার দেওয়া 'তনুজা' নাম অঙ্গে জড়িয়ে রেখেছে। বলে আর হেসে গড়িয়ে পড়ে। অশ্লীল ইশারা আর মন্তব্যও চলে হাসির ফাঁকে। ও তাতে হাসে। প্রতিবাদ করে না আবার সায়ও দেয় না।

কী আর করবে, এই তো জীবন। তার ফাঁকে যদি একটু হেসে নেওয়া যায়।

তবে একথা সত্যি, মন সে একজনকেই দিয়েছে। প্রথমে অবশ্য ভাললাগাটুকুই ছিল, ভালবাসার মানুষটা তো তখনও চারপাশে ঘুরঘুর করত।

কিন্তু অয়ন চৌধুরীর কোনও সিনেমা দেখা তখনও বাদ যেত না।

সে অবশ্য অনেককালের কথা। সিনেমা কেন, প্রথমে তো টিভি সিরিয়াল। সেই থেকেই শুরু ভাললাগা।

ভাললাগাই থেকে যেত হয়ত। যদি কালিন্দী হয়ে গেরস্থালি সামলাত।

কিন্তু কালিন্দী হল তনুজা। আর ভাললাগা হল ভালবাসা।

ভালবাসাই কি? নাকি দুনিবার আকর্ষণ?

এই তল্লাটের লোকজন বলে তার দেমাক ভারি। বড় বড় রইস আদমিরা তার ঘরেই আসে কিনা। মাসি, দালাল সবাই তাই তাকে একটু বেশি তোল্লাই দেয়।

ও বাতিল করলে বা 'বুকড' থাকলে, অন্যরা সুযোগ পায় ধাপে ধাপে।

সেই গুমোরের জোরেই প্রাণপণ চেষ্টা চালিয়েছিল অয়নকে নিজের কাছে একবার আনতে।

পারেনি।

যাদের কাছে কথা পাড়লেই ফল হয়, তাদেরই ধরেছিল।

তারা জিভ কেটে দু'পা পিছিয়ে গেছে।

অয়ন চৌধুরী নাকি দেবতুল্য লোক।

ইন্ড্রাস্টিতে কোনও বদনাম নেই। স্ত্রী অন্তপ্রাণ।

নেটকার্ড ফোনে ভ'রে দেখেছে সেই বৌয়ের মুখ।

নিতান্তই খেঁদিপেঁচি।

রেগে গেছে! কেঁদে বালিশ ভিজিয়েছে।

তারপর হাল ছেড়েছে।

অতি গোপনে, সন্তর্পণে যে চেষ্টা চালিয়েছিল তাও কী করে যেন ফাঁস হয়ে গেল সবার কাছে!

চাপা হাসি মুখে মুখে! সে হাসি আত্মতৃপ্তিরও।

সব কি পাওয়া যায় রে ছুঁড়ি? এমনই ভেবে বাকিরা সন্তুষ্ট।

পায়নি তো কী হয়েছে? ভালবাসা কি যায় না?

ভালবাসা বুকে ভ'রে নিয়েই তো কোনোমতে কাটাতে পারে নিষ্ঠুর রাতগুলো। পয়সা যখন নিংড়ে নিংড়ে নেয় প্রতিটি রক্তকণা।

দাঁতে দাঁত চিপে চোখ বুজে ভাবে অয়নের হাসি মুখখানা। শতেক চুমুতে ভ'রে যায় সেই মুখ কল্পনায়।

সেই অয়ন আজ ওদের এলাকায় আসছে!

“কী যে এক মুখপোড়া করোনা এসেছে না, তাই সব ঢেমনা বাবুগুলো দেখো বৌয়ের আঁচলের তলায় সেঁধোচ্ছে!”

চুমকি বলেছিল দিন পনেরো আগে।

বিশ্বাস করেনি ও। তার আদ্ধেক বাবু তো বাঁধা খদ্দের। তারা আসবেই।

কিন্তু চুমকির কথাই ফলল। যে মহল্লায় রাতে ইঁদুরও ধাক্কা খেত বাবুদের ভিড়ে, সে আজ শুনসান শ্মশান!

তার টাকাপয়সা খাবারদাবার ছিল। ঘরে ফ্রিজে মাছ মাংস।

চালালো ক'দিন। ভাগও দিল একটু একটু।

কিন্তু তাতে কি ভরে এত পেট?

ভরছে না। শুকোচ্ছে অনেকে।

লোকে মাংস কিনতে এখন দিনের বেলা শুধু বাজারে যাচ্ছে, রাতে নয়।

অয়নের বুকে নাকি খুব বেজেছে এদের ব্যথা। গালভরা নাম দিয়ে পোস্টারও লিখে এনেছে।

“যৌনকর্মীদের পাশে দাঁড়াও, তাদের মুখে অন্ন তুলে দাও।”

পেটে ভাত না পড়লেও রসের কমতি নেই চুমকির!

গালে টুসকি মেরে কোমর বেঁকিয়ে হেসে জানিয়েছে, এই সুযোগ যেন সে না ছাড়ে। যত রকম অস্ত্র তূণীরে আছে তা দিয়ে যেন ঘায়েল করে অয়নকে আজ। সেই ছলাকলায় অয়নের মনে যেন একটা ছাপ পড়ে যায় চিরকালের মত। এমনি দিন তো চিরটাকাল থাকবে না। সুদিন এলেই অয়ন এসে পায়ে লুটিয়ে পড়বে।

মনে মনে অনেক অনেক রিহার্সাল দিল। তার কোন কোন ভঙ্গিমায় কে কে এযাবৎকাল ঘায়েল হয়েছে সেই লিষ্টি মনে করল। চাপা হাসিতে মুখে বিদ্যুৎ খেলে গেল।

আজ লড়াই তনুজার সাথে খেঁদিপেঁচির।

দানপর্ব প্রায় মিটেই এসেছে। অয়ন ফেরার তোড়জোড় করছিল।

এমন সময় সেক্রেটারি তপন এসে বলল, “দাদা, আপনার সঙ্গে এখানকার একটি মেয়ে একবার দেখা করতে চায়। আপনার খুব বড় ফ্যান। একটিবার আপনাকে দেখতে চায়, তবে খুব কাছে আসবে না। নির্দিষ্ট দূরত্ব মেনেই দাঁড়াবে।”

অগুণতি ফ্যান অয়নের। মেয়েরাই বেশি, স্বাভাবিকভাবেই। তবুও

এই সংকটকালে এই পরিবেশে ফ্যানের দেখা করতে চাওয়াটা একটু যেন কেমন লাগল অয়নের।

সংস্কার? হবেও বা!

দূরে এসে দাঁড়াল একটি মেয়ে। চুল খোলা। প্রায় নিরাভরণ। তাও রূপের দীপ্তিতে চোখ ঝলসে গেল অয়নের।

দূরে দাঁড়িয়েছে অনেকগুলো মেয়ে। নিজেদের মধ্যে হাসি ইশারা আর চাপা ফিসফাসে কী যেন ষড়যন্ত্রের আভাস!

"আপনার খুব বড় মন, এই বিপদকালে আপনি আমাদের কথা ভাবলেন..."

অয়ন মৃদু হাসল।

"আমার একখানা সাধ আছে, আপনি যদি পূরণ করে দ্যান তবে এই পাপজীবন সার্থক হয়।"

মেয়েগুলো এখন বাকরুদ্ধ। মেয়েছেলেটা কি লাজলজ্জার মাথা একেবারেই খেয়েছে? এই হাটের মাঝেই কি বিছানা পাতার গল্প ফাঁদবে?

"টিভির খবরে দেখছি ডাক্তারবাবুরা নার্সদিদিরা দিনরাত খাটছেন। তাদের পাশে দাঁড়াবার জন্যে অনেক লোক এগিয়েও আসছে ভলিন্টিয়ার হতে। আমাকে সেই রকম একটা কিছু সুযোগ করে দিন না...অসুস্থ মানুষগুলোর একটু সেবাযত্ন করার। এই পাপের জীবন চলে গেলেও তো কিচ্ছু যায় আসে না, তবু যদি কিছু ভাল কাজে লাগতে পারি...."

তনুজার জিভ দিয়ে এগুলো কী বেরোচ্ছে? মেয়েগুলো ঠিক শুনছে তো!

তনুজা নিজেই কি জানত খানিক আগে এই কথাগুলো?

অয়ন ঝাপসা চোখে কি আম্রপালীকে দেখছে!

ভ্রমণকাহিনী

ললিত-লিবার্টি

সাহানা ভট্টাচার্য্য

গত বছর ছয় ধরে আমার নিউইয়র্কে থাকা। প্রবল কৌতূহলী একটা ভ্রমণপিপাসু মন থাকায় পিএইচডির কাজ সামলে ম্যানহাটানের আনাচ-কানাচ-গলিঘুঁজি আমার নখদর্পণে। ম্যানহাটানেরই একদম পশ্চিমপ্রান্তে ব্যাটারী পার্কে যে কতবার গেছি তার ইয়ত্তা নেই, লিবার্টি আইল্যান্ডের ফেরি কোথা থেকে ছাড়ে সেসব জানা, কিন্তু যা হয়, গেঁয়ো যোগী ভিখ পায় না। সারা পৃথিবী থেকে দু'দিনের জন্য ঘুরতে এসে যেগুলো মানুষ মিস করে না, যেমন এম্পায়ার স্টেট বিল্ডিং বা রকেফেলার সেন্টারের ছাদ, ম্যাডাম তুসো মিউজিয়াম আর অতি অবশ্যই লিবার্টি আইল্যান্ড, সেগুলো আমার জন্য "দেখা হয় নাই চক্ষু মেলিয়া..." ইত্যাদি হয়ে বসে আছে।

বলপ্রয়োগ না হলে যে অবস্থার পরিবর্তন হয় না, এ তো স্বয়ং নিউটন বলেছেন, আমি তো ছেলেমানুষ! জগৎজুড়ে অভিধানে এল নতুন শব্দ "লকডাউন", আর সেই প্রথমবার আমার উপলব্ধি হল আমার সৌভাগ্য। দুনিয়াজুড়ে যখন মানুষ কোথাও বেড়াতে যায়নি, যেতে ভয় পাচ্ছে বা ব্যক্তিগত গাড়িতে কাছেপিঠে ঘুরে এসে নিজেকে ধন্য মনে করছে, ঠিক তখনই আমি অনুভব করলাম আমি তো "ভ্রমণ" শব্দটার স্বর্গে বসে! একঝাঁক এতগুলো দর্শনীয় স্থান পৃথিবীর খুব কম জায়গায় আছে। ভ্যাকসিন হতেই প্রথম কাজ – getyour-guide dot com থেকে সাড়ে পঁচিশ ডলার দিয়ে লিবার্টি ফেরির

টিকিট কাটলাম, পেডেস্টাল টিকিট কাটতে ভয় পেলাম, হাজার হোক আশেপাশের লোকেরা ভ্যাকসিনেটেড কিনা জানি না!

নির্দিষ্ট দিনে চড়ে বসলাম সাদা ধবধবে ফেরিতে, প্রথম স্টপেজ এলিস আইল্যান্ড, যা কিনা ১৮৯২-১৯৫৪ সাল পর্যন্ত একটানা ইমিগ্রান্ট বা বহিরাগতদের আমেরিকায় প্রবেশদ্বার ছিল। এলিস মিউজিয়াম দেখে চোখ ছানাবড়া। সে আমলে জাহাজ আসত বন্দরে, সেখান থেকে বাছাই হত নানা পরীক্ষার মাধ্যমে কারা কারা আমেরিকায় প্রবেশের উপযুক্ত। অসংখ্য কাউন্টার করা কিউবিকল, সেখানে ডাক্তার-উকিল-অফিসকর্মীর নিরলস ছাঁকনি নির্বাচন করত কারা কারা ছাড়পত্র পাবে, কোথায় যাবে সবটুকু। এ এক হাড়হিম করা বিভীষিকা, কারণ এখান থেকে শারীরিক অসুস্থতা বা অন্য আইনি অসঙ্গতিতে আমেরিকা প্রবেশের অনুমতি না পেয়ে আবার নিজের দেশে ফিরে গেছেন এমন মানুষের সংখ্যা অনেক। এমনকী এক পরিবারের সকলে অনুপ্রবেশের উপযুক্ত হবেই, তেমনটাও নয়। যাঁরা ফিরে গেছেন, তাঁদের ফেরার জাহাজে চড়ার আগে রাখা হতো "কোয়ারেন্টাইন সেন্টারে", যা দেখে এতদিন পরেও হাত-পা ঠান্ডা হয়ে গেল। একেই তো "নিউক্লিয়ার" শব্দটা থাকে বলে প্রতিবার ভিসা করাতে আমার অগুনতি পেপারওয়ার্ক করে প্রায় দু'মাস সময় লাগে, কারণ নিরীহ ব্যাটারী নিয়ে রিসার্চ করেও শান্তি নেই, ভিসার নিয়ম এত কড়া। তার ওপরে মনে পড়ে গেল ২০২০-র ফেব্রুয়ারিতে যখন ভারত থেকে নিউইয়র্ক ফিরছি, আবুধাবির ইমিগ্রেশন কাউন্টারে আমায় আড়াই ঘন্টা কনকনে ঠান্ডা কোয়ারেন্টাইন রুমে অপেক্ষা করানোর কথা। ভাগ্যিস ওই আড়াই ঘন্টায় একবারও হাঁচি-কাশি হয়নি, না হলে আমার ফেরা অনিশ্চিত হয়ে যেত! কোভিডকালে এভাবে মানুষের মধ্যে ভ্রমণের অভিজ্ঞতাও হয়ে গেল আমার এইটুকুনই জীবনে। তারপরেও আমি সুস্থ আছি সেটাও কি কম ভাগ্যের? ঈশ্বরকে মনে মনে ধন্যবাদ দিলাম।

ঘন্টাখানেক কানে হেডফোনে অডিও ট্যুর করলাম, ঘুরে ঘুরে সবটা দেখে ফেরিতে চেপে এলাম নক্ষত্রকার দ্বীপ - লিবার্টি আইল্যান্ডে। "মনোমুগ্ধকর" বলে এই সৌন্দর্য্যকে সংজ্ঞায়িত করা যায় না তো! দুপুরের রোদ হাডসনের জলকে ঝলমলে নীল করে রেখেছে, দূর থেকে নিউইয়র্ক-নিউজার্সি ছবির মত সুন্দর, মালার মত পরপর সাজানো ব্রিজগুলো আর চোখের সামনে হালকা সবুজরঙা গরবিনী স্বাধীনতার দেবী লেডি লিবার্টি মশাল হাতে দাঁড়িয়ে। প্রথমেই

গোলচক্কর দিয়ে স্ট্যাচুর চারিপাশে ঘুরে সবটা দেখলাম দুচোখ ভরে, তারপর গেলাম লিবার্টি মিউজিয়ামে। জানলাম স্বাধীনতার প্রতীক তিরানব্বই মিটার লম্বা তামার তৈরী এই স্ট্যাচু প্যারিসের শিল্পী বার্থোলি-র মস্তিষ্কপ্রসূত, খন্ডে খন্ডে প্রবল ওজনদার তামার এক একটা অংশ এসেছিল জাহাজে, নিউইয়র্কে এসে জোড়া হয়েছিল প্রকান্ড এক জিগ্-শ পাজলের মত। এত ভারী অবয়ব চারিদিক খোলা সমুদ্রের মাঝে দাঁড়াবেই না, তাই পেডেস্টালের ওপর বসানো হয়েছিল এক পরিপূর্ণ আইফেল টাওয়ার, তার ওপরে জোব্বা পরানোর মতন করে তামার স্ট্যাচু পরিয়ে দেওয়া হয়। তামার তৈরী স্ট্যাচু অক্সিডেশন বা জারণ বিক্রিয়ায় কেমন অনবদ্য রঙ ধারণ করেছে, তা দেখে অবাক হয়ে হাইস্কুলের কেমিস্ট্রি ক্লাসের কথা মনে পড়ে গেল।

ভ্যাকসিনের পরে অনেকে আসা সত্ত্বেও ভিড় তুলনায় কমই, সকলেরই মুখে মাস্ক, ক্যাফেটেরিয়াতে সোশ্যাল ডিস্ট্যানসিং আর দিকে দিকে স্যানিটাইজার। ফিশ অ্যান্ড চিপস সহযোগে লাঞ্চ করে, মজাদার স্ট্যাচুর মশালের মতন শেপের গ্লাসে লেমোনেড খেয়ে, ট্রাইপডে রেখে ছবি তুলে ফেরার ফেরিতে উঠলাম যখন, আকাশে তখন অস্তগামী সূর্যের রঙের খেলা। আকাশে-জলের প্রাকৃতিক সৌন্দর্য্যে মানুষের তৈরী স্থাপত্য-ভাস্কর্যের মেলমেশ - এমন সব জায়গায় ঘুরলে চোখে যে কী পড়ে বারবার, খালি ভিজে ওঠে চোখ!

বাবাকে একবার এখানে আনতেই হবে!

শৈবতীর্থ ঊনকোটিতে যাত্রা

মৌসুমী মণ্ডল দেবনাথ

মহারাজা ধর্মমাণিক্যের নামে ধর্মনগর শহর। উত্তর ত্রিপুরার এই পাখি শহরেই কেটেছে আমার শৈশব থেকে কৈশোর। বাড়ির পিছনের বারান্দায় দাঁড়ালেই পশ্চিমে দেখা যেত নীলাভ ঊনকোটি পাহাড়। যেন হাত বাড়ালেই ছুঁয়ে দেওয়া যায় সন্ধ্যের লাল টকটকে সূর্যটাকে। ছোটবেলায় অনেকবার স্কুল ছুটির বিকেলগুলোতে বাড়িতে কাউকে না জানিয়েই ছুট লাগিয়েছি পাহাড়ের সঘন নীলকে জড়িয়ে ধরার জন্যে। রাস্তায় দেখা মিলেছে রিয়াং বা চাকমা ছেলেমেয়েদেরকে বর্ণাঢ্য আদিবাসী পোশাকে ঘুরে বেড়াতে। অথবা বাদামী ভেড়ার পালেরা চড়ে বেড়াচ্ছে সবুজ মখমলের মতো ঘাসে ঢাকা টিলার ঢালে। কেউ হয়ত বা ক্ষুদে ক্ষুদে চোখে আমাকে দেখে ভাঙা বাংলায় জিজ্ঞাসা করত কোথায় যেতে চাই। ফরসা মসৃণ মুখে খিলখিল হাসি। তারপরেই ধমক দিয়ে বলত, “যা, বাড়ি যা।” এইভাবেই আমার আর ঊনকোটি পাহাড়ে যাওয়াই হয়ে উঠ না। অথচ ঘরের পাশেই রঘুনন্দন পাহাড় যা এখন ঊনকোটি পাহাড় নামে পরিচিত। এবং বিশ্বের অন্যতম বিস্ময়ও বটে। মতান্তরে এই পাহাড়ের পূর্বনাম ‘বেলকম পাহাড়’ ছিল।

ঊনকোটি পাহাড়ের স্থাপত্য দেখতে দেশ বিদেশের কত মানুষ প্রতিবছর আসে যায়। এমনকী আমাদের বাড়ির সবারই বেশ কয়েকবার ঊনকোটি পাহাড়ে বেড়াতে যাওয়া হয়ে গিয়েছে। কিন্তু আমার ক্ষেত্রে “দেখা হয় নাই চক্ষু মেলিয়া/ ঘর হতে শুধু দুই পা

ফেলিয়া/ একটি ধানের শীষের উপর/ একটি শিশির বিন্দু/" হয়েই রয়ে গিয়েছিল। মাত্র পঁচিশ মিনিট লাগে গাড়িতে ঊনকোটি পাহাড়। কথিত আছে ঊনকোটি পাহাড়ের দেবতারা যতদিন না চাইবেন, ততদিন অব্দি তাঁদের দর্শন পাওয়া যায় না। তা আমার ক্ষেত্রেও বোধহয় বিধি ছিল বাম। এই না যেতে পারাটি নিয়ে আমার দুঃখের শেষ ছিল না।

যাইহোক, অবশেষে বাড়ির সকলে একদিন ঊনকোটি পাহাড়ে যাওয়া হল প্রাইভেট গাড়ীতে। শহর ছাড়িয়েই প্রথমেই রাস্তার দু'ধারে চোখ জুড়োনো সবুজের সমুদ্র হাফলং টি এস্টেট। ঠান্ডা হাওয়ায় হাওয়ায় বুকভরা অক্সিজেন আর ল্যান্টেনা, বেগুনী রডোডেনড্রনের সাজ লালমাটির মাথায় মাথায়। তারপরে হঠাৎই পাহাড়ের একটি মোড়ে এসে গাড়ি ডানদিকের রাস্তা বরাবর টার্ন নিল। একসময় ত্রিপুরায় সন্ত্রাসবাদের বাড়াবাড়ির কারণে ঊনকোটি পাহাড় ও আশপাশের অঞ্চলসমূহে যাওয়া বেশ ঝামেলার ছিল। এখন পর্যটকদের যাওয়া আসাও নিরাপদ। কিছুটা দূরেই দীর্ঘদেহী বৃক্ষদের সমারোহের মাঝে একটি জায়গায় এসে ড্রাইভার ঘ্যাঁচ করে গাড়িটি দাঁড় করিয়ে বললেন, "এসে গেছি।"

বুকের মধ্যে কেমন যেন করে উঠল। এতদিনে তাহলে সেই বিখ্যাত ঐতিহাসিক ঊনকোটি দেবতার স্থাপত্য, যা কিনা পাহাড় কেটে কেটে খোদাই করে বানানো হয়েছে, তা দেখা যাবে।

এগিয়ে চললাম পায়ে পায়ে গেট ক্রস করে শৈবতীর্থের অন্দরে। যেতে না যেতেই চমকে উঠলাম বিশাল এক কালভৈরব-রূপী শিবঠাকুরের স্থাপত্য দেখে। কী আশ্চর্য শিল্পকলার পাহাড়ের জঙ্গলের কাছে সমাপতন। সমস্ত ঊনকোটি পাহাড় জুড়েই ছড়িয়ে আছে অপূর্ব সব দেবতাদের স্থাপত্যকলা। এত উঁচু পাহাড়ের গায়ে সিঁড়ি বেয়ে বেয়ে উপরে নীচে ঘুরে বেড়াতে খানিকটা ধকল হলেও বিস্ময় ও আনন্দধারায় সেই সমস্ত ক্লান্তি মুছে যাচ্ছিল। কেমন আশ্চর্য লাগছিল বাড়ির এত কাছেই এমন এক ঐতিহাসিক নিদর্শন দেখে। কেই বা জানে কে বা কারা এই স্থাপত্য শিল্পের সৃষ্টিকর্তা!

হিন্দু পুরাণে এই নামকরণের কাহিনীতে বলা হয় যে, কাল্লু কামার নামক দেবী পার্বতীর ভক্ত একজন স্থাপত্যকার ছিলেন কোনও এক সময়ে। একবার দেবী পার্বতী মহাদেবের সঙ্গে কৈলাসে যাচ্ছিলেন, তখন কাল্লু বায়না ধরলেন তাঁকে যেন তাঁরা সঙ্গে নেন। তখন মহাদেব তাঁর উপরে শর্ত আরোপ করে বল্লেন, উনি যেতে পারেন তবে তার

জন্য তাঁকে এক রাত্রির মধ্যে এককোটি দেবদেবীর মূর্তি তৈরী করে দিতে হবে। কিন্তু কাল্লু এককোটি থেকে একটি কম মানে ঊনকোটিটি মূর্তি তৈরী করে দিতে সক্ষম হন।

ঊনকোটির মূর্তিদের নিয়ে একাধিক কাহিনী প্রচলিত আছে, তারমধ্যে আরও একটি উল্লেখযোগ্য কাহিনী আছে, তাতেও কেন্দ্রীয় চরিত্র হল মহাদেব স্বয়ং। দেবাদিদেব মহাদেব একবার দেবতাদের নিয়ে ত্রিপুরার উপর দিয়ে বারাণসী যাচ্ছিলেন। মহাদেবকে নিয়ে দেবতাদের সংখ্যা ছিল এক কোটি। সন্ধ্যে নামার পরে রাত্রিবাসের ব্যবস্থা হয় এই রঘুনন্দন পাহাড়ে। পথপরিশ্রমে ক্লান্ত দেবতারা গভীর নিদ্রায় অচেতন হলেন। পরের দিনটি ছিল বসন্তের প্রথম দিন। কথা ছিল সূর্যোদয়ের আগে বসন্তের প্রথম কোকিল ডাকার পূর্বে সবাইকে বারাণসীর উদ্দেশে যাত্রা করতে হবে। কিন্তু মহাদেব ছাড়া অন্য কোনো দেবতাদের নিদ্রাভঙ্গ হল না। মহাদেব বিরক্ত হয়ে একাই বারাণসীর উদ্দেশে রওনা দিলেন। গভীর নিদ্রায় সমাধিস্থ দেবতাদের কালনিদ্রা আর ভাঙল না। এবং তাঁরা অনন্তকালের জন্যে পাথর হয়েই রইলেন। এই দেবতাদের সংখ্যা ছিল এক কম কোটি। তাই ঊনকোটি। সেই থেকেই এই রঘুনন্দন পাহাড় হয়ে গেল শৈবতীর্থ ঊনকোটি।

পাহাড়ের গায়ে খোদাই করা মূর্তিগুলোর মধ্যে উল্লেখযোগ্য হল জটাধারী শিব এবং তিরিশ ফুট উঁচু কালভৈরবের মূর্তি। এছাড়া গণেশ, দুর্গা, বিষ্ণু, রাম, রাবণ, হনুমান এবং শিবের বাহন নন্দীর মূর্তিরও দেখা পাওয়া যায়। ঊনকোটির একটি প্রধান দ্রষ্টব্য হল গণেশকুণ্ড। কুণ্ডটির পাথরের দেওয়ালে দক্ষ হাতে খোদাই করা আছে তিনটি গণেশ মূর্তি। এদের ডান পাশে রয়েছে চতুর্ভুজ বিষ্ণু মূর্তি। এছাড়াও আছে ব্রহ্মকুণ্ড। আর্কিওলজিস্টদের মতে, ঊনকোটির অভিনব ভাস্কর্য তৈরী হয়েছিল অষ্টম বা নবম শতাব্দীতে।

শিবরাত্রি, মকর সংক্রান্তি এবং অশোকাষ্টমী মেলা হল ঊনকোটির বিখ্যাত উৎসব। প্রতি বছর মার্চ/এপ্রিল মাসে ঊনকোটি তীর্থে অশোকাষ্টমী মেলা অনুষ্ঠিত হয়। চৈত্র মাসের শুক্লপক্ষের অষ্টমী তিথিতে এই মেলা অনেক সাড়ম্বরে অনুষ্ঠিত হয়।

ঊনকোটি পাহাড়ের স্থাপত্যকলার সঙ্গে অনেকটা কাম্বোডিয়ান স্থাপত্যের মিল পাওয়া যায়। এছাড়াও এইসব মূর্তিগুলোর সঙ্গে বৌদ্ধসংস্কৃতিরও যেন সাদৃশ্য রয়েছে। অনেক মূর্তিই প্রকৃত সংরক্ষণের অভাবে নষ্ট হয়ে গেছে। আবার অনেক কিছু এখনও মাটির তলায় রয়ে গেছে বলে মনে করা হয়। মূর্তিগুলোর অবস্থান দেখে ভাবা যেতেই

পারে, কোনওদিন এখানেও হয়তো মন্দির নগরী ছিল। সন্ধ্যের পাখিরা পেরিয়ে যেতো আলোয় মোড়া পথ।

একসময় বিকেল যখন নিবু নিবু আমরা আমাদের অচেনা মনটিকে ঊনকোটি পাহাড়ের কাছে গচ্ছিত রেখে রওয়ানা দিলাম ঘরে ফেরার রাস্তায়।

পাঠকদের সুবিধার জন্য জানিয়ে রাখলাম কীভাবে যাবেন এই স্থানে।

দেশের বিভিন্ন গুরুত্বপূর্ণ শহরগুলোর সঙ্গে ত্রিপুরার রাজধানী আগরতলার প্রতিদিন বিমান যোগাযোগ আছে। আগরতলা ও কৈলাশহরের মধ্যে প্রতিদিন বাস ও অন্যান্য গাড়িও যাতায়াত করে। দূরত্ব ১৭৮ কিমি। নিকটবর্তী রেলওয়ে স্টেশন উত্তর ত্রিপুরার জেলা সদর ধর্মনগর মাত্র বাইশ কিলোমিটার দূরত্বে। এছাড়াও গৌহাটি, শিলঙ, শিলচর এবং ত্রিপুরার অন্যান্য শহরগুলোর সঙ্গে নিয়মিত এসি নাইটসুপার বাসেরও যোগাযোগ আছে। রাত্রিবাসের জন্যে ধর্মনগরে প্রচুর হোটেল তো আছেই। এছাড়াও মাত্র ৮ কিলোমিটার দূরত্বেই কৈলাশহর শহরেও হোটেল আছে। তবে ধর্মনগরেই নাইট স্টে করা ভাল হবে। যেহেতু এই শহরকে কেন্দ্র করেই যেতে হবে পরবর্তী গন্তব্যে অন্য কোনওদিনে।

সঙ্গীত বিষয়ক আলোচনা

পূর্ব পশ্চিম: সঙ্গীতের দুই দিগন্ত

তপশ্রী পাল

আমরা তখন সবে জন্মেছি। একটি হলিউড ছবি সেই সময় পৃথিবী কাঁপিয়ে দিয়েছিল। সেটি হল রবার্ট ওয়াইসের "দ্য সাউন্ড অফ মিউজিক"। ১৯৩৯ সালের অস্ট্রিয়ার নাৎসি অত্যাচারের পটভূমিকায় তৈরী এই সঙ্গীতময় সিনেমাটি যেন ভারতীয় সঙ্গীতের বাইরে আমাদের কানকে অন্যরকম এক অপূর্ব সঙ্গীত শুনতে বাধ্য করেছিল। এতই সুন্দর ছিল সেই সিনেমার গানগুলি। ঘরে ঘরে কেনা হতে লাগল সাউন্ড অফ মিউজিকের রেকর্ড! ছোট ছোট ছেলেমেয়েদের মুখস্ত হয়ে গেল, "ডো এ ডিয়ার, এ ফিমেল ডিয়ার, রে এ ড্রপ অফ গোল্ডেন সান!" সেই প্রথম আমরা বুঝলাম যেমন আমাদের "সা রে গা মা পা ধা নি সা," তেমনই পশ্চিমের দুনিয়ায় সঙ্গীতের সাতটি স্বর হল, "ডো রে মি ফা সা ল্লা টি ডো"।

আমার বাবা ছিলেন অত্যন্ত সঙ্গীতপিপাসু এবং সঙ্গীতপ্রেমী মানুষ। বাবা তখন একের পর এক ভারতীয় গানের সঙ্গে সঙ্গে বিদেশী গানের রেকর্ড কিনে চলেছেন। আমাদের বিপুল রেকর্ডের ভান্ডার বেড়েই চলেছে। সেই সময় কানে এল ডরিস ডে'র গাওয়া, "কে সেরা সেরা – হোয়াট উইল বি উইল বি," অথবা মন্দ্র গম্ভীর গলায় জিম রিভস-এর, "স্নো ফ্লেক্স, মাই প্রিটি লিটল স্নো ফ্লেক্স – এ হে হে অ্যান্ড দ্য সান অ্যান্ড দ্য ওয়েদার হ্যাস মেড ইট ক্যালিফোর্নি," অথবা হ্যারি বেলাফন্টের "জামাইকা ফেয়ারওয়েল," "মাই হার্ট ইজ ডাউন," অথবা "বানানা বোট সং," ন্যাট কিং কোলের গান। ভারী ভাল লাগত

শুনতে। তখন ভারতীয় শাস্ত্রীয় সঙ্গীত বোঝার বয়স হয়নি। ফলে দিনরাত চলত আমীর খান, বড়ে গুলাম, বেগম আখতার, রবিশংকর। কিন্তু কিছু বুঝতাম না সেই বয়সে। এদিকে লঘু সঙ্গীতে লতা মঙ্গেশকর, মান্না দে, মহম্মদ রফি আর বাংলায় হেমন্ত সন্ধ্যা আরতী-র যুগ। সে সব শোনার মাঝে কানে বেশ অন্যরকম লাগতো ঐ বিদেশী গানগুলি। কিন্তু কেন অন্যরকম, বা কোথাও কি একইরকম? সে কথা ভাবার অবকাশ হয়নি।

এমনি সময় দুটি জিনিস হল। একটু যখন বড় হলাম, "সাউন্ড অফ মিউজিক"-এর গল্পের প্রায় অনুসরণে একটি বাংলা ছবি এল, তার নাম 'জয়জয়ন্তী।' তাতে একটি গান গাইলেন সন্ধ্যা মুখার্জী, "আমাদের ছুটি ছুটি চল নেবো লুটি ওই আনন্দ ঝরণা"। চারিদিকে তখন মাইকে বাজছে সেই গান। এই প্রথম মনে হল, "ডো এ ডিয়ার" আর "আমাদের ছুটি ছুটি" গানের সুরের মধ্যে কোথায় যেন একটা মিল আছে! অথচ যেন এক নয়। কান বলল দুটি গানেই সোজা সোজা সুরের ওঠাপড়া। "ডো এ ডিয়ার" এ লাগছে "সা- রে গাগা, রে গা- রে গাগা, রে- গা মামা গারেগা," আর "আমাদের ছুটি ছুটি" বলছে "সারেগা রেগা রেগামাপা মাপা মাপা"। তবে কি আমাদের আর ওদের গান কোথাও গিয়ে এক? এর বাইরে আর কিছু তখন ভেবে ওঠা হয়নি। আর দ্বিতীয় ব্যাপারটি হল বাবা একটি রেকর্ড চালালেন একদিন, যেটি রেকর্ডের ড্রয়ারগুলোর একেবারে নীচে পড়েছিল। চালাতেই যেন তীব্র উচ্চগ্রামে এক মহিলা চিৎকার করে উঠলেন! সেই কোন উচ্চতায় এক অদ্ভুত সুরের কম্পন চলেছে! তার তীব্রতায় যেন কেঁপে উঠছে টেবলের ওপরে রাখা কাঁচের গ্লাস! ওপরের দিকে বেশী উঠলে মনে হচ্ছে কাঁচ বুঝি এবার ফেটেই যাবে! হাঁ করে তাকিয়ে আছি দেখে বাবা বললেন সেটি হল ওয়েস্টার্ণ ক্লাসিকাল গান! ওরে বাবা! এ কেমন অদ্ভুত গান! মোটেই ভাল লাগেনি সেই গান। তবে এমন নানারকম গানের ধারা যেমন আমাদের আছে, তেমনই ওদেরও আছে, এটা বুঝলাম।

এই নিয়ে আর এগোনোর আগে, কিছু কথা বলে নেওয়া খুব দরকার, মূল ভাবনা চিন্তাগুলি পরিষ্কার করে নেওয়ার জন্য। সেই ভিত্তির ওপরে দাঁড়িয়েই ইস্টার্ণ ও ওয়েস্টার্ণ মিউসিকের মিল ও অমিল নিয়ে আলোচনা করা যাবে।

সঙ্গীতের উৎস হৃদয়ের অন্তঃস্থলে। একটি সুন্দর সুরেলা আওয়াজ আমাদের মনে যে আনন্দ ও খুশী ভরে দেয় তাই সঙ্গীতের

প্রধাণ উদ্দেশ্য। সেই সুরেলা আওয়াজ হতে পারে দূরাগত রাখালের বাঁশী অথবা কোকিলের মিষ্টি কুহুস্বর, ভোরের সানাই কিংবা চার্চের অন্দর থেকে আসা ক্যারলের গম্ভীর সমবেত ধ্বনি, ফিলহারমোনিক অর্কেস্ট্রা কিংবা রবিশংকরের সেতার। আমাদের হৃদয় বলে সবই সুন্দর, কিন্তু আমাদের মস্তিষ্ক? সে কিন্তু বুঝতে চায়, ভাবতে চায়, জানতে চায় এই বিভিন্ন সঙ্গীতের উৎস। আমাদের কান খুঁজে পায় নানারকম আওয়াজ বা সঙ্গীতের সমতা ও ভিন্নতা। আমরা শুনতে পাই নানাধরণের শব্দবন্ধ – প্রাচ্য সঙ্গীত, পাশ্চাত্য সঙ্গীত, শাস্ত্রীয় সঙ্গীত, লঘু সঙ্গীত ইত্যাদি। আমাদের মনে প্রশ্ন জাগে এবং আমরা এগোই এর মূল অনুসন্ধানে।

প্রথমেই বুঝতে হবে একটি আওয়াজ কখন সঙ্গীত হয়ে ওঠে অর্থাৎ কখন তা আমাদের কানে ভাল লাগে। তবে তো আমরা যাব অন্যান্য বিভাজন বা মিল খুঁজতে। আওয়াজ কখন সঙ্গীত হয়ে ওঠে তা বুঝতে গেলে প্রথমেই সহজ কথায় একটু বিজ্ঞানের স্মরণ নিতেই হবে। তারপর আসবে ইতিহাস ও গল্প। প্রাচ্য ও পাশ্চাত্য সঙ্গীতের দুই দিগন্তকে বুঝতে তাই আসুন প্রথমেই শব্দবিজ্ঞানের দ্বারস্থ হই।

শব্দের আদি বৈজ্ঞানিক ব্যাখ্যা থেকে আমরা জানি, যে কোনও বস্তুর কম্পন একটি নির্দিষ্ট কম্পাঙ্কে (ফ্রিকোয়েন্সিতে) হলে তা থেকে একটি আওয়াজ বার হয়। আমরা মূলতঃ ২০ থেকে ২০০০০ হার্টজ এই কম্পাঙ্কের তরঙ্গ কানে শুনতে পাই। একেই বলে শব্দের শ্রুতিসীমা বা রেঞ্জ। এর মধ্যে প্রতিটি শব্দ যে নির্দিষ্ট কম্পাঙ্কের কম্পন থেকে উদ্ভূত হয়, তাকেই বলে সেই আওয়াজ বা শব্দের 'পিচ' বা মাত্রা। যত বেশী কম্পাঙ্ক, তত উঁচু মাত্রা, যত কম কম্পাঙ্ক, তত নীচু মাত্রা। কিন্তু যে কোন একটি পিচে বা মাত্রায় শব্দ হলেই কি তাকে আমরা সুরেলা আওয়াজ বলব? উঁহু, তা মোটেই নয়। এর জন্য সেই আওয়াজ বা 'সাউন্ড'-কে, স্বর বা 'টোন' হয়ে উঠতে হবে এবং এই টোন সুরেলা হয়ে উঠবে যখন এটি হবে কমপ্লেক্স বা জটিল টোন।

কখন একটি স্বর বা টোন সরল থেকে জটিল হয়? সহজ করে বোঝাতে গেলে, একটি টিউনিং ফর্ক যা আমরা অনেকেই স্কুলে পড়ার সময় শব্দের ক্লাসে দেখেছি, তা থেকে নির্গত স্বর হল সরল, কারণ তাতে একটি মাত্র নির্দিষ্ট কম্পাঙ্ক থাকে। কিন্তু প্রকৃতপক্ষে আমাদের চারপাশে আমরা যত শব্দ শুনি তার কোনটিই সরল নয়, জটিল। মানুষের কন্ঠনির্গত স্বর তো সবসময়েই জটিল। কী থাকে একটি জটিল স্বরে? সেখানে থাকে শব্দের একটি মূল কম্পাঙ্ক (বেস) এবং

তার গুণিতকগুলি (হারমোনি)। একটি স্বরের কম্পাঙ্ক যদি হয় ৪১১ হার্টজ, তবে এর হারমোনিগুলি হবে ৪১১*২, ৪১১*৩, ৪১১*৪ এইসব কম্পাঙ্কে। যখন একটি স্বরে মূল কম্পাঙ্কের সঙ্গে সঙ্গে বিভিন্ন হারমোনি কম্পাঙ্কগুলি একেবারে নির্দিষ্ট সঠিক গুণিতকে ব্যবহৃত হয়, তখনই সেই স্বরটি সুরেলা বা সঙ্গীত হয়ে ওঠে, যা আমরা পাই কোকিলের কুহুস্বরে। যদি সঠিক গুণিতকে হারমোনিগুলি না থাকে, অর্থাৎ ১,২,৩,৪ গুণ না হয়ে যদি তা ১.৫ গুণ বা ২.৭৫ গুণ হয়, তখনই বিকৃত বা বেসুরো আওয়াজ বার হবে।

সুরেলা সঙ্গীতের মূল হল এই হারমোনি। সঠিক হারমোনির ব্যবহার পৃথিবীর সব সঙ্গীতেই আছে। তাই সব সঙ্গীতের মূলই এক। কিন্তু তা সত্ত্বেও বিভিন্ন সঙ্গীতের সূক্ষ্ম এবং বৃহৎ পার্থক্যগুলি বোঝার আগে আমাদের আরো কটি কথার অর্থ বুঝতে হবে।

কর্ড – মূল স্বরের তিনটি করে গুণিতক স্বর, বা তিনটি করে হারমোনি স্বর নিয়ে তৈরী হয় এক একটি কর্ড। এগুলি কি যে কোনও গুণিতক? না, তা ঠিক নয়। তারও একটা হিসাব আছে। সেই গুণিতকগুলি চয়ন করা হয়েছে সঙ্গীতের সৌন্দর্য বা অ্যাস্থেটিক্সের দিকে নজর রেখে। তবে সে জটিল হিসাবে এখনি যাচ্ছি না।

মেলোডি - কর্ডের সবচেয়ে উঁচু হারমোনি স্বরটিকে বলে মেলোডি স্বর। কর্ডগুলিকে এমনভাবে চয়ন করা হয় যেন একটি কর্ড থেকে অন্যটিতে অনায়াস ভ্রমণের সময় মেলোডি স্বরগুলির মধ্যে একটি সাযুজ্য থাকে, যাতে সঙ্গীতের প্রকৃত রূপ, রঙ ও গতি কোনভাবে বিঘ্নিত না হয়।

একটি সুরেলা স্বর থেকে অন্য সুরেলা স্বরে সুন্দরভাবে ভ্রমণ করলে তবেই তৈরী হয় মেলোডিক মিউজিক আর সেই মিউজিক বা সঙ্গীতই আরাম দেয় আমাদের কানকে, ভোলায় আমাদের মন।

এই শব্দবিজ্ঞানকে আশ্রয় করেই গড়ে উঠেছে সঙ্গীতশাস্ত্র। আর শাস্ত্র থেকেই তো আসে শাস্ত্রীয় সঙ্গীত বা ক্লাসিকাল মিউজিক। তাই বিভিন্ন সঙ্গীতের মিল ও পার্থক্য খুঁজতে বসলে আমাদের শাস্ত্রীয় সঙ্গীতকে প্রথমে আশ্রয় করতেই হবে। তারপরে আমরা লঘু সঙ্গীত ও মিশ্র সঙ্গীতের সন্ধান করতে পারি।

সঙ্গীতের ক্ষেত্রে প্রাচ্য হল মূলতঃ এশিয়া মহাদেশ আর পাশ্চাত্য হল ইউরোপ। কেন? অন্য মহাদেশগুলি কী দোষ করল? না দোষ কিছু করেনি। তবে সঙ্গীতের উৎস সন্ধানে গিয়ে দেখা গেছে যে এই দুটি মহাদেশেই সঙ্গীতের চর্চা এবং অগ্রগতি হয়েছে সবার আগে।

মধ্যপ্রাচ্যে ইসলামিক সভ্যতা থেকে ইসলামিক সঙ্গীত ও ভারতীয় উপমহাদেশে, সেই বৈদিক যুগ থেকেই সঙ্গীতচেতনা তৈরী হয়। পরে এই দুইয়ের মিলনেই প্রাচ্যের শাস্ত্রীয় সঙ্গীতের সৃষ্টি হয়। পাশ্চাত্য সঙ্গীতের ক্ষেত্রে, ইউরোপে সেই স্থান দেওয়া যায় ইতালী এবং রোমান সভ্যতাকে। পরবর্তীকালে তা ছড়িয়ে পড়ে জার্মানি, অস্ট্রিয়া, ফ্রান্স ও ইংল্যান্ডে।

সুরের গুরু: বৈজু বাওরা

সংগ্রামী লাহিড়ী

“বৈজুউউউউ...” মা ডেকে যায়।

নিশ্চয়ই ছেলেটা গান গেয়ে পথেঘাটে ঘুরে বেড়াচ্ছে। ছোট্ট বৈজুর গলায় সাত সুর খেলা করে। খোলা আকাশের নিচে পাখির কাকলির সঙ্গে মিশে এক হয়ে যায় তার গান।

মা এবার রেগেছে। জিনিসপত্র গুছিয়ে বেরোতে হবে। আর ছেলের হুঁশ নেই?

আসলে কিন্তু ছোট্ট বৈজু, বৈজনাথ উদাস হয়ে বাড়ির পিছনে ঝাঁকড়া শিরিষগাছের তলায় বসে আছে। আজই শেষ দিন। ছেড়ে যেতে হবে চান্দেরি গ্রাম, ছেলেবেলার খেলার মাঠ, পুকুর, নদী, পথের বাঁক। বাবা চলে যাওয়ার পর মায়ের কষ্ট, লড়াই সে দেখছে। দুটি ভাতের জোগাড় করতে কী না করে মা। তবুও রোজ খাওয়া জোটে না। ছোট্ট বৈজুকে আধপেটা খাইয়ে মা উপোস করে থাকে আর কৃষ্ণনাম করে।

কাল রাতে বললো, “চল বৈজু, বৃন্দাবন যাই।”

“কেন, মা?”

“কৃষ্ণের ধাম, সেখানে শ্রীহরির দয়ায় আমাদের দুটো পেটের ব্যবস্থা হবে না?”

সামান্য ক'টা জিনিস, তাই বেঁধে নিয়ে মায়ে-পোয়ে হাঁটতে থাকে। বৈজুর গলার গুনগুনানি শুনে পথচলতি মানুষ থমকে দাঁড়ায়। হরিণ ঘাস খেতে খেতে মুখ তুলে তাকায়। এমনই তার গলার সুর।

সেই সুর শুনেই দাঁড়িয়ে পড়লেন একজন মানুষ। ন্যাড়া মাথা, খালি গা, দৃষ্টি যেন অন্য কোথাও, দেখেই মনে হয় যেন এই মাটির পৃথিবীর লোক নন।

"একে আমায় দেবে? গান শেখাব?"

মা হাতজোড় করে, "ঠাকুর, আপনি কে?"

অল্প হাসেন মানুষটি, "সাধুসন্ত মানুষ আমি, নাম হরিদাস, হরিদাস স্বামী। এর গলায় মা সরস্বতীর আসন দেখতে পাচ্ছি। ওকে আমায় দাও। ভিক্ষে চেয়ে নিচ্ছি।"

"এত দয়া আপনার!" মা ছেলে দুজনেরই চোখে জল।

সেদিন থেকে বৈজুর নতুন জীবন। হরিদাস স্বামীর বৃন্দাবনের আশ্রমে শুধু গান আর গান। ধ্রুপদের আলাপ, লয়কারি, পাখোয়াজের বোল। সাতসুর, বাইশশ্রুতি মায়াজাল বিছিয়ে দেয়। শৃঙ্গাররসে স্নান ক'রে প্রবন্ধগীতি মাধুরী ছড়ায়। বৈজু তার শরীরের প্রতি রোমকূপ দিয়ে শুষে নেয় সুর। পৃথিবী অস্তিত্বহীন, আছে শুধু সুরে অবগাহন। নিত্যনতুন রাগ সৃষ্টি হয়। সারং রাগে অপূর্ব কাব্যিক ধ্রুপদের পদ বাঁধা হয়। বৈজুর গলায় তার অনায়াস সিদ্ধি।

গোয়ালিয়রের রাজা মান সিং তোমরের দরবার থেকে ডাক আসে। রাজা সঙ্গীত রসিক, কবি। অসামান্য প্রবন্ধগীতি লেখেন। গুরু বলেন, "যাও।"

গোয়ালিয়র রীতির ধ্রুপদের শুরু হয় বৈজুর হাত ধরে।

কিন্তু বৈজুর নাড়ির টান যে প্রকৃতির সঙ্গে। রাজদরবারের গানে তার মন নেই, রাজার সভায় তার প্রাণ উচাটন, হাঁপিয়ে মরে সে। তাই কয়েকবছর পরেই বৈজু আবার রাস্তায়। ধ্রুপদীয়া বাউল তম্বুরাটি নিয়ে গান গেয়ে বেড়ায়। কস্তুরী মৃগের মত নিজের গন্ধে নিজেই মুগ্ধ। প্রকৃতির থেকে সুর নিয়ে প্রকৃতিকেই ফিরিয়ে দিচ্ছে। বনের পশুপাখি শোনে সে গান। হরিণ এসে পায়ে মাথা ঘষে। মল্লারের সুরে ময়ূর পেখম মেলে, আকাশে ছেয়ে আসে মেঘ।

লোকে বলাবলি করে, "বৈজু বাবরা বন্ গ্যায়া।" পাগল হয়ে গেছে বৈজু। তাকে এখন সবাই চেনে 'বৈজু বাওরা' নামে।

সেইরকম এক সময়ে খেয়ালখুশির যাযাবর বৈজু চলতে চলতে আসে আগ্রায়। সেখানে আকবরের সভায় গায়কচূড়ামণি তানসেন। বৈজুরই গুরুভাই। হরিদাস স্বামীর কাছেই ধ্রুপদের শিক্ষা। মখমলের কার্পেটে মোড়া দরবার ঘরে সোনা বাঁধানো তানপুরায় তানসেন সুর ছাড়েন। ভারতসম্রাট মুগ্ধ। আগ্রাবাসী সম্মোহিত। সেই আগ্রার

রাজপথে নিজের ছোট্ট তম্বুরাটি নিয়ে আপনমনে বৈজু তার সুরের আঁচলখানি বিছিয়ে বেড়ায়। সে স্বর্গীয় সুর উঠলো বাদশাহের কানে। ফল - তানসেনের সঙ্গে প্রতিযোগিতা।

বৈজু বলে, "আমি পথে ঘাটে ঘুরে বেড়ানো লোক, আমার গানে মাটির গন্ধ। রাজার সভাগায়ক তানসেনের সঙ্গে আমার কীসের বিবাদ?"

কিন্তু না, আগ্রার সুরের আকাশে দুটি সূর্য থাকতে পারে না। প্রতিযোগিতার দিনক্ষণ সব ঠিক।

দেশি তোড়ি বাজল তানসেনের তানপুরায়। আলাপ হয়ে লয়কারী। জড়োয়া গয়নার সূক্ষ্ম কাজের সঙ্গেই তার তুলনা হয়।

ওদিকে বৈজুর গলায় মাটির সুবাস। রাগের শুদ্ধ ও সরলীকৃত রূপ, তার আড়ম্বর নেই, ঘোরপ্যাঁচ নেই। দেশী তোড়ির বিশুদ্ধ সৌন্দর্য মন্দ্রসপ্তক ছুঁয়ে কোমলগান্ধার আর ঋষভের আলোয় উজ্জ্বল। যেন না-ফোটা পদ্মের মত একটি একটি করে পাপড়ি মেলে ধরছে।

তানসেন এবার তারসপ্তকে উঠছেন, তারসপ্তকের পঞ্চমে উঠে মোচড় দিয়ে নেমে এলেন ঋষভে। অপূর্ব কৌশলী কারুকাজ, তেমনি ঠাসবুনোট গমক।

বৈজুও তারসপ্তকে, অনায়াস তার বিচরণ। সুর যেন স্বতঃস্ফূর্ত ঝর্না, নিজের আনন্দেই কুলকুল বইছে।

তারসপ্তক পেরিয়ে অতিতারসপ্তক। তানসেনের তানপুরা সুরের ভার আর বইতে পারল না। ছিঁড়ে গেল তার। থমকে গেল তাঁর গলা।

বৈজুর গলা তখন অতিতারসপ্তকের পঞ্চমে স্থির নিষ্কম্প প্রদীপের একটি শিখার মত জ্বলছে।

কারুকার্যকে অতিক্রম করে গেল সংগীতের স্বর্গীয় সুধা।

আকবর নেমে এলেন তাঁর মসনদ থেকে। বৈজুকে আলিঙ্গন করে বললেন, "এমন গান তোমার, এ গান আমরা ঝাড়বাতির তলায়, গুণীজনের মেহফিলে শুনতে পাই না?"

বৈজু হাসে, "পদ্মফুলের ওপর ভ্রমর দেখেছেন সম্রাট? দেখেছেন মধু খেতে খেতে বিভোর হয়ে পদ্মের ওপরেই তার ঘুমিয়ে পড়া?"

সম্রাট আকবর অবাক বিস্ময়ে চেয়ে আছেন।

বৈজু আবার বলে, "পদ্মের পাপড়ি রাতে মুড়ে যায়, ভ্রমর তখন ফুলের বাহুবন্ধনেই ঘুমিয়ে থাকে। সকাল হয়, সূর্যের আলোয় পদ্ম পাপড়ি মেলে, ভ্রমরও সেই পদ্মের কোলেই জেগে ওঠে। আমিও যে

আমার প্রকৃতির কোলেই বাঁচি, প্রকৃতির কোলেই গান গাই, তার কোলেই ঘুমিয়ে পড়ি। সেই বন্ধনই আমার মুক্তি, আমার চিরজীবনের সঙ্গী পরম ধন।"

সভার সবার চোখে তখন জল। তানসেনের চোখ ঝাপসা হয়ে আসে, মাথা নত হয় শ্রদ্ধায়, গৌরবে।

রাগরঞ্জনী: দরবারী

সম্বুদ্ধ চট্টোপাধ্যায়

হেমন্তের সন্ধ্যা। অস্তগামী সূর্যের লাল আভা ফতেপুর সিক্রির লাল পাথরকে শেষবারের মতন চুম্বন করল। আরক্ত লাল পাথরের অলিন্দে দাঁড়িয়ে যোধা ভাবতে লাগলেন, আজ তিন দিন হল জালাল-এর দেখা নেই। জালালুদ্দিন, ভারত সম্রাট আকবর, শিকারে গেছেন। হেমন্তের আগ্রা বড়ই রুক্ষ, বিধুর, ব্যাকুল। যোধার মনে যেন তারই প্রতিবিম্ব।

দূর থেকে আসা আওয়াজে যেন সম্বিত ফিরল যোধাবাঈ-এর।

হ্যাঁ, ঐ তো, শাহেনশাহ আসছেন। দূর থেকে মুঘল-পরচম উড়িয়ে, শতাধিক অশ্বারোহীর উন্মাদনার সঙ্গে।

বাঁদিদের সত্বর ডেকে নিয়ে নিজেকে প্রস্তুত করলেন যোধা। শম্মাদানের নরম আলো, ঝাড়বাতির বাহারি কাঁচের রঙের ছটা, মখমলি পর্দা আর গালচে-সাজানো খাসমহলে তিনি প্রতীক্ষারত।

চোখে সুরমার শেষ টান দিয়ে, কব্জিতে আতরের সুবাস নিয়ে চোখ তুলতেই দেখলেন জালাল এসেছেন তার খাস কামরায়। হ্যাঁ, তিনিই।

কিন্তু একী! মুখে ক্লান্তির ছাপ, চোখ দুটো হতাশা-ভরা। কোনদিন তো এমন হয় না! জালাল শিকার থেকে এলে জশন বসে, দাসি-বাঁদিদের কোলাহল, সেতার-সানাই, আর ওস্তাদদের আলাপে মুখরিত হয় ফতেপুর সিক্রি। কিন্তু আজ...আজ সবকিছু যেন অন্যরকম।

সৌজন্যের কিছু নিয়মমাফিক কথা সেরে যোধামহল ত্যাগ

করলেন মহামতি আকবর। আজ তাঁর মনে বেদনার দুর্ভেদ্য প্রলেপ। কিছুতেই যেন সহজ হতে পারছেন না। দরবার, পারিষদ আর নফর খোজার উপস্থিতি যেন তাঁকে আরো বিচলিত করছে।

"তখলিয়া" - শাহেনশাহর মুহূর্তের হুকুমে খালি হল দরবার কক্ষ। চিকন কাজের কিংখাব আর চন্দন সুবাসের ললিত মাদকতায় তানসেনের ডাক পড়ল।

নিভৃত আলাপচারিতায় মগ্ন জালাল আর তানসেন। একদিকে ভারতসম্রাট অন্যদিকে সুরসম্রাট।

কিছুক্ষণ পর সেজে উঠল অনুপ তালাব, শম্মাদানের আলো। জোড়া তানপুরার আওয়াজে মুখরিত হলো জালালের বিলাসকক্ষ।

কিন্তু একী! তানসেন মাথা নিচু করে বসে কেন? তবে কি আজ তার গানও শোনা হবে না? উন্মুক্ত তারকাখচিত আকাশ যেন প্রতীক্ষার শামিয়ানা টাঙিয়ে চুপ করে বসে আছে।

এক ফোঁটা চোখের জল মুক্তোর মত তানপুরার তারে ঝরে পড়ল। শুরু হল ধীরে, অতি বিলম্বিত আলাপ। লাল পাথরের প্রতিটি অলিন্দ, স্তম্ভ আর চবুতরার দীর্ঘলালিত ব্যথা ও অভিমানের যেন সুদীর্ঘ প্রতিসরণ। আলাপের দীর্ঘ মিড় ঋষভ ও মন্দ্র ধৈবত দিয়ে ছবি আঁকছে। কী অপূর্ব!

জালাল যেন দেখতে পেলেন আরো একবার। হ্যাঁ, আরো একবার।

শিকার করতে গিয়ে তিনি শরবিদ্ধ করেছিলেন একটি তিতির পাখিকে। তীরবেঁধা তিতির মাটিতে পড়ে ছটফট করছে। একটু একটু করে তার প্রাণবায়ু বেরিয়ে আসছে। শেষবারের মতন শরীরে হালকা কম্পন তুলে নিথর হল তিতির। এরপরই ঘটল এক আশ্চর্য ঘটনা। কোথায় ছিল তার সাথী, উড়ে এসে মৃত তিতিরকে বৃত্তাকার প্রদক্ষিণ করতে লাগল। পাখিটির সকরুণ হাহাকার, আর্তনাদ আর ক্রন্দনধ্বনি আকবরের হৃদয়কে ক্রমশ অবশ করে তুলল। মৃত সঙ্গীকে প্রদক্ষিণরত অন্য তিতিরটির সেই কান্না যেন তিনি আবার শুনতে পাচ্ছেন, তানসেনের গানে।

হ্যাঁ, ঠিক তাই। কোমল গান্ধার ও কোমল নিষাদের মোচড় যেন

সাথীহারা পাখির হাহাকারের প্রতিবিম্ব। সুর ভুলিয়ে দিচ্ছে দুঃখ। শান্তির প্রলেপ ফেলছে বেদনায়।

ধীরে ধীরে জোড় আলাপে উপনীত হল রাগ। কোমল ধৈবত পঞ্চমে নেমে আসছে কোমল নিষাদ ছুঁয়ে। সুর যেন তার রাজকীয় দাঢ্য ছেড়ে ফকির দরবেশের রূপ ধারণ করেছে। রক্তিম গরিমা যেন ত্যাগের গেরুয়া। মহামতির চোখ ঝাপসা, নোনা জলের জোয়ার চোখের সুর্মার কলুষকে ধুয়ে দিয়ে যাচ্ছে। সব চুপ। শুধু সুরের বৈরাগ্য, আর কিছু নেই।

গান শেষ হল। আকবরকে কুর্নিশ জানালেন তানসেন। আরক্ত চোখের জল মুছে জালালউদ্দিন নিজের কাছে ডাকলেন তাঁর সভারত্নকে। তাঁর মন এখন অনেক হালকা। সম্ভ্রমভরে করচুম্বন করে আলিঙ্গন করলেন তানসেনকে। জিজ্ঞাসা করলেন, "এ কোন রাগ গাইলে বন্ধু যাতে অশান্ত মনে শান্তি এল?"

মন্দ্রমধুর কন্ঠে সুরসাধকের উত্তর, "শাহেনশা, এই রাগের সঙ্গে আপনার দরবারের নাম জড়িয়ে থাকবে চিরকাল। আপনারই জন্য তৈরী করলাম, রাগ দরবারী।"

ডিস্ক্লেমার - এটি একটি ইতিহাস-আশ্রিত রচনা

ইতিহাস আশ্রিত রচনা

দ্বিতীয় বিশ্বযুদ্ধ: কিছু আশ্চর্য্য রহস্যের গল্প

ইন্দ্রনীল বক্সী

পৃথিবীতে অজস্র রহস্য রয়েছে যা এখনও উন্মোচিত হয়নি। তার বেশীরভাগটাই প্রাকৃতিক হলেও, মনুষ্যসৃষ্ট ইতিহাসেও রয়েছে অনেকে রহস্য, যার সমাধান হয়নি! আর দ্বিতীয় বিশ্বযুদ্ধের তো তুলনাই হয় না, কত যে রহস্য রয়ে গেছে এর সহস্র অন্ধকার গোপন। এই পর্বে তার কিছু জেনে নেওয়া যাক নাহয়!

১। নাজিবাহিনীর সোনালী ট্রেন

এপ্রিল ১৯৪৫, তখন একদা পৃথিবী জয় করার স্বপ্ন দেখা নাজিবাহিনী বুঝে গেছে যে যুদ্ধের অভিমুখ বদলাচ্ছে, এবং তা মোটেও তাদের অনুকূলে নয়। কিছু সুত্রের খবর অনুযায়ী তারা তখন একটি ট্রেন বোঝাই করে নানা জায়গা থেকে লুঠ করে আনা ধনসম্পদ ও সোনাদানা, যা তারা বিজিত ও দখলকৃত দেশগুলি থেকে লুন্ঠন করে, কুখ্যাত হলোকস্টের সময় ইহুদিদের কাছ থেকে কেড়ে নিয়ে মজুত করেছিল। সব ধনসম্পদ তারা সেই ট্রেনে তোলে।

ট্রেনটি ওউল মাউন্টেন দিয়ে যাওয়ার সময় অদ্ভুত ভাবে হারিয়ে যায়! হ্যাঁ, একটা আস্ত ট্রেন ভ্যানিশ! বুঝুন ব্যাপারখানা। কেউ কেউ মনে করে পাহাড়ের মধ্যে 'ডের রাইজ' যোজনার অন্তর্গত, যা জার্মান বাহিনীর জন্য তৈরী টানেলের মধ্যে দিয়ে যাওয়ার সময় সেটি ভ্যানিশ হয়ে যায় বেমালুম!

একটা আস্ত ট্রেন যা কিনা সোনাদানা সহ বহু বহুমূল্য জিনিসে

ঠাসা, তা হারিয়ে গেল! আজ পর্যন্ত কোনো অনুসন্ধানকারী দল বা ট্রেজার হান্টাররা তার খোঁজ পায়নি।

২। ফু্য ফাইটারের রহস্য

১৯৫৩ সালে যখন অফিসিয়ালি মার্কিন বিমান বাহিনী UFO বা অজানা উড়ন্ত বস্তুর অস্তিত্ব স্বীকার করল বা ঘোষণা করল, তার বহু আগে দ্বিতীয় বিশ্বযুদ্ধের সময়ে কিছু পাইলট আকাশে রহস্যজনক উড়ন্ত বস্তু লক্ষ্য করেছিল, সেগুলিকে তারা নাম দিয়েছিলো 'ফু্য ফাইটার'। এই নামের একটা জন্মবৃত্তান্তও রয়েছে! 'স্মোকি স্টোভার' নামে একটি কমিক স্ট্রিপ, যা শিল্পী বিল হেলম্যানের সৃষ্টি, এই নামের উৎস সেখান থেকে।

প্রাথমিকভাবে এয়ারফোর্সের ৪১৫ নাইট স্ক্রোয়াডন এবং তাদের রেডার অপারেটার ডোনাল্ড জে মেইরেস এ ব্যাপারে আলোকপাত করে। সাধারণভাবে এগুলিকে শত্রুপক্ষ অর্থাৎ অক্ষশক্তির কোনো গোপন উড়োজাহাজ বা অস্ত্রই মনে করা হত। কিন্তু শেষ পর্যন্ত এটিরও নিশ্চিত রহস্য ভেদ হয়নি এক প্রাকৃতিক আলোর কারসাজি ধরে নেওয়া ছাড়া।

৩। সবুজ অরণ্যে স্বস্তিকা

সালটা ১৯৯২ হবে। এক তরুণ কর্মী, যে ব্রান্ডেনবার্গের একটি ল্যান্ডস্কেপ কোম্পানীর কর্মচারী, সে তার উচ্চাপদস্থকে কিছু ছবি দেখায়। তরুণ কর্মীটি একটি প্রকল্পের অন্তর্গত বনাঞ্চলের মধ্যে দিয়ে সেচ প্রকল্পের কাজ করার সময় নেওয়া উপর থেকে কিছু ছবি দেখে হতবাক হয়ে যায়। ঘন সবুজ পাইনের জঙ্গলের মাঝে আনুমানিক ১৪০টি লার্চ ট্রি আবিষ্কার করে। লার্চ গাছ এমন এক প্রজাতির গাছ যা পাইনের মতো নয়, এই বিশেষ প্রজাতির গাছ শরৎকালে রঙ বদলায়। বছরের ওই বিশেষ ঋতুতে তারা প্রথমে হলুদ এবং তারপর খয়েরি রঙের হয়ে ওঠে। এমনিতে সাধারণভাবে অন্য সময় লার্চ গাছগুলি অনভ্যস্ত চোখে উপর থেকে দেখলে পাইনের থেকে আলাদা করা মুশকিল। কিন্তু এই ১৪০টি লার্চ গাছ প্রাকৃতিকভাবে ওখানে বেড়ে ওঠেনি। তাদের নির্দিষ্ট নকশায় সেখানে রোপণ করা হয়েছে, সেই নির্দিষ্ট নকশাটি বছরের মাত্র কিছু সপ্তাহে দেখা যায় লার্চ গাছের এই আশ্চর্য্য রঙ পরিবর্তনের জন্য। এবং সেই নির্দিষ্ট নকশাটি হলো

স্বস্তিকা। যা কিনা একটি নির্দিষ্ট সময় একমাত্র আকাশ থেকে এবং বিশেষ কোণ থেকেই দেখা যায়!

গাছগুলির সমীক্ষা করে জানা গেছে সেগুলি অন্তত ৬০ বছরের পুরানো, অর্থাৎ ১৯৩০ সাল নাগাদ তা রোপণ করা হয়েছে। আরও আশ্চর্যের, 'কুতজেরোয়া হিতের' এই অরণ্য তথা তৎকালীন পূর্ব জার্মানির সোভিয়েত শাসন ও আধিপত্যের সময়ও তা অনাবিষ্কৃত থেকে গেছে এতগুলো বছর! প্রশ্ন হচ্ছে, কেন এভাবে এই লার্চ গাছ বিশেষভাবে লাগানো হয় এবং কারা লাগায়?

ওয়াইবাডেনের ঘন অরণ্যে ছাড়াও কিরঘিস্তানের কাছে জঙ্গলে দেখা যায় একটি উলটো স্বস্তিকার নকশা একই রকমভাবে! মনে করা হয় নাজি পার্টির এই দলীয় প্রতীক, পরে নিষিদ্ধ ঘোষণা করা হয় জার্মানি জুড়ে তা, এভাবে অলক্ষ্যে গড়ে তোলার পিছনে রয়েছে জার্মান যুদ্ধবন্দীরা। কিন্তু রহস্যজনক ভাবে তা এত বছর অনাবিষ্কৃত থেকে গেছিল।

৪। ঠিক কী ঘটেছিল জার্মান ইউ বোট U530-এর?

মে মাস, ১৯৪৫ সাল। জার্মান নাজি বাহিনী আত্মসমর্পণের প্রস্তুতি নিতে শুরু করেছে। যুদ্ধ শেষ, ফলাফল নিশ্চিত হয়ে গেছে, মিত্রশক্তি তথাকথিত জয়লাভ করেছে। বিশ্ব জুড়ে দগদগে যুদ্ধের ক্ষত। সেই সময় জার্মান নৌবাহিনীর প্রধান অ্যাডমিরাল কার্ল ডনিৎজ, তিনি একাধারে রাইখ প্রধান ও রাষ্ট্র প্রধান, তিনি নির্দেশ দেন যেখানে যত জার্মান নৌবাহিনীর জাহাজ ও ইউবোট অবশিষ্ট রয়েছে তারা যেন বিলম্ব না করে মিত্র শক্তির নৌবাহিনীর কাছে আত্মসমর্পণ করে যে যেখানে আছে। U530 তখন মাঝসমুদ্রে, ইউবোটটিতে জানুয়ারি নাগাদ এক নতুন অফিসার নিয়োগ হন যাঁর নাম লেফটেন্যান্ট ওট্টো ওয়েরমুথ। এরপর এক অদ্ভুত ঘটনা ঘটে, পরবর্তী দুমাস এই ইউবোটটির কোনও খোঁজই পায় না মিত্রশক্তির নৌবাহিনী!

জুলাই মাসের ১০ তারিখ নাগাদ ইউবোট U530 আর্জেনন্তিনার মার দে প্লাটা উপকুলে ভেড়ে এবং তাদের কম্যান্ডার আর্জেন্তেনীয় নৌবাহিনীর কাছে আত্মসমর্পণ করেন। কিন্তু প্রশ্ন হচ্ছে ইউরোপিয় উপকুল থেকে আর্জেন্তিনা উপকুলে পৌঁছতে যেখানে বড় জোর দু'সপ্তাহ লাগা উচিত সেখানে দু'মাস এই ইউবোটটি কোথায় ছিল!

এবং কেনই বা তারা মার দে প্লাটার উপকুলকে বেছে নিল! এর কোনো ব্যাখ্যা দেওয়া হয়নি বা নথি নেই আজও।

এছাড়াও রয়েছে আরও রহস্য! ইউবোটটির সঙ্গে অবধারিত ভাবে যে ডেক গানটির থাকার কথা সেটি ছিল না, আত্মসমর্পণকারী জার্মানারা আর্জেন্তেনীয়দের নাকি জানায় সেটি সমুদ্রেই নষ্ট হুয়ে গেছে, এছাড়াও অবাক হওয়ার মত ব্যাপার যে বোটটির নাবিকদের কারও কাছেই কোনো পরিচয়পত্র ছিল না, যা নাজি জার্মানির মতো একটি দেশে, যার প্রতিটি নাগরিকদের সঠিক ও যথেষ্ট পরিচয়পত্র থাকা ছিল বাধ্যতামুলক। সবথেকে বড় যে অসঙ্গতি সেটি হল ইউবোট 530 এ ছিল না কোনো লগবুক! যেখানে থাকার কথা ছিল গত দু'মাসের যাবতীয় রেকর্ড। কোনো বিশেষ কারণে চূড়ান্তভাবে সেন্সর করা হয় এই ইউবোটটির যাবতীয় তথ্য।

এদিকে আর্জেন্তেনীয় কতৃপক্ষ জার্মানদের জেরা করে মার্কিন বাহীনির অনুপস্থিতিতেতে, এই যুক্তিতে যে মার্কিনীরা থাকলে জার্মানরা মুখ খুলবে না! জার্মান বাহিনীকে গ্রেপ্তারের পর ব্যুয়েনস এইয়ার্সের এক সাংবাদিক একটি পুলিশ রিপোর্টের উল্ল্যেখ করে সংবাদ করে যে একটি অজানা সাবমেরিন আর্জেন্তীনার এক নির্জন উপকূলে একজন উচ্চ পদস্থ অফিসারের পোশাক পরা ও একজন সাধারণ নাগরিককে নামিয়েছে! পরবর্তীকালে এই খবরই মুল ইন্ধনের কাজ করে এই ধারণার, সন্দেহের যে তবে কি ফ্যুয়েরার আর্জেন্তিনায় পালিয়ে গিয়ে আত্মগোপন করেছেন! ... ইউবোট 530 দুমাস কোথায় ছিল এবং ঠিক কী করছিল - এই রহস্য আজও রয়ে গেছে।

পাশ্চাত্য শিল্পকলার ইতিহাস

সুমন কল্যাণ মালাকার

'ও কলকাতা'য় দীর্ঘদিন ধরে লিখছি পাশ্চাত্য শিল্পকলা নিয়ে। এমন এক ইতিহাস যা বলে শেষ করা যায় না – আজকের এই পর্বে তুলে ধরার চেষ্টা করব এমনই এক অপরিচিত অধ্যায়। পাশ্চাত্য শিল্পকলা বলতেই সবার আগে যেটা মনে পড়ে তা হল ভ্যান গখ, ভারমিয়র, মাইকেলাঞ্জেলো, র‍্যাফেল, সুরাত ও আরও অনেক ইউরোপিয়ান শিল্পীদের কাজ। রেনেসাঁস নিয়ে অনেক আলোচনা হলেও সব সময়ই যে তা কৌতূহলোদ্দীপক হয় তা কিন্তু নয়, বরং সময়বিশেষে একঘেয়েমির পর্যায়ে পড়তে পারে। তাই আজকে বেছে নিচ্ছি এমন একটা বিষয় যা হয়ত তথাকথিত ধ্রুপদী শিল্পের আলোচনায় খুব একটা উঠে আসে না – এমন এক ইতিহাস যেখানে শিল্পকলা আর সাহিত্য মিশে গেছে ওতঃপ্রোতভাবে।

যদি জিজ্ঞেস করি পৃথিবীর প্রথম মহাকাব্য কী? অনেকেই হয়ত বলবেন রামায়ণ-মহাভারত, কেউ বলতে পারেন Beowulf। কিন্তু এগুলোর কোনওটাই ঠিক নয়। অনুমান করা হয় পৃথিবীর প্রথম মহাকাব্যটি লেখা হয়েছিল সুমেরীয় সভ্যতার সময়ে। গল্প এবং তার মধ্যে মিশে থাকা অসংখ্য রূপক জানলে বোঝা যাবে সমকালীন মানুষের কল্পনাশক্তি ও তার প্রকাশভঙ্গির সৃজনশীলতা কোন পর্যায়ে পৌঁছেছিল, কিন্তু শুধু কাহিনীর গভীরতা নয় – প্যাপিরাস বা গাছের পাতায় লেখার পদ্ধতি প্রচলন হওয়ার অনেক অনেক আগে সেই কাহিনীকে পোড়ামাটির ফলকে লিখে অমরত্ব দেওয়ার এত প্রাচীন

নিদর্শন আর পাওয়া যায় না। প্রথমে পাঁচটি পৃথক দীর্ঘ সুমেরিয়ান কবিতা দিয়ে শুরু হওয়ার পর রচিত হয় আক্কাদীয় ভাষায়। মহাকাব্যের পাওয়া প্রথম সংস্করণটি 'ওল্ড ব্যাবিলনিয়ান' নামে পরিচিত। এর পরের সংস্করণ পাওয়া যায় খ্রিস্টপূর্ব ১৩ থেকে ১০ শতাব্দীর। ১২ ফলকের এই সংস্করণের দুই-তৃতীয়াংশ উদ্ধার হয়েছে। সবচেয়ে ভাল প্রতিলিপি পাওয়া গেছে খ্রিস্টপূর্ব সপ্তম শতাব্দীর অ্যাসিরীয় রাজা আশুরবানিপালের গ্রন্থাগারের ধ্বংসাবশেষে। আশুরবানিপাল রাজত্ব করেছেন ৬৬৮ থেকে ৬২৭ খ্রীষ্টপূর্বাব্দে।

এবার জেনে নেওয়া যাক সেই গল্প – সেই সময়ে রাজকীয় দলিলপত্র বা ধর্মীয় সাহিত্যের মত প্রচলিত রচনাশৈলীর মধ্যে কিউনিফর্ম লিপিতে লেখা হয় 'গিলগামেশ', যার মূল চরিত্র ছিলেন সুমেরীয় সভ্যতায় সবচেয়ে বিখ্যাত রাজা স্বয়ং গিলগামেশ। ইনি ছিলেন উড়ুকের চতুর্থ রাজা লোগালবান্দা ও দেবী রিমাত নিনসান-এর সন্তান - ঐশ্বরিক ক্ষমতার অধিকারী এক অতিমানব। লক্ষ্য করলে সময়টা খুব সম্ভবত খ্রীষ্টপূর্ব ৩ সহস্রাব্দের প্রথমার্ধ। যে কোনও ঐতিহাসিক সাহিত্যে বাস্তব ও কল্পকথার মিশেল লক্ষণীয়, গিলগামেশও তার ব্যতিক্রম নয়।

প্রথম অংশে বলা হয়েছে গিলগামেশ ছিলেন উরুকের একজন রাজা, যিনি খুবই শক্তিশালী ও অত্যাচারী। বিশেষ করে মহিলাদের উপর খুবই অত্যাচার করতেন ক্ষমতার অপব্যবহার করে। প্রজারা অতিষ্ঠ হয়ে সর্বোচ্চ দেবতা আনু-র কাছে প্রার্থনা করে। দেবতা আনু তখন সৃষ্টির দেবী আরুরুকে ডেকে পাঠান। আরুরু জলে হাত ধুয়ে একটুখানি মাটি দিয়ে তৈরি করেন লোমে ঢাকা এক বিশাল পুরুষ এন্‌কিদু-কে। নগ্ন অবস্থায় সে বিস্তৃত অরণ্যে ঘুরে বেড়াতে থাকে এবং বন্য পশুরাও তার বন্ধু হয়ে ওঠে। সে ঐ অঞ্চলে বন্যপ্রাণীদের ধাক্কা দিয়ে জলের গর্তে ফেলে দিয়ে আহত করতে থাকে – ফলে রাখাল ও শিকারিদের বিরক্ত হতে শুরু করে। এন্‌কিদু-কে উরুক শহরে নিয়ে আসার জন্য উরুক শহরের সুন্দরী গণিকা শামহাতকে জঙ্গলে পাঠান হয়। শেষবার এন্‌কিদুকে যেখানে দেখা গেছিল, সেখানে শামহাত ল্যায়ার্স (lyres) বা হার্প বাজিয়ে গান গাইতে শুরু করে। সেই মোহিনী সুরে গোটা জঙ্গল আলোকিত হয়ে ওঠে। বনের মধ্যে শামহাতকে দেখে অবাক হয়ে যায় এন্‌কিদু। ওদিকে তার আবেগপ্রবণ দৃষ্টি শামহাতকেও মুগ্ধ করে। একে অপরের প্রেমে পড়ে যায় দুজনেই। ছ'দিন সাত রাত শামহাতের সাথে কাটিয়ে এন্‌কিদু ধীরে ধীরে মানুষের মত কথা বলা

ও আচার-ব্যবহার করা শুরু করে। বনের বন্ধুদের সাথে তার দূরত্ব বাড়তে থাকে। অবশেষে শামহাত এন্‌কিদুকে উরুক শহরে নিয়ে আসতে সক্ষম হয়।

এর মধ্যে গিলগামেশ স্বপ্ন দেখেন তার মা নিনসান বলছেন, "একজন শক্তিশালী বন্ধু তাঁর কাছে আসবে।" গিলগামেশ এক বিবাহ অনুষ্ঠানে এসে নবধুর সাথে সম্ভোগ করার ইচ্ছা প্রকাশ করেন। বিবাহের পবিত্র বন্ধনকে অপমান করার জন্য এন্‌কিদু আপত্তি জানায় এবং রাস্তা অবরোধ করে। গিলগামেশ অহং-এ আঘাত লাগে। তিনি পরের দিন শহরের সীমানা প্রাচীর তৈরির কাজ স্থগিত করার আদেশ দেন এবং সীমানা প্রাচীরের উপর দাঁড়িয়ে যুদ্ধ করবেন স্থির করেন, যাতে নগরবাসীরা এই লড়াই দেখতে পায়। শামহাত ও এন্‌কিদু শহরের দিকে এগিয়ে আসে। তাদের দেখে গিলগামেশ চিৎকার করে ঘোষণা করেন, 'এই শহর আমার। আমি এই শহরের অধিপতি। কেউ আমার অনুমতি ছাড়া এই শহরে প্রবেশ করতে পারে না। আমি তোমাকে যুদ্ধে আহ্বান করছি।'

এন্‌কিদু প্রত্যুত্তরে বলে, "আমি তৈরি।"

শুরু হয় ভয়ঙ্কর এক যুদ্ধ - পৃথিবী কেঁপে ওঠে আকাশে বিদ্যুতের ঝলকানিতে, যেন দেবতাদের মধ্যে যুদ্ধ চলছে পৃথিবীর অধিকারের জন্য।

যুদ্ধ চলাকালীন হঠাৎ গিলগামেশ পা-পিছলে দেওয়াল থেকে পড়ে যান। এন্‌কিদু তাঁর হাত ধরে তাকে আসন্ন মৃত্যুর মুখ থেকে উদ্ধার করে। গিলগামেশ উঠে দাঁড়িয়ে এন্‌কিদু-র দিকে বন্ধুত্বের হাত বাড়িয়ে দেন। এই বন্ধুত্বের আমন্ত্রণ মানুষ হিসেবে গিলগামেশের চরিত্রে বদল আনতে শুরু করে। গিলগামেশ পরাক্রম ও বীরত্বের পাশাপাশি করুণা ও নম্রতার অধিকারী হয়ে ওঠেন। সব দিক থেকে একজন উন্নত মানুষ। এন্‌কিদু ও গিলগামেশ একে অপরের ঘনিষ্ঠ বন্ধু হয়ে যান – এবং এই ঘটনাটি উপন্যাসের অভিমুখ বদলে দেয়।

কিছুকাল পরে গিলগামেশ সিডার পর্বতে অভিযান চালিয়ে বনের দৈত্যাকার রাক্ষস 'হাম্বাবা'কে হত্যা করতে চান। প্রথমে এন্‌কিদু এবং রাজপরিষদেরা বিরোধিতা করেন কারণ সিডার পর্বতের জঙ্গল দেবতাদের পবিত্র রাজ্য, মানুষদের জন্য নয়। কিন্তু গিলগামেশ কারও কথায় কর্নপাত করেন না। সিডার পর্বতে যাওয়ার পথে গিলগামেশ বেশ কয়েকবার দুঃস্বপ্ন দেখেন। এন্‌কিদু স্বপ্নগুলোকে শুভ ইঙ্গিত বলে ব্যাখ্যা করে তার মনোবল বৃদ্ধি করতে সাহায্য করে। জঙ্গলে দৈত্যাকার

রক্ষক ‘হাম্বাবা’ র সাথে লড়াই শুরু হয়। দৈত্যাকার রাক্ষস ‘হাম্বাবা’ পরনে ছিল সাত স্তরের একটি বর্ম। গিলগামেশ হাম্বাবা’কে তাঁর বোনের সাথে বিবাহের প্রস্তাব দেন, যাতে সে তার সাত স্তরের বর্ম থেকে বেরিয়ে আসে। শেষমেশ সূর্যদেবতা শামসের সাহায্যে তিনি ‘হাম্বাবা’কে পরাজিত করতে সমর্থ হন। এন্‌কিদু প্রথমে দৈত্যাকার রাক্ষসকে হত্যা করার উপদেশ দিলেও গিলগামেশ তাকে ক্ষমা করে দেন। তখন হাম্বাবা দুজনকে অভিশাপ দেয়। এরপর গিলগামেশই ‘হাম্বাবা’কে হত্যা করেন।

এই ঘটনার পর সুমেরীয় প্রেম ও যুদ্ধের দেবী ইশতার গিলগামেশের প্রেমে পড়েন। কিন্তু পুর্ব প্রেমিকের উপর তাঁর দুর্ব্যবহারের কারণে গিলগামেশ দেবীর প্রেম প্রত্যাখ্যান করেন। বিক্ষুব্ধ দেবী ইশতার তাকে শায়েস্তা করতে স্বর্গ থেকে একটি ষাঁড় পাঠান এবং হুমকি দেন তাঁর প্রেমের প্রস্তাব স্বীকার না করলে তাহলে এই ষাঁড় তাকে হত্যা করবে, দেশে নেমে আসবে ভয়ঙ্কর খরা ও মহামারী। কিন্তু গিলগামেশ ও এন্‌কিদু দুই বন্ধু ষাঁড়টিকে হত্যা করতে সমর্থ হন। শেষে মৃত ষাঁড়টির কলিজা দেবতা শামসকে উৎসর্গ করা হয় এবং বাকি অংশ বিক্ষুব্ধ ইশতারের দিকে ছুঁড়ে দেওয়া হয়।

যখন গোটা উরুক শহর বিজয়ের আনন্দে মত্ত, তখন এন্‌কিদু দুঃস্বপ্ন দেখতে শুরু করে - হাম্বাবা ও ষাঁড় হত্যার ঘটনায় দেবতারা ক্ষুব্ধ, অভিশাপ দিচ্ছেন এবং বাস্তবিকই সে অসুস্থ হয়ে মৃত্যুর কোলে ঢলে পড়ে। এন্‌কিদু’র পরিণতিতে গিলগামেশ যারপরনাই বিমর্ষ হয়ে পড়েন। বন্ধুকে ফিরিয়ে আনার আশায় তিনি দেবতাদের উপহার দিয়ে তুষ্ট করার চেষ্টা করেন। গ্রামের চাষী থেকে নগরের পুরোহিত – সমস্ত প্রজাকে বিলাপ করার আদেশ দেন। শহরে এন্‌কিদু-র মূর্তি স্থাপন করার নির্দেশ দেন। ছ'দিন সাত রাত্রি ধরে এন্‌কিদু’র মৃতদেহ নিয়ে শোকপালন করতে থাকেন এই আশাতে যে একদিন সে বেঁচে উঠবে। কিন্তু তারপরেও যখন সে বেঁচে ওঠে না, তখন তিনি তাঁর প্রাণপ্রিয় বন্ধুকে আনুষ্ঠানিকভাবে সমাধিস্থ করেন। মৃত্যুভয়ে গিলগামেশকে বিচলিত করে তোলে এবং তিনি অমরত্বের প্রতি অভীষ্ট হন।

মহাকাব্যের দ্বিতীয় ভাগে বন্ধুর মৃত্যুতে শোকাহত গিলগামেশ অনন্ত জীবনের সন্ধানে বেরিয়ে পড়েন। অনেক শহর ও গ্রাম পেরিয়ে, অনেক মানুষের সাথে আলাপচারিতার ফলে তিনি উপলব্ধি করেন যে, “যে জীবন তুমি খুঁজছ সেটা কোনদিনও পাবে না। ভগবান যখন মানুষ তৈরি করেছিলেন তখন মানুষের ভাগে দিয়েছিলেন মৃত্যু এবং

নিজের হাতে রেখেছিলেন জীবন।” কিন্তু এরপরও তিনি নিরস্ত না হয়ে অমরত্বের খোঁজে এগিয়ে যেতে থাকেন। মহাপ্লাবনের সময় বিশাল বড় নৌকা করে সমস্ত প্রাণীদের বাঁচিয়ে উথনাপিশটিম ও তার স্ত্রীর অমরত্ব লাভ করেছিলেন। পৃথিবীর অন্য প্রান্তে বসবাসকারী এই দম্পতির সাথে দেখা করতে গিলগামেশ অনেক পাহাড়-পর্বত, সমুদ্র পেরিয়ে পৃথিবীর শেষ প্রান্তে ডিলমুনে এসে পৌঁছন এবং উথনাপিশটিমের কাছে চিরজীবী হয়ে ওঠার উপায় জানতে চান। উথনাপিশটিম জানান ছ'দিন সাত রাত অনিদ্রায় কাটাতে সমর্থ হলে অমরত্ব লাভের উপায় জানান হবে। উথনাপিশটিম এই শর্তও যোগ করেন যে যদি এই পরীক্ষাতে উত্তীর্ণ না হলে তাঁকে উরুকেই ফিরে যেতে হবে।

ক্লান্ত গিলগামেশ প্রথম শর্ত পালন করতে ব্যর্থ হন কারন তিনি প্রথম দিনই ঘুমিয়ে পড়েন। দ্বিতীয় বার তাঁকে সুযোগ দিয়ে বলা হয় গভীর সমুদ্রের এক উদ্ভিদের কথা যা তাঁকে অমরত্ব দিতে পারে। গিলগামেশ গভীর সমুদ্রে সন্ধান চালিয়ে সেই উদ্ভিদ উরুকের বাসিন্দাদের জন্য নিয়ে আসতে চান, কিন্তু নিয়ে আসার পথে এক সাপ সেই উদ্ভিদটি চুরি করে নেয় (এই উদ্ভিদটি কারণেই সাপ তার খোলস মোচন করে পুনর্যৌবন লাভ করতে পারে)। এবারও গিলগামেশ শর্ত পালনে ব্যর্থ হন এবং ক্লান্ত, হতাশাগ্রস্ত অবস্থায় তাঁকে উরুকে ফিরে আসতে হয়।

পরবর্তীকালে গিলগামেশের মহাকাব্যের যথেষ্ট প্রভাব দেখা যায় অন্যান্য রচনায়। যেমন গ্রীক কবি হোমারের লেখা মহাকাব্য ‘ওডিসি’তে ওডিসিয়াসের ঘরের ফেরার গল্প কোথায় যেন গিলগামেশের পরিভ্রমনের সাথে মিশে যায়। গিলগামেশের মহাকাব্যে বিবৃত মহাপ্লাবন কাহিনীর কিছু দিক বিভিন্ন ধর্মগ্রন্থে (“বাইবেল” এবং “কোরানে”) লক্ষ্য করা যায়। হিন্দু, গ্রীক, সিরিয়ার সংস্কৃতিতেও মহাপ্লাবন কাহিনীর উল্লেখ লক্ষ্য করা যায়। গিলগামেশের মহাকাব্য মূলত একটি ধর্মনিরপেক্ষ আখ্যান। এটি কোনও ধর্মীয় আচারের অংশ হিসাবে কখনও পাঠ করা হয়েছিল বলে কোনও নিদর্শন পাওয়া যায়নি। গিলগামেশের মহাকাব্য-এর কবিতাগুলোতে অনেকধরণের ছন্দের অলঙ্কার, শ্লেষ, দ্ব্যর্থক শব্দপ্রয়োগ, ইচ্ছাকৃত অস্পষ্টতা ও বিদ্রূপ লক্ষ্য করা যায়। আক্কেদীয় সংস্করণটির প্রতিটি লাইনে চারটি বিট-এর ছন্দময় শ্লোক দেখা যায়। সেখানে সুমেরীয় সংস্করণে লাইনগুলো ছোট এবং দু'টি বিট-এর ছন্দময় শ্লোক দেখা যায়। ঠিক

যেমন গ্রীক কবি হোমার ব্যবহার করেছিলেন 'ইলিয়াড' ও 'ওডিসি'-তে, এখানেও স্টক এপিথেট (কোন বস্তু বা কোন ব্যক্তির বর্ণনা দেওয়ার জন্য একটি বর্ণনামূলক শব্দ বা বাক্যাংশের নিয়মিত ব্যবহার) এর ব্যবহার বিশেষ ভাবে লক্ষ্যণীয়। সহজেই অনুমান করা যায় সুমেরীয়রা সাহিত্যচর্চাতে পিছিয়ে ছিল না।

সবচেয়ে বড় কথা হল এত হাজার বছর আগে রচিত এক মহাকাব্যে আধুনিক মননের প্রকাশ। গিলগামেশ খুব সম্ভব একজন কবির রচনা নয়। একাধিক সৃষ্টিশীল মানুষের ব্যঞ্জনাময় শিল্পে যে গল্পটি ফুটে আছে সেখানে বন্ধুত্ব, উচ্চাকাঙ্খা, বীরত্ব আবার নিজের সীমাবদ্ধতাকে মেনে নেওয়া এবং ব্যর্থতার যে বর্ণনা রয়েছে তা এককথায় অতুলনীয় ও আধুনিক। একসাথে প্রাচীন শিল্পকলা এবং বিস্মৃত ভাষায় রচিত পৃথিবীর প্রথম মহাকাব্য, ইতিহাসে এরকম নিদর্শন খুব কমই আছে।

রম্যরচনা

সাক্ষর বকলম খাস

সৌরদীপ

(১)

উত্তর ভারতের যে অঞ্চলে বর্তমানে আমরা রয়েছি, খাতায় কলমে সেটি ভূকম্পন-প্রবণ।

ভূগোল বই ঘেঁটে জেনেছি, সেই কোন আদ্যিকালে ঘাড়কেজো অবাধ্য ছেলের মায়ের কোলে মুখ গুঁজে দেওয়ার মত তরুণ হিমালয় পর্বতমালা এশিয়া মহাদেশের মূল ভূখণ্ডে জোর করে ঢুকে পড়েছিল। তারপর থেকে আর মনোমালিন্য মেটেনি। এত যুগ পরেও, কে জানে কোন অজানা অভিমানে মাটির বুক হঠাৎই থরথর কেঁপে ওঠে। হিন্দুকুশ পর্বত থেকে দেশের রাজধানী অবধি হৈচৈ পড়ে যায়...

প্রযুক্তির যুক্তিহীন ব্যবহার হয় ঠিকই, তবে মাঝেমধ্যে বেশ কিছু কাজের জিনিসও ছিটকে বেরিয়ে আসে তার থেকে। আমার স্ত্রী, সেরকমই একটা ভূমিকম্প নির্ধারক সফটওয়ারের সন্ধান পাওয়া ইস্তক, দিনরাত্রির নানান রিখটার স্কেলে সতর্কবার্তা জানিয়ে চলেছেন। জীবনের ওঠাপড়ায় যে মৃদু কম্পন নিয়ত ঘটে যায়, তাকে অগ্রাহ্য করে কেটে পড়াই আসলে টিঁকে থাকা। নীচু খাতের সাধারণ ভূমিকম্পও এই দলে পড়ে। গৃহিণীর আর দশটা কথার মত, রোজকার সাইরেনবার্তাও তাই কানে তুলি না মোটেই।

রবিবারের সকাল। সারা সপ্তাহের অফিসে বসের ধাতানির কম্পন সামলে অলস দিনযাপন করব ভাবছি, এমন সময় রিখটার

স্কেল উপস্থিত। হাতে দুটো ঝোলা। রবিবারের সকালে বাজারবিলাসী কর্তার কাছে ঝোলার হাতছানি যতটা লোভনীয়, আমার মতো কুনো মানুষের কাছে ততটাই ভীতিপ্রদ। ঝোলা দেখে ত্রস্তে শুধোই –"ব্যাপার কী?"

- "এতে ভরে নাও। জামাকাপড়, কাগজপত্তর...আমিও ভরে ফেলেছি।"

- "সব? সে কি এতটুকুতে আঁটে? আঁটোসাঁটো হয়ে গেড়ে বসেছি যে..."

- "আহা, সব কে বলেছে? এই যতটুকু নিয়ে এককথায় ঘর ছেড়ে বাইরে বেরিয়ে যাওয়া যায়..."

- "এই বয়েসে? সঙ্গী হবে কে?" -- কবে কোন ভুলে সে সুযোগ খুইয়ে বসে আছি, মনে মনে বলি।

- "ভূমিকম্প হচ্ছে খুব, প্রায়ই দেখি। হঠাৎ যদি তেমন বেশি মাত্রায় হয়, হুড়মুড়িয়ে ঘর থেকে বেরিয়ে যেতে হবে তো! ঝোলাদুটো নিয়ে দৌড় দেব। তুমি তোমার ঝোলা কাঁধে, আমি আমার..."

ও হরি, এই ব্যাপার। কবে রাম রাজা হবে, তবে সীতা বনে যাবে। - "তা কী কী ভরেছ তোমার ঝোলায়?"

- "ওই তো, এক সেট জামাকাপড়, জরুরি কাগজপত্র আর একখানা টর্চ। আলো না থাকার সম্ভাবনা বাদ দেওয়া যায় কী?"

- "আমার ঝোলায় কী কী ভরতে হবে?"

- "যা যা তুমি জরুরি মনে কর, যা নিয়ে এক মুহূর্তে ঘর ছেড়ে বেরিয়ে যেতে পারবে..."

(২)

ঝোলা ধরিয়ে কেটে পড়ল বউ, আমি পড়লাম ফাঁপরে।

একটা মাত্র ছোটখাট ঝোলার আঁটোসাঁটো খুপরিতে ভরাতে হবে জরুরি অবস্থার রসদ। যার ভিত্তিতে আপৎকালীন অনিশ্চয়তার সামনে বেশ কিছুক্ষণ যুঝে যাওয়া যায়। কারে রাখি, কারে ফেলি - ঠগ বাছতে শেষমেষ গাঁ উজাড় না হয়।

জরুরি জিনিস ঠিক কাকে বলে?

জামাকাপড়? সে তো জরুরি অবস্থায় ঘর ছাড়তে হলে একপাটি শ্রীঅঙ্গে থাকবেই, উদোম হয়ে দৌড় দেওয়ার দুরবস্থা হবে না আশা করি...

কাগজপত্র? পাসপোর্ট, মার্কশিট, শংসাপত্র। বিবর্ণ কিছু নম্বর আর প্রায় মুছে যাওয়া কয়েকটা ছবি যাতে একযুগ আগের আমি ফসিল হয়ে আটকে রয়েছি। যার সাথে আজকের আমিকে কিছুতেই মেলানো যায় না। অথচ, তাই নাকি আমার আইডেন্টিটি, রাষ্ট্রের চোখে আমি যে ঠিক আমিই, সেই আমির খতিয়ান নাকি লুকিয়ে আছে ওগুলোর ভিতরে। এসব হারিয়ে গেলে আমিও হারিয়ে যাব। স্রেফ কাগুজে বাঘের দাপটে বিনা রক্তপাতে খুন হয়ে লাশশুদ্ধ লোপাট করে দেওয়ার ক্ষমতা রাখে এরা। অতএব এদের সমীহ করতে হয় বৈকি...

আর কী কী জরুরি?

খাবারদাবার? ওষুধপত্তর? সেসব তো পচনশীল, জরুরি অবস্থা কবে আসবে তার জন্যে নিজস্ব অধঃপতন রুখতে বয়েই গেছে তাদের।

টাকাপয়সা? যদি সব ভেঙেচুরেই যায়, তখন টাকা দিয়ে কী হবে? নির্জন দ্বীপে গান্ধীজির মুখ দেখে একাকীত্ব তবুও দূর হয়, পেট কি ভরে? আর তাছাড়া, এই ডিজিটালের যুগে, পয়সা নিতান্তই অচল, টাকা সবই ইথারে...

আচ্ছা, জরুরির লিস্ট যখন বাড়ছেই না, আর ঝোলায় জায়গাও রয়েছে যথেষ্ট, তখন একটু কাছের জিনিসপত্তরের দিকে নজর দিয়ে দেখা যাক।

বইগুলোয় হাত বুলোই। আক্ষরিক অর্থে দেশ বিদেশ থেকে যত্ন করে সংগ্রহ করেছি। বেশ কিছুতে লেখকের সই করা রয়েছে শুভেচ্ছাবাণী সমেত। তার অনেকগুলো আবার খোয়া গেলে, ইচ্ছে থাকলেও, সই অথবা শুভেচ্ছা - কখনো একটা, ক্ষেত্রবিশেষে দুটোর কোনোটাই পাবার আশা নেই। তাহলে কি সই করা বইগুলোর থেকে খানখতক পছন্দমত ভরে নেব? জনারণ্যে কোন বইটি তুমি সঙ্গে নেবে সেইরকম প্রশ্নের উত্তর ভূমিকম্পের বেলা কাজে লাগিয়ে...

ভাবতেই মনে হল, কেন, সই না করা বইগুলো কী দোষ করল? ওই যে, আগাথা ক্রিস্টির নভেল ক'টা, কৈশোরের বহুল পাঠের ভালবাসার অত্যাচারে স্পাইন ভেঙে তাকের এককোণে ঘুমিয়ে রয়েছে, তাদের ভাঙা শিরদাঁড়ার ইতিহাসে কি আমার বয়েস ভাঙার গল্পটুকুও লুকিয়ে নেই? সেও কি কম কাছের, কম জরুরি? আগাথা ক্রিস্টির অন্য আরেকটা কপিতে কি মিশে থাকবে সেই গল্পের এক্সট্রা ফুটনোট?

টেবিলের উপর একটা কিউবিকাল ফটোফ্রেম নজরে আসে। খুব সাধ করে কিনে এনেছিলাম। ফ্রেমের প্রতিটি স্তরে আমার সঙ্গে আমার খুব প্রিয় মানুষেরা হাস্যমুখে দঁড়িয়ে রয়েছেন। প্রায় তিন দশকের মুহূর্তকে স্যান্ডউইচ করে আঁকড়ে রেখে দিয়েছে এই ফটোফ্রেম। এটা ঝোলায় না ঢোকালে, মুহূর্তগুলো ভূমিকম্পের ধাক্কার ফস্কে যাবে। ছবির কপি হয়তো পাওয়া যাবে, কিন্তু আবার নতুন করে ফটোফ্রেম বানানোর ইচ্ছেটা রিখটার স্কেলে নিভে যাবে না তো? নতুন ফটোফ্রেমে যদি পুরোনো ছবি না ওঠে অথবা, অনেক নতুন ছবির মধ্যে অন্য কম্বিনেশনের পুরোনো ছবি লুকিয়ে পড়ে? সেই ফটোফ্রেমে ভিন্ন মুহূর্ত মিশে গিয়ে একটা আস্ত থিসিউস-এর জাহাজ হয়ে যাবে না...

(৩)

রবিবার দুপুরের মাংস রন্ধনকালীন ঘ্রাণ উদাস করছে, অচিরেই ডাক আসবে। আমি খালি ঝোলা হাতে নিয়ে একা বোকা বসে আছি। চুপ করে...

আমার চারপাশে, আমাকে আঁকড়ে ধরে আছে একগুচ্ছ জিনিস। জড়পদার্থ। যেগুলো জড় হলেও অপদার্থ নয়। যার কোনোটাই একটা দুর্দান্ত ইমার্জেন্সির সামনে জরুরি নয়। বরঞ্চ অপ্রয়োজনীয়। অথচ, যে ইমার্জেন্সি না হওয়াটাই সবচেয়ে বড় ইমার্জেন্সি, তাতে, এইসব বাতিল জড়পদার্থই অভূতপূর্ব জরুরি, নিতান্ত প্রয়োজনীয়। এদের মুলে মিলেমিশে আমার শিকড় চলে গেছে অনেক গভীরে। সেই হিন্দুকুশ পর্বত অবধি। কে জানে, কত রিখটার স্কেলের ভূমিকম্প যথেষ্ট আমাকে এদের থেকে উৎখাত করে ছিটকে বের করে দিতে...

“ভরা হল ঝোলা তোমার? খেতে এস।” - ডাক এসে যায়।

নীরব থাকি। কী করে বলি, এ জীবন আসলে এক ঝোলা ভরে তোলারই খেলা। ভূমিকম্পের ঝোলা। আমূলে ঠিকঠাক কম্পন অনুভূত না হলে, সে ঝোলা কাঁধে ফেলে দিয়ে হাত ধরে বার হয়ে যাওয়া আর হয়ে ওঠে না কোনোমতেই...

নারীদিবসে অর্ধনারীশ্বর

সম্রাট মৌলিক

আমি আজকাল খুব বেশিই ইউটিউব দেখা শুরু করেছি। দেখা ব্যপারটা শুধু ওপর ওপরেই আটকে নেই। একদম হৃদয় দেওয়া নেওয়া পর্যন্ত পৌঁছেছে। রাত হলেই ইউটিউব খুলে ডোভাল থেকে করতাল, বিবিসি থেকে এলকেশী, মিয়া খলিফার কৃষকদের নিয়ে গভীর দুশ্চিন্তা আর সদগুরুর সৎ উপদেশ সব শুনি। শুনি মানে দেখি। এই দেখাশোনা আমাকে পড়বার জগৎ থেকে সরিয়ে এনেছে। একা থাকবার ইচ্ছেটুকুকে পর্যন্ত রেহাই পায়নি। এমনই এক রাতের ইউটিউব সেশনে আমি যখন খুব ব্যস্ত, ঘুমে চোখ বন্ধ হব হব করছে। ঠিক এমন সময় দেখলাম... কী দেখলাম? আশ্চর্য ও উদ্ভট কিছু। জেগে জেগে দেখছি না স্বপ্নে তখনও ঠিক বুঝিনি।

তবে স্পষ্ট দেখছি, আমি ব্রেবোর্ন রোডের ফুটপাথ ধরে হাঁটছি। খুব ভিড়। পাসপোর্ট অফিসের সামনে চেনা লম্বা লাইন। সেই লাইনে শিব ঠাকুর স্বয়ং দাঁড়িয়ে। এ কী দেখলাম! আমি অবাক হলাম এই কারণে নয় যে শিব ঠাকুর মানুষের লাইনে দাঁড়িয়ে আছেন বলে। আমার বিস্ময়ের জন্য আসলে পাব্লিক দায়ী। এরা কেউ কি এই মহাজাগতিক ব্রেকিং নিউজের লাইভ টেলিকাস্ট দেখতে পারছে না!! আমি বাধ্য হয়ে ওঁর ঠিক পাশে এসে দাঁড়ালাম। প্রচন্ড বলশালী পুরুষ। যাকে ইংরেজিতে বলে আলফা মেল। প্রায় গা ঘেঁষে দাঁড়িয়েছি। পকেট থেকে একমাত্র সিগ্রেট ধরিয়ে বললাম,

- "স্যার এখানে? এই ভাবে?"

ঠাকুর তো তাই চমকালেন না। মাথা না ঘুরিয়ে বললেন, "মার্কেট খারাপ। লাইন ধরে রাখলে পাঁচশো টাকা দেবে। সেই রাত দু'টো থেকে ঠায় দাঁড়িয়ে। ইতরটা এসেছে। ওই যে। ফোনে কথা বলছে।"

আঙুল তুলে একটা কালো পাঠান স্যুট পরা চ্যাংড়া ছোকরাকে দেখায়। পাসপোর্টের ফর্ম নেওয়ার দীর্ঘ লাইনে ইঁটের বদলে জ্যান্ত মানুষ দাঁড় করিয়ে রাখার ব্যবসা বহু পুরোনো। কিন্তু স্যারের কেন এই সামান্য ক'টা টাকা প্রয়োজন হল বুঝলাম না। আমি বললাম, "আমার মনে হয় রবীন্দ্রনাথ ঠাকুরের মত আপনারও শিব পুরান বইটির জন্য রয়্যালটি পাওয়া উচিত।"

শিব ঠাকুর কিছু বললেন না। গভীর রহস্য উন্মোচনের আগেই ওই চ্যাংড়া ফিরে এসেছে। দুজনের কোনও কথা হল না। শুধু একটা পাঁচশোর পাত্তি হাত বদল হল। শিব ঠাকুর লাইন ছেড়ে হাঁটা লাগিয়েছেন। আমি ওর পিছু নিলাম।

টি বোর্ডের অফিসের সামনে তিনি দাঁড়ালেন আর আমাকে দেখলেন। মুখে এবার স্মিত হাসি দেখতে পাচ্ছি। যেমন ক্যালেন্ডারের পাতায় ওঁর পোট্রেট আঁকা হয়। সাহস করে এগিয়ে গেলাম। দেবাদিদেব বললেন,

- "চা খাবি?"

- "খাওয়ালে খাব। তবে আপনার চায়ের ভাঁড়ের শেষ চুমুকটা আমার চাই। এমন মহাপ্রসাদ আর কোন দিন কি পাব?"

শিব ঠাকুর হো হো করে হেসে বললেন, "তথাস্তু।"

চা শেষ। মহাপ্রসাদ পেয়েছি। দুজনেই প্রসন্নচিত্তে সিগ্রেট ধরিয়েছি। উনি একটা সুখটান দিয়ে বললেন,

- "যাবি নাকি আমার বাসায়? সামনেই।"

- "হ্যাঁ, যাব।"

- "তাহলে দেরি না করে, জলদি চল। বিকেল চারটে থেকে মা কালীর পিরিয়ড শুরু হবে।"

ওহ। এই ব্যাপার। এ তবে বহুরূপী। খোঁচা দাঁড়ির স্বয়ং শিব কী করে মা কালী সাজবেন সেটা নিজের চোখে দেখা চাট্টিখানি কথা নয়। অতএব যেতে তো হবেই।

ওঁর বাসার রুট ম্যাপ ঠিক বুঝতে পারলাম না। বুঝতে পারার কথাও নয়। মহারাজ যুধিষ্ঠির ছাড়া স্বর্গ আরোহনের সঠিক রাস্তা কারোর জানা নেই। এখন যা যা পরিবর্তন দেখতে পারছি সেটা হল, ওঁর দু'হাত চার হাত হয়েছে। জিব দুই ঠোঁট ফুঁড়ে অ্যাডামস অ্যাপেল

পর্যন্ত ঝুলছে এবং তার রং টুকটুকে লাল। সারা শরীর ঘোর কৃষ্ণবর্ণ। আমাকে ডেকে বললেন,

- "চল এবার। মহাকরণের সামনে দাঁড়াব। এই সময় আমার ফিক্সড ইনকাম।"

আমরা হাঁটছি। চুপচাপ। তবে আমার একটা প্রশ্ন বারবার মগজে পিন ফুটোচ্ছে। না জানতে পারলে আমার আবার সারা রাত বাম চোখের পাতা লাফাবে।

- "একটা কথা বলুন, একই শরীরে পুরুষ আর নারী। মেন্টেন করেন কী করে?"

উনি আবার ওঁর মধ্যে স্পিরিচুয়াল ভাবসাব আমদানি করেছেন। অবিকল মহিলা কণ্ঠে বললেন, "বোকা ছেলে, অর্ধনারীশ্বরের মূর্তি দেখিসনি কখনো?"

মনে পড়ল। দেখেছি বটে। কেদারনাথ মন্দিরে যাওয়ার সময়। গুপ্তকাশিতে। উত্তেজিত হয়ে বললাম, "হ্যাঁ হ্যাঁ। দেখেছি বটে।"

- "দেখেছিস না ঘন্টা। অর্ধনারীশ্বরকে দেখতে হলে চাই মনের দৃষ্টি। তোর ওই চশমা আঁটা মানুষের চোখের দৃষ্টি নয়।"

এত গভীর বিষয় আমার মগজে ঢোকে না। আমি ঢোঁক গিলে বললাম, "চট করে যদি একটু ব্যাখ্যা করেন।"

- "শোন বাবা, একই শরীরে পুরুষ আর নারী বাঁচে। এতে কোনও প্রভেদ নেই। দুই সুন্দর। শরীরের ফিচার আলাদা হতে পারে, তবে স্নেহ, ভালবাসা, মমত্ব, দুঃখ, শোক সবকিছু এক। যখন সুন্দর ফুল ফোটে, বাহারি প্রজাপতি উড়ে বেড়ায়, এক ঝাঁক গোলা পায়রা ফরফর করে আকাশে গোল চক্কর লাগায়, তখন কি নারী পুরুষ আলাদা করে খুঁজিস? না বুঝতে পারিস?"

- "না তো। হুঁ। ঠিকই তো।"

- "তো এই হল, অর্ধনারীশ্বরের মহিমা। মহাকালের কাছে কোনও প্রভেদ নেই। কেউ কারোর শত্রু নয়। কেউ কারোর থেকে বেশি পরাক্রমী নয়। দেখিস না, মা দুর্গা, মা কালী, মা গঙ্গা সবার সাথেই শিব। নারী পুরুষ প্রভেদ থাকলে কি সেটা সম্ভব হত?"

আমি বিজ্ঞের মত মাথা নাড়ালাম।

মা কালী বললেন, "এবার কেটে পড়। অনেক হয়েছে। নো মোর ফ্রি চা সিগ্রেট।"

আমি হাঁটতে হাঁটতে এসে পৌঁছেছি শহীদ মিনারের কাছাকাছি। দেখলাম একটা ছোটখাটো জটলা। জটলার কেন্দ্র থেকে মহিলা

কণ্ঠ ভেসে আসছে। বক্তা কী বলছেন শোনবার জন্য কান মেলে দিলাম।

- "আজ এই নারীদিবসে আমাদের পুরুষের বিরুদ্ধে রুখে দাঁড়াতে হবে। শেকলে বাঁধা থাকব না আমরা। মারের বদলে পাল্টা মার দিতে হবে..."

যেখানে দাঁড়িয়ে উনি রক্তাক্ত বিপ্লবের জন্য উদ্বুদ্ধ করছেন, ঠিক তার ওপরে একটা বড় হোর্ডিং লাগানো। স্যানিটারি ন্যাপকিনের বিজ্ঞাপন। লেখা 'দাগকে ভয়? আর না। জীবনকে করুন এনজয়।'

একেই বলে স্যাটায়ার। পুরুষের সাথে নারী তৃতীয় বিশ্বযুদ্ধে জড়াতে যাচ্ছে যখন, তখন একটা তুচ্ছ শারীরিক বিষয়ে নারী ভয়কে জয় করতে চাইছে! ইচ্ছে হল ওই ভদ্রমহিলাকে জিজ্ঞাসা করি উনি এত মারকুটে কেন?। ভাবা মাত্রই ওঁর কাছে এসে দাঁড়ালাম। মিনিট দশেকের অপেক্ষা। ওঁর ভাষণ শেষ হওয়া মাত্রই এগিয়ে গেলাম।

- "ম্যাডাম, একটা প্রশ্ন ছিল।"

সোনালী ফ্রেমে আর সবুজ সিল্কের শাড়িতে নিজেকে উনি চমৎকার সাজিয়েছেন। এক কথায় বুকে ছোরা গেঁথে দেওয়া রূপসী। চশমা পরায় অবশ্য ওঁর কাতিলানা রূপ খানিকটা সহজ হয়েছে। নাহলে এই সৌন্দর্যে পুরুষের বিপর্যয়ের তারিখ বাঁধা আছে। মহিলা সায়রা বানুর মত সুন্দরী। এই সুন্দরীদের জন্য প্রকৃতি গোলাপি আর সবুজ রং ধার্য করে রেখেছে। এরা আনন্দে পরবে সবুজ, প্রেমে দুঃখ পেলে পরবে গোলাপি। আজ এই সোনালী চশমার সায়রা বানু ছেলে পিটিয়ে আনন্দ পাবেন বলে সবুজ রং পছন্দ করেছে। সুন্দরীকে ঘিরে রেখেছেন আরও অনেকে। বেড়া দিয়ে চারাগাছকে ছাগলের গ্রাস থেকে বাঁচানোর মত। আমার প্রশ্ন আছে শুনেই আমার দিকে ওরা একসাথেই তাকালেন। রূপসী সায়রা যুদ্ধক্ষেত্রের জেনারেলের মতই কঠিন চোয়াল নিয়ে বললেন,

- "বলুন।"

- "ম্যাডাম, এই মাত্র শিব ঠাকুর আর মা কালী বললেন, নারী পুরুষে প্রভেদ নেই। প্রাণের মধ্যে শুধুই সৌন্দর্য খুঁজতে হয়। এখন আপনি বলছেন, পুরুষকে মেরে পিটিয়ে তক্তা বানিয়ে দিতে হবে। তাহলে কে ঠিক, আপনি না ভগবান? বাই দ্য ওয়ে, আপনিও একজন চমৎকার সুন্দরী। সায়রা বানুর থেকেও বেশি সুন্দরী।"

আমাদের দুজনকে ঘিরে থাকা আম আদমি হতভম্ব হয়ে চুপ করে

রয়েছে। আমি আবার কিছু বলতে যাব, ঠিক সেই সময়, একটা আধা বুড়ো লোক বলল,

- "অমৃতা, তুমি চুপ কর। শুয়োরের..."

আমি বললাম, "ঠিক বলেছেন, যখন শুয়োরের দল কাদা মাখে তখন আপনি বলতে পারবেন কে ছেলে কে মেয়ে?"

জানি না কেন, ছেলেমেয়ে নির্বিশেষে আমার উপর হামলিয়ে পড়ল। চশমাটা হাতে নিয়ে দৌড়োতে শুরু করেছি। যে ক'টা পিঠে মুখে পড়েছে, সেগুলোকেই হজম করতে হপ্তাখানেক লাগবে। পুরো মেনু সার্ভ করলে সরকারি হাসপাতাল বাঁধাধরা ছিল। দৌড়াচ্ছি দৌড়াচ্ছি। হাঁফাতে হাঁফাতে পার্ক স্ট্রিটের কাছাকাছি যখন, তখন বেদম হয়ে গড়ের মাঠে ঢোকার যে গাছে ছাওয়া রাস্তা আছে, ঠিক তার সামনে একটা ভাঙা বেঞ্চিতে বসে পরলাম। চোখ বন্ধ। সারা শরীর ঘামে ভিজে গিয়েছে। ডান দিকের চোয়াল আর দুই কাঁধে খুব ব্যাথা করছে। একটু জল পেলে ভাল হত।

- "কী রে? ছেনতাই না মেয়েছেলে কেস?"

চোখ খুলে হাতের চশমা চোখে লাগিয়ে দেখি সরু কোমরের রোগে ভোগা আধা মেয়ে মানুষ বসে আছে। তার সরু চোখ আর ঠোঁটে দুষ্টুমির আভাস।

- "একটু জল হবে?"

- "দিচ্ছি। আয় এদিকে। কী হয়েছে রে?"

- "ছেলেমেয়ে কেস।"

মেট্রোরেলের একটা মস্ত বড় যন্ত্রমন্ত্রের ঘরের পিছনে, ওর একটা হাত ব্যাগ রাখা। তার ভিতর থেকে একটা পুঁচকি জলের বোতল বার করে এগিয়ে দিল। মুহূর্তে বোতল খালি করে বললাম,

- "ধন্যবাদ।"

- "সোনা ছেলে। আবার ধন্যবাদ মা... ঠিক আছে। মুখ খারাপ করব না। এবার বলত, ছেলেমেয়ে কেসটা কী? ঠোঁট ফাটিয়েছিস কী করে?"

পুরো ব্যাপারটা টরেটক্কা মেসেজের মত সংক্ষেপে বললাম। শুনেই ওর কী হাসি। ও এত হাসছে যে এবার কাশি শুরু হয়ে যাবে। আমি ওকে থামানোর জন্য বললাম,

- "এত তুচ্ছতাচ্ছিল্য করবে জানলে তোমাকে বলতাম না। জলও গিলতাম না।" কথায় কাজ হয়। হাসির দমক কমে আসে। শুধু কমে আসে না, খুব দ্রুত চুপ হয়ে যায়। আমিও চুপ থাকি। যদিও শহরের

গাড়িগুলো এপাশ ওপাশ করে ছুটছে। সব কিছুই স্থির নয়। তবু যেন কিছু একটা থমকে গিয়েছে।

- "বল তো সোনা, আমি ছেলে না মেয়ে?"

- "তুমি? তুমি ... তুমি...."

আমার কিছু বলতে ইচ্ছে করছিল না। তবু ও যখন জানতেই চায় তখন আমাকে বলতেই হবে।

- "তুমি থার্ড জেন্ডার। বৃহন্নলা।"

- "বল না শালা, হিজড়া।"

আমি এভাবে বলতে পারি না। আজও পারব না। চোখ সরিয়ে নিলাম।

- "এ দিকে তাকিয়ে দেখ। আমি একটা ছেলে। তোর মতই। আমার নাম সন্তোষ।"

পারফেক্ট পুরুষালি স্বর শুনে আমি চমকে উঠলাম। হ্যাঁ, ঠিক। পুরুষই বটে। শুনেছিলাম আজকাল অনেক পুরুষ বৃহন্নলা সেজে ট্র্যাফিক সিগন্যালে দাঁড়ানো গাড়ি থেকে টাকা তোলে। ভিক্ষার একটা আধুনিক ফরম্যাট। পাসপোর্ট অফিসের লাইনে দাঁড়ানো শিব ঠাকুরকে দেখেও ততটা অবাক হইনি। যতটা এখন হচ্ছি। বিস্ময়ের কারণটাও অদ্ভুত। সন্তোষ যখন আমার ঠোঁটের কেটে যাওয়া জায়গা ওর আঙুলে ছুঁল, মাথার চুলে আকুলি বিকুলি করে দিল, তখন তো অবিকল মহিলার ছোঁয়া টের পেয়েছিলাম। কোনও অচেনা পুরুষ কি এভাবে এত স্নেহের প্রলেপ আরেক আহত পুরুষকে দিতে পারে?

- "বলো কী! তোমার ভাবভঙ্গী, স্পর্শ সব যে অবিকল মহিলাদের মত। গলার স্বরও তো বদলে যায়? পারো কী করে?"

সন্তোষ হাসে। সেই হাসি আসলে না হাসলেও হয়। কোনও নাটকের প্রবল দুঃখের দৃশ্যপট তৈরি করবার সময় নাট্যকার করুণ ব্যাকগ্রাউন্ড মিউজিকে দর্শকের মনে দুঃখ দুঃখ ব্যাপারটা ঢুকিয়ে দেন। সন্তোষের হাসিটা ঠিক সেরকম কারণেই হাসা হয়েছে।

- "দেখ সোনা, ব্যাপারটা খুব সহজ। যদি তুই ভাবিস তুই মেয়ে, তবে তুই মেয়ে, আর যদি ভাবিস ছেলে তো ছেলে। ভাবলেই পারা যায়। ব্যাটাছেলে আর লেডিজ দুটোই আমাদের সবার শরীরের মধ্যে সমান সমান থাকে।"

- "অর্ধনারীশ্বর।"

- "কী?

- "কিছু না। আমি চলি।"

- "যাবি তো যা। কিন্তু কাউকে বলিস না সোনা। ধান্ধা নষ্ট হলে ঘরের বউ বাচ্চা মরবে। আর শোন, অনেকদিন পর এই পার্ক স্ট্রিটে দাঁড়িয়ে আমি ভাল ভাল কথা বললাম। মনে রাখিস আমাকে।"

হতে পারে আমি ঘুমোচ্ছি। একটা তন্দ্রাচ্ছন্ন ভাব। মনে হচ্ছে, শরীরের নিচের অংশ ভিজে যাচ্ছে। ঠান্ডা ঠান্ডা লাগছে। ধড়মড় করে বিছানায় উঠে বসলাম। হাত দিলাম সেখানে যেখানে এই অনুভূতি হচ্ছিল। না, সব ঠিক আছে। শুকনো। খটখটে। সম্বিৎ ফিরল। কানে গোঁজা ইয়ারফোন। ইউটিউব চলছে তার মত। চোখ আর কান একসাথে হতেই আজ রাতে শেষ বারের জন্য অবাক হলাম।

বিজ্ঞাপন চলছে। একটা খুব ফর্সা মুখের মেয়ে বলছে, নারীদিবসের শুভেচ্ছা। দাগকে ভয়? আর না। জীবনকে করুন এনজয়।

আমি পরীর মত সুন্দর মেয়েকে বললাম, সোনা, নারী আর পুরুষ একই দেহে থাকে। রক্তের দাগে অর্ধনারীশ্বর ভয় পান না। শুধু জীবনটাকে জীবনের মত এনজয় করতে শেখো সোনা। পুরুষ আর নারী প্রজাপতির দুই বাহারি ডানা। চলো, আমার সাথে উড়বে চলো। ওই হোর্ডিং, শহীদ মিনার, গঙ্গার ঘাটকে ফেলে রেখে সীমাহীন ইউনিভার্সে ভেসে বেড়াবে। যেখানে সব দিবসই এনজয় দিবস, তাও আবার প্রেমিক পুরুষের হাত ধরে।

মিষ্টি কথা

সুনেত্রা সাধু

'শাহি টুকরা', নামটা শোনাই হয়নি তখনও, চিনতাম পাঁউরুটির মিষ্টি বলে, আর সেটা ছিল আমার সাংঘাতিক পছন্দের একটি খাবার। মিষ্টিজাতীয় খাবার আমার বরাবরের পছন্দ এবং সেই মিষ্টি প্রীতি এই বয়সে এসেও এতটুকু ফিকে হয়নি। আজ বরং ছেলেবেলার সাথে জড়িয়ে থাকা শাহি টুকরার গল্প শোনাই।

আমার শৈশব কেটেছে বীরভূমের একটি ছোট্ট শহরে। সেখানে প্রাইমারী স্কুল ছিল হাতে গোনা, সব থেকে কাছের স্কুলে বাচ্চাদের ভর্তি করে দেওয়াটাই রেওয়াজ ছিল, প্রাইমারি স্কুলে শিক্ষার মান নিয়ে কেউ তেমন চিন্তা করত না। তাই পাঁচ বছর বয়স হলে অ্যালুমিনিয়ামের সুটকেস হাতে নিয়ে পাড়ার প্রাইমারি স্কুলে যেতে শুরু করলাম। সেই স্কুলে ক্লাস ফোরে উঠলে বেশ দায়িত্বপূর্ণ একটা কাজ পাওয়া যেত। কারণ সেখানে ক্লাস ফোর মানে সিনিয়ার ব্যাচ, তবে সে দায়িত্ব সবাই পেত না, যাদের মধ্যে লিডারশীপ কোয়ালিটির সন্ধান পাওয়া যেত, বাছা হত তাদেরই। আমার নাম থাকত লিষ্টের প্রথমে, কারণ দাদাগিরি করার সমস্ত দোষ এবং গুণ আমার মধ্যে খুঁজে পেতেন শিক্ষকেরা। ভাবছেন হয়তো কী এমন কাজ! কাজটা ছিল ছুটির সময় বাচ্চাদের মধ্যে পাঁউরুটি ভাগ করে দেওয়া। সরকারী স্কুল, তাই এলাকার সমস্ত শ্রেণীর বাচ্চারা ওই একটা স্কুলেই পড়ত। সেসময় আর্থিক শ্রেণী বিভাজনের ব্যাপারটা স্কুলে একেবারেই প্রকট ছিল না। বাবা মায়েরাও সেসব নিয়ে একদমই মাথা ঘামাতেন না।

তাঁরা কখনো চিহ্নিত করে দেননি যে কার কার সাথে বন্ধুত্ব করা উচিত অথবা উচিত নয়। তাই সীমা খটিক, রুনা লাইলা আর চন্দনা গায়েনের সঙ্গে দিব্যি এক শালপাতা থেকে উলুস আলুস করে ঘুঘনি খেয়ে ফেলতে পারতাম। দুপুর বেলায় স্থানীয় 'ভারত বেকারী' থেকে গরম সুস্বাদু পাঁউরুটি আসত, আমরা ক্লাস করতে করতেই গন্ধ পেতাম। মনে হত কখন ছুটি হবে। পাঁউরুটির বাক্সগুলো সাজানো থাকত হেড স্যারের ঘরে রাখা একটা বেঞ্চের উপর। ছুটি হলে ক্লাসে লাইন করে বসে থাকা বাচ্চাদের মধ্যে পাঁউরুটি ভাগ করে দিতে হত। হাত ধুয়ে প্রস্তুত থাকতাম আমরা ক'জন, তারপর এক পাউন্ডের বড় ব্রেড চার ভাগে ভাগ করে ছাত্রছাত্রীদের হাতে ধরিয়ে দিতাম। কেউ কেউ খেত, কেউ বাক্সে ভরে নিয়ে রওনা দিত। যারা বিলি করত তারা পেত হাফ পাউন্ড করে। সেই হাফ পাউন্ড রুটির প্রতি আমার অমোঘ টান ছিল কারণ সেটা আমি শ্রমের বদলে উপার্জন করতাম। তবে ফ্রিজে সর্বক্ষণ পাঁউরুটি মজুত থাকত বলে বাড়িতে এর তেমন কদর ছিল না, নিয়ে গেলেই মা বলত, "আবার আনলি!" তাই বেশিরভাগ দিন আমি আমার ভাগটা বিলিয়ে দিয়ে আসতাম আর যেদিন আনতাম সেদিন ছুটতাম মেজমা'র কাছে। আবদার করতাম পাঁউরুটির মিষ্টি বানিয়ে দাও, মায়ের থেকে জ্যেঠিমাদের ভোলানো অনেক সহজ কাজ ছিল, আর আমি ছিলাম আদরের দুলালী, তাই মুখের কথা খসতে যা দেরী। তবে মিষ্টি বানাতে গেলে শুধুমাত্র পাঁউরুটিটাই একমাত্র উপকরণ নয় সে জ্ঞান আমার ছিল না, তার জন্য ঘি লাগে চিনি লাগে ক্ষীর লাগে, তা লাগুক। সবই মজুত থাকত, কাজেই মিষ্টি হতই।

মেজমা ভাঁড়ার ঘরে ছোট্ট একটা অ্যালুমিনিয়ামের স্টোভে লোহার কড়াই বসাত, সেই কড়াতে উপুড়হস্তে ঢেলে দিত ঘরে তৈরী খাঁটি ঘি, পাশে একটা পেতলের পাত্রে থাকত ঘন রস। পাঁউরুটিগুলো চৌকো টুকরো করে নিয়ে লালচে করে ঘিয়ে ভাজা হত তারপর সেগুলোকে ডুবিয়ে দেওয়া হত ঘন রসে। খাবার প্রতি আগ্রহ তো ছিলই, সেই সঙ্গে আমার উপার্জিত পাঁউরুটি ঘিরে এতসব আয়োজন কোথায় যেন তৃপ্তি দিত আমাকে। রসে ডোবা পাঁউরুটি থেকে রস ঝরিয়ে কাঁচের প্লেটে তুলে দিত মেজমা, উপর থেকে ছড়িয়ে দিত ঘন ক্ষীর। আহা, তার অতুলনীয় স্বাদ এখনো মুখে লেগে আছে। বড় হয়ে বিভিন্ন জায়গায় শাহি টুকরা চেখে দেখেছি তবে সেই ছেলেবেলার স্বাদ কখনো ফিরে পাইনি।

যখন কলেজে পড়ি তখন আমার এক বন্ধু ঈদের দিন নিমন্ত্রণ করেছিল, গিয়েছিলাম তার বাড়িতে। তখন রাস্তাঘাটে বিরিয়ানির দোকান ছিল না, আমাদের আধা গঞ্জে তো নয়ই। কলকাতার নামী রেস্তোরাঁয় পাওয়া যেত বটে তবে চেখে দেখার সুযোগ হয়নি কখনো। সেই প্রথম ওদের বাড়িতে বিরিয়ানি চেখে দেখেছিলাম। অপূর্ব তার স্বাদ, আর গন্ধ। নানাবিধ খাবারের পর শেষ পাতে ছিল 'শাহি টুকরা', সেটা মুখে দিয়ে আমি বলে উঠেছিলাম, "ও মা, এ তো পাঁউরুটির মিষ্টি!" গোলাপজল, জাফরান, এলাচ আর কুচনো বাদাম দেওয়া 'শাহি টুকরা'র সাথে সেদিন প্রথম আলাপ। চোখে সুর্মা পরা, জর্দ্দা পান খেয়ে ঠোঁট রাঙানো ফর্সা নরমসরম দাদি জানিয়েছিল 'শাহি টুকরা' হল মুঘলাই মিঠাই। তার আগে আমার মনে হত এ বুঝি ব্রিটিশদের 'রুটির পুডিংয়ের' দেশী সংস্করণ। তবে এই মিষ্টির উৎস সম্পর্কে বেশ কয়েকটি তত্ত্ব আছে। কেউ কেউ মনে করেন ষোড়শ শতাব্দীতে এই পদ বাবরের সাথে ভারতবর্ষে আসে। কেউ কেউ বলেন মধ্যযুগে এটি আফ্রিকা ও মধ্য এশিয়ার জনপ্রিয় মিষ্টি হিসেবে পরিচিত ছিল, সেখান থেকে বাবরের হাত ধরেই এদেশে আসে। আবার বেকড মিশরীয় রুটির ডেজার্ট 'উম্মে আলী' এবং 'মুঘলাই শাহী টুকরার' মধ্যে একটি সম্ভাব্য যোগসূত্র উল্লেখ করেও অনেক জল্পনা রয়েছে। জনশ্রুতি অনুসারে, সুলতান এবং তাঁর দলবল শিকারের উদ্দেশ্য রওনা দিয়ে অসম্ভব ক্ষুধার্ত অবস্থায় পৌঁছলেন নীলনদের পার্শ্ববর্তী এক গ্রামে। গ্রামবাসীরা সুলতানের সেবা করার জন্য গ্রামের সেরা পাচককে ডাক দিল। উম্মে আলী ছিল সেই গ্রামের সেরা পাচক। কিন্তু সেসময় দ্রুত রেঁধে খাওয়ানোর মতো কোনও উপকরণ মজুত ছিল না। হাতের কাছে ছিল বাসী রুটি। সেই রুটি, ক্রিম, দুধ, চিনি ও বাদামের সাহায্যে সে তৈরী করে ফেলল এক অনন্য মিষ্টি পদ, যা খেয়ে সুলতান ও তার দলবল আঙুল চাটতে থাকল। এরপরেই নাকি রুটির পুডিং বা 'শাহি টুকরা' মধ্যপ্রাচ্য এশিয়া জুড়ে একটি জনপ্রিয় মিষ্টি হিসেবে পরিচিতি লাভ করেছিল। হায়দ্রাবাদী 'ডাবল কা মিঠা' অনেকটা শাহি টুকরার আদলেই তৈরী। হলফ করে বলতে পারি এ মিষ্টি একবার চেখে স্বাদ মেটে না। তাই তৈরী করার প্রণালী শিখে রাখা ভাল। ইচ্ছে করলেই বানিয়ে নেওয়া যাবে জিভে জল আনা এই মিষ্টি পদ।

<u>শাহি টুকরা</u>

১. একটি পাত্রে দুধ গরম করে নিন, পাত্রের তলাটি যাতে পুরু হয়

সে খেয়াল রাখবেন, নাহলে ক্ষীর তৈরী করবার সময় তলাটা ধরে যেতে পারে। যে পরিমান দুধ নেবেন সেটি ফুটিয়ে অর্ধেক করতে হবে, ভালভাবে নাড়তে থাকবেন তা না হলে ক্ষীরের টেক্সচার মসৃণ হবে না।

২. আগে থেকে ভিজিয়ে রাখা আমন্ড, কাজু, এলাচ ও এক চিমটে জাফরান সামান্য দুধ দিয়ে পেস্ট করে নিন। আমন্ডের খোলা ছাড়াতে ভুলবেন না। দুধ সামান্য গাঢ় হয়ে এলে পেস্টটি দিয়ে নাড়তে থাকুন।

স্বাদমত চিনি দিন। মনে রাখবেন পাঁউরুটিগুলো রসে ডুবিয়ে তোলা থাকবে তাই ক্ষীরে খুব বেশি মিষ্টি দেবেন না। ক্ষীর ঘন হয়ে এলাচ ও জাফরানের গন্ধে ঘর ম' ম' করলে গ্যাস বন্ধ করে দিন।

৩. পাঁউরুটি তেকোনা বা ছোট ছোট চৌকো করে কেটে নিয়ে দেশী ঘি অথবা সাদা তেলে সোনালী করে ভেজে তুলে নিন।

৪. একটি পাত্রে কয়েক চামচ চিনি ও এককাপ জল দিয়ে মাঝারি ঘন রস তৈরী করে নিন। ভাজা পাঁউরুটিগুলো সেই রসে ঢুবিয়ে তুলে নিন।

৫. একটি পরিবেশন করার পাত্রে ভাজা পাঁউরুটিগুলি সাজিয়ে উপর থেকে তৈরী ক্ষীর ঢেলে দিয়ে উপরে বাদাম কুচি ছড়িয়ে খুব সামান্য ঠান্ডা করে নিয়ে পরিবেশন করুন জিভে জল আনা 'শাহি টুকরা'।

প্রবন্ধ

নির্বাচিত কয়েকটি বাংলা ওয়েবজিনে বর্তমানের বাংলা গদ্যচর্চা

সুরঞ্জনা পাল

এই অতিমারীর কালে যখন সারা পৃথিবী বারবার লকডাউনের মাধ্যমে স্তব্ধতায় আচ্ছন্ন হয়ে পড়ছে তখন ঘরবন্দী মানুষের এই থেমে যাওয়া জীবন থেকে নিস্তার পাওয়া একমাত্র উপায় হিসেবে উঠে এসেছে ইন্টারনেট। সাহিত্যের ছাত্রী হওয়ার সুবাদে বিভিন্ন পত্রপত্রিকা ঘাঁটাঘাঁটি করার সূত্রেই বাংলা ভাষায় লেখা কয়েকটি ওয়েবজিন আমার চোখে পড়ে। আর সেইখানেই বিশেষ করে নজরে আসে মূলত কিছু গদ্যনির্ভর ওয়েব ম্যাগাজিন। সে যাই হোক, সেই সবকটা ওয়েবজিনের সমস্ত লেখাকে যে খুব মনোযোগ সহকারে পড়েছি এমনটা জোর দিয়ে বলা যায় না। কারণ বিভিন্ন প্রকার সাহিত্যিক প্রকরণের চর্চা ও এই পরিধির বিশালতা। এই বিশাল পরিধির বাংলা সাহিত্যের মধ্যে কিছু কিছু গল্প, অণুগল্প যেমন বেশ মন ছুঁয়ে যায়, আবার কিছু কিছু গবেষণামূলক প্রবন্ধ আমার অ্যাকাডেমিক জ্ঞানচর্চাকে সমৃদ্ধ করতে সাহায্য করে। তবে, এতকিছুর পরেও ওয়েবজিনের উপর সেইভাবে টান অনুভব করিনি। কিন্তু আমি যখন জানতে পারি যে আমারই পরিচিত একজন একটি ওয়েবজিনের সাথে যুক্ত তখন একটু আগ্রহ জন্মায়। অবশ্য তিনি যুক্ত শুনেই যে হুট করে আগ্রহ জন্মেছিল এমনটা নয়, তার থেকে বিভিন্ন লেখাপত্র সম্পর্কিত আলোচনা শুনে; লেখা পড়ার সাজেশন পেয়ে যখন ভাল করে নেড়ে-ঘেঁটে দেখি তখনই ধীরে ধীরে বিভিন্ন ওয়েবজিন এবং সেখানে বর্তমানে হয়ে চলা বাংলা গদ্য নিয়ে আগ্রহ জন্মাতে শুরু করে।

আসলে যখনই বাংলা গদ্যের প্রসঙ্গ আসে, তখনই আমাদের মাথায় আসে বাংলা সাময়িকপত্রের কথা। বাংলা সাহিত্যে গদ্যচর্চা বা গদ্যের বিস্তারে সাময়িকপত্রের অবদান অনস্বীকার্য। 'বঙ্গদর্শন,' 'প্রবাসী,' 'ভারতী,' প্রভৃতি সাময়িক পত্র-পত্রিকার হাত ধরে বাংলা উপন্যাস, ছোটগল্প বাঙালী পাঠকবর্গের মধ্যে নিজের পরিচিতির বিস্তার ঘটায়। পরবর্তীকালে আসে লিটল ম্যাগাজিন, যা প্রাতিষ্ঠানিক গতানুগতিকতা বাইরের একস্বর; বড়বাজারের নগদ মূল্য, জনপ্রিয়তা যাকে স্পর্শ করবে না। আরও পরে, ক্যাপিটালিজমের প্রসারের সাথে সাথে মানুষের জীবন যখন দ্রুততার সাথে পরিবর্তিত হতে শুরু করেছে তখন সেই দ্রুতগামী জীবনের সঙ্গে তাল মিলিয়ে সাহিত্য পাঠের অভ্যাসেরও পরিবর্তন ঘটেছে। এর ফলস্বরূপ, শিক্ষিত বাঙালী পাঠকবর্গের কাছে এসে পড়েছে ওয়েব ম্যাগাজিন। ক্যাপিটালিজমের ফলে জীবনধারার দ্রুত পরিবর্তনের কারণে ওয়েবজিনের জন্ম হলেও, ম্যাগাজিনের এই কাঠামো মানচিত্রের সীমানাকে অতিক্রম করে বিশ্বের বিভিন্ন প্রান্তে ছড়িয়ে পড়েছে। ১৯৮৮ সালে বাংলার প্রথম ওয়েব পত্রিকা 'কৌরব' প্রকাশিত হয়, তবে তা ছিল শুধুই কবিতার পত্রিকা। ১৯৯৭ সালে বিদেশ থেকে প্রকাশিত হয় 'পরবাস' নামক একটি ওয়েবজিন, যাকে প্রথম পূর্ণাঙ্গ বাংলা ওয়েবজিন হিসেবে গণ্য করা যেতে পারে। সময়ের সাথে ধীরে ধীরে দেশ-বিদেশ থেকে প্রচুর ওয়েব ম্যাগাজিন প্রকাশিত হতে থাকে। ছাপা অক্ষরে পত্রিকার মতোই এখানেও রয়েছে বিভিন্ন বিভাগ - ছোটগল্প, প্রবন্ধ, উপন্যাস, ধারাবাহিক, রম্যরচনা, ভ্রমণকাহিনী প্রভৃতি। তবে শুধু বড়দের জন্যই নয়, আছে ছোটদের জন্যেও বিশেষ সংখ্যা। কোনো ওয়েবজিন আবার প্রকাশিত হয় নির্দিষ্ট কতগুলি বিষয়ের জন্য, যেমন - গবেষণামূলক প্রবন্ধ, রাজনৈতিক বিষয়ক লেখাপত্র ইত্যাদি। প্রথম দিকের ওয়েব ম্যাগাজিন ছিল ইমেজ বেসড বা কমপ্লেক্স স্ক্রিপ্ট বেসড। ইউনিকোড আসার পরে একটি নতুন দিগন্ত শুরু হয়, যা ইন্টারনেটে বাংলা চর্চার এক নতুন দিশার সন্ধান দেয়। অবশ্য অনেক ওয়েবজিন তৈরি হয়েও হারিয়ে গেছে বিভিন্ন কারণে। হয় সময়ের সাথে তাল মিলিয়ে চলা নয় লেখক ও পাঠকের ব্যবধান। আবার সোশাল মিডিয়ার আগ্রাসন অন্যান্য অনেক ডিজিটাল প্লাটফর্মের প্রতি মানুষের উৎসাহে ভাগ বসিয়েছে। ফলে শিক্ষিত বাঙালীর সাহিত্যপ্রেম কিছুটা হলেও দ্বিধাবিভক্ত, একদল যারা শুধু সোশাল প্লাটফর্মে অনুরক্ত আর অন্যদল যারা এখনও

ওয়েবসাহিত্যকে এগিয়ে নিয়ে চলেছেন, কারন সোশাল মিডিয়াতে লেখা যেমন হচ্ছে, তেমনভাবেই লেখা চুরি হওয়া বা হারিয়ে যাওয়ার ঘটনাও বেড়েছে প্রায় সমানুপাতে।

বাংলা ভাষায় প্রকাশিত ওয়েবজিনের সংখ্যাও যেমন বিস্তর ঠিক তেমনি, সেখানে চর্চিত হওয়া বিভাগের সংখ্যা কম নয় তাই আমি আমার এই প্রবন্ধের বিষয় হিসেবে বেছে নিয়েছি গদ্যচর্চাকে। আরও স্পষ্টভাবে বলতে গেলে, শেষ তিন মাসের প্রকাশিত হওয়া ছোটগল্প, অনুগল্প আর অনুবাদকে মূল জায়গা হিসেবে নির্বাচিত করেছি এবং আলোচনার উদ্দেশ্যে বেছে নিয়েছি মাত্র তিনটি ওয়েবজিনকে। আলোচনা শুরুর আগেই আমি পাঠকবর্গের কাছে মার্জনা চেয়ে নিচ্ছি ওয়েবজিনে চর্চিত বাংলা গদ্যের সমস্ত ধারাকে আলোচনা করতে না পারার অক্ষমতার জন্য। হয়ত কিছু আরও পত্রিকাকে এই তালিকায় রাখা যেত এবং কিছু বাণিজ্যিক পত্রিকাও ক্রমশ এগিয়ে আসছেন ডিজিটাল মাধ্যমের দিকে। আমার এই লেখার মূল বিষয়বস্তু মূল ধারার কোন বাণিজ্যিক পত্রিকা নয়, বরং যারা ভালবেসে ওয়েব সাহিত্যকে বেছে নিয়েছেন লিটল ম্যাগাজিনের একটি বিকল্প মাধ্যম হিসেবে। 'ও কলকাতা'র জন্য লিখতে গিয়ে যেটা বলতে ইচ্ছে করছে তা হল বাংলা সাহিত্যে শুধু গদ্য নিয়ে কাজ করার এই প্রচেষ্টা সত্যিই বেশ চমকপ্রদ এবং এত ধরণের এবং স্বাদের বাংলা গদ্য একটি প্ল্যাটফর্মে এভাবে দেখেছি বলে মনে হয় না। একদিকে ধারাবাহিক উপন্যাস থেকে শুরু করে অন্য দিকে লোকসাহিত্য, একদিকে শাস্ত্রীয় সঙ্গীত থেকে শুরু করে অন্য দিকে স্প্যানিশ সাহিত্যের অনুবাদ, এই সম্ভার সত্যিই দৃষ্টি আকর্ষণ করার মত।

পরবাস

বাংলা ওয়েবজিনে পথ চলা যাদের হাত দিয়ে শুরু হয় তাদের মধ্যে অন্যতম হল 'পরবাস' ওয়েব পত্রিকা। ১৯৯৭ সালে কিছু প্রবাসী বাঙালীদের উদ্যোগে শুরু হয় এই পত্রিকা। আজ অর্থাৎ ২০২২ সালে দাঁড়িয়ে এই পত্রিকার ২৪ বছর, বলতে গেলে পূর্ণ যৌবনে এসে পৌঁছেছে। জানুয়ারি মাসে প্রকাশিত হয়েছে পঁচাশি (৮৫) নম্বর সংখ্যা,

যাতে ধারাবাহিক উপন্যাস, কবিতা, ছোটগল্প, প্রবন্ধ, গ্রন্থ সমালোচনা, ভ্রমণকাহিনি, রম্যরচনা এবং ছোটদের পরবাসের সাথে আছে অনুবাদ (ছোটগল্প ও কবিতা), চিঠিপত্র, নাটক, শিল্প-সাহিত্য-সংবাদ, ছবি এবং শব্দছক।

এই সংখ্যায় মোট প্রকাশিত গল্পের সংখ্যা ২৫টি যার মধ্যে আছে দুটি উর্দু গল্পের অনুবাদ, ছোটদের পরবাসের পাঁচটি গল্প।

এই সংখ্যায় উর্দু থেকে অনূদিত গল্পদুটিই অত্যন্ত জনপ্রিয় গল্প এবং উভয় গল্পের অনুবাদক শুভময় রায়। প্রথম গল্পটি বিখ্যাত গল্পকার সাদাত হাসান মান্টো রচিত 'খোল দো' (کھول دو)। ১৯৪৭ সালে দেশভাগের প্রেক্ষাপটে লেখা 'খোল দো' গল্পের অনুবাদের ক্ষেত্রে অনুবাদক বিশেষ বিশেষ কয়েকটি উক্তির ভাষা পরিবর্তন করেননি। যেমন - দাঙ্গার কারণে ভারত ছেড়ে পালানোর সময় সাকিনার ওড়না খুলে পড়ায় তা সিরাজুদ্দিন তুলতে গেলে, সাকিনার চিৎকার, "আব্বাজি! ছোড়িয়ে!" এর কোনো ভাষান্তর করেননি অনুবাদক আবার এইখানেই ওড়নার জায়গায় 'দোপাট্টা' শব্দের ব্যবহার করেছেন। আবার গল্পের একদম শেষের দিকে হাসপাতালে ডাক্তারের জিজ্ঞাসায় 'কেয়া হ্যায়'-এর অনুবাদ 'কী হয়েছে,' কিন্তু করেননি শুভময় রায়, বরং ডাক্তারের উক্তি, "খিড়কি খোল দো," অপরিবর্তিত রেখে গল্পের নামকরণের গুরুত্বকে পাঠকদের সামনে পরিস্ফুট করতে সক্ষম হয়েছেন। এছাড়াও, গল্পের ভাষা ব্যবহারের সরলতা অনুবাদটিকে অনেক বেশী বোধগম্য করে তোলে এবং মূলপাঠের অনুভুতি ভাষান্তরিত পাঠে প্রতিফলিত হয়েছে। অনুবাদটির সম্পূর্ণ বঙ্গীয়করণ না হলেও পাঠকদের গল্পপাঠে কোনোরকম অসুবিধার সম্মুখীন হতে হচ্ছে না।

অপরটি হল, গুলাম আব্বাস রচিত অত্যন্ত জনপ্রিয় গল্প 'আনন্দী' (آنندی)। শহরের মধ্যস্থলে বাজারে 'বাজারি মেয়েদের' বসবাস নিয়ে সম্ভ্রান্ত বাবুদের অভিযোগ, তাদের উচ্ছেদ, সেই বারবণিতাদের ঘিরে নতুন শহর গড়ে ওঠা ও পুনরায় বাবুদের অভিযোগ গল্পটির মূল বিষয় হলেও মৃদু ব্যঙ্গ। গল্পের শুরুতে বাবুদের অভিযোগ যে আসলে কতটা মিথ্যে ও মেকি তা পাঠকদের কাছে অনুবাদক অত্যন্ত সাবলীলভাবে তুলে এনেছেন, শুধু গল্পের শুরুতেই নয় শেষেও প্রথম অনুচ্ছেদের পুনরাবৃত্তি বাবুশ্রেনীর সুবিধাবাদী চরিত্রকেই আরও পরিষ্কার করে তোলে। অনূদিত গল্পটিতে কিছু কিছু মূল শব্দের ব্যবহার গল্পের ভাবকে সম্পূর্ণ করেছে। গল্পের প্রথম দিকে

শব্দচয়নের গাম্ভীর্য থাকলেও মাঝের দিক থেকে অনুবাদ খুবই সহজ। পরিচিত সাধারণ শব্দের চয়ন, ভাষার সারল্য অনুবাদটিকে অযথা জটিল করেনি বরং পাঠকদের রসাস্বাদনের যোগ্য করে তুলেছে।

এই সংখ্যা ছাড়াও আগের বিভিন্ন সংখ্যাতে অনুবাদের বিভাগে অনূদিত হয়েছে বেশ কয়েকটি উর্দু গল্প। তারমধ্যে আছে, ইসমত চুঘতাইয়ের 'ছুই-মুই,' 'নান্হি কি নানি,' রাজিন্দর সিং বেদীর লেখা 'লাজবন্ত,' 'কোয়ারান্টিন,' প্রভৃতি। সমস্ত উর্দু গল্পেরই অনুবাদক শুভময় রায়।

ছোটদের পরবাসের অন্তর্গত সংগ্রামী লাহিড়ী লেখা 'রস' গল্পটি অ্যালগনকুইন উপজাতির মানুষের মধ্যে প্রচলিত উপকথা অবলম্বনে রচিত। গল্পের কাহিনীর সঙ্গে সামঞ্জস্য রেখেই ভাষার ব্যবহার ও শব্দচয়ন করেছেন গল্পকার। সর্বত্র বাক্যগঠনের ক্ষেত্রে সরল বাক্য ব্যবহার না করলেও, বাক্যগঠনে অযথা জটিলতা আনেননি লেখিকা। ফলে ছোটদের জন্য গল্পের পাঠ কঠিন হয়ে ওঠেনি, বরং অন্য উপজাতির মানুষের উপকথাকে নিজের ভাষায় পড়ার অতিরিক্ত সুযোগ পাচ্ছে ছোট্ট পাঠকরা আর গল্পের অধিকাংশ বাক্যই সরল। এছাড়া, প্রাত্যহিক জীবনে ব্যবহৃত শব্দকেই বেছে নিয়েছেন লেখিকা সংগ্রামী লাহিড়ী তাই 'রস' গল্পটি পাঠকবর্গের মন ছুঁয়ে যাবে সহজেই। শুধু সংগ্রামী লাহিড়ী নয়, এই সংখ্যারই অন্য গল্প "'গজু'স এন' শ্রীপতি'স"-তে গজু ও শ্রীপতির বন্ধুত্ব ব্যাখ্যা করতে গিয়ে লেখিকা নিবেদিতা দত্ত ব্যবহার করলেন বাঙালি জীবনের অত্যন্ত জনপ্রিয় কতগুলি খাবারের উদাহরণ,

"যেখানে গজু সেখানে যে শ্রীপতিও থাকবে তা চোখ বন্ধ করেও বলে দেওয়া যায়। এক কথায় গজু যদি পিঠে হয় শ্রীপতি পায়েস, শ্রীপতি কড়াইশুঁটির কচুরি তো গজু ছোট ছোট গুলি আলুর দম, গজু ফিশ ফ্রাই তো শ্রীপতি হট এন সুইট টমেটো সস— এক বিনে অন্যকে মানায় না।"

আবার গজু শ্রীপতিকে শাস্তি দেওয়ার ছবিটাও খুব চেনা, যা অনেক সময় আমাদের মত বড় পাঠকদেরও ছোটবেলার স্মৃতিকে ঝালিয়ে নিতে সাহায্য করে। আবার বাঙালী ঠাম্মা-দিদিমাদের প্রতি চিরাচরিত অভিযোগ,

"আপনিই তো আদর দিয়ে নাতিকে বাঁদর করেছেন—-"

এই কথাটা প্রচন্ড সাবলীলভাবে লেখিকা গল্পে তুলে নিয়ে এসেছেন, অভিযোগের চিরাচরিত উত্তর দিতেও লেখিকা ভোলেননি। ভাষার সাথে গল্পের প্রেক্ষাপট যেহেতু বহুপ্রাচীন নয় বরঞ্চ সমসাময়িক হওয়ায় পাঠকদের সময় এবং নিজেদের জীবনের সাথে খুব তাড়াতাড়ি মেলাতে পারে।

আলোচিত এই দুটি ধারা ছাড়াও দেবেশ মহান্তির লেখা 'গয়নার বাক্স' ও 'খোলা হাওয়ার খোঁজে' - গল্প দুটোর ভাষা যেমন আরম্ভরবিহীন তেমনি দুটি গল্পে উঠে এসেছে সমাজের দুটো দিক। 'গয়নার বাক্স' গল্পে আর্থিকভাবে ভাল থাকার অজুহাতে নিশ্চিন্ত, শান্তির সংসারকে অশান্তি, দুশ্চিন্তায় ভরিয়ে তোলার কাহিনী, যার মধ্যে আছে মানুষের মধ্যে লুকিয়ে থাকা লোভের ইঙ্গিত। আর 'খোলা হাওয়ার খোঁজে' সমসাময়িক আফগানিস্তানের গল্প, যেখানে তালিবান-বিজিত কাবুল বিমানবন্দরে আশ্রিত দুই মানুষের কথা উঠে এসেছে। বাঁচতে চাওয়া দুটি মানুষের কথোপকথনের মধ্যে দিয়ে আফগান সমাজের রীতি; সেই পিতৃতান্ত্রিক রীতির মধ্যে দিয়ে বেঁচে বেরিয়ে আসা একটি কিশোরী মেয়ের কথা গল্পকার বলতে চেয়েছেন। গল্পকথকের কাছে মেয়েটি যে যন্ত্রণার কথা বর্ণনা করেছিল তা শুধু তার একার নয়, আফগান সমাজের একাধিক মেয়েদের কথা। এই গল্পে ভাষা, বাক্য বা শব্দচয়নের সাথে সাথে গল্পের কাহিনী বেশী গুরুত্বপূর্ণ হয়ে উঠছে, যা সময় এবং আফগানের মানুষের বাস্তবজীবনকে তুলে ধরছে। ইন্দ্রনীল দাশগুপ্তের লেখা 'রাধা কোথায় গেল' গল্পটির আঙ্গিক, ভাষা, কাহিনী অন্যান্য গল্পের থেকে আলাদা। রাধা-কৃষ্ণের কাহিনী কিন্তু চিরাচরিত কাহিনী নয়। কাহিনীর কথনে আছে মৌলিকতা আর আঙ্গিক সে তো অনন্য, গদ্য-পদ্যের মিশ্রণে রচিত হয়েছে। অত্যন্ত সহজসরল ভাষায় রচিত কিন্তু প্রচলিত ধারা ভিন্ন এই ছোটগল্পটি। আগে আলোচিত গল্পগুলোর থেকে মায়া সেনগুপ্তের লেখা 'স্বপ্নের ফেরিওয়ালা' গল্পটি আকারে অপেক্ষাকৃত ছোট, পড়তে গেলে মনে হয় যেন হুট করে শেষ হয়ে গেল, কিন্তু শেষ হওয়ার আগে গল্পের প্রবীণ যাত্রীর মুখ দিয়ে বলে গেলেন আশার কথা, *"তাহলে বাংলায় এখনও অমলকান্তিরা বেঁচে আছে! যারা স্মার্টফোন ছেড়ে রোদ্দুর হতে চায়!"* অন্যান্য গল্পগুলোর মতো এই

গল্পেরও ভাষা চেনা ভাষা - সাধারণ মানুষের মুখের ভাষা কিন্তু অন্য গল্পগুলোর মতো কিছু বিশেষত্ব নেই যা গল্পটিকে স্মরণীয় করে রাখবে। আরেকটি ছোট গল্প হল 'ভাই', লেখক কৌশিক ভট্টাচার্য। তুলি নামক একটি বাচ্ছা মেয়ের দৃষ্টিভঙ্গি থেকে তার অদেখা ভাইয়ের কল্পনার ছবি গল্পটি জুড়ে আর তুলির কাছে মায়ের কান্নার অজানা কারণ। গল্পের শেষে 'মামু'র কথায় ছোট্ট তুলির মনে রহস্য দানা বাঁধে কিন্তু লেখক আমদের অর্থাৎ পাঠকদের আন্দাজ করার অবকাশ দিয়েছেন। এই গল্পেও ভাষা, বাক্যগঠন অত্যন্ত সহজ ও সরল।

ও কলকাতা

'পরবাস'-এর মত 'ও কলকাতা'র মাসিক কোনো সংখ্যা নেই, তার বদলে ক্যালেন্ডারের তারিখ ধরে প্রকাশিত হয় বিভিন্ন ধারাবাহিক, অণুগল্প, ছোটগল্প, প্রবন্ধ প্রভৃতি। আরও স্পষ্টভাবে বলতে গেলে বিভিন্ন লেখা বিভিন্ন কিস্তিতে অর্থাৎ কোনোটা সাপ্তাহিক, কোনোটা পাক্ষিক আবার কোনোটা মাসিক কিস্তিতে প্রকাশিত হয়। তবে, অন্যান্য ওয়েব পত্রিকার চেয়ে এই পত্রিকায় ধারাবাহিকের সংখ্যাটা চোখে পড়ার মতই। ওয়েবজিনে গদ্যচর্চার ধারা বিশ্লেষণের জন্য এই পত্রিকার ডিসেম্বর মাসে প্রকাশিত অণুগল্পের ধারাবাহিকটিকেই নির্বাচিত করতে হয়েছে। অণুগল্প ছাড়া এই ডিসেম্বর মাসে আর কোনো ছোটগল্প প্রকাশিত হয়নি। শ্রীপর্ণা বন্দোপাধ্যায় রচিত অণুগল্পের ধারাবাহিক 'সময়জ্ঞান'-এর প্রথম পর্ব প্রকাশিত হয় ১০ই ডিসেম্বর। এই ধারাবাহিকটি সাপ্তাহিক কিস্তিতে প্রকাশিত হয়ে চলেছে। এখনও পর্যন্ত সাতটি পর্ব প্রকাশিত হয়েছে এবং মোট গল্প সংখ্যা ১৭। প্রতিটি পর্বে দুটি করে গল্প প্রকাশিত হয়েছে। প্রথম পর্বের দুটি গল্প 'সময়জ্ঞান' ও 'বিপ্রলব্ধা' কাহিনী দু'টি আমাদের চেনা জীবনের একটু অংশের মত। 'সময়জ্ঞান'-এর উদিতা, উপল বা হস্টেলের সংহিতাদিকে আমাদের পরিচিত পরিমন্ডলে দেখতে পাই আর গল্পে চরিত্রদের মুখে ব্যবহৃত ভাষা যেন আমাদের প্রাত্যহিক জীবনের ভাষা। 'বিপ্রলব্ধা' গল্পের সূর্য ও অনন্যার সম্পর্কের মধ্যে চলা টানাপোড়েনের কাহিনীও পরিচিত সমাজ থেকে বিচ্ছিন্ন নয় বরং

চরিত্রদের মধ্যে দিয়ে উঠে আসা 'সম্পর্ক' সম্পর্কিত ধারণা আজকের দিনে দাঁড়িয়ে অত্যন্ত বাস্তব। ফলতঃ এই অণুগল্পের ভাষা, বাক্যগঠন, শব্দচয়নে কোনো আতিশয্য নেই। তবে, গল্পের শেষে অনন্যার যুক্তিতে রসতত্ত্বের গাম্ভীর্য এলেও ভাষা ব্যবহার বা শব্দচয়নে কোনো আড়ম্বর নেই। দ্বিতীয় পর্ব প্রকাশিত ধারাবাহিকের তৃতীয় গল্প 'যেন খোঁজ না মেলে,' এক উদ্বেগের কাহিনী। সমরেশবাবু ও শর্বরীর সন্তান দীপুর নিখোঁজ হওয়ার এবং তিনমাস ধরে তাকে ঘিরে ঘটে যাওয়া বিভিন্ন ঘটনা ও পরিবারের মধ্যে চলা দুশ্চিন্তা উদ্বেগের আবহ গল্পকার অত্যন্ত নৈপুণ্যের সাথে পাঠকদের সামনে উপস্থিত করেছেন। পরবর্তী গল্প 'প্রিয় ব্যঞ্জন'-এর বাচন ভঙ্গি অন্যান্য গল্পগুলোর তুলনায় একটু অন্যরকম। একপাক্ষিক কথোপকথন, যেখানে পুরুষ সঙ্গীটির প্রতি বর্ষিত হয়েছে অভিযোগের বর্ষণ। তবে, একপাক্ষিক ব্যঞ্জনার ভাষা প্রাত্যহিক জীবনের সহজ সরল ভাষা নয় বরং ভাষার মধ্যে দিয়ে ধ্বনিত হয়েছে এক গাম্ভীর্য অর্থাৎ এই গল্পে শব্দচয়ন কঠিন নয় কিন্তু ভিন্ন। ডিসেম্বর মাসে প্রকাশিত শেষপর্বের প্রথম গল্প 'বিনিময়,' এক অন্যধারার গল্প, যার ছবি আমাদের কাছে সম্পূর্ণ অচেনা। দক্ষিণ আফ্রিকার মানুষখেকো এক উপজাতির গল্প। গল্পে ক্যাপ্টেন স্পীকের কাছে তার চাকর মোকামা খাদ্যের জন্য ছাগলের বিনিময়ে মানুষের বাচ্চা পাওয়ার কথা বর্ণনা করেছে। ছাগলের বদলে মানুষের বাচ্চা পাওয়ার কাহিনীতে যে নৃশংসতা আছে তা লেখিকা সেই উপজাতির মানুষের ভাষ্যের মধ্যে দিয়ে অত্যন্ত সহজভাবে ফুটিয়ে তুলেছেন। সেই ভাষ্যের ভাষা যতই সহজ হোক না কেন, সহজ ভাষার মধ্যে দিয়ে গল্পে বর্ণিত নৃশংসতা পাঠকদের মনকে শিহরিত করে। এই পর্বের শেষ গল্প 'ব্যবচ্ছেদ'-এর বাচনভঙ্গি অনেকটাই 'প্রিয় ব্যঞ্জন'-এর মত। এখানেও একপাক্ষিক কথোপকথনই গল্পের ভিত্তি। এই গল্পেও অদৃষ্ট মানুষটিকে তিরস্কৃত হতে হয়েছে গল্পকথকের কাছে। আর তিরষ্কারের ভাষাও অতিসাধারণ নয়, তা যথেষ্ট গম্ভীর।

ডিসেম্বর মাসে তিন পর্বে প্রকাশিত ছয়টি অণুগল্পের কাহিনী একটির থেকে অপরটি অনেক আলাদা আর ভাষা, শব্দচয়ন, বাচনভঙ্গিও পৃথক তবে, কিছু কিছু সাদৃশ্য থাকলেও একেবারে অনুরূপ নয়।

উতলধারা

'উতলধারা' ওয়েবজিনের প্রথম পাতা খুললেই চোখ চলে যায় ম্যাগাজিনটার ট্যাগলাইন 'সপরিবার বাঙালির মনের ঠিকানা'-র দিকে। এই ওয়েবজিনের বিভাগও অন্যান্য ওয়েব ম্যাগাজিনের থেকে খুব একটা ভিন্ন নয়। এখানেও আছে শিশু-কিশোরদের জন্য আলাদা বিভাগ। তবে, ছোটদের জন্য মৌসুমী পাত্রের লেখা 'বাঘু' সিরিজটি একেবারেই আলাদা। শুধু লেখা, ভাষা, বয়ন বা কাহিনী নয় এই সিরিজের বিশেষত্ব ছবিগুলো যার অনেকগুলো স্রষ্টা খুদে মানুষজন। এখানেই শেষ নয় 'শিশু বাসর' বিভাগ ছড়া, আঁকিবুকি, কমিকস-এর সম্ভার সাজিয়ে বসেছে। এছাড়াও আছে গল্প, অণুগল্প, কবিতা, প্রবন্ধ, রম্যরচনা, নাটক, ধারাবাহিক প্রভৃতি।

নভেম্বর মাসে প্রকাশিত হয়েছে তিনটি গল্প যার মধ্যে একটি মুন্সী প্রেমচন্দের 'জুলুস' গল্পের অনুবাদ আর অন্য দুটি মৌলিক গল্প। স্বাধীনতার পূর্ববর্তী সময়ে, স্বাধীনতা সংগ্রামের প্রেক্ষাপটে রচিত মুন্সী প্রেমচন্দ 'জুলুস' গল্পটির ভাষান্তর করেছেন বদরুদ্দোজা হারুন। তিনি অনুবাদটি স্বনামে না রেখে, নতুন নামকরণ করেছেন 'শোভাযাত্রা' এবং গল্প শুরুর আগেই ঘোষণা করেছেন,

"এই গল্পে হয়ত আধুনিকতার চমক নেই, কিন্তু আধুনিক ভারতকে পথ দেখানোর দিশা আছে। গল্পের প্রয়োজনে মূলানুগ থেকে বিচ্যুত না হয়েও দু'একটি বাক্য বা শব্দ চয়নের ক্ষেত্রে কিছু পরিবর্তন আনা হয়েছে।"

অনুবাদটির মধ্যে ভাষা বা শব্দচয়নের যেমন কোনও আতিশয্য নেই তেমনি বাক্যের গঠন জটিল নয়। চরিত্রদের মুখের কথাগুলি অত্যন্ত সহজভাষায় অনূদিত, সেখানে ব্যঙ্গাত্মক উক্তি এলেও শব্দচয়ন অতি সাধারণ। শুধু কয়েকটি জায়গায় গল্পের খাতিরেই ইংরিজি শব্দের ব্যবহার হয়েছে। দারোগা বীরবল সিংহের স্ত্রী মিটঠনবাই যখন তাকে ব্যঙ্গাত্মকভাবে উল্লাস দেখায়, তখন মিটঠনবাইয়ের মুখে, "ব্রেভো! গ্রেট অপারচুনিটি। গেট রেডি টু জয়েন।"-এই কথাগুলো কোনোভাবেই আরোপিত বলে মনে হয় না।

অনুবাদ ছাড়াও, নির্মাল্য ঘরামীর 'আজ অভিষেক' ও নবকুমার দাসের 'না ভূতের গল্প' সম্পূর্ণ দুটি অন্য স্বাদের গল্প। কিন্তু দুই ঘরানার দুটি গল্পের ভাষা, শব্দচয়ন, বয়ন কিন্তু অত্যন্ত সাধাসিধে আটপৌরে, সেখানে অযথা কঠিন শব্দের ব্যবহার করে গল্পের মধ্যে গাম্ভীর্য আরোপের চেষ্টা করা হয়নি।

এই প্রবন্ধের শেষ প্রান্তে এসেও, নির্দিষ্ট কোনো সিদ্ধান্তে উপনীত হওয়া সম্ভব নয়। এই লেখায় তিনটি ওয়েবজিনের বিভিন্ন গল্প, অণুগল্প, অনুবাদ আলোচিত হয়েছে কিন্তু আলোচিত গদ্যগুলো কোনো নির্দিষ্ট প্রকরণের অন্তর্ভুক্ত নয়। ভিন্ন-ভিন্ন স্বাদের গল্প এমনকী অনুবাদগুলোর মধ্যেও সময় বা ঘটনার মিল নেই। তবে, এটুকু বলা যায় প্রবন্ধে আলোচিত অনুদিত গল্পগুলির মধ্যে মান্টোর 'খোল দো' ও প্রেমচন্দের 'জুলুস' আদ্যোপান্ত রাজনৈতিক গল্প কিন্তু 'আনন্দী'তে রাজনৈতিক দৃষ্টিভঙ্গির তুলনায় সামাজিক দিকটাই বেশী পরিস্ফুট হচ্ছে। অন্যান্য মৌলিক গল্পগুলোতে যে দৃঢ় রাজনৈতিক কন্ঠস্বর ধ্বনিত হয়েছে এমনটা জোরের সঙ্গে বলা যায় না কিন্তু এটাও বলে যায় না যে ওয়েব পত্রিকার রচিত গল্পগুলো একেবারে অরাজনৈতিক এবং সুখপাঠ্য। ওয়েব ম্যাগাজিনের ছোটগল্প, অণুগল্প বা ধারাবাহিকের ব্যাপ্তি এতটাই সুদূর যে হুট করে এরকম কোনো মন্তব্য করা যায় না। আমরা যদি 'গুরুচন্ডাল৯'-এর দিকে তাকাই, তাহলে পত্রিকাটির লেখাপত্রে রাজনৈতিক বিষয়ের প্রাচুর্য চোখে পড়ার মত। গল্পের প্রকরণে বাইরে এসে যদি প্রবন্ধের দিকে দৃষ্টিপাত করা যায় তাহলে 'ও কলকাতা' ওয়েবজিনের তরুণ কুমার ঘটকের লেখা 'স্প্যানিশ ভাষায় সাহিত্যপাঠ,' তপশ্রী পালের লেখা 'পূর্ব পশ্চিম সংগীতের দুই দিগন্ত,' এবং সংগ্রামী লাহিড়ীর 'সুরের গুরু' ধারাবাহিকগুলির ভাষা, শব্দচয়ন, বাক্যের গঠনে তাত্ত্বিক গাম্ভীর্য থাকলেও লেখনশৈলীর সারল্য পাঠকের মন ছুঁয়ে যাবার মত। সমাপ্তিতে এসে বলতে পারি, ছাপার অক্ষরে প্রকাশিত পত্রিকার শৃঙ্খলা; সীমাবদ্ধতা এই ওয়েবজিনের মধ্যে সেইভাবে পরিলক্ষিত হয় না।

অনেকে হয়ত বলবেন চরিত্রগতভাবে প্রিন্ট এবং ডিজিটাল সাহিত্য একসারিতে পড়ার যোগ্য এখনও নয়। আয়তনের দিক থেকে দেখতে হলে আমরা সাধারণত খুব বড় লেখা ইন্টারনেটে পড়তে এখনও অভ্যস্ত নই, কিন্তু প্রযুক্তিগত দিক থেকে ই-বুক অনেকভাবে সেই জায়গাটা দখল করে নিচ্ছে এবং বাঙালি পাঠকও ধীরে ধীরে মনঃশক্তির কৈশোর অতিক্রম করছেন। ওয়েব সাহিত্যের আরও একটা বড় সম্ভাবনা হল দেশকালের পরিধি অতিক্রম করে দুনিয়ার বিভিন্ন প্রান্তে পরবাসী মানুষের কাছে নিজের শিকড়, নিজের অস্তিত্বের সন্ধান দেওয়া। সেই দিক থেকে দেখতে হলে ভাষার টানের মত আন্তরিক বোধহয় আর কিছু নেই। আজকের বাঙালি শুধু পূর্ব আর পশ্চিমে নয়, ছড়িয়ে আছেন প্রায় সব মহাদেশে। ওয়েবসাহিত্যই পারে

এই ভৌগলিক সীমাবদ্ধতা অতিক্রম করতে। পৃথিবীর অন্যান্য ভাষার জন্য যা একটি সফল উদাহরণ, একদিন বাংলা ভাষাও সেই পর্যায়ে পৌঁছবে এই আশা তো আমরা করতেই পারি, তাই না?

তথ্যসূত্রঃ

- পরবাস: https://www.parabaas.com/
- ও কলকাতা: https://okolkata.in/
- উতলধারা: https://www.utoldhara.com/

বাংলায় ইউনিকোড এবং ভবিষ্যত

সঞ্জয় নাথ

২০২০ পর্যন্ত ১%-ও কাজ হয়নি কম্পিউটারের সম্ভাবনার। এখনও ইংরেজি হরফের ভিত্তিতে বাংলা হরফগুলো কাজ করে কম্পিউটারে, এমনকী ইউনিকোডে পর্যন্ত সম্পূর্ণ বাংলার মতন করে অর্থপূর্ণ কিছুই তৈরি হয়নি, দাদা। (অনেক উদাহরণ দেব তাতে পরিষ্কার হয়ে যাবে, পড়তে থাকুন)

হ্যাঁ, হয়ত আপনার বিশ্বাস হচ্ছে না, কিন্তু সত্যি রিচার্ড ফাইনম্যান এবং ডোনাল্ড নুথ যে স্বপ্ন দেখেছিলেন 1945-এ সেই স্বপ্নের ১%ও আম জনতার হাতে এসে পৌঁছয়নি কম্পিউটারের ক্ষমতা।

ভারতীয়দের যা প্রয়োজন তার 0.00১%ও হয়নি কম্পিউটারের প্রয়োগের ক্ষেত্রে। কম্পিউটার এখনও ২০২০ পেরিয়ে গিয়েও ইংরেজি ভাষার উপর ভিত্তি করেই ভাবে এবং কাজ করে অথচ সুকুমার রায়ের কবিতার সেন্টিমেন্ট অ্যানালাইসিস রিপোর্ট করতে হলে আগে ইংরেজি অনুবাদ আকারে কম্পিউটারের মধ্যে ফিড করতে হবে পুরো কবিতাকে। মেশিন লার্নিং-এর একটাও মডেল ভারতীয় কোনও ভাষার ভিত্তিতে কাজ করে না। আগে ইংরেজিতে অনুবাদ করে তারপর বিশ্লেষণ লজিক লাগাতে হয় সেটার মধ্যে। অবশ্যই এর ফলে ভারতীয় সেন্টিমেন্ট প্রথমেই হারিয়ে যায় লেখাটির বাক্যগুলো থেকে।

আপনি ভাবুন তো 'শোলে' সিনেমাতে ডায়লগগুলো সম্পূর্ণ আমেরিকান হাই ফাই চোস্ত ইংরেজিতে উচ্চারিত হলে আপনি কি

বাসন্তীর মনের ভাবকে অনুভব করতে পারতেন? সুকুমার রায় যদি কবিতাগুলো নিজেই ইংরেজিতে লিখতেন তবে কি একই ধরণের অর্থ আপনার কানে বাজত? আপনি কি একইরকমভাবে নেচে নেচে আনন্দ পেতেন সেই কবিতাগুলো পড়ে? নজরুল যদি ইংরেজি ভাষায় উঁর কবিতাগুলো লিখতেন এবং একই সুরে গাইতেন, আপনি কি একই ধরনের অনুভূতি বোধ করতেন?

আমাদের উদ্দেশ্য, এই মুহূর্তে ছোট কিছু রিসার্চ এবং ডেভলপমেন্টের উদ্দেশ্যকে গণ্ডিকরণ করে সংজ্ঞা দেওয়ার চেষ্টা করছি যে কাজগুলো অনেক আগেই আরম্ভ হওয়া উচিত ছিল, কিন্তু ইউনিকোড যথেষ্ট পোক্ত হয়ে ওঠেনি বলে এগোনো যাচ্ছিল না। যেমন -

১. শব্দার্থ বিচার এবং বিশ্লেষণ

২. প্রতিটি বাক্যের উদ্দেশ্য বিশ্লেষণ

৩. প্রতিটি চিন্তার নিচের চিন্তার বিশ্লেষণ

৩+ প্রতিটি জ্ঞানের স্তরের নিচের বিশ্বাসের ভিত্তির বিশ্লেষণ

৩++ প্রতিটি প্যারাগ্রাফের জ্ঞানের যুক্তিতে কোথায় কোথায় বিশ্বাসের ফাঁক থেকে গেছে তার বিশ্লেষণ (লেখকের দিক থেকে এবং পাঠকের দিক থেকে দুই ভাবেই হওয়া প্রয়োজন, ড্যাশবোর্ডের মতন এডিটর সফটওয়্যারের মধ্যে),

৪. এমন কী কী অনুমান এবং ধারণা না থাকলে (না তৈরি হলে) একটা প্যারাগ্রাফের সঠিক বোধ তৈরি হওয়া সম্ভব নয় তার গভীর বিশ্লেষণ। ৯৮% পাঠকের কোনও ইচ্ছা থাকে না অথবা সময় থাকে না অথবা ক্ষমতা থাকে না গভীর বিশ্লেষণের চেষ্টা করার, কারণ ডিসট্র্যাকশন হতে পারে বিভিন্ন তথ্যকে একসাথে চোখের সামনে রেখে চিন্তা করা। স্কলারদের মাথার স্বাভাবিক ক্ষমতা কিন্তু সেই সুবিধা সমস্ত মানুষের চোখের সামনে তুলে ধরে বিশ্লেষণ করে করে দেখালে (কোনও ইউনিকোড এডিটর যদি দেখায়) সমাজে অনেক ধরনের খেউড় প্রচলন এবং ভাটের আলোচনা বন্ধ হয়ে যাবে। তার ফলে অনেক লো স্ট্যান্ডার্ড টিভি সিরিয়ালের বাজার কমবে, অনেক ধরনের সস্তা রাজনীতির খেলো খেলা বন্ধ হয়ে যাবে। সমাজ গঠন এবং অর্থনৈতিক ভাবে উন্নত সমাজের গঠনের ক্ষেত্রে সমস্ত জনসাধারণের জন্য এই ধরণের পড়ালেখার সুবিধে করে দেওয়ার (ইউনিকোড ওয়েব এডিটর) খুব দরকার।

ইংরেজি তে বললে দাঁড়াবে এই রকম -

1. Inquiry of nature and meaning of each Bengali sentence

2. Inquiry of nature of intentionality behind uttering of each Bengali sentence

3. Inquiry of nature of references used (or assumed or hidden inside) in each Bengali sentence uttered or writen

3+ Inquiry of nature of constitution of each Bengali srntence and analysing bengali sentences as per Bengal's village sentiments; district-wise difference in thoughts analysis on each Bengali sentence

3++ Inquiry of nature of learning and the belief revision occured due to each Bengali sentence in each Bengali essay or story or poem

4. Inquiry of nature of exposed thoughts and nature of assumed (hidden common belief assumed in reader while a writer writing a Bengali sentence) knowledge or assumed beliefs or assumed thoughts while the writer writes the Bengali sentence

In analytic philosophy, philosophy of language investigates the nature of language, the relations between language, language users, and the world. Investigations may include inquiry into the nature of meaning, intentionality, reference, the constitution of sentences, concepts, learning, and thought.

আপাতত এই ছয়টি কাজ বাংলা ভাষার ইউনিকোডের বিশ্লেষণে হওয়া দরকার। এখনও সমস্ত ব্রাউজার ইউনিকোড সাপোর্ট করে না। সবে উইন্ডোজ নোটপ্যাডে utf 8 সাপোর্ট এসেছে, ফাইল নোটপ্যাডে বাংলা হরফ দেখতে পাওয়া যাচ্ছে কিন্তু পিডিএফে প্রিন্ট করার পরে আর ফাইন্ড করা যাচ্ছে না বাংলায় লেখা কোনও শব্দকে। এখনও বাংলায় লেখা কোনও আর্টিকেলের উপরে রেগুলার এক্সপ্রেশন ফেসিলিটি কাজ করে না কোনও ধরনের কম্পিউটারে। দাদা, অনেক অনেক পথ চলা বাকি রয়েছে।

Cognitive psychology এবং অনেক ধরনের cognitive bias-এর উপরে রিসার্চ হয়েছে বিগত দেড়শ বছর এবং সেই রিসার্চ থেকে

জানতে পারা গেছে যে ৯৮% লোক গল্পের বই পড়ে ছবি কল্পনা করতে পারে না। কাল্পনিক ছবিটা মানসিক ক্যানভাসে তৈরি করার জন্য যেই সাধনা এবং ক্যালরি লাগে সেইটা সাধারণত থাকে না অনেক ধরণের মানুষের মধ্যে। ইউনিকোডের সাহায্যে ন্যাচারাল ল্যাঙ্গুয়েজ প্রসেসিং প্রয়োগ করে এই কল্পনার সিনগুলোকে পাঠকের চোখের সামনে তুলে ধরা সম্ভব সহজেই।

এইবার আসছি আরো এক ধরণের অসুবিধের দিক নিয়ে আলোচনা করতে যেখানে ইউনিকোডের প্রয়োগ ছাড়া কোনওভাবেই ভারতীয় ভাষায় লেখা উপন্যাসগুলির ক্ষেত্রবিশেষে আনন্দ দান সম্ভব হয় না। ভারতের কোন অঞ্চলের ভৌগলিক ও অস্থান কী এবং সেইখানে মাটি কেমন, সেইখানে লোকে কোন ধরনের সিজনে কোন কাপড় পরে এই ছবির রূপগুলো সিন আকারে প্রতি পাতায় না দেখানো হলে অনেক (আঞ্চলিক) গল্পের বই (এর অনুবাদ) পড়তে বসলে হোঁচট লাগে ধারণাটিতে। ধারণাগুলো হোঁচট খেতে থাকলে গল্পটা আকর্ষণ করতে পারে না। আর অটোমেটিক ছবি তৈরি করতে হলে গল্পগুলোকে ইউনিকোড আকারে পেতেই হবে এবং সেইগুলো ন্যাচারাল ল্যাঙ্গুয়েজ প্রসেসিং-এর সাহায্যে বিশ্লেষণ করতেই হবে। ন্যূনতম কী কী বিষয়ের বিশ্লেষণ করতে হবে সেইগুলো উপরে ছয়টি পয়েন্ট করে রেখেছি।

এইবার আসি ধারণার ডিকশনারি (ইউনিকোডে) কেন প্রয়োজন সেই নিয়ে আলোচনা করতে।

আমরা দেখতে পাই একই শব্দের অনেক প্রতিশব্দ রয়েছে বাংলা ভাষায়। তার মধ্যে অনেক শব্দের প্রয়োগ 1300 AD থেকে 1700 AD পর্যন্ত মুর্শিদাবাদ অঞ্চলে চলত কিন্তু আর কোথাও চলত না। কিন্তু কিছু বাঁকুড়ার কবি দুমদাম সেই শব্দগুলো এখন প্রয়োগ করে। এর ফলে বুঝতে অসুবিধে হয় যায় স্পেস কোথায় আর টাইম কোথায়। এই ধরণের শব্দের সঠিক প্রয়োগের সাজেশন থাকা দরকার লেখক পাঠক উভয়ের জন্য। একেকটা অঞ্চলে আলাদা আলাদা শব্দের প্রয়োগ রয়েছে এবং সেই প্রয়োগের সেন্টিমেন্ট অনুযায়ী দৃশ্যপট হয় প্রেক্ষাপটও পরিবর্তিত হয় শব্দের চয়নের সাথে সাথে। লেখকের পক্ষে সমস্ত দৃশ্যপট এবং প্রেক্ষাপটকে মাথায় কল্পনায় গঠন করা কঠিন, সে কারণে লেখকের জন্য বাংলায় ইউনিকোডে গল্প, কবিতা, প্রবন্ধ লেখার সফটওয়্যার থাকা খুবই প্রয়োজন, যেটা প্রতিটি প্যারাগ্রাফের দৃশ্যপট এবং প্রেক্ষাপটের ছবি গঠন করে কনফ্লিক্ট দেখাবে প্রতিটি

বাক্য লেখার সাথে সাথে। অবশ্যই ওয়ার্ড প্রসেসিং সফটওয়্যারগুলোতে এই ধরণের ফিচার এখনও নেই তার কারণ ইউনিকোডের উপরে বিশ্লেষণ করার কাজ এখনও আরম্ভ হয়নি। Natural language procesing on unicode for any local phonology and sentiment-metrics একটা বিরাট বড় কর্মযজ্ঞ। এই কর্মযজ্ঞে বাংলা ভাষায় ইউনিকোডে লেখার সফটওয়্যার খুব প্রয়োজন।

যে বইগুলো অনেকদিন থেকেই রয়েছে সেই বই অথবা (যেকোনও কন্টেন্ট যেগুলো বাংলায় লেখা হয়েছে) সেগুলোর উপরে ছয় ধরণের বিশ্লেষণ এবং অটোমেটিক প্রেক্ষাপট গঠনের প্রয়োজন খুব বাড়ছে। এই ধরণের সুবিধে যে ভাষায় আগে আসবে সেই ধরণের আঞ্চলিক ভাষার অগ্রগতির গতি বেড়ে যাবে স্বাভাবিক ভাবেই, কারণ user exolperience comfort level-এর উপরেই নির্ভর করে উন্নয়ন (আরামদায়ক তা একটি পরিমাপ)।

এই ইউনিকোড এবং সিনট্যাক্স নির্ভর চেতনার প্রসঙ্গে একটা আলোচনা দেওয়া হল যাতে প্রথম তিনটে পয়েন্ট এর ভূমি তৈরি করা সহজ হবে।

লজিক লিক

লজিক লিকেজ

Cognitive psychology for software thinking

Syntax dependent logic is leakage free analysable language

১. শব্দার্থ বিচার এবং বিশ্লেষণ

২. প্রতিটি বাক্যের উদ্দেশ্য বিশ্লেষণ

৩. প্রতিটি চিন্তার নিচের (গভীর বিশ্বাসের ভিত) চিন্তার বিশ্লেষণ

তিনটে জোরালো এবং বাজে উদাহরণ দেব প্রথমেই যাতে প্রাসঙ্গিকতাটা বোঝা যায় সহজে -

(১)

আপনি যদি দুটো হীরের খনি পান এবং জানেন যে দুটোতেই ৭০০ টন হীরে রয়েছে কিন্তু একটিতে প্রতি তিনশ গ্রাম মাটিতে এক গ্রাম হীরে রয়েছে আরেকটিতে প্রতি সাতশ গ্রাম মাটিতে এক গ্রাম হীরে রয়েছে - তবে কোনটা আগে খুঁড়বেন? Syntax-হীন কমিউনিকেশনের ডাটা মাইনিং বেশি কঠিন সেই কারণে বডি ল্যাঙ্গুয়েজ নির্ভর কমিউনিকেশনের থেকে ডাটা মাইনিং কঠিন, কম্পিটিশন কম কিন্তু

লজিক লিকেজও বেশি। আমরা যদি বেশি ধরণের কথাকে সিনট্যাক্স-এর আওতায় আনতে পারি তাহলে তো মাইনিং সহজ হবে এবং লজিক লিকেজ কমে যাবে। ডিসিশানগুলোকে অটোমেটিক করে তোলা সহজ হবে।

Syntax-নির্ভর ভাষা হল বিশ্লেষণের জন্য হীরে। বাকি সমস্ত ধরণের ভাষা সেমন্টিকস এর জন্য। হীরে কিন্তু বিশ্লেষণযোগ্য একদমই ঠিক নয়। বিশ্লেষণ করে সেমান্টিকস তৈরি করার ক্ষেত্রে সিনট্যাক্স-এর ভাষাকে হীরের মতন মূল্যবান হিসেবে ধরে নেওয়া হয়। সিনেমার প্রতিটা সিনকেও সিনট্যাক্স-এর আকারে সাজিয়ে নিয়ে তবেই তার অর্থ নির্ধারণ করে কম্পিউটার। Geometrifying trigonometry-এর গঠন তৈরি করতে গিয়েও এটাই দেখেছি যে ছবি semantics থেকে সমীকরণ সিনট্যাক্স তৈরি করা কী ভীষণ কঠিন একটি ফরমাল ট্রান্সলেশন পদ্ধতি। যদি উল্টোটা করার চেষ্টা করেন তবে সেটা আরো কঠিন। আলজেব্রার সমীকরণ অথবা ত্রিকোণমিতির সমীকরণকে যদি দেখেন সেটা কিন্তু সিনট্যাক্স নির্ভর ভাষা। এর মধ্যে সেমান্টিকস খুঁজে পাওয়া যায় না সরাসরি। এই কাজটা করার জন্য সিম্বলিক কম্পিউটার পদ্ধতি কাজ করে। বিগত পঞ্চাশ বছর ধরে এই semantics থেকে সিনট্যাক্স-এর উপরে অনেক কাজ হয়েছে। সিনট্যাক্স থেকে সেমান্টিকস-এর উপরেও অনেক কাজ হয়েছে। এখন আরম্ভ হয়েছে মানুষের ন্যাচারাল দৈনন্দিন কথাবার্তার ইউনিকোড সিনট্যাক্স আকারে বাক্য হিসাবে বিশ্লেষণের কাজকর্ম। অনেক হীরে খননের কাজ বাকি। ৩০ ডলার প্রতি ঘণ্টায় শ্রমের মূল্য থেকে ১৫০ ডলার প্রতি ঘণ্টায় শ্রমের মূল্য পর্যন্ত কাজের জায়গা খুলে যাচ্ছে গ্রামে গ্রামে যাতে সাহিত্যের ছাত্ররা সেমান্টিকস অ্যানালাইসিস করবে গুগল, আমাজন-এর জন্য। তার আগে বাংলা ভাষায় ইউনিকোড ওয়েব এডিটর জোরালো করে তৈরি হওয়া খুব প্রয়োজন। এটা গুগল অথবা আমাজন তৈরি করে দেবে না। যদি কোনও আঞ্চলিক ভাষার উদ্যোগী লোকেরা এটা তৈরি করে তবে আয়ের পথ খুলে যাবে সেই ভাষার সমাজে।

(২)

. . .

আমরা অনেক ধরণের ইন্দ্রিয়ের থেকে তথ্য তুলে নিয়ে কাজ করি। এই তথ্যগুলো সিনট্যাক্স-হীন অর্থাৎ গ্রামার আকারে থাকে না, ফাইল গাণিতিক বিশ্লেষণ করা অনেক বেশি কঠিন। গঠনের ভিত্তিতে বিচার বিশ্লেষণ করার framework (-এর বাংলা কী জানি না। লেখার সময় ডিকশনারি সাজেশন পাশে দেখানো উচিৎ লেখকের জন্য, পাঠকের জন্য ইউনিকোড ফরম্যাটে)। গাড়ি চালানোর সময় স্টিয়ারিং-এর থেকে অনেক দূরে (পিছনের সিটের কাছে) যদি ব্রেক অ্যাক্সিলারেটর থাকে তবে গাড়ি চালানো অসুবিধের হতেই পারে। যদি গিয়ারটা মাথার কাছে লাগানো হয় আর গান চালানোর যন্ত্রটা হাতের নাগালের থেকে দূরে থাকে, ঘড়িগুলো দেখতে হলে পিছন দিকে তাকাতে হয় অথবা গুগল খুলে দেখতে হয়। তবে গাড়ি চালানো বেশ কঠিন হতেই পারে আর এর ফলে ভুল বাড়ে, কারণ লজিক লিক করে বেরিয়ে যায় মাথার মধ্যে। যত বেশি জিনিস একসাথে মনে রেখে কাজ করতে হয় তত বেশি মাথার উপর ফালতু লোড পরে। আসল ভালো কাজগুলোর চিন্তা ক্ষমতা কমে যায় মানুষের। এই ধরণের কগ্নিটিভ লোড এবং ওয়ার্কিং মেমোরি বার্ডেন থেকে অত্যন্ত স্ট্রেস তৈরি হয় মানুষের আর এর ফলে ক্রিয়েটিভ ক্যাপাসিটি কমে যায় মানুষের ক্ষেত্রে। এই সমস্ত কারণে দেখা যাচ্ছে বই পড়ার অভ্যাস অনেক কমে যাচ্ছে।

(৩)

যারা ১৯৭০ থেকে কম্পিউটারে টাইপ করে ইমেইল করেনি তারা ফন্ট, কোড পেজ, ইউনিকোড, গ্লিফ ascii, টেক্সট, স্ক্যান, এই জিনিসগুলোর অর্থ ঠিক বোধ করতে পারে কি? যারা দেশভাগ দেখেনি তারা ব্যথাটা সঠিক ভাবে অনুভব করে না। দেখবেন আপনি নিজে চেষ্টা করে।

সামনা সামনি যখন কারো সাথে কথা বলেন তখন সত্যি মিথ্যা ধরতে পারা সহজ হয়, কারণ কেবল শব্দনির্ভর কথা আপনারা বলেন না বা কেবল বাক্যনির্ভর কথা আপনারা বলেন না। অনেক কথা চোখে চোখে বলেন অনেক কথা হাত, পা, গা, মাথার নড়াচড়া থেকে communicated হতে থাকে।

এই ধরণের কথাহীন communication থেকে লজিক লিক হয়ে অনেক ধরণের ক্ষতি হয়েছে পৃথিবীর উন্নয়নের। আমরা এখনো অনেক ধরনের কথার সত্যমিথ্যা যাচাই করার যুক্তি বিজ্ঞানের গঠন তৈরি হওয়ার পথ রুদ্ধ হয়েছে হাজার হাজার বছর ধরে।

কম্পিউটারের ন্যাচারাল ল্যাঙ্গুয়েজ প্রসেসিং-এর রিসার্চগুলো আরম্ভ হওয়ার আগে জানা সম্ভব হয়নি যে দৈনন্দিন প্রয়োগের ক্ষেত্রে কত কত কথা বাক্য আকারে প্রকাশ করার যোগ্য সমাজ তৈরি হয়নি এখনও। এখনও লক্ষ লক্ষ অনুভূতির নামকরণ হয়নি। কারণ আমরা মুখোমুখি কথা বলার অভ্যাসকে অনেক উপরে সামাজিক মূল্য দিতে দিতে যুক্তি বিজ্ঞানের অগ্রিসরের পথকে আটকে রেখেছি।

ওয়ার্ক ফ্রম হোম-এর সামাজিক গঠন তৈরি হওয়ার পরে দেখা গেছে তুমুল ঝড় উঠেছে যুক্তি বিজ্ঞানের cognitive research for natural languages and communication protocols এর ক্ষেত্রে।

আরো দিনে দিনে এর প্রয়োগ বাড়বে আর এর ফলে ভাষা বিজ্ঞানের প্রয়োগ যুক্তিবিজ্ঞানের সাথে প্রতিফলিত হয়ে কর্ম সংস্থানের নতুন দিক খুলবে।

এখুনি অনেক বেড়েছে কাজগুলো metaverse-এর দুনিয়া ধীরে ধীরে কগ্নিটিভ লোড কমিয়ে পৃথিবীর কাছে সহজলভ্য ধারণার সৃষ্টি এবং প্রয়োগের উদাহরণ এনে ফেলছে। এর ফলে জমির দাম খুব কমে যাবে। বড় বড় শোরুম, শপিং মলে এর দরকার পড়বে না। ২০৫০ এর মধ্যেই দেখা যাবে রাস্তায় গাড়ি অনেক কমে যাবে। শহরগুলো খালি খালি হয়ে যাবে। প্রত্যেকে ঘরে বসেই অনেক অনেক দূর দেশের সমচিন্তার মানুষের সাথে আড্ডা দিতে পারবে এমন কী, একই সময়ে ভিন্ন ভিন্ন দেশে থেকেও শারীরিকভাবে গোপনে মিলিত হতেই পারবে। কিন্তু লজিক লিকেজের সম্ভাবনা থেকে গেলে ভুল স্পর্শ হয়ে যেতেই পারে। সিনট্যাক্স-নির্ভর স্পর্শ ভাষা না তৈরি হলে অনেক ধরণের লজিক লিকেজের সম্ভাবনা থাকে যেটা অনেক সামাজিক গন্ডগোল করতেই পারে।

আমরা যখন কিছু বলি অথবা করি অথবা ভাবছি তখন কিছু বিশ্বাসের ভিত নির্মাণ করে তার উপরে দাঁড়িয়েই সেই কাজগুলো করি। অনেক সময়ে লেখার সময় সেই ভিতগুলোর আলোচনা একদমই এড়িয়ে যাই অথবা (লিখতে ভুলে যাই অথবা নিজেরাই লেখক হিসাবে খেয়াল রাখতে পারি না)। অনেক সময় প্রসঙ্গ এবং প্রেক্ষাপটের ধারণা ছাড়া কোন গল্প বা কবিতাকে পড়তে গিয়ে পাঠক

ভীষণ হোঁচট খায়। অর্থ দাঁড়ায় না। প্রয়োজনীয় দৃশ্যকল্প একদমই তৈরি করতে পারেন না, পাঠক লেখার সাথে মেলাতে পারেন না নিজের আধুনিক অবস্থান এবং লেখার সময় জলের স্থানকালের অবস্থান। দৃশ্যকল্প তৈরি হওয়া উচিত রিডার সফটওয়্যার-এর মধ্যে নিজের থেকেই। এই ধরণের সুবিধাগুলো তৈরি হওয়া সম্ভব ইউনিকোডে সমস্ত কিছু তৈরি হলে তবেই।

কেমন আছ, নিসর্গের আপনজনেরা?

গৌতম বন্দ্যোপাধ্যায়

লকডাউন চলছে। বিষাক্ত সংক্রমণে ছারখার চতুর্দিক। লণ্ডভণ্ড গোটা বিশ্ব। দিশেহারা দুনিয়ার মানুষ। পৃথিবীর বাতাসের দ্রুত দখল নিচ্ছে মৃত্যুর শীতল নিশ্বাস। তবু আশার কথা, এরই মাঝে ক্রমেই চোয়াল শক্ত হচ্ছে নির্ভীক মানুষের, যাদের রক্তে সবার আড়ালে আজও বয়ে চলেছে পৃথিবীর কত সফল বিপ্লব-আন্দোলনের দুর্জয় জিনধারা। এবারও বাঁচার লড়াই। তবে প্রতিপক্ষ কোনো প্রবল পরাক্রান্ত মানবশক্তি নয়। একেবারে অন্যরকম। অচেনা। তাদের চোখে দেখা যায় না ---- গিজগিজে --- ভয়ঙ্কর বিধ্বংসী। ওদের হাতে নেই কোনো আণবিক বোমা, মিসাইল, সাবমেরিন, কামান, নিদেনপক্ষে দু-একটা বন্দুকও। ওরা অণুজীবী। মারাত্মক ওদের সংক্রমণের অস্ত্র। জীবশ্রেষ্ঠদের বিরুদ্ধে সর্বশক্তি দিয়ে তান্ডবযুদ্ধে নেমেছে ওরা। নিজেদের প্রতিমুহূর্তে বদলে ফেলে অপ্রতিরোধ্য হয়ে উঠছে ক্রমশ। দিশেহারা জীবশ্রেষ্ঠে রদল এখনো নিরস্ত্র। দিনরাত এক করে দিয়েও নিষ্ফলা আবিষ্কার। শত্রুর ছোঁয়াচ বাঁচিয়ে ঘরের আড়ালে থাকাই তাই একমাত্র দাওয়াই। যার গালভরা নাম লকডাউন। হাতে অস্ত্র নেই তো কী হয়েছে, সৃষ্টির আদিলগ্ন থেকে অস্তিত্বের লড়াইয়ে আপাদমস্তক পোড় খাওয়া সফল জীব হল এই মানুষ। তাই হাড়েহাড়ে চেনে জোটবদ্ধতার শক্তি। যে যুদ্ধই হোক না কেন, সব যুদ্ধেরই সাধারণ কিন্তু মারাত্মক একটি অস্ত্র হল এই জোটবদ্ধতা। এই লকডাউনে তাই সবাইকে জোটবদ্ধ হতেই হবে। এই

জোটবদ্ধতা যত জমাট হবে তত দ্রুত বিনাশ হবে শত্রুপক্ষও। তাই লকডাউন মানা ছাড়া আর কোনো গতি নেই। প্রাণপণ মানছিও। শুয়েবসে আয়েস করে, বই পড়ে, মোবাইল ঘেঁটে, টিভির পর্দায় চোখ রেখে, এটাসেটায় নিজেকে ব্যস্ত রেখেও যেন সময় কাটে না। কী দীর্ঘ এই লকডাউনের দিনগুলো! কী ভীষণ বিরক্তিকর! চন্ডীদাসের কথায় – "ঠেকিলুঁ বিপাকে আর না দেখি উপায়।" কিন্তু কী বা করার আছে? ঐ মাঝেমাঝে এসে জানলার পাশটিতে দাঁড়ানো ছাড়া। ঠিক যেমন এখন এসে দাঁড়িয়েছি।

জানালার ওপাশে গনগনে দুপুর। বসন্ত যাব যাব। একটু দূরেই নতুন বছর। আবার নতুন স্বপ্ন দেখা। কিন্তু এবছর স্বপ্ন দেখার এতটুকু পরিসর আর অবশিষ্ট আছে কি কোথাও? সবটুকুই তো যেন আতঙ্কের করায়ত্তে। দুরুদুরু বুকে কেউ কী টের পেয়েছে এবার, বসন্ত এসেছে। আমি পাইনি। পাইনি কারণ সেই অনুভবটা এখনো আসেনি, যেটা বছরের ঠিক এই সময়টায় আমার ভিতরে, প্রতিটি কোনায় কোনায় এমনকী দুর্গম প্রত্যন্তেও, অদ্ভুতভাবে ছড়িয়ে থাকে। আর সেটা যেন ঋতুচক্রের আবর্তন-সূত্র মেনেই ফিরেফিরে আসে প্রতি বছর এই সময়েই। তারপর সেকেন্ড-মিনিট-ঘন্টা, সপ্তাহ-দিন-মাসে বেবাক বছরটা গড়িয়ে চলে যায় আরো কতশত রমণীয় অনুভবের আলোছায়ায়, আদ্রতা-উষ্ণতার নিবিড় আলিঙ্গনে কিংবা শুধুই ব্যস্ততার উন্নাসিকতায়। কিন্তু ওই অনুভবটা কোনো আঙ্গিকেই সারা বছরে আর কখনো ধরা দেয় না। অনুভবের প্রকৃতিটা, মজার হলেও সত্যি, অনেকটা আমার রাঙামামার মত যে বছরে ওই একদিনই আসত --- ভাইফোঁটার দিন, মায়ের হাতে ফোঁটা নিতে। বসন্তের অবসান আবার নতুন বর্ষের আবাহনের মাহেন্দ্রক্ষণে হর্ষ-বিষাদের মিলিজুলি বৈপরীত্য নিয়ে এ এক অতি স্বতন্ত্র অনুভব।

আসলে বসন্ত তো আর পাঁচটা ঋতুর মতো নয়। বসন্ত মানে তো প্রাণের মাঝে চকিত আবেগের বাঁধন ছেঁড়ার উৎসব। বসন্ত মানে সীমাহীন কল্পনায় পলাশ-কৃষ্ণচূড়ার আগুন ফাগে রাঙিয়ে দিয়ে যাওয়া লাল-হলুদ-সবুজ যতসব কবিতার বেপরোয়া স্বাধীনতা। বসন্ত মানে প্রতিদিন দেখা অতি সাধারণ কিছু, যাকে হঠাৎ ভাললাগা। বসন্ত মানে প্রথম প্রেমের নিষিদ্ধ শিহরণ।

এগুলো আমার উপলব্ধির কথা। আমার ভীষণ চেনা। ওরা অনায়াসে শব্দে-বাক্যে মিলেমিশে ভাষায় আত্মপ্রকাশ করতে পারে। যে ঠিক পারে না তা হল ওই অনুভব --- যার কথা বলছিলাম।

এবার সেই অনুভবটা নেই বটে অন্য বছরের মতো তবে আরেকটা অচেনা, অজানা, অব্যক্ত অনুভবের মতো কিছু একটা চেতনায় আমার ভেসে উঠতে চাইছে বারবার। কেমন যেন একটা চিনচিনে ব্যথার মতো। আমি একটু একটু করে বুঝতে পারছি এই ব্যথা মনখারাপের। এর আগে কোনদিন কি এ প্রশ্ন জেগেছে যে, প্রাণের মাঝে বসন্তের এই দ্যোতনা সে কি শুধুই অনুভবের কিনা? শুধুই উপলব্ধির কিনা? বসন্তকে স্পর্শ করতে তার গভীরে একাত্ম হতেই একবার নয় বারবার যখন কোনো ফাগুন-চৈতের রিনিঝিনি অবসরে একছুটে *"কোথাও আমার হারিয়ে যাওয়ার নেই মানা"*-র মনে মনে নয়, সশরীরে পৌঁছে গিয়েছি প্রকৃতির কোন নিবিড় অন্দরে ----- সেই দিনগুলোর বাস্তব ঘটনার পরতে-পরতে, অভিজ্ঞতার ছত্রে-ছত্রে কোথাও কি নিহিত ছিলনা বসন্তেরে এই দ্যোতনা? আসলে আজকের এই লকডাউনের বিষন্নতায় বসন্ত নয়, আমার বসন্তের অভিজ্ঞতায় ছড়িয়ে-ছিটিয়ে থাকা সহজ-সরল, এখনো সৎ সেই মানুষগুলোই ভেসে ভেসে উঠছে বারবার। জানি না কেন! হয়তো Shakespeareই ঠিক, "One touch of nature makes the whole world kin." ওরা বানজারা, বেদিয়া, বীরহোর, হো, খেরিয়া, সাঁওতাল, লোহার, ওঁরাও, সবর -- আরো অনেকে । ওদের দেখেছি বাংলা-বিহার-ঝাড়খন্ড-উড়িষ্যায় বিছিয়ে থাকা ছোটনাগপুর-সাঁওতাল পরগনার প্রকান্ড ভূখন্ডের এখানে-ওখানে। আনাচে-কানাচে। ওরা নিসর্গের সন্তান। পরস্পরের সম্পর্ক ওদের অবিচ্ছেদ্য। ওদের ধামসা-মাদলের তালেতালে, যূথবদ্ধ নৃত্যের ছন্দেছন্দে, মহুয়ার নেশায়নেশায় শাল-পিয়াল-পলাশ-তমালের শ্যামল-সবুজে, টাঁড়-পাহাড়-টিলার শুষ্ক-রুক্ষতায়, নির্ঝরের উচ্ছল-চঞ্চলতায়, নিসর্গের রন্ধ্রেরন্ধ্রে ভরাবসন্ত ধরা দেয় অপরূপ সম্পূর্ণতায়। কেমন আছে এখন ছোটনাগপুর-সাঁওতাল পরগনা?

খুব মনে পড়ছে, ঘর ছেড়ে ছুটে চলেছি বসন্তের ডাকে। আদিগন্ত ধু-ধু প্রান্তর। দূরে দূরে টিলা। নীল আকাশ। দেউলিয়া সবুজ রুক্ষ টাঁড়। আর মালভূমি জুড়ে লালমাটির ক্ষয়িষ্ণু নকশা। ছুটতে ছুটতে এভাবেই সাঁওতাল পরগনা মাইলের পর মাইল। তারপর হঠাৎ একটু থামা কোনো আদিবাসী গ্রামে ---- ইতিউতি ঘুরে যখন খোঁজ পেলাম কোনো এক ঝর্ণাতলার এক টুকরো নিরালার, থমকে দেখি অবাক কান্ড --- বসনে অভাবের চিহ্ন তবু নিরন্ন যৌবন যেন আহ্লাদে আটখানা। ফাগুনের অমোঘ মোহে জমে গেছে মহুয়ার

নেশা। এ যেন এক অচেনা নেশা। এক জোড়া আদিবাসী তরুণ-তরুণী। ওদের বড্ড পবিত্র লাগছিল। মন তাই বিশ্বাস করতে চাইল এখানে বাতাসের গন্ধ শুধুই ভালবাসার। নিছক যৌনতার আত্মপ্রবঞ্চণায় চারপাশের এমন অকপট বসন্তকে ওরা কিছুতেই ঠকাতে পারে না।

পুরুলিয়ার শুনশান পথ ধরে গাড়ি ছুটছে হুহু করে। গন্তব্য অযোধ্যা পাহাড়। সময় সেই ফাগুনের সকাল। চলন্ত গাড়ির বাইরে চোখ পেতে বসেছিলাম। ক্বচিত-কখনো মানুষজন চোখে পড়ে। ঊষর প্রান্তর, টিলা, ছড়িয়েছিটিয়ে থাকা ছোটবড় বোল্ডার, ঝোপ-ঝাড়-জঙ্গল সবার মধ্যে নিজেকে বিলিয়ে দিয়ে ফাগুনের রোদ যেন নিজের একাকিত্ব ঘোচাতে চাইছিল। হঠাৎ চলতে-চলতে ঘ্যাঁচ করে শব্দ তুলেই গাড়ি ন'যযৌ ন'তস্থৌ। বুঝলাম বিগড়েছে। তবে বড় কিছু নয়। এটা সেটা নাড়াচাড়া করে সামলে দিল ড্রাইভার সাহেব। কিন্তু ব্যাপার হল গাড়িটাকে ঠেলতে হবে একটু। আমরা সাকুল্যে দু'জন। সবটুকু শক্তি প্রয়োগ করেও গাড়ি একচুলও নড়ল না। কিন্তু কাউকে যে বলব হেল্প করার জন্য ---- কোথায় কে? বাধ্য হয়ে অপেক্ষা করতে লাগলাম। মিনিট পাঁচেক বাদে মানুষের দেখা মিলল বটে তবে তারা স্ত্রীলোক ---- পাশের জঙ্গল থেকে মাথায় কাঠের বোঝা নিয়ে বেরিয়ে আসছে। আমরা কার্যত হতাশই হলাম। ওরা আমাদের কাছাকাছি এসে থমকে দাঁড়াল। তারপর আমাদের হতবাক করে দিয়ে বলল, “ঠিলা দিতে হবেক বাবু।”

ইতস্তত করে বললাম, “দিতে তো হবে কিন্তু তোমরা তো ....”

“চিন্তা করিস লাই বাবু, কুতো গাড়ি ঠেইলে দিয়েছি....”

আমাকে আর কিছু বলার সুযোগ না দিয়ে ওরা রীতিমতো তৎপরতা শুরু করে দিল। কাঠের বোঝা মাথা থেকে নামিয়ে কোমরে আঁচল শক্ত করে পেঁচিয়ে নিয়ে মুহূর্তের মধ্যে গাড়ি ঠেলার প্রস্তুতি নিয়ে নিল। হঠাৎ খেয়াল করলাম ওদের মধ্যে একজন সন্তান-সম্ভবা, যার চিহ্ন বেশ চোখে পড়ার মতোই প্রকট। দেখলাম ওর প্রস্তুতিও সম্পূর্ণ। ওর বিপদের কথা চিন্তা করেই ওকে নিষেধ করলাম আর সেটা করামাত্রই ও হাউমাউ করে ছুটে এসে আমার হাতেপায়ে ধরা শুরু করল। ওর বক্তব্য, ও খুব গরিব, ঘরে পাঁচজন খাবারলোক, মরদের তিন দিন খুব বিমার, ঘরে দানাপানি কিছুমাত্র নেই, গাড়ি ঠেলে দিয়ে কিছু পয়সা পেলে ওর উপকার হয়। ওকে আশ্বস্ত করলাম, ওদের দুজনকে যে পয়সা দেব তোমাকেও তাই দেব, তোমাকে ঠেলতে হবেনা।

ও এক পাশে সরে দাঁড়িয়ে অনেকক্ষণ আমার মুখের দিকে হাঁ করে চেয়ে রইলো। কী জানি কেন।

চারজনে মিলে একটু ঠেলাঠেলি করতেই বিরক্তির সাথে সাযুজ্যপূর্ণ একটা যান্ত্রিক শব্দ তুলে গাড়ি সচল হবার ইঙ্গিত দিলো।

আমি তিনজনকেই পয়সা দিলাম। ওই স্ত্রীলোকটি মৃদু হাসলো, যেন কৃতজ্ঞতায়। অন্য দুজনের একজন বলল, "তুই খুব ভাল আদমি আছিস বাবু।"

ওরা শুকনো কাঠের বোঝাগুলো মাথায় তুলে নিয়ে আবার এগিয়ে চলল।

একটু দূরেই একটা ঝাঁকড়াপানা গাছ। তার মাথায় ঠাঠা রোদ। ওই রোদই বাঁচিয়ে রেখেছে গাছটাকে। গাছটা ভোলেনি। নিচে তাই কৃতজ্ঞতার মনোরম ছায়া। একটা কুকুর শুয়ে আছে আরাম করে।

আমি গাড়িতে উঠতে উঠতে দেখলাম ওরা সামনে আরো এগিয়ে গেছে। ওদের উদ্দেশ্যে নিরুচ্চারিত কন্ঠে বললাম, ভাল-মন্দ যাই বল সবই তোমাদেরই অবদান। বসন্তের আবহে বারবার এই রুক্ষশুষ্ক-পাথুরে নিসর্গের নির্জন-সুন্দরের দুর্বার আকর্ষণে আসা সে কি শুধুই পাহাড়-টিলা-টাঁড়-অরণ্যের অনুষঙ্গের কারণেই, এখানকার সহজ-সরল মানুষ, তাদের সোজাসাপ্টা জীবন, তাদের অনেককিছু না থাকা সত্ত্বেও সবকিছু পাওয়ার খুশিরছন্দে অকৃত্তিম বেঁচে থাকার ধরণ ---- কেমন করে আমার এমন মত্ত ভাললাগার নিবিড় অনুভবকে না ছুঁয়ে থাকতে পারে? আহা, ওই মানবী-মায়ের গর্ভে সে তো প্রকৃতি মায়েরই আপন সন্তান। আকাশের দিকে তাকালাম। অনাগতের জন্য আমার সবটুকু শুভকামনা রইল।

আজ বিষাক্ত সংক্রসমণের এই বিধ্বস্ত সময়ে কেমন আছো এখন ছোটনাগপুর-সাঁওতাল পরগণা? বিপর্যস্ত পৃথিবী। বেসামাল সভ্যতা। অসহায় মানুষ। আতঙ্কিত জীবন। চারপাশ থেকে চেপে ধরা এমন ভঙ্গুর অস্তিত্বের অলৌকিক উপলব্ধির অভিজ্ঞতার স্বাদ আগে কখনো পেয়েছে কি আজকের পৃথিবীর কোনও জীবিত মানুষ? বোধহয় তেমন কাউকে খুঁজে পাওয়া যাবে না। হয়তো শতবর্ষ-পূর্ব ইতিহাসে-উপান্যাসে কোনও ধূসর নজির থাকলেও থাকতে পারে। সে না হয় থাকল। তোমরা নিরাপদে আছ তো? প্রতিদিন দুটি অন্ন জুটছে তো? মনে সংশয় জাগে।

সেবার কাঁকড়াঝোড়ের অরণ্যে বসন্তের রোদছায়ায় এলোমেলো ঘুরতে ঘুরতে হঠাৎ হাজির হয়েছিলাম ঝিমধরা এক আদিবাসী

গ্রামে, কয়েক ডজন আঁখির অতর্কিত বিস্ময়ের একেবারে সামনাসামনি। সেই বিস্ময় কাটিয়ে ওঠা মাত্রই শীর্ণকায় এক প্রৌঢ় কয়েক গাছি দড়ি নিয়ে এসে আমার সামনে মেলে ধরল। তারপর কেনার জন্য বেজায় কাকুতিমিনতি শুরু করল। বুঝলাম এই গ্রামের অনেকেরই পেশা এই দড়ি তৈরি করা। বললাম, এ দড়ি নিয়ে আমি কী করব। ও তবু নাছোড়। অদূরে একটা চুল্লি দেখিয়ে বলল, ওটা দু-তিন দিন জ্বলে না। ঘরে তার এক ফোঁটাও খাবার নেই.....আর বলতে পারে না, কাপড়ের খুঁট দিয়ে চোখ মোছে। বিহ্বলতা সামলে ওঠার আগেই একজন স্ত্রীলোক ইয়া বড় একটা লাউ নিয়ে এসে আমার পায়ের সামনে রেখে, ওটা কেনার জন্য পীড়াপীড়ি শুরু করল। ওর চোখেও জল। অতিবড় নির্দয়ও এরপর না কিনে থাকতে পারে?

বসন্তশোভার আড়ালে-আবডালে দুমুঠো অন্নের জন্য এমন নিষ্করুণ জীবন সংগ্রামের টুকরো-টুকরো কতই না ছবি চোখ ছুঁয়ে গেছে বারবার। উদয়-অস্ত হাড়ভাঙা খাটুনি --- অনেকসময় যা আমার কাছে নিদারুণ মনে হয়েছে ---- খেটেও দুমুঠো অন্ন অধরাই থেকে গেছে তোমাদের। কোনকিছুতেই যেন অভাব, দারিদ্র, ক্ষুধা তোমাদের পিছু ছাড়তে চায় না। তাই খুব চিন্তা হচ্ছে। মনখারাপ লাগছে। কেউ না জানুক আমি তো জানি, তোমাদের জানেই বেঁচে থাকে ওই পাথুরে প্রকৃতি যাকে দেখে আমি, আমার মতো আরো অনেকে মন্ত্রমুগ্ধ বনে যাই। এও জানি, তোমরা ছাড়া বসন্ত বিবর্ণ। তাই বসন্তের কথা মনে পড়লেই তোমাদের কথা মনে পড়ছে। তোমাদের বুকে পাহাড় ভাঙার শক্তি। প্রাণে পাষান-মাটির সহিষ্ণুতা। তাই তোমরা অভাবে নির্বিকার। ক্ষুধায় বিপন্ন হয়েও তোমরাই পারো দুঃসাহসীর মতো এই পৃথিবীকে, প্রকৃতিকে নিস্বার্থ ভালবাসতে। মন্বন্তরের ইতিহাসের প্রথম পাতায় দেখেছি তোমাদের কতশত মুমূর্ষু মুখ --- আঁতকে উঠেছি। কিন্তু শেষের পাতায় যখন শব্দে-শব্দে মুখর হয়েছে শুধুই তোমাদের বিজয়গাথা --- বুকটা ভরে গেছে গর্বে। মনে রেখো, তোমাদের অনাগত সন্তান আগামী পৃথিবীর ভূমিপুত্র। ওর হাতে তুলে দিতে হবে মানবজাতির জয়পতাকা। তাই এবারো জিততে হবে সামনের কঠিন লড়াই। লড়তে হবে গোটা পৃথিবীর সাথে কাঁধে কাঁধ মিলিয়ে, দাঁতে দাঁত চেপে। চারপাশে তাকিয়ে দেখো, তোমাদের সাথে এ লড়াইয়ে সামিল গোটা বিশ্বের মানুষ। এবারের লড়াইটা একটু অন্যরকম। লকডাউন, মাস্ক, স্যানিটাইজার, সোশ্যাল ডিসট্যান্স....। এতদিনে নিশ্চয়ই জেনে গেছ কীভাবে ব্যবহার করতে

হবে অস্ত্রগুলোকে! জানি লড়তে গেলে পেটে অন্ন লাগে। অন্যদের নাহলেও তোমাদের আধপেটায় হয়ে যায়। চিন্তা আমার এইখানেই, সে টুকুও জুটবে তো! কার কাছে প্রার্থনা করব তোমাদের জন্য? উপরওয়ালা নিরাপদে লকডাউনে। নিঁখুত 'হেভনলি ডিসট্যান্স' মেইনটেন করছেন। কিন্তু ভক্তের যুক্তিও এক্ষেত্রে উড়িয়ে দেবার নয় ----- ওঁর সৃষ্টিতে কোনও ত্রুটি নেই। তাই এই পৃথিবীতে এমন অনেক মানুষ আছে যারা মানবিক কারণেই মানুষ। আশা করি, তাঁরা তোমাদের খুঁজে নিয়ে নিশ্চয়ই পাশে থাকবেন। আজ পৃথিবীজুড়ে মানুষ হয় সংক্রামিত, না হয় সংক্রমণের আতঙ্কে বিপর্যস্ত। কলকারখানা বন্ধ, যানবাহন স্তব্ধ, তামাম দুনিয়ার মানুষ গৃহবন্দী। পৃথিবী তাই দূষণমুক্ত। প্রকৃতি নাকি স্বস্তিতে শ্বাস নিচ্ছে এখন। আমি বিশ্বাস করি না। তাই কখনো হয়, যখন মানুষের শ্বাসে ঘনীভূত হচ্ছে মৃত্যুর ষড়যন্ত্র? মানুষ ছাড়া প্রকৃতির অখণ্ডরূপ যে কল্পনাতেও ধরা যায় না! আসলে এটা স্বস্তিপ্রকাশ নয়, বিপথগামী মানুষকে শিক্ষা দেবার জন্য প্রকৃতির ছল মাত্র। তোমরা ওদের দলে নও। তোমরা কতবার বুক দিয়ে আগলে রুখে দিয়েছ বিবেকহীনের নিষ্ঠুর বৃক্ষছেদনের চক্রান্ত। খবরের কাগজের সেই সংবাদ অনেকের চোখ এড়িয়ে গেলেও আমার যায়নি। আমি জানি, তোমরা কিছুতেই ভয় পাবে না। তাই মানুষই জিতবে আবারো। তোমাদের কাছে আমার একটাই শুধু আবদার রইলো আগামী বছর একটা সুন্দর বসন্ত উপহার দিও। দেবে তো? একটা নিশ্চিন্ত বসন্ত।

ভাঙনের চালচিত্র

শ্যামলী রক্ষিত

ফেলে রেখে চলে আসা জীবনের জলছবির দিকে ফিরে তাকাতে কার না ভাল লাগে? তার পর সেই সময় যদি হয় একটা বিপুল পরিবর্তমান সংস্কৃতির প্রাকমুহূর্ত! আমরা যারা দরিদ্র নিঃস্ব রিক্ত পল্লীগ্রামে জন্মেছি, বেড়ে উঠেছি। সেই সব হতভাগ্য প্রান্তিক মানুষদের কাহিনী আজকের চূড়ান্ত নাগরিকতা বিলাসী সভ্য মানুষের কাছে তেমন কৌতূহলের উদ্রেক করবে কিনা আমার জানা নেই। কিন্তু এই সব প্রান্তিক মানুষের জীবনের সমস্ত অপ্রাপ্তি, আসলে জীবনকে করে তুলেছে অতুল ঐশ্বর্যের ভান্ডার। জীবনকে দেখার, বোঝার, উপলব্ধি করার এক দুর্লভ সৌভাগ্যের অধিকারী হয়েছি আমরা। অর্ধ শতাব্দী অতিক্রান্ত জীবনে দেখতে দেখতে বেশ কিছুটা সময় আমরা পেরিয়ে এসেছি। আশি নব্বই-এর দশকে আমাদের কৈশোর যৌবনের প্রারম্ভ লগ্নে, বিচিত্র সম্ভারে সজ্জিত ছিল প্রকৃতি ও পরিবেশ। বর্তমান সময়খন্ডে দাঁড়িয়ে হয়ত আজকের তরুণ প্রজন্ম সেই অর্থে সেই সময়ের উচ্ছ্বাস সেই সময়ের বাণী সেই সময়ের কলকাকলিকে গ্রহণ করতে পারবে না। অনুভব করতেই পারবে না, আমাদের আবেগ উচ্ছ্বাস আর ভাললাগার স্তরটিকে। বর্তমানে ইন্টারনেটের এই চরম সর্বগ্রাসী প্রবণতার মুহূর্তে দাঁড়িয়ে, মানুষের চাওয়া পাওয়ার জগৎটা একেবারেই পাল্টে গেছে। আমূল পরিবর্তন ঘটে গেছে তার স্বপ্ন দেখার অভ্যাসের। স্বাধীনতার প্রায় পঁচাত্তর বছর পরেও ভারতবর্ষের রাজনৈতিক অর্থনৈতিক সামাজিক পরিস্থিতির যে বিপুল কিছু

পরিবর্তন ঘটেছে তা কিন্তু নয়। তবে বিশ্বায়নের চাপে পড়ে ভারতীয় সংস্কৃতির ভয়ংকর পরিবর্তন ঘটেছে তা স্বীকার করতেই হয়। বিশ্বায়নের এই পরিবর্তমান পরিস্থিতিতে সংস্কৃতিগত পরিবর্তন ঘটা অত্যন্ত স্বাভাবিক এবং সংগত তা বলাই বাহুল্য। আধুনিক প্রযুক্তির চরম উৎকর্ষের সময় আজকের পৃথিবীতে কোনো একটি বিশেষ দেশ, তার নিজস্বতা নিয়ে, রক্ষণশীল হয়ে দাঁড়িয়ে থাকতে পারে না। বিশ্বায়নের এই চূড়ান্ত মুহূর্তে দাঁড়িয়ে আমাদের মত আশি নব্বই দশকের জীবনকে ছুঁয়ে দেখা জনগণের নস্টালজিয়া আজকের তরুণ প্রজন্মকে স্পর্শ করতে পারবে কিনা তা আমরা জানি না। কিন্তু নিজের কাছে নিজের দায়বদ্ধতা থেকেই কিছু কিছু কৈফিয়ৎ, কিছু কিছু ভাললাগা কিছু কিছু অনুচ্চারিত অনুভব, সোচ্চার হয়ে বাণীশিল্প লাভ করতে চায় আমার বর্তমান নিবন্ধের বিষয় হল এই দশকের তরুণ প্রজন্মের চাওয়া-পাওয়ার যে নিজস্ব জগৎ সেই জগতের কিছুটা প্রতিচ্ছবি চিত্রিত করা।

আমাদের শৈশব, কৈশোর ছিল পুকুরের জলে সাঁতার কাটার লাগামহীন উদ্যম জীবন। হেমন্তের ফসল শূন্য মাঠে হাতে বানানো কাগজের ঘুড়ি নিয়ে, লাটাই হতে ঘুড়ির থেকেও দ্রুত বেগে দৌড়ে দৌড়ে ঘেমে নেয়ে ক্লান্ত হয়ে আনন্দ উপভোগের অসাধারণ এক বেঁচে থাকা। ডাংগুলি খেলে কপাল ফুটো করে, ঝরঝর করে রক্ত গড়িয়ে পড়া কপাল নিয়ে, তারপর কাবাডি খেলার বিকেল কাটিয়ে সন্ধ্যেবেলায় মায়ের ডাকে ঘরে ফেরা। তারপর কপাল ফাটার জন্যে আবার এক চোট মায়ের হাতে মার খাওয়া প্রজন্ম আমরা। গরমের দুপুরে গাছের ডালে দোলনা দোলার অভূতপূর্ব আনন্দ উপভোগের মধ্যে দিয়ে, শীতের বিকেলে খড় কুটির গাদায় লুকোচুরি খেলা, আর বুড়ি বসন্তের হুল্লোড়ে। ঘণ্টার পর ঘন্টা পুকুরের জল মাতিয়ে সাঁতার কেটে চোখ লাল করে, আর ড্যাবডেবে চুলকুনি গায়ে নিয়ে বাড়ি ফিরে এসে একরাশ বকুনি হজম করা, অদ্ভূত কষ্টসহিষ্ণু এক প্রজাতি। তখনও পর্যন্ত গ্রাম্য দরিদ্র পরিবারে পড়াশোনাটা জীবনের প্রাথমিক এবং প্রধান লক্ষ্য হয়ে ওঠেনি। আসলে সেই জীবনে পড়াশোনাটা ছিল সেকেন্ডারি এবং বলা যেতে পারে বিলাসিতা। বিভিন্ন খেলার মতই লেখাপড়া শেখাটা ছিল একটা বিনোদন। তার মধ্যেই দলছুট কেউ কেউ ছিল বৈকি। যেমন এই প্রবন্ধের রচয়িতা। সারা প্রাইমারি স্কুলের পড়াশোনাটা, সুতো কাটা ঘুড়ির মত উদম জীবনাবেগের ছন্দে কাটত তখন আমাদের। ইস্কুলে গিয়ে কুল, বেল, তাল, বৈঁচিফল,

ফলসা, সেকুল তেঁতুল আরো কত অমৃত আস্বাদনের মধ্যে দিয়ে ক্লাস ফোরের মুক্ত শিক্ষা শেষ করে হাই ইস্কুলের গণ্ডি ছোঁয়া। ক্লাস ফাইভ! পুরো জেলখানায় এসে পড়া। চারিদিকে বাউন্ডারি ওয়াল দিয়ে ঘেরা স্কুল বাড়ি। তার উপুড় আবার ইয়া বড়ো লোহার গেট। একবার ঢুকলে সেই ছুটির পর খাঁচা থেকে মুক্তি। টিফিনে পর্যন্ত ছাড় নেই। একেই হাই তার পর গার্লস, আর কোথা যাই!

আমাদের শৈশবে জীবন মানে অসীম অপ্রাপ্তির মধ্যিখানে এক বিন্দু প্রাপ্তির আনন্দ। জীবনের সঙ্গে প্রতিনিয়ত দড়ি টানাটানি করে জীবনের রসদ ছিনিয়ে নেওয়া কঠিন সংগ্রামের রক্তাক্ত স্মৃতি বুকে নিয়ে আজকের এই এক ফুট মাটির অধিকারী ফকিরের কাছে পিছন ফিরে জীবনের জলছবি দেখার চেষ্টার মধ্যে আসলে নিজেকে খুঁজে ফেরার অন্বেষণ থেকে যাবে, এ তো বলাই বাহুল্য। আমি জন্মেছি সত্তরের দশকের একদম শেষ লগ্নে। দরিদ্র নির্জন স্নিগ্ধ পল্লীর বুকে। যে জীবনে অভাব অপ্রাপ্তি ছিল সহজাত। তখনও পর্যন্ত এই না থাকাটার জন্যে, কারুর বিরুদ্ধে কোনো অভিযোগ ছিল না। দরিদ্র হয়ে জন্মানো এবং সাতপুরুষ ধরে দরিদ্র থাকাটাই ছিল ভবিতব্য। কাজেই সে জীবনের চালচিত্র ছিল আজকের অধিকার সচেতন মানুষের জীবন থেকে অনেকটা অন্যরকম। তখন একসাথে খেলা, ভাগ করে খাওয়া, আর মানুষের বিপদে অপদে মানুষের পাশে থাকা, অর্থাৎ প্রান্তিক মানুষের হাজার অভাব, দারিদ্র্যের মাঝে দলবদ্ধ বেঁচে থাকার অভূতপূর্ব আনন্দ উপভোগের যে জীবন তা আজকের এই নিউক্লিয়ার ফ্যামিলি প্রোগ্রামে কল্পনা করাও দুঃসাধ্য। আমরা তখন খুব ছোট। মনে আছে গিরীন দাদু কলকাতা থেকে একটা রেডিও কিনে নিয়ে গিয়েছিল। পাড়ায় প্রথম রেডিও এসেছে। গিরীন দাদুর বাড়িতে মহালয়া শুনতে বাড়িভর্তি লোক। আর শনি মঙ্গলবার কৃষিকথার আসরে, চাষবাস নিয়ে অনুষ্ঠান হত তা শোনার জন্য হরিকাকা বিশুকাকা মদনজ্যাঠা সকলে মিলে দাদুর বাড়িতে গিয়ে ভিড় করত। একটা রেডিও নিয়ে মানুষের কত আহ্লাদ থাকতে পারে তা আমরা দেখেছি। অনুরোধের আসরে গান শোনার জন্যেই দুয়ার ভর্তি লোকজন জমে যেত। শুক্রবারে রাত্রিবেলা নাটক হবে তা শোনার জন্য পা ছড়িয়ে ঢুলতে ঢুলতে সরলা পিসি বসে থাকত। আর সারা দুয়ারে ভুরভুর করে গোপাল জর্দার গন্ধ ঘুরে বেড়াত।

তখনো আমাদের গ্রামে কারেন্ট আসেনি। শুধু আমাদের গ্রামে না আশেপাশের কোনো গ্রামেই কারেন্ট ছিল না। পুজো বাড়িতে,

অনুষ্ঠান বাড়িতে গ্যাসের আলো আর আরও উজ্জ্বল হ্যাজাকের আলো জ্বলত। বর্ষাকালে থকথকে অন্ধকারে, ডিপ ডিপ করে জোনাকির আলো জ্বলত তালগাছের মাথায়। তারাভরা দূরের আকাশটা যেন নেমে আসত আমাদের বাড়ির পাঁদারে। সে এক অপূর্ব স্মৃতি। ওই ছোট্ট জোনাকির আলোয় কোনোদিন ওই গভীর অতল অন্ধকার দূর হত না। কিন্তু অন্ধকারের বুকে অদ্ভুত আশ্চর্য একটা সৌন্দর্য নিয়ে, সেই আলোবিন্দু অন্ধকারকে করে তুলত মহিমান্বিত। অন্ধকারেরও যে এত সৌন্দর্য আছে! তা জোনাকির ওই বিন্দু বিন্দু আলো সাজানো বুঝিয়ে দিত। বর্ষার রাত্রে ঝিম ঝিমে বৃষ্টি, ঝুপঝুপে কালো মেঘ আর ব্যাঙের ডাক এই সবের মধ্যে যখন মেলে ধরত তার ওই মৃদু স্নিগ্ধ রোশনাই। অদ্ভুত তার আবেশ। হৃদয়ের অলিন্দে আজও ধরা আছে তার আভাস। সেই ভয়ঙ্কর সুন্দর অন্ধকারের দিন শেষ হল। গ্রামে বিজলিবাতি এল। কিন্তু এখনকার মত বিদ্যুৎ সাপ্লাই ছিল না তখন। সারাদিনে কতবার যে লোডশেডিং হত তার কোনো ঠিক ছিল না। তখন আলোর জন্যে খুব বেশি অসুবিধে হত না। হারিকেনের আলো মজুত থাকত। প্রতিদিন বিকেলবেলায় মা ঘুঁটের ছাই দিয়ে খুব ভাল করে হারিকেন লম্ফ মুছে পরিস্কার করে, কেরোসিন তেল ঢেলে, সলতে ভিজিয়ে রেখে দিত। হাতের কাছেই থাকত সেসব! জানে লোডশেডিং হবে সঙ্গে সঙ্গেই জ্বেলে ফেলবে আলো। তাই আলোর জন্য হাহুতাশ ছিল না। আর গ্রামের মানুষের হাওয়া বাতাসের তো অভাব ছিল না। এত হাঁইফাই করা গরমও ছিল না তখন। তখন গ্রামে কারুর কারুর বাড়ি সাদা কালো টিভি এসেছে। মনে আছে ইন্দিরা গান্ধী মারা যাবার পর শেষকৃত্য দেখার জন্যে পাশের গ্রামে টিভি দেখতে গিয়েছিলাম। তাদের বাড়ির উঠোনে টিভি সেট করে সেই অনুষ্ঠান দেখার ব্যবস্থা করে দিয়েছিলেন। শনি রবিবার ডিডি ওয়ানে বাংলা সিনেমা হত। উত্তম সুচিত্রার যুগ তখন ।অনেক দুঃখ যন্ত্রণা, আঘাত অভিঘাত পেরিয়ে এসে হয়ত এবার নায়ক নায়িকার মিল ঘটবে। দর্শকের মনের মধ্যে টানটান উত্তেজনা। ঠিক তখনই হুট করে লোডশেডিং। উফ: সে কী আফসোস যে হত মনের মধ্যে সবার। কিছুক্ষণ অপেক্ষা করে করেও যখন কারেন্ট আসত না, সবাই তখন ভগ্নমনোরথ হয়ে যে যার বাড়ি ফিরে যেত। অতৃপ্ত মনে গৃহকাজে মন দিতে হত। এই ছিল সাদা কালোর যুগের ট্র্যাজেডি। তার পর লোকে এই যন্ত্রণা মুক্তির পথ খুঁজে পেল। অনেকেই বারো ভোল্টেজ, ষোলো ভোল্টেজ ব্যাটারি কিনল টিভি দেখার জন্যে। সেটা

খুব কম লোকই কিনতে পারত। তাই যাদের বাড়ি ব্যাটারি থাকত, তাদের বাড়ি শনি রবিবার মিনি সিনেমা হল হয়ে যেত। সে এক দৃশ্য! ঘরে দুয়ারে জানালায় ঝুলে, রীতিমত ঠেলাঠেলি করে সিনেমা দেখার আনন্দ। এখন এই সব চিত্রকল্প কল্পনাও করতে পারবে না কেউ!

আমরা যারা স্কুলমুখী ছিলাম, মন দিয়ে পড়াশোনাটা করার চেষ্টা করছিলাম। গ্রামে বাস করার ফলে এবং দরিদ্র হওয়ার কারণে পাহাড়প্রমাণ প্রতিবন্ধকতা ঠেলে এগিয়ে যাচ্ছিলাম নিজস্ব লক্ষ্যের দিকে। স্কুলের কত রকম ঘটনা যে দেখেছি তখন! পাশাপাশি দুটি স্কুল গার্লস বয়েজ। ক্লাস ফাইভ থেকেই দেখতাম বড় দিদি দাদারা প্রায় প্রতি বছরই সরস্বতী পুজোয় নিজেদের জুটি ঠিক করে নিত। তারপরে চলতে তাদের প্রেম পর্ব। বুকে করে বই নিয়ে একটু আড়ালে, দুটো স্কুলের মাঝখানে ঝাপানতলায়, প্রাইভেট পড়তে গিয়ে বাইরে দাঁড়িয়ে দাঁড়িয়ে গল্প করার দৃশ্য দেখেছি অনেক। এই সব স্কুল জীবনের প্রেম বিয়ে পর্যন্ত গড়ায়নি প্রায় কারুরই। বিয়ে হবেই বা কী করে? মেয়েদের তো মাধ্যমিক, উচ্চমাধ্যমিক কিংবা গ্র্যাজুয়েশন করেই বেশি ভাগ বিয়ের পিঁড়িতে বসতে হত। আর ছেলেরা সেই বয়সে বিয়ের কথা ভাবতেই পারত না। তাই ওই স্কুলজীবনের প্রেম স্কুলজীবনেই শেষ হয়ে যেত। আবার নিচু ক্লাসেও কত ঘটনা যে ঘটেছে তখন! আমাদের ব্যাচের পুষ্পা সিকদারের কথা এখনো মনে আছে। তার অংক খাতা থেকে একদিন একটি প্রেমপত্র আবিষ্কার হল। ওপরে বড় করে লাল কালিতে লেখা I love you , সঙ্গে একটা তীরবিদ্ধ হার্ট চিহ্ন। সেই নিয়ে হুলুস্থুলুস কাণ্ড। গার্জেন কল করা হল। তাকে স্কুল থেকে সাসপেন্ড করল। সারা বছর ক্লাস করতে দেওয়া হয়নি। শুধু পরীক্ষায় বসেছিল। সেই পুষ্পা সিকদার ক্লাসে এইটে পড়তে পড়তে একদিন বিষ খেয়ে আত্মহত্যা করার চেষ্টা করেছিল। চার দিন বর্ধমান মেডিকেল কলেজ হাসপাতালে ভর্তি থেকে সুস্থ হয়ে বাড়ি ফিরল পুষ্পা। তারপর লোকের মুখে মুখে কত গল্প। পুষ্পা নাকি কার্তিক ডাকাতের সঙ্গে প্রেম করে। তল্লাটের সবাই জানে কার্তিকদা রাতে ডাকাতি করে। দিনে লোকের পুকুরে ছিপ ফেলে, মাছ ধরে চুরি করে। আর মদ খায়। আমরা দিনদুপুরে সেই কার্তিকদাকে রাস্তায় দেখতে পেলে ভয়ে কাঁপি। আর পুষ্পা কিনা এই মাতাল চোর ডাকাত ছেলেটার জন্যে বিষ খেয়ে মরতে গেল! হায় প্রেম! কী আশ্চর্য প্রেম! কে বুঝবে তার মর্ম। তার কিছুদিন পর পুষ্পা সেই কার্তিকদাকে নিয়ে পালাল। বর্ধমানের সর্বমঙ্গলাতলায় গিয়ে সিঁদুর শাঁখা পরে রীতিমত

মন্ত্র উচ্চারণ করে বিয়ে করল। দিব্যি কাটালে দাম্পত্য। এমন কত স্মৃতি যে জ্বলজ্বল করছে মনের আকাশে। সে সব মাঝে মাঝেই মনে পড়ে যায় কেমন হঠাৎ করেই। বর্তমান রচনার বিশিষ্টতা শুধু সময়ের যাত্রা পথের এক একটা সিঁড়ি ছুঁয়ে ছুঁয়ে আজকের সময়ের দুয়ারে এসে দাঁড়ান।

সে সময় গরমের ছুটি পড়ার দিন আর পুজোর ছুটি পড়ার দিন নিয়ম করে স্কুলে ম্যাজিশিয়ান এসে ম্যাজিক দেখাতেন। কী কৌতূহল কী বিস্ময় যে ছিল এই ম্যাজিক দেখার! অধীর আগ্রহে অপেক্ষা করতাম! কবে সেই দিনটা আসবে! ওয়াটার অফ ইন্ডিয়া, কাগজ খেয়ে ব্লেড বার করা, শূন্য গ্লাস থেকে দানাদার আনা, কাগজ কেটে চাপা দিয়ে উড়ন্ত পায়রা বার করা আরো কত কিছু! সেসব অভূতপূর্ব আনন্দ আস্বাদনের মুহূর্ত এখনো বুকের মধ্যে জ্বল জ্বল করছে ধ্রুবতারার মত। তারপর ছিল পুতুল নাচ, কেষ্টযাত্রা, রামযাত্রা আর রামায়ণ পাঠ শোনা সন্ধ্যে। পুতুলনাচের কাহিনী রাজা হরিশ চন্দ্র পালা দেখে কেঁদে ভাসিয়ে দিতাম তখন। কী অদ্ভুত কায়দায় অন্তরাল থেকে নিষ্প্রাণ কাঠের পুতুলগুলোকে জীবন্ত চরিত্র করে তুলত পুতুল নাচ দেখানো মানুষগুলো। একই গলায় কখনো মহিলার কণ্ঠ, কখনো পুরুষ কণ্ঠ, কখনো নাটকীয় সংলাপ কখনো গান। প্রায় ঘন্টা দেড়েক ধরে চলত সেই মঞ্চ কাঁপানো অনুষ্ঠান। এই সব শিল্পকলা প্রত্যন্ত গ্রামেগঞ্জে এখনো অবশিষ্ট আছে কিছু কিছু, কিন্তু সেসব দেখার মানুষ নেই আর। তাই সেসব আস্তে আস্তে প্রায় হারিয়েই যাচ্ছে! রামযাত্রার আসরে রামের বনবাস পালায় ফুঁপিয়ে ফুঁপিয়ে কেঁদে বাড়ি ফিরত সবাই! আর রাম চরিত্রে অভিনয় করত যে ছেলেটি, তাকে দেখে ভক্তি অবনতচিত্তে প্রণাম করত সমস্ত শ্রোতা। কী শ্রদ্ধা, কী সম্মান আর কী ভালবাসা যে পেত সেই মানুষটা, যেন মনে হত সত্যিকারের ভগবানকে কাছে পেয়েছে গ্রামের দরিদ্র, মুর্খ অসহায় মানুষগুলো। এখনও কোনো কোনো নির্জন নিঃসঙ্গ গ্রীষ্মের সন্ধ্যায়, মনকেমন করা ঝিরি ঝিরি হাওয়ায় কেষ্টযাত্রার সেই রাধা বিরহ পালার করুণ বাঁশির সুর কানে যেন ভেসে আসে। আনমনা করে দেয়। জানি সেসব দিন আর ফিরে আসবে না। তবু ইচ্ছা করে সেই মধুর বাঁশি বাজা সন্ধ্যায় আবার একবার গিয়ে দাঁড়াই! কিন্তু হায় তা আর কিছুতেই সম্ভব নয়।

এবার আমাদের বড় হবার গল্প। আমাদের ছোটবেলা কেটেছে ছেলেমেয়ে সবাই একসাথে হই হই করে খেলা করে। আমরা দরিদ্র পরিবারভুক্ত প্রান্তিক গ্রামের মানুষ! সেখানে খুব বেশি রক্ষণশীলতা

কোনও পরিবারের মধ্যেই ছিল না। কেননা মেয়েদের সমানে সমস্ত রকমের কাজে হাত লাগাতে হত। বাড়ির কাজই হোক আর মাঠের কাজই হোক। কিংবা বাজার দোকান করাই হোক। দারিদ্র্যের সঙ্গে লড়াই করতে হত, পরিবারের সকল সদস্যকে। তাই মেয়েদের মাঠেঘাটে যেতে হত। কাজেই ছেলেমেয়েদের মেশামেশি নিয়ে বাবা-মায়েদের কোনও দুশ্চিন্তা ছিল না! সহজ স্বাভাবিক স্বতঃস্ফূর্ত একটা পারিবারিক বন্ধন ছিল সবার মধ্যে। তারই মধ্যে শৈশব কৈশোর পেরিয়ে যৌবনের ঘরে পা রাখত স্বাভাবিক নিয়মেই। তারপর কবে কী করে কোন অদৃশ্য শক্তির ইচ্ছেতে যেন খুব দ্রুত পাল্টে যাচ্ছিল আমাদের জীবনের যাবতীয় চালচিত্র। আমাদের হাতের নাগালের বাইরে চলে যাচ্ছিল আমাদের আনন্দযজ্ঞের সমস্ত আমন্ত্রণ। এতদিন জীবনাবেগ এত স্বতস্ফূর্ত তীব্র গতিমান ছিল, সেখানে সমস্ত যন্ত্রণা বেদনা কষ্ট বানভাসি হয়ে যেত। এবার জীবনের যাবতীয় সংগ্রামের সঙ্গে যন্ত্রণার করাল ছায়া এসে থাবা বসাতে শুরু করল। দিনকাল পাল্টে যাচ্ছিল খুব দ্রুত । গ্রাম্য পরিবেশে হানা দিচ্ছে হিংসা। রক্তাক্ত হচ্ছে গ্রামের ধুলোমাটি। রাজনৈতিক পালা বদলের ঝঞ্ঝা। আর পারিবারিক সম্পর্ক বন্ধনের ভিত নড়বড়ে হয়ে ওঠার সূত্রপাত। যৌথ পরিবারের ভাঙন। বিয়ের পর ছেলেরা নিজের স্ত্রী ছেলে মেয়ে নিয়ে আলাদা পৃথিবীর বাসিন্দা হতে শুরু করল! বর্তমানের নিউক্লিয়ার ফ্যামিলির যে যন্ত্রণা বুকে নিয়ে আজকের প্রজন্ম নিঃসঙ্গতায় দগ্ধ হতে হতে পাগল হয়ে যাচ্ছে, সেই জীবনকে আহ্বান করে পান সুপারি দিয়ে আমন্ত্রণ করে আনার সূচনা মুহূর্তের সাক্ষী হচ্ছি আমরা। আমরা দেখেছি চোখের সামনে নদীর পাড় ভাঙার মত একান্নবর্তী পরিবারগুলো ভেঙে যাওয়ার ছবি। অদ্ভুত একটা ব্যথা বুকে নিয়ে এই অনিবার্য ভেঙে যাওয়াকে মেনে নেওয়া ছাড়া কিছু করার ছিল না কারুর। এ এক অদ্ভুত ট্র্যাজেডি।

যা কিছু ভাল, যা কিছু আনন্দের তা যেন আস্তে আস্তে সরে যাচ্ছিল জীবন থেকে বহুদূরে। আস্তে আস্তে দারিদ্র দূর হয়ে, মানুষের পেটপুরে খাবার সংস্থান হচ্ছিল! কিন্তু মনোকষ্টে ছারখার হচ্ছিল মানুষ। গ্রামীণ সংস্কৃতির মধ্যে আস্তে আস্তে ফাটল ধরছিল। পাড়ায় পাড়ায় অ্যামেচার যাত্রা পালা বন্ধ হয়ে, কলকাতা থেকে যাত্রার দল গিয়ে মঞ্চ কাঁপাতে লাগল। তখন কালীপুজোয়, দুর্গাপুজোয় ক্লাবে নাটক, ফাংশানের রেওয়াজ শুরু হল। আর সবচেয়ে যেটা মারাত্মক ঘটনা গ্রামের মানুষ শহরমুখী হতে শুরু করল। কাতারে কাতারে

মানুষ শহরের বাসিন্দা হবার জন্যে গ্রাম থেকে উঠে এসে শহরে বসবাস শুরু করল! গ্রামের মধ্যেও হু হু করে ঢুকে পড়ল নাগরিকতা। নাগরিক জীবনের রীতিনীতি শিক্ষাসংস্কৃতি ক্রমশ গ্রাম জীবনকে গ্রাস করতে লাগল। গ্রামের সুশিক্ষিত, ছেলেমেয়েরা গ্রাম ছেড়ে শহরে চলে যেতে লাগল একের পর এক। সব মিলিয়ে একটা দারুণ ভাঙন। যে ভাঙনের যন্ত্রণা আমাদের সেই তরুণ বয়সেই বুকের মধ্যে একটা হাহাকার জাগিয়েছিল! কিন্তু অসহায় ভাবে সেই দুর্বার ঝোড়ো গতিকে দেখা ছাড়া আমাদের কিছু করার ছিল না। আজও তাই কৈশোরের সুখ স্মৃতি রোমন্থন করে, যৌবনের সেই যন্ত্রণা দগ্ধ হাহাকারকে বহন করছি আমরা। আজকের সময়ের যা কিছু ভালো তাকে সাদরে গ্রহণ করেছি। কিন্তু নিষ্ঠুর সময়ের চরম একাকীত্বের যন্ত্রণা, যান্ত্রিক জীবনের এই করাল গ্রাস আজও যেন সমানে পীড়া দিতে থাকে! এই যন্ত্রণা আমৃত্যু বহন করতে হবে আমাদের প্রজন্মকে, এর থেকে মুক্তি নেই, এটাই আমাদের ট্র্যাজেডি।

বাংলার পরব - মাঘের এখ্যান যাত্রা

রামামৃত সিংহ মহাপাত্র

পৌষ সংক্রান্তি মানেই পিঠে পরবের ধুম পড়ে যায় গ্রামে গ্রামে। আগে ঢেঁকিতে আতপ চাল কুটে গুঁড়ি করা হত পিঠা বানানোর জন্য। পৌষ-সংক্রান্তির দিন পনেরো আগে থেকে চলত তার প্রস্তুতি। আধুনিক সভ্যতার চাপে বিদায় নিয়েছে ঢেঁকি, পরিবর্তে যন্ত্রচালিত মেশিনে আতপ চাল ভাঙিয়ে পিঠে তৈরির প্রস্তুতি চলে। আধুনিক সভ্যতার ব্যস্ততায় পিঠের কদর কমলেও আজও গ্রামবাংলায় যথেষ্ট কদর রয়েছে পিঠের। 'পিঠা-লাঠা' বা 'পিঠা-পানা' গ্রামবাংলায় মহিলাদের কাছে পরিচিত শব্দবন্ধ। পিঠা নিয়ে প্রচলিত রয়েছে প্রবাদ প্রবচন। উল্লেখযোগ্য কয়েকটি হল – 'গুষ্ঠির পিঠা সিজানো, তাঁতি ছাড়ে নাই পিঠার বাই, বিড়ালের পিঠা ভাগ,' প্রমুখ।

মঙ্গলকাব্য, চৈতন্য ভাগবত প্রমুখ শাস্ত্রে উল্লেখ রয়েছে পিঠার। কৃষ্ণদাস কবিরাজ রচিত 'চৈতন্যচরিতামৃত' গ্রন্থে পিঠার গুণবন্দনায় বলা হয়েছে – *"মুগবড়া, মাষবড়া, কলারবড়া মিষ্ট/ক্ষীর পুলি নারিকেল পুলি যত পিঠার ইষ্ট।"*

পিঠাকে কেন্দ্র করে প্রচলিত রয়েছে লোককাহিনী, লোকগান প্রমুখ। বলা যেতে পারে লোকসংস্কৃতির প্রায় সর্বক্ষেত্রে জড়িয়ে আছে পিঠা।

পৌষ সংক্রান্তির পরদিন পয়লা মাঘ গুরুত্বপূর্ণ দিন গ্রামাঞ্চলের মানুষের কাছে। মহাভারতের শান্তি পর্বে মাঘ মাসের উল্লেখ আছে

এইভাবে, *"মাঘ মাস শুক্লাষ্টমী আজি শুভদিনে / শরীর ত্যজিব আমি ভজি নারায়ণে।"* যেমন বাংলা নববর্ষের সূচনা হয় পয়লা বৈশাখ, ভারতীয় যোজনাবর্ষের শুরু হয় পয়লা এপ্রিল এবং সারা পৃথিবী জুড়ে বর্ষসূচনার দিন পয়লা জানুয়ারি তেমনি রাঢ় বাংলার বর্ষসূচনার দিন হিসাবে ধরা হয় পয়লা **মাঘ এখ্যান** যাত্রার দিন। এই দিন সূর্যদেবের দক্ষিণায়ণের শেষ এবং উত্তরায়ণে প্রবেশের দিন। তাই বলা অত্যুক্তি হবে না অক্ষয় তৃতীয়া, রহিন এবং অম্বুবাচীর মতো গুরুত্বপূর্ণ দিন এখ্যান যাত্রার দিনও। মহাভারতের ভীষ্ম পর্বেও এই দিনের উল্লেখ আছে,

"কহিতে লাগিল বীর চাহি যুধিষ্ঠির।/ এই যে দক্ষিণায়ণ আছে যত দিন।/ তত দিন শরীর না হৈবে প্রভাহীন ।/ বল পরাক্রম যত সব পরিহারি।/ শরীর ছাড়িয়া আমি প্রাণ মাত্র ধরি।/ রবির উত্তরায়ণ হইবে যখন।/ জানিহ তখন আমি ত্যাজিব জীবন।/ রবির উত্তরায়ণ না হয় যাবত।/ শরের শয্যাতে আমি থাকিব তাবত।"

কৃষিবর্ষের সূচনায় এই দিন ব্যস্ততা বাড়ে কামারপাড়ায়, এই দিন লাঙ্গলের ফাল পাজানোর (ধার করার) দিন, কুমারেরা নতুন হাঁড়ি কলসী ঘরে ঘরে পৌঁছে দিয়ে বছরকার খদ্দের ঠিক রাখে, লাপিত বউ পাড়ায় পাড়ায় ঘুরে নখ কাটে, ঘরের মেয়ে বউদের পা লাল আলতায় রাঙিয়ে তোলে। পুরানো মুনিস, মেদ্দার ছেড়ে নতুন মুনিস, মেদ্দার গতে এই দিন বাড়ির কর্তা কাঁচা শনের সুতো দিয়ে দড়ি পাকানোর কাজে ব্যস্ত থাকেন।

জমিতে আড়াই পাক লাঙ্গল দিয়ে চাষের প্রথম পদক্ষেপ হিসেবে কৃষিকাজ আরম্ভ হয়। আড়াই পাক হাল চালানোর পর বলদ দাঁড় করিয়ে কুলোয় করে বলদকে ধান এনে খেতে দেওয়া হয়। যখন ঐ ধান অর্ধেক খাওয়া হয় তখন ধানের কুলো সরিয়ে অবশিষ্ট ধান বীজ ধানের সঙ্গে মিশিয়ে দেওয়া হয়। বিশ্বাস এতে ফসলের ফলন ভাল হয়। এদিন প্রত্যেক চাষি নিজ নিজ খামারে জুড়ি বা মুনয় দেন। কারণ মাঠ থেকে উঠে এসে ধানরূপী লক্ষী প্রথম আসেন এখানেই। মুনয় দেবার জন্য স্নান করে এসে চাষি নিজের খামারে শালকাঠের ছোট ছোট খুঁটি পুঁতে উনুন তৈরি করেন। এরপর নতুন সরা বসিয়ে সরার ভিতর দুধ, আতপ চাল, গুড়, ঘি, মধু দিয়ে তলায় আগুন দেওয়া হয়। উৎপাদিত বস্তু সরা থেকে উপচে পড়লে তা নামিয়ে শস্য দেবতার উদ্দেশ্যে অর্পণ করা হয়। প্রসঙ্গত এইভাবে পায়েস জাতীয়

বস্তু উপচে পড়ার স্বপ্ন শুভ লক্ষণ তথা মা লক্ষীর কৃপা সূচিত করে। এই দিন সন্ন্যাসী ঠাকুরের পুজো করা হয়। বিশ্বাস এই দিন সন্ন্যাসী ঠাকুরের পুজো করলে পরিবারের গাই, বলদ, মহিষ, বাড়ির লোকজন, শস্য সুরক্ষিত থাকে। জুড়ি দেবার পর দাঁতন কাঠি চিরে খামারের মাটিতে পুঁতে দিয়ে একটি বঁহতা বসিয়ে দিতে হয়। বঁহতার উপর কাঁচা দুধ ও গাঁজা দিয়ে সন্ন্যাসী ঠাকুরের ভোগ নিবেদন করা হয়। বাড়ির যে ব্যক্তি হাল পুহ্ন করেন তাকে গুড় চিঁড়ে ও দই খেতে দেওয়া হয়।

এই দিন গ্রামবাংলার প্রতিটি গ্রামে গ্রামদেবতার পুজো দেওয়া হয়। উল্লেখযোগ্য কয়েকজন - বলদ রক্ষাকারী দেবী বলদ্যাবুড়ি, বনজ সম্পদ রক্ষাকারী দেবী উঁখড়াকুড়ি, পশুপাখি রক্ষাকারী বাঘুৎ, বনের বিপদ থেকে বঁচানোর দেবতা বনপাহাড়ী ইত্যাদি। বছরভর অবহেলায় পড়ে থাকা গ্রাম থানগুলি সেজে ওঠে। এই গ্রাম থানগুলির বেশীর ভাগ গুলির পুরোহিত অব্রাহ্মণ। গ্রাম থানগুলিতে দেবতা হিসাবে পূজা পান মাটির তৈরি হাতি-ঘোড়া। বেশিরভাগ থানে বলি দেওয়ার প্রচলন আছে। পুজো, বলির পর খিচুড়ি সহযোগে প্রসাদ বিতরণ করা হয়। দিনশেষে মেলা বসে। মুরগী লড়াইয়ের আসর বসে। পশ্চিমবঙ্গের জঙ্গলমহলের তিন জেলা বাঁকুড়া, পুরুলিয়া ও পশ্চিম মেদিনীপুরের গ্রামাঞ্চলে প্রান্তিক মানুষদের কাছে এই খেলা খুবই জনপ্রিয়। এই অঞ্চলে যে জায়গায় মোরগ লড়াই হয়, তাকে বলা হয় পাড়া। সেখানে হাউসীরা মোরগ নিয়ে আসে লড়াইয়ে অংশগ্রহণ করার জন্য। পাড়ায় এসে হাউসীরা তার মোরগকে পাড়ার মধ্যে লোহার ছোট ডান্ডি পুঁতে তার মধ্যে বেঁধে রাখে। খেলার নিয়ম অনুসারে প্রায় সমান উচ্চতার দুটি মোরগে লড়াই হয়। মূল লড়াই শুরুর আগে কাছাকাছি দুটি মোরগকে নিয়ে মহড়া দিয়ে দেখে নিতে হয় তারা লড়াইয়ে ইচ্ছুক কিনা। যদি বোঝা যায় তারা পরস্পর লড়াইয়ে ইচ্ছুক তখন তাদের পায়ে অস্ত্র বাঁধা হয়। এই অস্ত্রের নাম কাত। এই কাত মোরগের পায়ে বাঁধার জন্য সুনির্দিষ্ট লোক আছে, তাকে বলে কাতকার। তারা কামারকে দিয়ে কাত বানায়। কাতকার দের কাত বাঁধার মজুরি কম নয়, পাড়া ঘুরে যে তথ্য উঠে এসেছে তাতে দেখা যাচ্ছে কাতকারদের কাত বাঁধার মজুরি মোরগ পিছু ৫০-১০০ টাকা। তবে কাত বাঁধলেই মজুরি মেলে না। সেই কাতের ঘায়ে বিপক্ষ ঘায়েল হলে তবেই মজুরি মেলে। প্রত্যেক পাড়াতেই কাতকারের সংখ্যা থাকে একাধিক। তার মধ্য থেকেই হাউসী তার পছন্দের কাতকারকে বেছে নেয়।

কাত হল আধফালি চাঁদের মতো সরু একটা লোহার পাত, তার নীচের দিকটা ধারালো, মাঝখানে একটা ডাঁটি থাকে যা মোরগের পায়ের মাপে তৈরী। এটি দৈর্ঘ্যে মোটামুটি আড়াই ইঞ্চি হয়। এটাকে সুতো দিয়ে মোরগের বাম পায়ে বাঁধতে হয়। প্রাচীন ইংল্যান্ডে এই কাত তৈরী হত রূপোর পাতলা পাত দিয়ে। এই কাত বাঁধা নিয়ে কাতকারদের মধ্যে বিভিন্ন রকম বিশ্বাস আছে। তারা বিশ্বাস করে কাত বাধাঁর জন্য পাড়ায় যেতে হবে শুদ্ধাচারে। বেরোনোর সময় পিছুডাক নিষেধ। কাত বাঁধার আগে জপ করতে হয় বিশাল কাতমন্ত্র। জপ শেষ হলে কাত বার করে তিনবার নিজের কপালে ঠেকিয়ে ঐ কাত ঠেকাতে হয় মোরগের মাথায়। তারপর ডান পা ছুঁইয়ে সবশেষে বামপায়ে বাঁধতে হয়। কাত বাঁধার আগে কাতকার মোরগটিকে কোলে নিয়ে তিনবার শ্বাস টেনে তিনবার শ্বাস ছাড়ে। তারপর শ্বাস ধরে প্রথম ফেরতা ঘোরায়। দ্বিতীয় ফেরতা ঘোরানোর আগে দু বার শ্বাস টেনে ছাড়তে হয়। তারপর সম্পূর্ণ হয় কাতবাঁধা। এবার কাতকার জপ করে সংহারি মন্ত্র। মন্ত্র জপ শেষ হলে মোরগের মাথায় তিনবার এবং হাউসীর মাথায় একবার ফু দিতে হয়।

জোড় বাছা এবং কাত বাঁধা সম্পূর্ণ হলে দুটো মোরগকে দুজন কোলে নিয়ে মুখোমুখি দাঁড়ায়। মাঝখানে চার-পাঁচ হাত ফাঁকা জায়গা থাকে, সেটাই রণভূমি। লড়াই শুরু হওয়ার আগে এক যোদ্ধার ঠোঁটে আরেক যোদ্ধার ঠোঁট ছুঁইয়ে দিয়ে পিঠে হাত বুলিয়ে রণভূমিতে ছেড়ে দেওয়া হয়। এরপর শুরু হয় লড়াই। অনেক সময় লড়ায়ে মোরগদের মধ্যে বিশেষ স্ফূর্তি আনার জন্য হাউসীরা বিশেষ অঙ্গভঙ্গী করে। লড়াই ততক্ষণ চলে যতক্ষণ না পর্যন্ত একটি মোরগ অন্য মোরগকে সম্পূর্ণরূপে বিপর্যস্ত করে তোলে। যে হারে, সেই মোরগ জয়ী হাউসীর মোরগের পাহুড় হয়ে যায়। জয়ী হাউসীর জন্য অনেক সময় থাকে বিশেষ পুরষ্কার। এই পুরষ্কার নগদ পয়সা থেকে শুরু করে বিভিন্ন সামগ্রী যেমন সাইকেল, রেডিও, টিভি ইত্যাদি হতে পারে। প্রথমবারেই পাহুড় মারতে পারলে থাকে বিশেষ পুরষ্কার। মোরগ লড়াইয়ে নিয়ে আসার আগে মোরগকে বিশেষভাবে প্রতিপালিত করে লড়াইয়ের উপযোগী করে তুলতে হয়। এইরুপ লড়াইয়ের উপযোগী মোরগের এক-একটির দাম ২০০০-৫০০০ টাকা পর্যন্ত। হাউসীদের বিশ্বাস যদি কোন মুরগীর ছানাকে চিলে নিয়ে যেতে যেতে মুখ ফসকে পড়ে যায় এবং সেটি মোরগ হয়, তবে তার তেজ অন্য মোরগদের তুলনায় অনেক বেশী হয়।

প্রত্যেক এলাকাতেই মোরগ লড়াইয়ের নির্দিষ্ট দিনক্ষণ রয়েছে। তবে ১১ই মাঘ সমগ্র রাঢ় বাংলায় সাধারণ ভাবে মোরগ লড়াইয়ের দিন। কোনও কোনও এলাকায় বিশেষ বিশেষ পুজো উপলক্ষ্যে মোরগ লড়াইয়ের আসর বসে। যেমন বাঁকুড়ার সিমলাপাল থানার দুবরাজপুর গ্রামে বলদ্যাবুড়ীর পুজো উপলক্ষ্যে ৩রা মাঘ এবং ১০ই মাঘ মোরগ লড়াইয়ের আসর বসে। পৌষ সংক্রান্তির পর থেকে প্রায় বিকেলেই মোরগ লড়াইয়ের আসর বসে এলাকার গ্রামীণ হাটের দিন - যেমন প্রত্যেক বুধবার সিমলাপাল এলাকার দুবরাজপুরে, মঙ্গলবার বিক্রমপুরে, রবিবার সিমলাপাল জাহেড়গাঢ় সংলগ্ন মাঠে। অনেক জায়গায় নির্দিষ্ট দিন থাকে মোরগ লড়াইয়ের যেমন ৪ঠা মাঘ তালডাংরা সদরে। ঐ দিন এবং পরের দিন ৫ই মাঘ জেমুয়াতে মোরগ লড়াই হয়। তালডাংরা থানার শিবডাঙ্গায় প্রতি বাংলা মাসের ৫, ১৫ ও ২৫ তারিখ মোরগ লড়াইয়ের আসর বসে। মকর সংক্রান্তির দিন বলরামপুরের হনুমাতা নদীর তীরে পুরুলিয়ার বিখ্যাত মোরগ লড়াইয়ের আসর বসে। শীতের বিকেলে অযোধ্যা পাহাড়ে ঘুরতে আসা পর্যটকদের বিশেষ আর্কষণ পাহাড়ের মাথায় আদিবাসীদের দ্বারা সংঘটিত মোরগ লড়াই।

এই সময় সাঁওতাল পল্লীগুলিও সেজে ওঠে উৎসবের মেজাজে। কবিগুরুর লেখাতেও এর প্রতিফলন পাওয়া যায় - *"দুন্দুভি বেজে ওঠে ডিম ডিম রবে/সাঁওতাল পল্লিতে উৎসব হবে।"* পালিত হয় "বেঝতুত্র" বা ভেজাবেঁধা পরব। এই পরবের নিয়ম অনুযায়ী মাঠে পোঁতা অবস্থায় থাকা একটি কলাগাছকে কয়েকজন তীরন্দাজ লক্ষ্যভেদ করে। যে লক্ষ্যভেদ করতে পারে, তাকে একটা নতুন কাপড় পড়িয়ে কাঁধে চড়িয়ে সারা গ্রাম ঘোরানো হয়।

৩রা মাঘ গ্রামের এক প্রান্তে গোবরজলে নাতা দিয়ে কিছুটা জায়গা শুদ্ধ করা হয়। এটিকে জাহের থান বলে। পৃথক পৃথক দেবদেবীর জন্য আতপ চাল ছড়িয়ে পৃথক পৃথক বৃত্তের ঘেরা প্রস্তুত করা হয়। জ্বলন্ত উনানে কড়াইয়ে ফুটন্ত ঘিয়ে হাতা ব্যবহার না করে হাত দিয়েই গুড়পিঠা ছাঁকা হয়। মাঘ মাসে হয় বলে এটিকে মাঘসীম বলে। এটি একটি শস্য পরব।

এখ্যান যাত্রার দিন রাঢ় বাংলায় মাংস খাওয়ার প্রচলন আছে। তাই অনেক জায়গাতেই শিকার উৎসব পালন করা হয়। আসলে নতুন করে বছরকার ব্যস্ততায় ঢুকে পড়ার আগে কয়েকটা দিন উৎসব আনন্দে কাটানোর পরব এখ্যান।

তথ্যসূত্র:-

- *লোকভূমি মানভূমি - সম্পাদক শ্রমিক সেন, কিরীটি মাহাত*
- *কাঁসাই কুমারী - সম্পাদক ড. বাবুলাল মাহাতো, প্রকাশ দাস বিশ্বাস*

মুষ্টিভিক্ষা - মলি অল গসের সমাধি, শিবমন্দির ও নদীয়ারাজ

দেবদুলাল কুন্ডু

কথায় কথায় আমরা 'ধর্মনিরেপেক্ষতা' শব্দটি ব্যবহার করে থাকি; কিন্তু শব্দটি এতটাই ভারী যে তাকে বহন করার ক্ষমতা বেশিরভাগ মানুষেরই নেই। কারণ পরধর্মমত সহিষ্ণুতা এখন ইতিহাসের ফাঁকা বুলি ছাড়া আর কিছুই নয়। অথচ অতীতে মানুষ এতটা অসহিষ্ণু ছিল না। বাংলার ইতিহাস তারই এক জাজ্জ্বল্যমান উদাহরণ। ধর্মনিরেপক্ষতার প্রকৃষ্ট উদাহরণ হিসাবে নদিয়া জেলার বানপুর স্টেশনের কাছে মাটিয়ারি বা মেটিয়ারি গ্রামের একটি পুরাকীর্তি - মলি অল গসের সমাধি বা দরগার নাম করা যেতে পারে।

এই পুরাকীর্তির কথায় যাবার আগে মাটিয়ারি গ্রামের ইতিহাসের উপর একবার আলোকপাত করে নেওয়া যাক। একবার ত্রিপুরা-অধিপতি কিছু হাতি উপহার দিয়েছিলেন দিল্লিশ্বরকে। সেই হাতির দল বাংলার এক সামন্তরাজা কাশিনাথ রায়ের সীমানার উপর দিয়ে যাবার সময় মাঠের ফসল তছনছ করতে থাকে। প্রজানুরঞ্জক কাশীনাথ রায় লাঠিয়ালদের দিয়ে হাতির দলকে তাড়ালেন এবং একটি হাতি মেরেছিলেন। ফলে দিল্লিশ্বরের কোপানলে পড়তে হল তাঁকে। তখন ঢাকার মোগল সুবাদারের উপর দায়িত্ব অর্পিত হয় তাঁকে ধরে দেবার জন্য। কাশিনাথ পলায়ন করেন, কিন্তু মন্দিরে পূজা দেবার সময় ধরা পড়েন। তাঁকে নির্মমভাবে হত্যা করে হয়। আর তাঁর সন্তানসম্ভবা স্ত্রী আশ্রয় নিলেন আরেক রাজা হরেকৃষ্ণ সমাদ্দারের গৃহে। সেখানেই তিনি একটি পুত্রসন্তান জন্ম দিলেন, তাঁর নাম রাখা

হল রাম। হরেকৃষ্ণ রামকে নিজের 'সমাদ্দার' পদবী ই শুধু দান করলেন না, তাঁকে নিজের পুত্ররূপে মানুষ করতে লাগলেন এবং কালক্রমে নিজের বাগোয়ান প্রদেশের রাজ্যাধিকার প্রদান করলেন রামকে।

রাম সমাদ্দারের পুত্র হলেন ভবানন্দ সমাদ্দার। বাংলা বিজয়ে মানসিংহকে সাহায্য করার জন্য মোগল সম্রাট জাহাঙ্গীর ১৬০৬ সালে এক ফরমান দ্বারা ভবানন্দকে নদিয়া, কাশিমপুর, মারুপদহ ইত্যাদি মোট ১৪টি পরগণা দান করেন। ভবানন্দ সেই সময় 'মজুমদার' উপাধি নিয়ে নদিয়ার মাটিয়ারি গ্রামে এসে রাজধানী স্থাপন করেন। দেওয়ান কার্তিকেয়চন্দ্র লিখেছেন, *"ভবানন্দ বাটী আসিয়া তাঁহার অধিকারের মধ্যস্থলে মাটিয়ারি গ্রামে এক রাজবাটী প্রস্তুত করিলেন, এবং তথায় অবস্থিত হইয়া রাজকার্য্য করিতে লাগিলেন।"* (ক্ষিতিবংশাবলিচরিত)

ষোড়শ শতকে পারস্যের ইস্পাহান শহরে আবদুল্লার জন্ম। বড় হয়ে তিনি সন্ন্যাস গ্রহণ করেন এবং পীর-পয়গম্বর রূপে দেশে-বিদেশে ভ্রমণ করেন। ভবানন্দ এদেশে রাজধানী স্থাপনের কিছুকাল পরে পীর আবদুল্লা মাটিয়ারিতে আসেন। তাঁর অলৌকিক ক্ষমতা, উদার-শান্ত মনোভাব ও পরমতসহিষ্ণুতা লক্ষ্য করে ভবানন্দ মাটিয়ারিতে আবদুল্লার জন্য একটি বাসগৃহ নির্মাণ করে দেন এবং তাঁকে 'মলি অল গস' উপাধিতে ভূষিত করেন। 'মলি-অল' শব্দের অর্থ বাদশা এবং 'গস' অর্থে ফকির বোঝায়। দুয়ে মিলে 'ফকিরের বাদশা'। এই গ্রামেই মলি অল গসের বাকি জীবন অতিবাহিত হয়। এখানেই গড়ে তোলেন আখড়া; সেখানে শিষ্য-শাবকেরা সর্বক্ষণ ঘিরে থাকত তাঁকে। তিনি পরলোক গমনের পর সেই আশ্রমেই তাঁকে সমাধিস্থ করা হয় এবং গড়ে ওঠে 'পীর বাবার দরগা'। দরগাটি পশ্চিমমুখী; এটি নদিয়াজেলার সবচেয়ে প্রাচীন দরগা। ভবানন্দ মজুমদারের অধস্তন সপ্তমপুরুষ রাজা রঘুরাম সেই দরগার সম্মুখে একটি পুকুর খনন করেন এবং বেশ কিছু সম্পত্তি 'পীরোত্তর সম্পত্তি' হিসাবে দান করেন। এই সমাধির পাশে আরও দুটি সমাধি আছে; কথিত আছে এই দুই সমাধি আসলে পীরসাহেবের এক ধোপা আর এক নাপিতের; যাঁরা পীরের সঙ্গে সেই পারস্য থেকেই এসেছিলেন। সমাধির সন্নিকটে একটি পাথরের থাম দেখা যায়, সাধারণ মানুষের কাছে যার নাম 'আশাবরী' (জাদুদন্ড)। এটা কেউ স্পর্শ করে না।

বাকিটা হিন্দু-মুসলিম সম্প্রীতির ইতিহাস। শত শত বৎসর ধরে

হিন্দু-মুসলিম নির্বিশেষে মানুষ এখানে আসে মানত করে; ধূপ-দীপ জ্বালে, শিন্নি চড়ায়। অম্বুবাচী তিথিতে পীরের মৃত্যুদিবস উপলক্ষে এখানে প্রতিবছর মেলা মেলা বসে। ভারত-বাংলাদেশের মানুষ জাতি-ধর্ম নির্বিশেষে আজও সেই মেলায় ভিড় করে।

বাণপুর ষ্টেশন থেকে পীরসাহেবের দরগায় যাবার আগেই একটা প্রাচীন মন্দির আছে; 'রুদ্রেশ্বর মন্দির'। ভবানন্দ মজুমদারের পৌত্র রাঘব রায় ১৬৬৫ সালে ইঁটের তৈরি, অলংকরণযুক্ত দক্ষিণমুখী এই চারচালা মন্দিরটি নির্মাণ করেন। সেখানের কৃষ্ণমর্মরনির্মিত 'রুদ্রেশ্বর' শিবলিঙ্গটি আজও নিত্যপূজিত। শিবের অপর নাম 'রুদ্র'; রাঘব নিজের পুত্রের নামও রেখেছিলেন 'রুদ্র'। বোধহয় সেই কারণেই শিবলিঙ্গের নাম 'রুদ্রেশ্বর'। পরবর্তীকালে জলঙ্গি বা খড়িয়া নদীর ধারে রেউই গ্রামে রাজধানী পরিবর্তন করেছিলেন রাঘব; আর রুদ্র রায় রাজা হবার পর 'রেউই'-এর নাম রেখেছিলেন কৃষ্ণনগর।

মন্দিরের সামনে প্রবেশদ্বার ছাড়া আর কোন প্রবেশপথ নেই। পুবদিকের দেওয়ালে পোড়ামাটির ফলকে মন্দিরের প্রতিষ্ঠালিপি উৎকীর্ণ ছিল; সেটি বিনষ্ট হয়ে গিয়েছ। মন্দিরের দৈর্ঘ্য-প্রস্থ যথাক্রমে ১৭ফুট ৯ইঞ্চি ও ১১ফুট ৫ইঞ্চি, এবং উচ্চতা প্রায় ২৫ফুট। মন্দিরের মাথার দিকে আমলক, কলস, ত্রিশূল ও চক্রবিশিষ্ট তিনট চূড়া আছে। মন্দিরের 'টেরাকোটা' সজ্জায় বর্মধারী সশস্ত্র মোগলমূর্তি লক্ষ্য করা যায়। সামনের দেওয়াল, বাঁয়ে ও ডানেও এইরকম মোগল মূর্তি আছে। লক্ষ্য করার বিষয়, এই মন্দির প্রতিষ্ঠার কয়েক বছর পরে ১৬৭৬ সালে রুদ্র রায় মোগল সম্রাট আওরঙ্গজেবের কাছ থেকে গয়েসপুর, হসেনপুর, খাড়ি, জুড়ি প্রভৃতি বিস্তীর্ণ পরগণা লাভ করেন উপহার হিসাবে।

মন্দিরের খিলানটি ফুলকাটা বা পত্রাকৃতি। প্রবেশদ্বারের দুইপাশে দুটি ছোট থাম। খিলানের উপরে ফুলকারি নকশা এবং ১২টি প্রতীক আটচালা-শিবমন্দির; তার উপরেও আরও ফুলকারি নকশা এবং জ্যামিতিক অলংকরণ। বাঁদিকের পাদপিঠের সারিতে হাতি ও অশ্বারোহীদের যুদ্ধদৃশ্য, বস্ত্রহরণ, নৌকাবিলাসের দৃশ্য দেখা যায়। আর ডানদিকে মিথুনদৃশ্য, ব্যাঘ্র-হরিণ শিকার, হরিণের পলায়ন, হাতি ইত্যাদি ভাস্কর্য লক্ষ্য করা যায়। কথিত আছে ভবানন্দ মজুমদার এখানেই নাকি অন্নপূর্ণা মন্দির নির্মাণ করেছিলেন, যে দেবীর বরে তিনি নদিয়ারাজ হন।

কবি ভারতচন্দ্রের কথায়:

"ইতঃপর অন্নপূর্ণা হরিহোড়ে ছাড়ি।/আসিলেন ভবানন্দ মজুমদার বাড়ী।।" (অন্নদামঙ্গল)

কিন্তু এখন সে অন্নপূর্ণা মন্দিরের দেখা মেলে না। শুধু তাই নয় এখানকার রাজবাড়ি, রাজবাড়ির বাগান, কিছুই আর অবশিষ্ট নেই। কুমুদনাথ মল্লিক তাঁর বইতে উল্লেখ করেছেন যে, ইষ্টবেঙ্গল রেলওয়ে স্থাপনের সময়ে (১৮৬২) এই রাজবাড়ির গৃহসামগ্রী ভেঙে গুঁড়িয়ে দেওয়া হয়। ঐতিহাসিক স্থাপত্যের এই করুণ পরিণতি বড়ই বেদনার।

প্রসঙ্গক্রমে আরেকটি জায়গার কথা না বললেই নয়; সেটা হল শিবনিবাস; এটি অবস্থিত কৃষ্ণগঞ্জ থানায়; বাণপুরের আগের ষ্টেশন মাজদিয়া থেকে কৃষ্ণনগরের দিকে ২.৫/৩ কিলোমিটার দূরে শিবনিবাস অবস্থিত। নদিয়ারাজ ভবানন্দের অধস্তন সপ্তমপুরুষ রাজা রঘুরামের পুত্র কৃষ্ণচন্দ্রের সময়ে নসরাত খাঁ নামে এক কুখ্যাত ডাকাত এখানে গভীর জঙ্গলে সদলেবলে বসবাস করত; রাজা কৃষ্ণচন্দ্র তাকে দমন করে এখানে শিবির স্থাপন করেন। কথিত আছে একদিন সকালে নদিতে মুখ ধোবার সময়ে একটা রুইমাছ তাঁর সামনে চলে আসে। রাজ-অনুচরেরা বললেন যে রাজ-ভোগ্যসামগ্রী যখন আপনা থেকেই রাজার সামনে ধরা দিচ্ছে, তখন স্থানটি নিঃসন্দেহে রাজার বসবাসের যোগ্য। কৃষ্ণচন্দ্র তখন হানাদার বর্গীর হাত থেকে আত্মরক্ষার জন্য একটা নিরাপদ স্থান খুঁজছিলেন। দেওয়ান রঘুনন্দন মিত্রের পরামর্শ মত এখানেই তিনি প্রাসাদ নির্মান করলেন। চূর্ণী নদী এখানে কঙ্কণের মত পরিবেষ্টন করেছে ভূখন্ডটিকে। আবার কেউ কেউ বলেন রাজাই নাকি এটা পরিখার মত করেই খনন করেছেন। এখানে নিজের আলয় প্রতিষ্ঠার সঙ্গে সঙ্গে শিবমন্দিরও নির্মাণ করেন। সেই থেকে জায়গাটির নাম 'শিবনিবাস'।

প্রচলিত একতি ছড়ায় বলা হয়ে থাকে:

"শিবনিবাসী তুল্য কাশীধন্যনদী কঙ্কনা।/ উপরে বাজে দেবঘড়ি নিচে ঠন্ঠনা।।"

এই চত্বরে মন্দির আছে তিনটি; দুটি শিবমন্দির এবং বাকিটা রামসীতা মন্দির। সবচেয়ে বড় মন্দিরটি হল রাজরাজেশ্বরের মন্দির। এই শিবের অপর নাম 'বুড়োশিব'। মন্দিরটির প্রস্থচ্ছেদ আটকোণ বিশিষ্ট এবং শিখর ছত্রাকার। খাড়া দেওয়ালের প্রতিকোণে মিনার

ধরণের সরু থাম রয়েছে। উত্তরদিক ছাড়াও আরও তিনটি প্রবেশদ্বার আছে। প্রবেশদ্বারের খিলান এবং বাকি দেওয়ালগুলির নকল খিলানে 'গথিক' রীতির স্পষ্ট প্রভাব লক্ষ্য করা যায়। ১৭৫৪সালে এই মন্দিরটি প্রতিষ্ঠিত। মন্দিরটির উচ্চতা প্রায় ৮০ফুট। মন্দির-গর্ভে কালো পাথরে নির্মিত শিবলিঙ্গের উচ্চতা প্রায় ৯ফুট এবং স্পাউট-সহ বের ২১ফুট ১০ইঞ্চি। পূর্বভারতে এতবড় শিবলিঙ্গ আর নেই। সারাবছরই এই মন্দিরে পুজো দেবাঁর জন্য ভক্ত সমাগম ঘটে, তবে শিবরাত্রি উপলক্ষে বিরাট মেলা বসে মন্দির চত্বরে।

মূল মন্দিরের দক্ষিণ-পূর্ব দিকে আরেকটি অপেক্ষাকৃত ছোট চারচালা বিশিষ্ট শিবমন্দির আছে। এই মন্দিরের ৭.৫ফুট বিশিষ্ট উঁচু শিবলিঙ্গের নাম 'রাজ্ঞীশ্বর'। মন্দিরটির প্রতিটি দিকের দৈর্ঘ্য ২৬ফুট ৪ইঞ্চি এবং উচ্চতা প্রায় ৬০ফুট। এই মন্দির প্রতিষ্ঠিত হয় ১৭৬২সালে।

রাজ্ঞীশ্বর শিবমন্দিরের পূর্বদিকে প্রায় ৮ফুট উঁচু বেদির উপর চারচালা বিশিষ্ট পশ্চিমমুখী একটি মন্দির আছে; এটি রামসীতার মন্দির। মূল দেবালয়টির দৈর্ঘ্য ৪২ফুট এবং প্রস্থ ৩২ফুট। দালানের পাঁচটি প্রবেশ-খিলান ও গর্ভগৃহের তিনটি প্রবেশ-খিলানে 'গথিক' স্থাপত্য লক্ষ্য করা যায়। গর্ভগৃহের কাঠের সিংহাসনে কালো পাথরে উপবিষ্ট রামচন্দ্র এবং পাশে দন্ডায়মানা সীতা দেবী লক্ষ্য করা যায়। এছাড়াও অন্যান্য কয়েকটি মূর্তি আছে। এটিও ১৭৬২ সালে প্রতিষ্ঠিত।

রামসীতা মন্দিরের মূল প্রবেশদ্বারের বিপরীতে বাঁ-পাশে পশ্চিমমুখী একটি বিষ্ণুমূর্তি আছে। এর উচ্চতা ৩ফুট ৬ইঞ্চি। অনুমান করা হয়, এটি সেনআমলের তৈরি। জনশ্রুতি আছে এই বিষ্ণুমূর্তিটি চূর্ণিনদী-গর্ভ থেকে পাওয়া গিয়েছে; তারপর এখানে রক্ষিত হয়েছে।

স্থানীয় হাইস্কুলের নিকটে একটি দক্ষিণমুখী শীতলা মন্দির আছে। চারচালা-বিশিষ্ট এই মন্দিরটির আকৃতি অনেকটাই রামসীতা মন্দিরের মত। মন্দিরটি দৈর্ঘ্য-প্রস্থে ১২ফুট এবং উচ্চতা প্রায় ২০ফুট। এটিও রাজা কৃষ্ণচন্দ্রের কীর্তি। মন্দিরের গর্ভে কালো কষ্টিপাথরে নির্মিত শীতলা মূর্তি রয়েছে; দেবী গর্দ্দভের পিঠে উপবিষ্ট। প্রতিবছর শীতলাঅষ্টমী তিথিতে এখানে মেলা বসে।

শিবনিবাসের রাজরাজেশ্বর মন্দির থেকে প্রায় ১ কিলোমিটার পশ্চিম দিকে মুখার্জিদের বাস। এরা একসময় এখানকার জমিদার

ছিল। এদের বাড়িতে মহারাজ কৃষ্ণচন্দ্র প্রতিষ্ঠিত একটি শিবমন্দির আজও শোভা পায়। এটি সম্ভবতঃ ১৭৬৪-৬৫সালের মধ্যে রচিত। মন্দিরটির দৈর্ঘ্য ১৮ফুট এবং চূড়াসহ উচ্চতা ৪০ফুট। প্রায় বর্গাকার আকৃতির এই মন্দিরের চূড়ায় বিভিন্ন মাপের পাঁচটি পিতলের ঘড়া এবং একেবারে উপরে আছে একটি ত্রিশূল আছে। মন্দিরের গর্ভগৃহে কালো কষ্ঠিপাথরে নির্মিত শিবলিঙ্গের উচ্চতা প্রায় ৩ফুট, বেড় ৩৪ইঞ্চি এবং স্পাউট-সহ বেড় ৯৫ইঞ্চি। মন্দিরের উপরের আকৃত শঙ্কুর ন্যায় এবং নিম্নাংশ ঘনকাকৃতি। দেওয়ালে কোন অলংকরণ নেই; তবে দক্ষিণ দিকেরে প্রবেশদ্বারে উপরের দেওয়ালে ফুল ও লতা-পাতা আঁকা আছে, যা অষ্টাদশ শতকের ভাষ্কর্যের বৈশিষ্ট্য বলেই মনে করা হয়।

মূল মন্দির তিনটির অদূরে কৃষ্ণচন্দ্রের প্রাসাদের ভগ্নাশেষ চোখে পড়ে। তবে অনেকটাই মাটির নিচে প্রোথিত বলে মনে করা হয়। এই ভগ্নাবশেষ থেকে অনেকেই অনুমান করেন রাজপ্রাসাদের কাছেই অশ্বশালা-হাতিশালা ছিল; কিন্তু সবই কালের কপোলতলে হারিয়ে গেছে। রাজধানীকে সুরক্ষিত করার জন্য কৃষ্ণচন্দ্র উত্তরপ্রদেশ থেকে বিশেষ 'বাহেলিয়া' সম্প্রদায়কে আনিয়েছিলেন; এরা ছিল অসম সাহসী এবং ধনুর্বিদ্যায় পারদর্শী। তিনি এখানে কিছু কুস্তিগির ও মল্লযোদ্ধাদেরও বসিয়েছিলেন। কালের নিয়মে তারা সকেলেই স্থানীয় জনারণ্যে মিশে গিয়েছে।

রাজা কৃষ্ণচন্দ্রের আমলে তিনটি গুরুত্বপূর্ণ ঘটনা ঘটে – এক. মারাঠি-বর্গীর হামলা, দুই. পলাশীর যুদ্ধ এবং তিন. ছিয়াত্তরের মন্বন্তর। পলাশির যুদ্ধে তাঁর ভূমিকা নিয়ে অনেকেই প্রশ্ন তুলেছেন। তবে তিনি ছিলেন প্রখর বুদ্ধিমান এবং সাহিত্য-শিল্পের সমঝদার ব্যক্তি। কবি ভারতচন্দ্র রায়, রামপ্রসাদ সেন, রামরুদ্র বিদ্যানিধি, রামচন্দ্র বিদ্যানিধি প্রমুখ জ্ঞানী-গুনী ব্যাক্তি তাঁর সভা অলঙ্কৃত করে থাকতেন। তবে গোপাল ভাঁড়ের ঐতিহাসিক যথার্থতা নিয়ে প্রশ্ন আছে। মহারাজ কৃষ্ণচন্দ্র কৃষ্ণনগরে অতিবাহিত করলেও শিবনিবাস, হরধাম, আনন্দধাম, গঙ্গাবাস প্রভৃতি স্থানে প্রাসাদ নির্মান করেন; তবে এগুলির মধ্যে 'শিবনিবাস' ছিল প্রধান।

তাঁর সময়েই নদিয়ার প্রভূত উন্নতি; এই সময়ে নদিয়া রাজ্যের বিস্তৃতি ঘটেছিল উত্তরে মুর্শিদাবাদ থেকে দক্ষিণে বঙ্গোপসাগর এবং পূর্বে ধুলিয়াপুর থেকে পশ্চিমে ভাগীরথী পর্যন্ত। সমগ্র ভূখণ্ড মোট ৮৪টি পরগনায় বিভক্ত করেন। এই পরগনা পরিচালনার দায়িত্ব

দেবদুলাল কুন্ডু

অর্পিত ছিল বিভিন্ন জমিদারের উপর। রায়গুণাকর ভারতচন্দ্র তাঁর 'অন্নদামঙ্গল' কাব্যে বলেছেন:

"রাজ্যের উত্তর সীমা মুর্শিদাবাদ।
পশ্চিমের সীমা গঙ্গা, ভাগীরথী খাদ।।
দক্ষিণের সীমা গঙ্গাসাগরের ধার।
পূর্বসীমা ধুল্ল্যাপুর বড় গঙ্গা পার।।"

তথ্যসূত্রঃ

- নদিয়া চর্চা — সম্পাদনাঃ মৃত্যুঞ্জয় মন্ডল (অমর ভারতী)
- নদিয়ারাজের প্রতিষ্ঠাপর্ব -- সম্পাদনাঃ তন্ময় মিত্র (বিনেকানন্দ বুক সেন্টার)
- শিবনিবাসঃ নদিয়ার ইতিহাস প্রসিদ্ধ গ্রামঃ সোমনাথ মুখার্জী (কৃষিসাহিত্য প্রকাশনী)
- নদীয়া জেলার পুরাকীর্তি — সম্পাদনাঃ অমিয়কুমার বন্দ্যোপাধ্যায় ও অধ্যাপক সুধীররঞ্জন দাশ (পুরাতত্ত্ব বিভাগ/ তথ্য ও সংস্কৃতি বিভাগ/ পঃ বঃ সরকার)

অনুবাদ

স্প্যানিশ ভাষার সাহিত্য পাঠ

তরুণ কুমার ঘটক

ইউরোপের স্পেন আর ব্রাজিল ব্যতীত সমগ্র দক্ষিণ আমেরিকার সাহিত্য মূলত স্প্যানিশ ভাষার সাহিত্য। স্পেনের কাস্তিল প্রদেশে লাতিন ভাষার অপভ্রংশহেতু সৃষ্টি হয় 'কাস্তেইয়ানো' বা 'এস্পান্যোল' যাকে ইংরাজির অনুকরণে আমরা বলি স্প্যানিশ কারণ পাঠক সেটি সহজেই ধরতে পারেন। কেন আমরা স্প্যানিশ ভাষার সাহিত্যপাঠে আগ্রহী হয়ে উঠি? ইংরাজি ভাষার পরেই আজ এই ভাষাটির স্থান। প্রায় ষাট কোটি মানুষের মুখের ভাষা বলে শুধু নয়, এই ভাষায় রচিত সাহিত্য আজ বিশ্বে এক মর্যাদার আসন অধিকার করেছে।লাতিন আমেরিকার বিভিন্ন দেশের এবং স্পেনের বেশ কিছু সাহিত্যকর্ম নোবেল পুরস্কার অর্জন করার ফলেও পাঠকের মনোযোগ আকর্ষণ করে। স্প্যানিশ ভাষাটির বহুল প্রচার হতে থাকে পৃথিবীর বিভিন্ন দেশে। মার্কিন যুক্তরাষ্ট্রে স্প্যানিশ-ভাষী মানুষের সংখ্যা প্রায় ১৫%, সেখানকার স্কুলে ঐচ্ছিক ভাষার মধ্যে স্প্যানিশ অবশ্যই গুরুত্ব পায়। ভারতবর্ষেও স্প্যানিশ পাঠ্যক্রম আছে বিভিন্ন শিক্ষাপ্রতিষ্ঠানে। আর বাঙালি পাঠকের বিশেষ আগ্রহ দেখা যায় লাতিন আমেরিকার সাহিত্যে। বাংলাদেশ এবং পশ্চিমবঙ্গে অনেকগুলি সুবিখ্যাত গল্প এবং উপন্যাস বাংলায় ভাষান্তরিত হয়েছে। লিটল ম্যাগাজিনগুলির সৌজন্যে স্প্যানিশ ভাষার সাহিত্যের অনুবাদ এবং সাহিত্য-বিষয়ক আলোচনা বিশেষ গুরুত্ব পায়। ফলে স্প্যানিশ ভাষার সাহিত্যপাঠে

আগ্রহ দিন দিন বৃদ্ধি পাচ্ছে। গত শতাব্দীর ষাটের দশক থেকে লাতিন আমেরিকার স্প্যানিশ ভাষার সাহিত্য ইংরাজি অনুবাদের সৌজন্যে বিশ্বের বৌদ্ধিক এবং বাণিজ্যিক জগতে আধিপত্য বিস্তার করতে থাকে। সেকথা আমরা প্রসঙ্গক্রমে আলোচনা করব।

প্রথমে আমরা স্পেনের উল্লেখযোগ্য কিছু সাহিত্য পাঠ করব। মধ্যযুগের সাহিত্য সম্পর্কে তথ্যের অভাবজনিত কারণে আমরা চতুর্দশ শতকের 'পুনর্জীবন' (রেনেশাঁস)-এর প্রথম পদচারণার সময় থেকে স্পেনের মননশীল কিছু উচ্চমানসম্পন্ন ধ্রুপদী সাহিত্যের আলোচনা করি। একদিকে সাংস্কৃতিক পুনরুত্থান, লাতিন ভাষার ক্রমবর্ধমান প্রভাব, নারীর শিক্ষার সুযোগ, অন্যদিকে ক্রুশেড বা ধর্মযুদ্ধ ইত্যাদি পরস্পরবিরোধী ঘটনার স্রোতে চিহ্নিত 'পুনর্জীবনের' যুগ। আলোকিত যুগের বৈশিষ্ট্য সামাজিক মূল্যবোধের অবক্ষয়, রাজনৈতিক-সামরিক অস্থিরতা, গৃহযুদ্ধ, পররাজ্যে আগ্রাসন ইত্যাদি। অন্ধকার ভেদ করে এক ধাঁধাঁর মতো এই সময়টাতে সাংস্কৃতিক পরিমণ্ডলটি আলোকিত হতে থাকে। বৈপরীত্যের কী রহস্যময়তা! অন্ধকার যত গাঢ় হয় ততই উজ্জ্বল হতে থাকে মননশীলতা।

ধ্রুপদী সাহিত্য বলতে সাধারণত আমরা বুঝি যে, তা বহু যুগ প্রাসঙ্গিক হয়ে থাকে। আবার হালকাভাবে বলা হয় যে, সবাই যার কথা জানে কিন্তু পড়ে না তাই হল ধ্রুপদী সাহিত্য।

ফেরনান্দো দে রোহাস রচিত **'লা সেলেস্তিনা' (La Celestina)** অনেকের মতে 'দন কিহোতে'র পরে স্পেনের সর্বশ্রেষ্ঠ গ্রন্থ। হয়ত সবাই তা মানবেন না, সে যাইহোক, স্প্যানিশ ভাষার ছাত্র হিসেবে যে গ্রন্থগুলি মূল ভাষায় পড়ার সুযোগ হয়েছে তার মধ্যে 'লা সেলেস্তিনা' বিশেষ উল্লেখযোগ্য।

শহরের অভিজাত যুবক কালিস্তো সেই শহরের আরেক অভিজাত পরিবারের অপূর্ব সুন্দরী মেয়ে মেলিবেয়ার রূপে মুগ্ধ, সে তাকে পেতে চায়। প্রথম তাদের দেখা হয় অন্তঃপুরচারিণী মেলিবেয়ার উদ্যানে কিন্তু কালিস্তোর প্রেম নিবেদনের কথা তার অশ্লীল মনে হয়। মেলিবেয়া অপমান করে কালিস্তোকে। কিন্তু কালিস্তোর হৃদয়ে জ্বলে ওঠে দুর্বার প্রেমের অসহনীয় আগুন। কালিস্তোর মুখে একাধিকবার শোনা যায় 'El cuerpohermoso' অর্থাৎ 'সুন্দর শরীর', মেলিবেয়ার শারীরিক সৌন্দর্যে বিমোহিত কালিস্তোর আহার-নিদ্রা চলে যায়। কীভাবে সেই নারীর সঙ্গে সংযোগ করা যায়? এক প্রিয় ভৃত্যের সঙ্গে আলোচনা

করে কালিস্তো জানতে পারে যে, এই শহরে এক বৃদ্ধা আছে যে এ ব্যাপারে তাকে সাহায্য করতে পারে। সেই বৃদ্ধা অনেক রকম কাজ করে, তবে তার প্রধান কাজ যার দ্বারা সে জীবিকা নির্বাহ করে তা হল মেয়ে ধরার দালালি। শহরে অনেক মেয়েকে সে ভুলিয়ে যুবক প্রার্থীর কাছে এনে দিয়ে বিরল সাফল্যের নজির গড়েছে। তার সহায়তায় সঙ্গিনী পেয়েছে কালিস্তোর দুই ভৃত্য, সেম্প্রোনিও এবং পারমেনো। এই বৃদ্ধার নাম সেলেস্তিনা।

সেলেস্তিনার মাধ্যমে সম্ভব হয় নায়ক নায়িকার মিলন। কিন্তু এক মিলন সন্ধ্যায় আকস্মিক দুর্ঘটনায় মৃত্যু হয় কালিস্তোর এবং গভীর দু;খে মেলিবেয়া আত্মহত্যা করে। দুই ভৃত্য যখন জানতে পারে যে সেলেস্তিনা তাদের মালিকের কাছে অনেক টাকা এবং সোনার চেন পেয়েছে তখন তারা ভাগ চায়। কিন্তু সেলেস্তিনা দিতে চায় না। ফলে দুই ভৃত্য তাকে নৃশংসভাবে হত্যা করে। কোনো বিচার হয় না।

এই গ্রন্থটিকে কেউ বলেন সংলাপ-সমৃদ্ধ উপন্যাস, কেউ বলেন নাটক। আমি নাটক হিসেবে পাঠ করেছি। ১৪৯৯ সালে রচিত সাহিত্যকর্মটিতে দেখা যায় সবকিছুতেই অর্থের একচ্ছত্র আধিপত্য, তারপর যৌনতার অবাধ গতি, প্রেম গৌণ, বেশ্যালয়ের ভূমিকা অত্যন্ত তাৎপর্যপূর্ণ, সেলেস্তিনার নিজস্ব বেশ্যালয় আছে, নারী শুধুমাত্র ভোগ্য পণ্য, অর্থ দিয়ে তাদের ইচ্ছেমত কেনা যায়, হিংসার নৃশংসতা ভয়ঙ্কর ইত্যাদি।

মধ্যযুগ প্রায় শেষ, রেনেশাঁসের দীপ্তিতে ইউরোপ আলোকিত হবে আর কিছুদিনের মধ্যেই - সেই আলোয় উদ্ভাসিত হবে মানুষের মন। যুক্তি আর বোধের সমন্বয়ে রচিত হবে নতুন সাহিত্য, নির্মিত হবে চিত্রকলা, স্থাপত্য, ভাস্কর্য। সংস্কৃতির সমস্ত শাখা দীপ্যমান হয়ে উঠবে নতুন মূল্যবোধে। যুক্তিবাদ প্রতিষ্ঠিত হবে, মানব-মানবীর প্রেম পাবে যোগ্য মর্যাদা, মনুষ্যত্বের সাধনা প্রবল থেকে প্রবলতর হবে।

'লা সেলেস্তিনা' মধ্যযুগের শেষ অধ্যায়ে রচিত এক ট্র্যাজেডি, অবশ্য এই গ্রন্থটিকে ট্র্যাজি-কমেডি বলে আখ্যাত করা হয়েছে। নারী-পুরুষের শরীরী সম্ভোগ বুঝি কমেডি আর তাদের মৃত্যু বোধহয় ট্র্যাজেডি। আসলে আমার মনে হয় আদ্যন্ত ট্র্যাজেডি এই নাটক যেখানে ফুটে ওঠে এক অরাজক সমাজ ব্যবস্থা।

সমাজের উঁচুতলায় আছে অগাধ সম্পদের অধিকারী অভিজাত বর্গ বা 'নোবিলিটি'। এদের প্রতিনিধি খামখেয়ালি সুদর্শন যুবক

কালিস্তো আর আদরের আতিশয্যে লালিতা ধনী পরিবারের একমাত্র মেয়ে মেলিবেয়া। নীচের তলায় আছে ভৃত্য, ভৃত্যা, বেশ্যা এবং বেশ্যার মধ্যস্থতাকারিণী। উঁচুশ্রেণির মানুষ অর্থ দিয়ে এদের কিনে নিয়ে আপন স্বার্থে যথেচ্ছ ব্যবহার করে। সেলেস্তিনাকে অনেক টাকা এবং সোনার চেন দিয়ে খুশি করার চেষ্টা করে কালিস্তো, কারণ সে মনের মেয়েটির শরীর যথেচ্ছ সম্ভোগ করতে পেরেছে।

কালিস্তো গোপনে মেলিবেয়ার সঙ্গে মিলিত হয় কিন্তু বিবাহের কথা বলে না। দুর্ঘটনায় কালিস্তোর মৃত্যু এবং শোকগ্রস্ত মেলিবেয়ার আত্মহত্যা ঘটে যাওয়ার পর তার পিতা প্লেবেরিও মেয়ের প্রেমের কথা বলতে বলতে বিলাপ করে কিন্তু আগে যে প্রেম দেখা যায় তাতে মনের সম্পর্ক বলে কিছু দেখা যায় না। দুই ভৃত্যের সঙ্গিনী সেলেস্তিনার অধীনস্থ দুই বেশ্যা, এলিসিয়া এবং আরেউসা, যারা দুই ভৃত্যের শয্যাসঙ্গিনী ছাড়া কোনো পরিচয় বহন করে না। সমস্ত রক্তাক্ত ঘটনার পরও ওরা নিজেদের পেশায় অবিচল থাকে।

সেলেস্তিনা অর্থ উপার্জনের কথা ছাড়া কিছু ভাবে না। সেই অর্থলালসায় তার মৃত্যু ঘটে যায়। সব চরিত্রের জীবনে অবৈধ দিকই প্রাধান্য পায়। সমাজ যেন শাসন করে নীতিহীন দুর্বৃত্তের দল।

ফের্নান্দো দে রোহাস এই নাটকের মাধ্যমে শিক্ষা দিতে চান যে, অন্ধকার অবৈধ জীবনের পরিণতি অকালমৃত্যু। কিন্তু একমাত্র মেলিবিয়ার বৃদ্ধ পিতা প্লেবেইরো ব্যতীত কেউ স্বাভাবিক জীবনের কথা বলে না। যৌবন যেন অভিশপ্ত, দূর্নীতিগ্রস্ত এবং ভোগে মোহাচ্ছন্ন। প্রশ্ন ওঠে, লেখক কি প্রেমের বিরুদ্ধে কোনো বার্তা দিতে চেয়েছিলেন? সম্ভবত তাই, যুবক যুবতীর অবৈধ যৌনাচারপাপ, এমন বার্তাই লেখক দিয়েছেন। মেলিবেয়া প্রথমে আপত্তি করলেও পরবর্তী সময়ে রাতে কালিস্তোর সঙ্গে নিয়মিত মিলনে বাধা দেয় না। প্রসঙ্গত, এই নাটকে রাতের ভূমিকা উল্লেখযোগ্য।

লেখক ফেরনান্দো দে রোহাস (১৪৭০–১৫৪১) সালামাঙ্কা বিশ্ববিদ্যালয়ের গ্র্যাজুয়েট এবং পেশায় উকিল। তিনি সম্পদশালী পরিবারের সন্তান বলে সেই সময়ের অভিজাত শ্রেণীর জীবনযাপন সম্বন্ধে ছিলেন সম্যক অবগত।প্রথমে এই সাহিত্যকর্মটির শিরোনাম ছিল ‘কালিস্তো এবং মেলিবেয়ার কমেডি’, তখন লেখকের নাম ছিল না কিন্তু বিপুল জনপ্রিয়তা দেখে লেখক বন্ধুকে চিঠি লিখে তাঁর রচনাটির কথা জানালে সর্বসাধারণ জানতে পারে। ১৫০২ সালে কয়েকটি সংস্করণ প্রকাশিত হয়, তখন শিরোনাম ছিল ‘কালিস্তো এবং

মেলিবেয়ার ট্র্যাজি-কমেডি' অথবা 'কালিস্তো, মেলিবেয়া এবং বেশ্যাবুড়ি সেলেস্তিনার গ্রন্থ' যেখানে লেখকের মুখবন্ধে দেখা যায় যে, তিনি কিছু সংযোজন করেছেন এবং নীতিবাক্য দিয়ে শেষ করেছেন।

নাটকটি লাতিন লেখকদের অনুসরণে প্রেমের শরীরী সম্ভোগের আতিশয্য নিয়ে রচিত, মধ্যযুগের শেষে এইরকম ধারা বিশেষ জনপ্রিয় ছিল, বিশেষত বিশ্ববিদ্যালয় অঙ্গনে এবং সেখানে বৃদ্ধা মধ্যস্থতাকারিণীর অভাব ছিল না। এই নাটকে কালিস্তো উচ্চশ্রেণির ভদ্রলোক প্রেমিকদের এক প্রতিনিধি, শরীরী প্রেমের মধ্যে ঈশ্বরের সান্নিধ্য তারা অনুভব করে; কালিস্তো বলে, "মেলিবেয়ার মধ্যে আমি ঈশ্বরের মহত্ব দেখি।" কিন্তু নায়ক ক্রমাগত পাঁকে ডুবে যেতে থাকে, এ যেন শয়তানের ফাঁদ, শেষ পর্যন্ত প্রেমের ঐশ্বরিক প্রেরণা বিলীন হয়ে যায়, পাঁকমুক্ত হতে পারে না ভদ্র সমাজের অভিজাত নায়ক। স্পেনীয় সাহিত্যে অবৈধ প্রেমের ভুরি ভুরি নিদর্শন আছে। কিন্তু সেখানে পুরুষের ভূমিকা বিশেষ গুরুত্ব পায়। 'দন হুয়ান তেনোরিও' পরকীয়া প্রেমের সর্বোচ্চ শিখরে পৌঁছে যায় কিন্তু পুরুষের দম্ভ তার জন্যে কম নয়। 'রাজপ্রতিনিধির স্ত্রী' (La Regenta) উপন্যাসেও তাই, দুই পুরুষ বিবাহিতা সুন্দরী আনাকে পাবার জন্যে মরিয়া চেষ্টা চালায়। লোরকার 'রক্তপ্রণয়' (Bodas de Sangre) নাটকে লেওনার্দো তার প্রাক্তন প্রেমিকাকে বিয়ের আসর থেকে নিয়ে পালায় এবং দুই যুবকের মৃত্যুর মধ্যে দিয়ে নাটক শেষ হয়। পুরুষ-কেন্দ্রিক পরকীয়া প্রেমের গল্প স্পেনের সাহিত্যে এক উল্লেখযোগ্য ভূমিকা গ্রহণ করেছে। কিন্তু 'লা সেলাস্তিনা' নাটকে এই প্রথম নারীর ভূমিকাই প্রাধান্য পায়।

স্পেনীয় সাহিত্যের ইতিহাসে 'লা সেলেস্তিনা' গুরুত্বপূর্ণ এই কারণে যে, সেই সময়ের ভাবালুতা-সর্বস্ব সহজ বিষয় পরিত্যাগ করে উঠে আসে বাস্তবতার নগ্ন এবং রুগ্ন চিত্র। নারীকেন্দ্রিক নাটক রচনা করে ফেরনান্দো দে রোহাস এক নতুন পর্বের সুচনা করেছিলেন। নৈরাজ্যের এক সমাজে মানবিক মূল্যবোধের সংকট এই নাটকের এক বৈশিষ্ট্য। একজন বৃদ্ধা মধ্যস্থতাকারিণীর নামে নাটকের শিরোনাম অবশ্যই এক নতুন দিশা। স্পেনের প্রখ্যাত লেখক রামিরো দে মায়েস্তু বলেন যে, সেলেস্তিনা নরনারীর প্রেমের তাৎপর্য সঠিকভাবে বুঝতে পারে এবং প্রেম ঘটিয়ে সমাজের বিশেষ উপকার করে। মন্তব্যটি বিতর্কমূলক হলেও একথা অস্বীকার করার উপায় নেই যে, মূল চালিকাশক্তি সেলেস্তিনার মাধ্যমে আমরা সমাজের কপটতা প্রত্যক্ষ করি। নারীর জীবিকানির্বাহের করুণ দিকটি আজও প্রাসঙ্গিক।

'সেলাস্তিনা' নামের উৎপত্তি SCELERE শব্দ থেকে যার অর্থ 'অপশক্তি'। তার চরিত্রে আছে চতুরতা, ভন্ডামি, লোভ কিন্তু সে ভিখারিনী নয়। তার সাহায্য না পেলে অসৎ সমাজের চলে না। নীচুতলার লোক কাজ করে জীবিকা নির্বাহ করে কিন্তু তথাকথিত অভিজাত মানুষদের কাজ করতে দেখা যায় না।

অভিজাত শ্রেণির মানুষের সংলাপের সঙ্গে নীচুতলার মানুষের কথ্য ভাষার সহাবস্থান লক্ষনীয়। এই নাটকে কালিস্তো, মেলিবেয়া, প্লেবেরিও কাব্যিক গদ্য ভাষায় সংলাপ বলে আর ভৃত্য এবং বেশ্যারা বলে নীচুতলার ভাষা কিন্তু সেলেস্তিনা বাকপটু, সে যখন মেলিবেয়ার বাড়ি যায় তার কথায় কিন্তু উচ্চশ্রেণির মানুষকে ভোলাবার শাণিত এবং পরিশীলিত ভাষা শোনা যায়।

'লা সেলেস্তিনা' পিকারেস্ক সাহিত্যের গোত্রভুক্ত কিনা দেখা যাক। 'পিকারেস্ক' শব্দটির অর্থ অপরাধ-প্রবণতা। দারিদ্র এবং বঞ্চনায় মানুষ কুপথে যেতে বাধ্য হয়, কিছু অপরাধ করে তাকে বেঁচে থাকতে হয়, সে ঈশ্বরবিশ্বাসী হতেও পারে। দারিদ্র-লাঞ্ছিত মানুষ বহু জ্বালাযন্ত্রণা ভোগ করে এক সুখকর বোধে পৌঁছে তার উপলব্ধির কথা বলে। পিকারেস্ক সাহিত্যের লক্ষণ 'লা সেলেস্তিনা' নাটকে অবশ্যই আছে। মুখ্য চরিত্র সেলেস্তিনা অপরাধ জগতের সঙ্গে আষ্ঠেপৃষ্ঠে বাঁধা। ঈশ্বরের নাম তার মুখেও শোনা যায়। লেখক ফের্নান্দো দে রোহাস তার মধ্যস্থতায় দুই শ্রেণির মানুষের মধ্যে যোগসূত্র রচনা করে সেই সমাজের অবক্ষয়ী দিক উন্মোচন করেন।

১৫৫৪ সালে অনামা লেখকের রচনা **'লাসারিইয়ো দে তোর্মেস' (Lazarillo de Tormes)** আরেকটি পিকারেস্ক সাহিত্যের নিদর্শন। মুখ্য চরিত্র লাসারো, স্প্যানিশ ভাষায় 'ইয়ো' যোগ করে নামের অকিঞ্চিৎকরতা বোঝানো হয়, তাই নামটি হয়েছে লাসারিইয়ো। অন্ধের যষ্ঠি বলতেও এই শব্দটি ব্যবহার করা হয়। শৈশবে পিতৃহারা সন্তানকে মা কাজে লাগিয়ে দেয় কারণ সে দ্বিতীয়বার বিবাহ করে সংসার পেতেছে। সে সংসারে লাসারিইয়োর স্থান হবে না। সে বাড়ি থেকে বেরিয়ে বিভিন্ন মালিকের কাছে কাজ করে কিন্তু প্রায় সবাই তার প্রতি নিষ্ঠুর ব্যবহার করে, ফলে তাকে প্রায়শই অনাহারে থাকতে হয় এবং মারধোরও খেতে হয়। শেষে এক যাজকের কাছে কাজ করতে যায় এবং ততদিনে তার বিবাহের বয়স হয়েছে বুঝতে পেরে তিনি ভৃত্যের বিবাহের ব্যবস্থা করেন। লাসারো শেষে পাঠকদের উদ্দেশ্যে কিছু আশাপ্রদ কথা বলে।

'লা সেলেস্তিনা' এবং 'লাসারিইয়ো দে তোর্মেস' স্পেনের বাস্তববাদী সাহিত্যের সূচনা করে বলে মনে করা হয়। নীচুতলার মানুষের কথা বিশ্বাসজনকভাবে এর আগে রচিত হয়েছে বলে জানা যায় না। এরপরে আমরা দেখব রেনেশাঁস-প্রভাবিত যুগে আবির্ভূত হবে মিগেল দে সেরভানতেস-এর কিংবদন্তী উপন্যাস **'লা মানচার দন কিহোতে'**।

আরমানি লোককথা

সুমন পাল

(১)
রাজকন্যা প্রভা

বহুকাল আগে একটা ছেলে ছিল, যার ভাগ্য একেবারেই ভাল ছিল না, যদিও তাকে দেখতে কোনোভাবেই কুৎসিত বলা চলে না এবং সে মানুষ হিসাবেও খারাপ ছিল না, তবুও তার বিধবা মা ছেলের জন্য মেয়ে দেখতে এমন প্রত্যেকটি পরিবারের কাছে গিয়েছিল যেখানে বিবাহযোগ্য কন্যা আছে, কিন্তু এমনই দুর্ভাগ্য যে প্রত্যেকটি পরিবারই তাকে ফিরিয়ে দিত, কোনো মেয়েই তার ছেলেকে নিজের স্বামী হিসাবে মেনে নিতে রাজি হত না। প্রত্যেকটা মেয়ের বাবা-মায়েরা এই ছেলের বিয়ের প্রস্তাব শুনে সেই বিধবা মহিলার মুখের উপর হাসতো, এবং বলত:

"তুমি কি সত্যিই মনে করো তোমার ওই বিচ্ছিরি ছেলে আমাদের অমন সুন্দরী মেয়ের জন্য যোগ্য পাত্র?"

যত দিন যেতে থাকল, ছেলেটা ততই ধীরে ধীরে গভীর হতাশায় ডুবে যেতে লাগল। তার এমনই অবস্থা হল যে, সে ঠিক করে কিছু চিবিয়ে খেতে পারত না, কিছু গিলতে পারত না, ঘুমোতে পারত না। খুব তাড়াতাড়ি সে রোগা হতে হতে কঙ্কালের মত হয়ে গেল, ছেঁড়া

সুতো-ওঠা পুরনো বস্তার মত তার শরীর নষ্ট হয়ে গেল। ছেলেটার মা দেখল যে, তার ছেলে এই কঠিন যন্ত্রণায় ভেতর থেকে ধীরে ধীরে শেষ হয়ে যাচ্ছে এবং সে বুঝল তার কিছুই করার নেই। কোনো মেয়ে তার ছেলের সঙ্গে বিয়ে করছে না বলে তো আর সে জোর করে মামলা করতে পারে না! তাই সবশেষে ছেলেটা চুপচাপ বসে পড়ত আর নিরাশায় ফুঁপিয়ে কাঁদত, এবং সে অভিশাপ দিত তার এই খারাপ ভাগ্য আর তার জীবনকে।

কিন্তু কথায় বলে, সব তালারই চাবি আছে[1*], আর তাই একদিন ছেলেটা নিজেকে বলল:

“আরে তুই কত বড় গাধা রে, তোকে এই ছোট জায়গায় পড়ে থাকতে কে বলেছে? গোটা পৃথিবী থেকে কি মেয়েরা উধাও হয়ে গেছে নাকি! এদের ছাড়া আরও অনেকে অপেক্ষায় আছে অন্য কোথাও। চল, সেখানে গিয়ে দেখা যাক, কে জানে অন্য কোথাও আমাদের জন্য কী ঠিক করা আছে!”

এরপর ছেলেটা মনস্থির করে তার ঝোলায় একখণ্ড পাউরুটি নিয়ে তার গ্রামের রাস্তা ছেড়ে বেরিয়ে পড়ল বড় রাস্তায়। সে হাঁটতে শুরু করল, কখনও কোনো বড় রাস্তা দিয়ে আবার কখনও কোনো ছোট রাস্তা দিয়ে, অনেকক্ষণ হাঁটাহাঁটির পর সে তৃষ্ণার্ত এবং ক্লান্ত হয়ে কোনো এক রাস্তার ধারে একটা কুয়োর পাশে বসে পড়ল, সে ভাবল এই কুয়োর থেকে কিছুটা জল খেয়ে আবার হাঁটা শুরু করবে। উপুড় হয়ে জল খেতে যাওয়ার সময় সে একটা লম্বা দীর্ঘশ্বাস ছাড়ল।

“আআহ্!” খানিকটা হতাশ হয়েই সে নিঃশ্বাস ছাড়ল।

“কী হয়েছে?” হঠাৎ করে কে যেন বলে উঠল। পরিষ্কার শোনা গেল একটা মেয়ের গলা, অথচ আশেপাশে কাউকে দেখতে পাওয়া গেল না।

“ওহ্!” কিছুটা বিরক্ত হয়ে ছেলেটা জিজ্ঞেস করল। “কে কথা বলল?”

‘আমি গো,’ মেয়েলি কণ্ঠে আবার শোনা গেল। ‘আমি জিজ্ঞেস করলাম, তোমার কী হয়েছে?’

“তুমি কে?” ছেলেটা বলে উঠল। “আমি শুধু গলার আওয়াজ পাচ্ছি কিন্তু কাউকে দেখতে পাচ্ছি না।”

“তুমি আমার ব্যাপারে কিছু শোনোনি?” মেয়েলি গলায় উত্তর এল। “আমি রাজকন্যা প্রভা, জলের রাজার কন্যা। আমি আমার মা আর বাবার সঙ্গে এই কুয়োতে থাকি। আমি তোমাকে দেখামাত্রই

পাগলের মত তোমার প্রেমে পড়েছি। বলতে পারো প্রথম দেখাতেই প্রেম। তুমি যত তাড়াতাড়ি পারো তোমার মায়ের কাছে যাও, গিয়ে তাকে বল সে যেন তোমার হয়ে আমার বাবা; জলের রাজার কাছে আমাদের বিয়ের প্রস্তাব নিয়ে আসে!"

"যদি তাই হবে," কিছুটা থেমে গিয়ে ছেলেটা বলল, "এক মিনিটের জন্য দেখা দাও, আমি তোমাকে একবার দেখি অন্তত!"

"আমি তা করতে পারব না," মেয়েলি কণ্ঠস্বর উত্তর দিল। "এর কারণ তুমি পরে বুঝতে পারবে।"

ছেলেটা থতমত খেয়ে গেল। সে কুয়োতে তার মাথা ঝুঁকিয়ে দিল, এবং তলা পর্যন্ত যতটা চোখ যায় সে ততটা দেখল, ভালভাবে; এদিক ওদিক, কুয়োর দেওয়াল সব জায়গায়। কিন্তু সে সেখানে না কোনো মানুষ বা কোনো পশু, কিছুই দেখতে পেল না। সে শুধু জলের মধ্যে হালকা আলোড়ন হওয়ার আওয়াজ পেল।

"হায় আল্লাহ্!" ছেলেটা কেঁদে উঠল। "আমার চোখ-কান আমার সঙ্গে ছলনা করেছে। কেউ কি কখনও এমন কথা শুনেছে, কোনো মানুষ যে কথা বলতে পারে অন্তত মুখ দিয়ে আওয়াজ করতে পারে, তাকে কোথাও দেখতে পাওয়া যায় না? হায়, দুর্ভাগ্য আমার! তুমি কেন আমার সঙ্গে এমন খেলা খেল? আমাকে রেহাই দাও, আমাকে আমার গন্তব্যের উদ্দেশ্যে হাঁটতে হবে!"

"হে প্রিয়," কুয়োর ভিতর থেকে প্রভা নামের সেই কন্যার গলা ভেসে এল। "আমি তোমাকে প্রতারিত করছি না। তুমি তোমার বাড়ি ফিরে যাও, সেখানে গিয়ে দেখবে তোমার বাড়ির দেওয়াল আর ছাদ সোনা আর রুপো দিয়ে তৈরি হয়েছে, এবং প্রচুর রুটিসহ সব রকমের সুখাদ্য যা তুমি কল্পনা করতে পারো সেসব রাখা আছে তোমাদের খাবার টেবিলে। যদি তুমি গিয়ে দেখ যে আমার এই কথার অন্যথা হয়েছে, তাহলে বিশ্বাস কোরো যে সত্যি সত্যিই আমি তোমাকে প্রতারিত করেছি। কিন্তু আমার এই কথা যদি সত্যি হয় তাহলে তোমার মা'কে বোলো সে যেন তোমার হয়ে আমার বাবা; জলের রাজার কাছে আমাদের বিয়ের প্রস্তাব নিয়ে আসে। ফিরে যাও, গিয়ে নিজের চোখে দেখো আর তারপরে বিশ্বাস করো।"

এই কথামত সেই ছেলেটা যে পথ দিয়ে এতদূর এসেছিল আবার সে পথ দিয়ে তার বাড়ি ফিরে গেল। সে বাড়ি পৌঁছতেই দেখতে পেল সেই মেয়েলি কণ্ঠস্বর তাকে যা বলেছিল তা সব সত্যি হয়েছে! তার বাড়ির ছাদ এবং দেওয়াল সোনা আর রুপো দিয়ে তৈরি হয়েছে, তার

বাড়ির দরজা এবং গ্যাবল[2*], সবকিছুই একেবারে অচেনা লাগল তার, একজন রাজার জন্য যত খাবার প্রস্তুত করা হয় তত পরিমাণ খাবারের ভারে তাদের টেবিল প্রায় নুয়ে পড়েছে!

"মা!" ছেলেটা অবাক হয়ে ডেকে উঠল। "কে আমাদের বাড়ি এইভাবে পাল্টে দিল? আমাদের টেবিলে এত খাবার কে নিয়ে এল?"

"তোকে আমার দিব্যি দিয়ে বলছি, আমি কিছুই জানি না রে!" তার মা উত্তর দিল। "আমি একজনের গলার আওয়াজ শুনে ছুটে বাইরে গেলাম - আর বিশ্বাস কর আমি তখন খালি একটা আওয়াজই শুনতে পাচ্ছিলাম, কাউকে দেখতে পাচ্ছিলাম না! - সেই আওয়াজটা বলল: *'দেওয়াল আর ছাদ তৈরি হোক সোনা আর রুপো দিয়ে! টেবিল, নিজেকে ভরিয়ে দাও খাবার দিয়ে!'* তারপরেই আমি ফিরে তাকালাম আর গোটা বাড়িটা দেখলাম পাল্টে গেছে। আমি নিজেকেই তখন জিজ্ঞেস করলাম *'এটা কি সত্যিই আমাদের বাড়ি? এটা কি আমাদের খাবার টেবিল?'* এইভাবে হঠাৎ করে কীসব হয়ে গেল।"

"আমি জানি মা, এসব সত্যি!" ছেলেটা বলল। "এই সবকিছু করেছে রাজকন্যা প্রভা! সে একটা ঝর্ণার পাশে একটা কুয়োতে থাকে। তুমি তার কথা শুনতে পারবে কিন্তু তাকে কোথাও দেখতে পাবে না। সে আমাকে বলেছে যে আমি যেন বাড়ি ফিরে গিয়ে তোমাকে আমার হয়ে আমাদের বিয়ের প্রস্তাব নিয়ে তার বাবা; জলের রাজার সঙ্গে দেখা করার জন্য অনুরোধ করি।"

"আমি এর জন্য তার কাছে আমরণ ঋণী হয়ে থাকলাম!" সেই সহৃদয় মহিলা বলল। "আমি এখনই তার সঙ্গে দেখা করব? তুই কী বলিস?"

"আমিও মা," ছেলেটা বলল। "এখুনি যাও, হয়তো আমার ভাগ্য পাল্টে গেছে।"

ছেলেটা তার মাকে ভাল করে বুঝিয়ে বলল যে কীভাবে সেই কুয়োর কাছে যেতে হয়, এবং সেই মহিলা সঙ্গে সঙ্গে বাড়ি থেকে বেরিয়ে গিয়ে ছুটতে ছুটতে গেল সেখানে। কুয়োর কাছে গিয়ে সে ডাক দিল:

"রাজকন্যা প্রভা, তোমার কাছে আমি চিরঋণী! তুমি যাকে বিয়ে করতে চাও আমি তার মা। দয়া করে তোমার বাবাকে বলো আমি আমার ছেলের সঙ্গে তোমার বিয়ের প্রস্তাব নিয়ে এসেছি এবং আমি তোমাকে আমার বৌমা হিসেবে গ্রহণ করে এখুনি আমার বাড়ি নিয়ে যেতে চাই!"

মহিলার কথা শেষ হতে না হতেই একটা লম্বা, পুরুষকার চেহারা ধীরে ধীরে স্বমহিমায় তার সামনে প্রকট হল। মহিলা দেখল তার সামনে আবির্ভূত হয়েছেন একজন সুপুরুষ বৃদ্ধ, যার মাথায় একটা সোনার মুকুট, সারা শরীর বেগুনী রঙের চাদরে ঢাকা, চোখদুটো সবুজ কাঁচের মত, লম্বা দাড়ি যা দেখে মনে হয় তা যেন সবুজ মার্বেল পাথর কেটে তৈরি হয়েছে এবং সে ঝিনুক দিয়ে তৈরি একটা রাজদণ্ড হাতে নিয়ে আছে। ইনিই হলেন সেই জলের রাজা।

"হে গল্পকথার রাজা, আপনাকে শুভেচ্ছা জানাই!" মহিলা বলল।

রাজা খুবই বিনয়ের সঙ্গে হাসলেন।

"তোমার কল্যাণ হোক!" তিনি বললেন। "কিন্তু আমি তো এখনও তোমার ছেলের সঙ্গে আমার মেয়ের বিয়ে দিইনি, এরই মধ্যে তুমি আমাকে গল্প বানিয়ে দিলে?"

"না না, আমাকে মাফ করবেন, আপনার কি এই বিয়েতে মত আছে, তাহলে আমি আপনার মেয়েকে আমার ছেলের বউ করে আমার বাড়ি নিয়ে যাব?" মহিলা জিজ্ঞেস করল।

"এখনই নয়," জলের রাজা বললেন। "আমি তোমার ছেলের সঙ্গে আমার মেয়ের বিয়ে দিতে পারি তবে আমার একটা শর্ত আছে।"

"কী শর্ত মহারাজ?" মহিলা জিজ্ঞেস করল।

"আমার শত্রু, জঙ্গলের রাজা আমার মেয়ের পোশাকের সিন্দুক চুরি করে নিয়ে গেছে, যার ফলে এখন আমার মেয়ের কাছে এমন কিছুই নেই যা দিয়ে সে তার লজ্জা নিবারণ করবে, সে এখনও উলঙ্গ হয়ে আছে, আর সেজন্যই এই কুয়ো থেকে সে বেরিয়ে আসতে পারছে না। যদি তোমার ছেলে, আমার শত্রু জঙ্গলের রাজার কাছ থেকে সেই সিন্দুকটা উদ্ধার করে নিয়ে আসতে পারে তাহলে আমি তোমার ছেলের সঙ্গে আমার মেয়ের বিয়ে দেব। যদি সে এই কাজ করতে না পারে, তাহলে আমিও এই বিয়ের জন্য মত দেব না। বাড়ি ফিরে যাও, সেখানে গিয়ে দেখবে উঠোনে তোমার ছেলের যাত্রার জন্য যুদ্ধের সাজে সুসজ্জিত একটা ঘোড়া দাঁড়িয়ে আছে। তার পিঠের উপর ঝিনুকনির্মিত একটা বসার জিন আছে, তার লাগাম রুপো দিয়ে তৈরি, তার ক্ষুর তৈরি হয়েছে সোনা দিয়ে, এবং সবথেকে উৎকৃষ্ট মানের ইস্পাত দিয়ে তৈরি একটা তলোয়ার ঝুলছে সেই ঝিনুক আসনের পাশে!"

এই কথা শুনে সেই মহিলা তার বাড়ি ফিরে গেল এবং গিয়ে

দেখল রাজার বলা সব কথা সত্যি। সে দেখতে পেল উঠোনে সুন্দরভাবে সাজানো একটা ঘোড়া দাঁড়িয়ে আছে, যার পিঠের উপরে মুক্তোর দেবীর তৈরি করা একটা জিন আছে, তার লাগাম তৈরি হয়েছে রুপো দিয়ে, তার ক্ষুর তৈরি হয়েছে সোনা দিয়ে, এবং সবথেকে উৎকৃষ্ট মানের ইস্পাত দিয়ে তৈরি একটা তলোয়ার ঝুলছে আসনের পাশে। গোটা বিশ্বে এইরকম ঘোড়া এই একটাই হতে পারে। মহিলাটা সব বুঝল এবং খুবই আনন্দের সঙ্গে জলের রাজা তাকে যা যা বলেছিল সে সব বলল।

"শোন তবে," সে বলল, "তোর শ্বশুরমশাই; জলের রাজা, বলেছেন যে তিনি তার মেয়েকে তোর বউ হিসাবে মেনে নেবে তবে তার একটা শর্ত আছে। তার শত্রু জঙ্গলের রাজা রাজকন্যার কাছ থেকে তার পোশাকের সিন্দুক চুরি করে নিয়ে গেছে, জলের রাজা চান তুই যাতে সেই সিন্দুক উদ্ধার করে নিয়ে আসিস। যদি তুই তা না পারিস তাহলে সে তোর সঙ্গে তার মেয়ের বিয়ে দেবে না। তুই এই কাজ করতে পারবি তো, তোর কী মনে হয়?"

"মা, আমি কী বলি বলো তো?" ছেলেটা বলল। "আমি যে কখনও ঘোড়ায় চড়িনি, কোনোদিন তলোয়ার চালাইনি! আমি কীভাবে এসব করব?"

ঈশ্বরের নির্দেশ বল বা ইচ্ছা, সেই ঘোড়াটা তার মুখ খুলল আর কথা বলে উঠল।

"একদম ভয় পেয়ো না," সে বলল। "আমি তোমাকে শক্ত করে বসিয়ে রাখব আমার জিনের উপর। কিন্তু সাবধান, জঙ্গলের রাজাকে দেখতে খুবই অদ্ভুত এবং উদ্ভট, যদি একবার কোনো মানুষের চোখ পড়ে তার উপর তাহলে সঙ্গে সঙ্গে সেই মানুষের হৃৎপিণ্ড থেমে যায়। যখনই তুমি সিন্দুকটা হাতে নেবে, সে তোমাকে নানাভাবে ভয় দেখাতে শুরু করবে। কিন্তু সে যতই গর্জে উঠুক না কেন, *'মনে রেখো হে নশ্বর মানুষ, তোমার পিছনে তাকানো বারণ, তুমি যা চাও, সেসব আমি তোমাকে দেব,'* তুমি অন্য কোনোদিকে নজর দেবে না, বিশেষ করে তোমার পিছনে তাকাবে না। যদি তুমি তা করো, তাহলে তুমি জঙ্গলের অন্যান্য গাছেদের মত আরও একটা গাছ হয়ে যাবে!"

"বেশ তবে তাই হবে!" ছেলেটা বলল। "আমার কপালে যদি আমার জন্য এই রাস্তাই লেখা থাকে তবে আর দেরি না করে আমাদের রওনা দেওয়া উচিত!"

ছেলেটা ঘোড়ার পিঠে চেপে বসল এবং রওনা দিল, সে সেই

ঘোড়ার পিঠে চড়ে যেতে থাকল, যতক্ষণ না সে জঙ্গলের কাছে গিয়ে পৌঁছল ততক্ষণ পর্যন্ত সে কোথাও থামল না। "এই জঙ্গলের মধ্যে তোমার উদ্দেশ্য নিয়ে একটা কথাও উচ্চারণ করবে না, মনে রেখো এখানে যত গাছ তুমি দেখতে পাবে সবই অদ্ভুতভাবে বদলে যাওয়া মানুষ। বেতের ঝুড়ির মত তাদের মাথা, পেঁচানো দড়ির মত ওই শিকড় দেখতে পাচ্ছ? ওগুলো তাদের পা, তাদের মুখ পাল্টে গেছে ওই কালো কৃষ্ণাঙ্গদের মত গাছের ছালে।" যুবক ঘোড়সওয়ারকে দেখামাত্রই গাছগুলোর ভিতর থেকে গর্জন উঠতে শুরু করল, বিকট শব্দে চিৎকার করার সঙ্গে সঙ্গে তারা তাদের ডালপালাগুলো একে অপরের সঙ্গে ঘষাঘষি করতে শুরু করল, সব মিলিয়ে এমনই অবস্থা হল যাতে মনে হয় সেই গোটা জঙ্গলে যেন ভূমিকম্প এসেছে। তাদের মাথার উপরে বসে পাগলের মত উন্মাদনায় লাফাচ্ছিল তাদের রাজা, যাকে দেখতে একটা হাজার হাত-পাওয়ালা বড় গলদা চিংড়ির মত।

"ওকে ধর্! ওকে ধর্!" সে গর্জিয়ে উঠল। "বহুদিন হয়ে গেছে আমি মানুষের মাংস চেখে দেখিনি! ওকে ধর্, এই গাছগুলো! তোরা ওকে ধর্!" জঙ্গলময় ডালপালা আর পাতার আওয়াজ, গাছেদের গর্জন মিলিয়ে গোটা পরিস্থিতি এমন হল যে তা সেই ছেলেটার মনে ভয় ধরিয়ে দিল, সে ভয় পেয়ে প্রায় পিছনে তাকাতে যাচ্ছিল। কিন্তু সেই ঘোড়া তাকে সাহস জোগাল।

"একদম ভয় পেয়ো না," সে বলল, "সব ফাঁকা আওয়াজ। তুমি এগিয়ে চলো!"

ছেলেটা কোনোভাবে নিজের মনে সাহস জোগাল এবং ঘোড়াটা নিয়ে সামনের দিকে এগিয়ে চলল। তার হাতে সেই উৎকৃষ্ট ইস্পাত দিয়ে তৈরি তলোয়ার ঝলসে উঠল, এবং তা দিয়ে সে নিজেকে চারদিক থেকে রক্ষা করল। সেই তলোয়ার জঙ্গলের ডালপালা, লতাপাতা কাটতে কাটতে একেবারে গিয়ে থামল রাজার গলায়, ছেলেটা তার তলোয়ার দিয়ে জঙ্গলের রাজার মাথা ধড় থেকে কেটে আলাদা করে দিল। সব গাছ যখন দেখল যে তাদের রাজার মাথা কাটা হয়ে গেছে, তখন হঠাৎ করে তারা সবাই চুপ করে গেল। এরপর ছেলেটা ঘোড়া থেকে নামল, মাটির নীচে লুকানো সিন্দুকটা তুলে নিল, সেটা চাপিয়ে দিল ঘোড়ার পিঠে জিনের উপর, এবং দ্রুতগতিতে ঘোড়া ছুটিয়ে বেরিয়ে যেতে থাকল। সে যখন চলে যাচ্ছিল, তখন গাছগুলি আবার তর্জন-গর্জন করতে শুরু করল।

"ফিরে তাকাও, ফিরে তাকাও!" তারা চিৎকার করল। "যদি তুমি

পিছনে ফিরে না তাকাও তাহলে কিন্তু তুমি আমাদের মতই গাছ হয়ে যাবে!”

ছেলেটা রাজকন্যার সিন্দুকটা প্রায় ফেলে দিয়ে পিছনে ফিরে তাকাতে যাচ্ছিল, কিন্তু ঘোড়াটা তাকে অভয় দিয়ে আশ্বস্ত করল আর তারা না থেমে ছুটে চলল, যতক্ষণ না সেই কুয়োর কাছাকাছি গিয়ে পৌঁছল। সেখানে গিয়ে সে মাথা ঝুঁকিয়ে জলের মধ্যে ডাক দিল:

“হে জলের রাজার কন্যা, রাজকন্যা প্রভা, আমি তোমার পোশাক উদ্ধার করে নিয়ে এসেছি। বেরিয়ে এসো, পোশাক পরো, এবং আমরা রওনা দিই আমাদের বাড়ির দিকে!”

এই কথাগুলি শোনার পরে জলের রাজা আবির্ভূত হলেন কুয়োর মধ্যে থেকে, তিনি ছেলেটার কাছে গেলেন, উষ্ণ অভ্যর্থনা জানালেন আর তার কপালে চুমু খেলেন। তারপরে তিনি কুয়োর দিকে তাকিয়ে ডাক দিলেন:

“মা-মণি, জলের মধ্যে থেকে মাথা তুলে দেখ! ছেলেটা তোমার পোশাক উদ্ধার করে নিয়ে এসেছে! বেরিয়ে এসো, আর তোমার পোশাক পরে নাও এবারে!”

লজ্জায় রাঙা সেই রাজকন্যা জলের ভিতর থেকে তার মাথা তুলল।

“যদি তোমরা কিছুক্ষণের জন্য অন্যদিকে ফিরে তাকাও তাহলে আমি আমার পোশাক পরে নিতে পারি,” সে বলল।

রাজা এবং ছেলেটা পিছন ফিরে দাঁড়াল এবং রাজকন্যা প্রভা কুয়ো থেকে বেরিয়ে এল, আর নিজের পোশাক পরল। এবং তারপরই ছেলেটা দেখল তার সামনে এক অপরূপ সুন্দরী মেয়ে দাঁড়িয়ে আছে। সে এতই সুন্দর যে তাকে দেখামাত্রই যে কারও কথা বন্ধ হয়ে যাবে, যে কেউ তার ক্ষুধা-তৃষ্ণা ভুলে যাবে। সে ছেলেটার কাছে এল, দুই হাত দিয়ে তাকে জড়িয়ে ধরল, এবং চুমু খেল, এবং বাবার আশীর্বাদ পাওয়া মাত্রই সে ঘোড়ার পিঠে উঠে বসল, এবং ছেলেটার সঙ্গে তার পিছনে বসে তার বাড়ির দিকে রওনা হল।

যখন ছেলেটার মা তার সুন্দরী বৌমাকে চোখের সামনে দেখল তখন সে প্রায় বুদ্ধিশুদ্ধি হারিয়ে ফেলল, সে গোটা গ্রামের এক প্রান্ত থেকে অপর প্রান্তে ছুটে গেল, সবকটা বাড়িতে গিয়ে সে তাদেরকে ছেলের বিয়ের খবর ও নানা কথা জানাল।

“ধনী গরীব, বউ-মেয়ে, তোমরা সকলে দলে দলে এসো!” সে

চিৎকার করে বলল। “সবাইকে জানাই আমন্ত্রণ, আজকে রাতে আমার ছেলের সঙ্গে জলের রাজার মেয়ে রাজকন্যা প্রভার বিয়ে!”

স্বাভাবিকভাবেই, যেসব মেয়েরা এই বিধবা মহিলার ছেলেকে বিয়ে করার প্রস্তাব খারিজ করেছিল তারা এই বিয়েতে যেতে এতই লজ্জা পেল যে, তারা ঘরের মধ্যে এক কোণে গিয়ে লুকিয়ে পড়ল আর দেওয়ালে মাথা ঠুকতে থাকল। কিন্তু বাকি সবাই এসেছিল, এবং সাত দিন ও সাত রাত ধরে, পাইপ ড্রাম সহ নানারকম বাজনা বাজিয়ে ধূমধাম করে তাদের বিয়ের অনুষ্ঠান চলল।

এইভাবে তারাও তাদের মনের ইচ্ছা পূরণ করল, এবং আমরাও নিশ্চিন্ত হলাম!

(২)
ভালবাসার শক্তি

একবার একটা ছেলে ঠিক করেছিল যে সে বিয়ে করবে, ঠিক তখনই মৃত্যু তার সামনে এসে দাঁড়ায়।

“বিবাহের দিন তোমার মৃত্যু হবে,” সে বলল।

এই ভয়ে আতঙ্কিত হয়ে সে প্রায় বাকরুদ্ধ হয়ে গেল। সে মন খারাপ করে এদিক-ওদিক ঘুরতে লাগল, এভাবে ঘুরতে ঘুরতে সে এসে পৌঁছল বিলেজান পর্বতের তলায়। সে ওপরের দিকে তাকাল আর দেখতে পেল সেখানে লম্বা সাদা দাড়িওয়ালা একজন বৃদ্ধ খুব উঁচুতে একটা সিংহাসনে হাতে একটা লাঠি নিয়ে বসে আছে। একটা অদ্ভুত আলোয় বৃদ্ধের মুখ উজ্জ্বল হয়ে আছে।

“বৎস, তুমি এত হতাশ কেন?” সেই বৃদ্ধ জিজ্ঞেস করল। “তুমি কোথায় হেঁটে চলেছ?”

“আমি মৃত্যুর হাত থেকে পালাচ্ছি,” ছেলেটা উত্তর। “বিশ্বাস করুন, আমি গুরুতর সমস্যায় পড়েছি!”

বৃদ্ধ গম্ভীরভাবে হাসল, মাথা নাড়ল এবং তার দাড়িতে হাত বোলাল।

“আসলে সত্যি বলতে কী, এখনও অবধি কেউ ওই ঘেয়ো কঙ্কালটার হাত থেকে পালিয়ে বাঁচতে পারেনি!” সে বলল। “কিন্তু আমি তোমাকে একটা কথা বলতে পারি: তার টিকি বাঁধা আছে

আমার কাছে, এবং আমিই তাকে আদেশ দিই যে কখন কার আত্মা তার শরীর থেকে ছিনিয়ে নিতে হবে, কার জীবনের সময় কমিয়ে দিতে হবে, কার জীবনের সময় বাড়িয়ে দিতে হবে।"

"আপনি কে দাদু?"

"সবাই আমাকে সময় বলে ডাকে।"

"যদি আপনার সত্যিই এই ক্ষমতা থাকে তাহলে আমার আর্তি শুনুন, আমি আপনার কাছে আমার জীবন ভিক্ষা চাইছি! আপনি দেখতেই পাচ্ছেন আমার বয়স এখনও কত কম আর আমি এখন জীবনীশক্তিতে পরিপূর্ণ। সে কেন আমার বেঁচে থাকার ওপর ইতি টেনে দিতে চাইছে? আমি তার কী ক্ষতি করেছি বলুন?"

এই আর্তি শোনার পর বৃদ্ধের মন গলে গেল।

"তুমি যতক্ষণ মৃত্যুর থেকে ভয় পেয়ে আতঙ্কিত হয়ে থাকবে, তুমি ততক্ষণ তার কাছ থেকে দূরে পালাবে, এবং চিরকাল এরকম ঘরছাড়া হয়ে কাটাতে হবে," বৃদ্ধ বলল। "এক কাজ করো, এখান থেকে আমার ডানদিকে একশো পা হেঁটে গেলে একটা লম্বা তালগাছ দেখতে পাবে। সেখানে তুমি একটা কুয়ো দেখতে পাবে, যার জল একটা সারস পাখির চোখের মত স্বচ্ছ। সেই কুয়োর জল তুমি পান কোরো এবং দেখবে তার স্বাদ তোমার সব ভয় দূর করে দিয়েছে, এবং তারপরে তোমার মধ্যে দৃঢ় আত্মবিশ্বাস জন্ম নেবে। তারপর তুমি তোমার নিজের রাস্তায় ফিরে যেও, ভগবান তোমার সহায় হোক।"

ছেলেটা সেই বৃদ্ধের হাতে একটা চুমু খেল, ধন্যবাদ জানাল, ঠিক জায়গায় পৌঁছে কুয়োটা খুঁজে পেল, সেই আশ্চর্য জল পান করল যা তাকে তার সমস্ত ভয় থেকে মুক্ত করল এবং নতুন দৃঢ়তায় তার মনোবল জাগিয়ে তুলল, এবং এইসবের পরে সে তার নিজের রাস্তায় ফিরে গেল। ছেলেটা হাঁটতে হাঁটতে সমুদ্রের তীরবর্তী একটা শহরে গিয়ে পৌঁছল। সেখানে সে নিজের বসতি তৈরি করল এবং কয়েক বছর সেখানেই কাটাল, সেখানে থাকতে থাকতে তার ভাগ্য ফিরল, সে কিছু অর্থ উপার্জন করার পরে নিজের বাড়ির দিকে রওনা দিল। কিন্তু ঠিক যখনই সে তার দেশের গণ্ডি টপকে ঢুকতে যাবে, তখন তার এমনই দুর্ভাগ্য যে, আবার মৃত্যু তার সামনে এসে দাঁড়াল।

"আচ্ছা, তো তুমি ভেবেছিলে যে তুমি আমার হাত থেকে নিস্তার পেয়ে যাবে, কি ভাবোনি?" মৃত্যু বলল। "ওহে তুমি হচ্ছ আমার শিকার! আজ পর্যন্ত আমার কোনো শিকার কি আমার হাত থেকে

পার পেয়েছে যে তুমি পালাবে? এবার তোমার আর কিছু করার নেই, এসো, তোমার আত্মা আমাকে সমর্পণ করো। ”

হঠাৎ ছেলেটার মা তাদের এই কথোপকথনের মধ্যে ঝাঁপিয়ে পড়ল।

“কেন তুমি আমার ছেলেকে মেরে ফেলতে চাইছ?,” সে কেঁদে ফেলল। “তোমাকে যদি কারও প্রাণ নিতেই হয় তাহলে আমার নাও!”

তার কথামত মৃত্যু তার শরীর থেকে আত্মা ধরে বের করে আনতে শুরু করল, যতক্ষণ অবধি তার আত্মা শ্বাসনালী দিয়ে সম্পূর্ণভাবে না বেরিয়ে আসে। কিন্তু সেই বৃদ্ধ মহিলা বেশিক্ষণ এই যন্ত্রণা সহ্য করতে পারল না।

“বাঁচাও! মৃত্যু আমার আত্মা ছিনিয়ে নিয়ে যাচ্ছে!” সে চিৎকার করল।

মৃত্যু তার মুঠো আলগা করল।

এরমধ্যেই ছেলেটার বাবা ঝাঁপিয়ে পড়ল।

“আমার একমাত্র ছেলেটাকে মেরে ফেলো না, সে আমাদের একমাত্র শিবরাত্রির সলতে!” সে বলল। “তোমাকে যদি কারও প্রাণ নিতেই হয় তাহলে আমার নাও!”

সেইমতো মৃত্যু তার আত্মা টেনে বের করে আনতে শুরু করল, যতক্ষণ পর্যন্ত তার আত্মা তার শ্বাসনালী দিয়ে সম্পূর্ণভাবে না বেরিয়ে আসে। কিন্তু সেই বৃদ্ধ পুরুষ বেশিক্ষণ এই যন্ত্রণা সহ্য করতে পারল না।

“বাবা আমার! আমাকে বাঁচা! মৃত্যু তোকে বাঁচাতে গিয়ে আমার প্রাণ কেড়ে নিতে বসেছে!” সে কেঁদে ফেলল।

মৃত্যু আবার তার মুঠো আলগা করল।

“আমি এদের দোষ দিতে পারি না,” ছেলেটা বলল। “আমার জন্য তাদের কষ্ট পাওয়ার কোনো মানে হয় না। কিন্তু তুমি যখন এসে দাঁড়িয়েছ তখন আমার সঙ্গে আমার বাগদত্তার বাড়িতে চলো। যদি দেখা যায় যে, সে আমার আমার জন্য তার জীবন উৎসর্গ করতে রাজি নয়, তাহলে আমি মনের আনন্দে নিজেকে তোমার কাছে সমর্পণ করে দেব!”

সেইমতো ছেলেটা মৃত্যুকে সঙ্গে নিয়ে তার বাগ্‌দত্তার বাড়িতে গিয়ে পৌঁছল। মৃত্যু সবেমাত্র তার কাজ শুরু করতে যাবে তার আগেই, ছেলেটাকে দেখার সঙ্গে সঙ্গে মেয়েটা দু হাত বাড়িয়ে তার প্রিয়ের কাছে দৌড়ে গিয়ে তাকে জড়িয়ে ধরল, এবং এত স্নেহের সঙ্গে তাকে চুমু খেল

যে, তাদের দেখে মনে হচ্ছিল তারা যেন দুটো ভিন্ন শরীরে থাকা একটা আত্মা।

"এই যে তোমরা!," মৃত্যু ডাকল। "অনেক হয়েছে! আমার কাছে আর বেশি সময় নেই। বলো তোমরা কী ঠিক করলে!"

"তুমি কী চাও?" মেয়েটা জিজ্ঞেস করল।

"আমি তোমার প্রিয়ের প্রাণ নিয়ে যেতে এসেছি!" মৃত্যু উত্তর দিল।

"তোমাকে যদি কারও প্রাণ নিতেই হয় তাহলে আমার নাও!" মেয়েটা বলল।

মৃত্যু ধীরে ধীরে তার আত্মা টেনে বের করে আনতে শুরু করল, যতক্ষণ পর্যন্ত তার আত্মা সম্পূর্ণভাবে তার শরীর থেকে না বেরিয়ে আসে। ধীরে ধীরে তা মেয়েটার শরীর ছাড়তে শুরু করল, অবশেষে তার আত্মা বেরিয়ে আসার জন্য তার পায়ের পাতা ও শরীরের সব লোমকূপের কাছে এসে পড়ল।

"আমার উপর এত অত্যাচার করছ কেন?" মেয়েটা বলে উঠল। "আমার আত্মাটা যদি সত্যিই তোমার চাই, তাহলে এক মুহূর্তে সেটা ছিনিয়ে নিও! কিন্তু তার আগে আমার শেষ ইচ্ছা, আমাকে শেষবারের মত আমার প্রিয়কে একটা চুমু খেতে দাও, আমি বড্ড আকুল হয়ে পড়েছি, তারপরে তোমার যা ইচ্ছা হয় তুমি কোরো!"

এবার মৃত্যু এক ঝটকায় মেয়েটার প্রাণ নিয়ে নিল। কিন্তু ঠিক এরপরেই, সে মেয়েটার এই আত্মনিবেদন আর তার প্রিয়ের প্রতি এইরকম ভালবাসা দেখে অবাক হয়ে ভাবতে শুরু করল। এই চিন্তা এমনভাবেই তাকে পেয়ে বসল যে, সে কোনোভাবেই এই ছেলেটা আর এই মেয়েটার কথা মাথা থেকে বের করতে পারল না। অবশেষে, তার মন গলে গেল, আর সে মেয়েটার জীবন ফিরিয়ে দিয়ে, তাদের দুজনের পিছন ছেড়ে, নিজের মত ফিরে গেল। ছেলেটা অত্যন্ত খুশি হয়ে তার বাগদত্তাকে সঙ্গে নিয়ে বাড়ি ফিরে এল। তিন দিন এবং তিন রাত ধরে তাদের বিয়ের অনুষ্ঠান চলল, এবং সবশেষে তাদের মনের ইচ্ছা পূর্ণ হল।

তিনটে আপেল স্বর্গ থেকে পড়ল, একটা ছিল পাত্রীর জন্য, একটা পাত্রের জন্য আর একটা সেই লম্বা সাদা দাড়িওয়ালা বৃদ্ধের জন্য, যে সেই সিংহাসনে বসেছিল, বসে আছে এবং থাকবে, যতদিন না সময়ের শেষ হচ্ছে। আমেন্।

সিনেমা সংক্রান্ত

ছায়াছবির সঙ্গীঃ অ আ এবং ই ঈ

রানা পাল

জল্পনা চলছিল টেলিভিশন ধারাবাহিকের, সেসব শিকেয় তুলে, শুরু হল নতুন চলচ্ছবির কাজ। যদিও তখন সব কাজই আমার কাছে নতুন এবং সমান আকর্ষণীয়, তবু সেলুলয়েডে পরিপূর্ণ একটি চলচ্ছবি তৈরী হবে এবং আমি তার অংশীদার, এটা ভেবেই উত্তেজিত হয়ে পড়লাম।

ছবিটির নাম ছিল 'অপূর্ণ'। ষোলো মিলিমিটার ফর্মাটে চলচ্চিত্রায়িত হয়েছিল। ক্যামেরাম্যান ছিলেন বিখ্যাত কানাই দে। কানাইদা যে একজন কী অসাধারণ মানুষ না মিশলে বোঝা যায় না। কাজের ব্যাপারে যেমন নিঁখুত হবার চেষ্টা সব সময়, আবার তাঁর জ্ঞান ছোটদের মধ্যে বিলিয়ে দেবার একটা দারুণ আগ্রহ। এমনই আর একজন মানুষকে পরবর্ত্তী সময় পেয়েছিলাম, যিনি, শেখাতে ভালবাসেন, শিখিয়ে আনন্দ পান, তাঁর নাম আদিনাথ দাস।

অবসর সময় কানাইদা আমাদের অনেক গল্প বলতেন। এবং গল্পের মাধ্যমেই শেখাতেন চলচ্ছবিতে কীভাবে কোন মূহুর্ত তৈরী করেছেন। উনি অনেক বিখ্যাত চলচ্চিত্রের মধ্যে 'সপ্তপদী'র-ও আলোকচিত্রী দলের একজন ছিলেন। তখন তো, তখন কেন, পরবর্তী সময় আমারও দেখা, অনেকদিন পর্যন্ত উন্নত কারিগরী আমাদের হাতে এসে পৌঁছয়নি বা আমাদের আয়ত্তের মধ্যে ছিল না। তখন বিভিন্ন উপায় মাথা খাটিয়ে বের করতে হত, কীভাবে উপযুক্ত দৃশ্যটি চলচ্চিত্রায়িত করা যায়।

কার্ডবোর্ডে জানলার জাফরি কেটে, তার মধ্যে দিয়ে সুচিত্রা সেনের মুখের ওপর আলো ফেলে এবং সেই জাফরি দ্রুত এক প্রান্ত থেকে অন্য প্রান্তে অপসারিত করে, ট্রেন চলে যাবার দৃশ্যটি তৈরী করেছিলেন কানাইদা। পরবর্তীতে শব্দ সংযোজনা তাকে আরো জীবন্ত করেছে।

এমন অজস্র গল্প বলতেন কানাইদা। তাকে আরো কাছ থেকে পেয়েছিলাম 'বিবাহ অভিযান' চলচ্চিত্রায়নের সময়। সে কথা পরে বলব।

কানাইদা আমায় ভালবাসতেন, স্নেহ করতেন। সত্যিকথা বলতে কী, তখন কাজ করতে এসে, সকলের উষ্ণ হৃদয়ের ছোঁয়ায় যেভাবে নিজেকে মেলে ধরতে পেরেছি, যেভাবে হাতে ধরিয়ে তাঁরা কাজ শিখিয়েছেন বা কাছে টেনে নিয়েছেন, আজকাল তার অভাব বোধ করি। এখন বুঝি সেই মানুষগুলো অনেক অনেক বড় মাপের মানুষ ছিলেন। অত বিখ্যাত মানুষরা আমার মত সদ্য কাজ করতে আসা একটা ছোট ছেলেকে অমন আপন করে নিয়েছিলেন বলেই হয়ত, আমার মানসিক বেড়ে ওঠাটাও উদার করতে পেরেছি।

কথা প্রসঙ্গে কানাইদা'র কথা এসে গেল তাই, তা নাহলে, যে মানুষটি আমায় পরিচালনা বিভাগের, সহকারীর কাজের খুঁটিনাটি যত্ন নিয়ে প্রথম শিখিয়েছিলেন, দেবদত্তদা, তাঁর নাম প্রথমে করা উচিত ছিল। অদ্ভুত, কেন জানি না, ওঁর পুরো নাম ধরেই সবাই ডাকত। আমিও ডাকতাম দেবদত্তদা। দেবকুমারদা'র ডাকনাম নিশ্চয়ই দেবু হতে পারে। গুরুজন বা বন্ধুস্থানীয় কেউ ডাকতেও পারে। আমি কাউকে ডাকতে শুনিনি, মানে তেমন কারো সাথে দেখা হয়নি। দেবকুমারদা, দেবদত্তদা'কে দেবু ব'লে সম্বোধন করতেন এবং তুই বলতেন।

দেবদত্তদা ছিলেন দেবকুমারদা'র প্রধান সহকারী। উনি ঋত্বিক ঘটকের শেষজীবনের কিছু কাজের সঙ্গে যুক্ত ছিলেন। এই দেবদত্তদা আমায় আক্ষরিক অর্থে হাতে ধরে একটা একটা করে বিষয় শিখিয়েছেন।

প্রথমে চিত্রনাট্যকে বিভিন্ন স্থান, কাল, পাত্র অনুযায়ী ভাগ করে নিতে হয়। স্থান মানে শোবার ঘর না বসার ঘর না রান্না ঘর অথবা রাস্তা না নদীবক্ষ না খেলার মাঠ ইত্যাদি ইত্যাদি। আর কাল মানে, দিন না রাত। তারও রকমফের আছে, ঊষা কিনা, গোধূলি কিনা। মধ্যরাত কিনা বা নির্জন দুপুর কিনা। মনে হতে পারে, দিন রাতের

অবস্থা্ ঘরের মধ্যে আর কীই বা পরিবর্তিত হবে? এ ব্যাপারে চলচ্চিত্রের জগতে একটা মজার কথা প্রচলিত আছে, টেবল ল্যাম্প জ্বললে রাত, নয় তো দিন।

কিন্তু মজা বাদ দিয়ে বলছি, খেয়াল করে দেখবেন, রাতে হয়ত বিশেষ নয়, দিনের বিভিন্ন সময়, ঘরের আলোর তারতম্য হয়। ঘরের কোন দিক পুব দিক বলে মানা হবে, ঠিক করে, সেই অনুযায়ী চলচ্চিত্রের ঘরের আলো বানানো হয়। হ্যাঁ, আলো বানানোই বলব। এই হুবহু আলো বানানোর ক্ষমতা যার যত বেশী সে তত বড় আলোকচিত্রী। তবে ধরে নেবেন না চলচ্চিত্রে সব সময় বাস্তববাদী আলোই বানানো হয়। চিত্রনাট্যের চাহিদা অনুযায়ী, কখনও কখনও, অবাস্তব ম্যাজিকাল আলোরও ব্যাবহার হয়।

সময়ের সাথে সাথে যেমন আলোর পরিবর্তন হয়, আরো পরিবর্তন হয় শব্দের। নির্জন দুপুরের সাথে, ব্যাস্ত সকালের শব্দ মিলবে না। বা বিকেলের ঘরে ফেরা পাখিদের কলরব, গভীর রাতে দূর থেকে ভেসে আসা কুকুরের ডাক হয়ে যাবে। শব্দ সংযোজনা ব্যাপারটা যদিও শুটিং পরবর্তী একটা অধ্যায়, তবুও ভাবনা চিন্তাগুলো প্রথমেই করে রাখা উচিত।

এই যে চিত্রনাট্য পড়ে, বিভিন্ন জিনিস মাথায় রেখে, দৃশ্যগুলোকে ভাঙতে হয়, এবং শুটিং কবে, কী করব, সাজিয়ে নিতে হয়, তাকে চলচ্চিত্রের ভাষায় বলা হয় শুটিং শিডিউল। তা এই দেবদত্তদা'ই আমায় শিখিয়েছিলেন।

চলচ্চিত্রে একটি দৃশ্যের আলো সাজানো, একটা সময়সাপেক্ষ ব্যাপার। তাই, একই আলোতে কত বেশী সংখ্যক দৃশ্য চিত্রায়ণ করা যেতে পারে, তা-ও দেখা প্রয়োজন। যেমন, ধরা যাক, শোবার ঘরে দিনের আলো বানানো হলে, সমস্ত চিত্রনাট্য জুড়ে ক'টি দিনের দৃশ্য আছে, তা বের করে পর পর শুটিং করা বাঞ্ছনীয়। দৃশ্য বদলের জন্য পোষাক পাল্টাতে পারে, মেক আপ বদলাতে পারে, অভিনেতা-অভিনেত্রী পালটে যেতে পারে, সে সব নজর রাখতে হবে। এবং সব কান্ডটাই ঐ শুটিং শিডিউল তৈরীর সময়েই করতে হবে। সে অনুযায়ী অভিনেতা-অভিনেত্রীদের শুটিং তারিখ জানাতে হবে। বুঝতেই পারছেন ব্যাপারটা কত জটিল। সেটা ঠান্ডা মাথায় করতে হয়।

একটা মজার টেকনিকাল ব্যাপার উল্লেখ করে আজকের লেখা শেষ করব। ক্যামেরাকে ঝাঁকুনিমুক্ত আগুপিছু করার জন্য ট্রলির ওপর বসাতে হয়। ট্রলি হল, শুটিং-এর রেল লাইন। দুটো সমান্তরাল

পাইপের ওপর, রাবারের চাকা লাগানো একটা পাটাতনকে ট্রলি বলে। তার ওপর ক্যামেরা সমেত আলোকচিত্রী একা বা তার সঙ্গে তার সহকারীও উঠে পড়েন। একজন সেই ট্রলিকে ঠেলেন বা টানেন।

এই ট্রলি যখন চক্রাকারে ঘোরে, তাকে বলা হয় সার্কুলার ট্রলি। এই সার্কুলার ট্রলি এক বা একাধিক চরিত্রকে অনুসরণ করে যখন চক্রাকারে ঘুরপাক খেতে থাকে, তখন, আমাদের কলাকুশলীদের, ঐ ট্রলির আগে আগে বা পিছে পিছে দৌড়তে হয়। কারণ, ক্যামেরা তো তখন তিনশ ষাট ডিগ্রি ঘুরে যাচ্ছে, চিত্রনাট্যের বাইরের কারো থাকা তো চলবে না। দর্শক দৃশ্যটি দেখবার সময় এটি টের পান না। কিন্তু এই দৃশ্যগ্রহণ পর্বটি বেশ হাস্যকর হয়। প্রথম ছবিতেই আমার এই অভিজ্ঞতা হয়ে যায়, কারণ সেখানে এমন একটা দৃশ্য ছিল। সেখানে দুটি চরিত্র টিটোদা মানে দীপঙ্করদা আর দীপন কথা বলতে বলতে সকালে জগিং করছেন।

বিষয় চলচ্চিত্র - হারিয়ে গেল হাসির ছবি?

সমর্পিতা ঘটক

পুরনো নিখাদ হাসির ছবিগুলো দেখতে দেখতে মনে হয় কেন এখন এমন ছবি হয় না আর? গরগরে মিম হয়, আমিষ স্ট্যান্ড আপ কমেডি হয়, বিলো দ্য বেল্ট জোকস বলে লোক হাসায় টিভি শোতে, কিন্তু আরেকটা 'যমালয়ে জীবন্ত মানুষ', 'গল্প হল সত্যি', 'শ্রীমান পৃথ্বীরাজ', '৮০তে আসিও না', 'বসন্ত বিলাপ', 'বাক্স বদল' হয় না কেন এখন আর? এত কিছু গোলমেলে ঘটনার ঘনঘটা চারিদিকে, হাসির উপাদান ছড়িয়ে ছিটিয়ে... অথচ হাসির ছবি নেই। সূক্ষ্ম রসবোধ নিরুদ্দেশে? ভেবে তল পাই না। কোন ফর্মুলায় চলে ফিল্মের ব্যবসা! হাসি, মজা, ঠাট্টা ব্যাপারগুলোকে বোধহয় কোনোকালেই আমরা তেমন গুরুত্ব দিইনি। শিবরাম চক্রবর্তীর 'হর্ষবর্ধন গোবর্ধন' সিরিজ যতবার পড়ি আর ভাবি এ নিয়ে একটা সিরিজ করা যেত না! পড়েছিলাম ভানু বন্দোপাধ্যায় ভেবেছিলেন, স্বত্ব কিনেছিলেন, ভেবে ছিলেন ছবি বানাবেন, কিন্তু জহর রায়ের মৃত্যুর পর তার বাস্তবায়ন ঘটেনি। সঞ্জীব চট্টোপাধ্যায়ের মামা সিরিজ, কিংবা শ্যামল গঙ্গোপাধ্যায়ের 'সাধু কালাচাঁদ' অথবা সুকুমার রায়ের 'পাগলা দাশু' নিয়ে কি কেউ সিরিয়াসলি ভেবেছে ছবি করার কথা? ছোট থেকেই তো জানতে হয় পাগলামি কাকে বলে? সূক্ষ্ম রসবোধ কীভাবে বুনতে হয়! তবেই তো তৈরি হয় রসিক মন, হাসির ভুবন! আমাদের ছোটবেলায় যেমন এসব পড়েছি তেমনই টিভিতে দেখেছি সাদাকালো নিখাদ হাসির ছবি। এখন বড় অভাব বোধ করি নির্মল হাস্যরসের... তখনই

মনে হয় আগামী প্রজন্মকে জানানো হয়নি হয়তো আমাদের ঐতিহ্য ছিল ঝলমলে। কাঁসার থালায় সুগন্ধী ভাতের পাশে বাটিতে বাটিতে থাকত সুস্বাদু পদ... তালপুকুরের টলটলে জলে ঘটির মতো ডুবে যেত আকুল পরানটুকু!

তুলসী চক্রবর্তী, ভানু বন্দোপাধ্যায়, জহর রায়, রবি ঘোষ, উৎপল দত্ত, সন্তোষ দত্ত, অনুপ কুমাররা হলেন ওই সব সুস্বাদু ব্যঞ্জন যাঁরা না থাকলে সুগন্ধী চাল যতই দামি হোক না কেন খেয়ে ঠিক সুখ নেই, পরিতৃপ্তি নেই। এইসব কৌতূক অভিনেতাদের যথাযথ মূল্যায়ন আমরা করতে পেরেছি? এটুকু বলা যায় যে তবুও সে যুগে এঁদের কথা মাথায় রেখে কিছু চরিত্র লেখা হত। আপাদমস্তক কমেডি ফিল্ম তৈরি হত। স্থূলতা, ভাঁড়ামো অল্পবিস্তর (এখনকার তুলনায় কিছুই না) থাকলেও নায়ক-নায়িকা, প্রেম-বিরহের ফর্মুলার বাইরে বেরিয়ে সেইসব ছবি জনপ্রিয় হয়েছে, ব্যবসায়িক সাফল্যও পেয়েছে। সরল হাস্যরস পরিবেশনের মুন্সিয়ানায় মন জয় করেছে বারবার। সেইসময়ে অকারণে স্থূল সংলাপ, গালাগাল, গুঁজে দেওয়া কমিক দৃশ্যের যন্ত্রণা পীড়িত করত না দর্শককে। তুখোড় অভিনয় প্রতিভা ছাড়াও সংলাপ, চিত্রনাট্য, বিষয় ভাবনা ও রূপান্তর, সবেতেই ছিল নৈপুণ্যের ছাপ।

'পরশপাথর' ছাড়া তেমন প্রধান চরিত্র তুলসী চক্রবর্তী পাননি। আর একটি গুরুত্বপূর্ণ চরিত্র ছিল 'সাড়ে চুয়াত্তর' ছবিতে। সত্যজিৎ রায় বলেছিলেন তুলসী চক্রবর্তী না থাকলে তিনি 'পরশপাথর' নির্মাণ করতেন না। অ্যান্ড্রু রবিনসন বলেছিলেন, *"Chakrobarty recalls Chaplin to his best. Instead of moustache, he has a pair of eyes of bulbous as a frog's which he opens wide with every emotion known to a man."* সত্যজিৎ মনে করতেন যে তুলসী চক্রবর্তী যদি আমেরিকায় জন্মাতেন তাহলে তিনি অস্কার পেতেন। সৌমিত্র চট্টোপাধ্যায় জানতেন তুলসী চক্রবর্তী খারাপ অভিনয় করতেই পারেন না, এ নিয়ে তিনি লাখ টাকার বাজি ধরতেও রাজি ছিলেন। অথচ এমন অবিস্মরণীয় প্রতিভার দারিদ্র্য, দুর্দশার কথা পড়লে হাসি কান্না সমান্তরাল হয়ে যায়। সাম্মানিক ও সম্মান নিয়ে কী ভীষণ কুন্ঠাবোধ ছিল তাঁর সে কথাও কারও অজানা নয়।

কমেডি অভিনেতাদের হয়ত এই দেশে সিরিয়াসলি নেওয়া হয় না। চর্চা হয় তাদের অভিনয় ক্ষমতা নিয়ে? আমরা স্বীকার করে নিই যে ওই মাপের চরিত্র অভিনেতা এখন আর নেই কিন্তু তাদের কাজ নিয়ে আলোচনা, কর্মশালা হয় কি? গত বছর ভানু বন্দোপাধ্যায়ের

জন্মশতবার্ষিকী ছিল, কিছু প্রতিবেদন প্রকাশিত হয়েছে কাগজে, ব্যাস ওইটুকুই। মহানায়ক, মহানায়িকাদের নিয়ে উদযাপনের ঘনঘটায় বাকি প্রতিভারা বিস্মরণের অতলে। ভানু, জহর প্রমুখ কমেডিয়ানদের পড়াশোনা, পাণ্ডিত্য, জ্ঞানের তুল্যমূল্য বিচারে হাবুডুবু খাবেন যেকোনো গ্ল্যামার-সর্বস্ব নায়ক নায়িকারা। তবু লোক হাসিয়েছে যাঁরা পর্দায়, তারা যেন এলেবেলে হয়েই রইলেন। এ যন্ত্রণা কাঁটার মতো বেঁধে।

কিছু বলে কয়ে জোর করে হাসানো নয়, হাস্যরস খুবই উন্নতমানের সূক্ষ্ম একটি ধারা। তাই তা সবচেয়ে কঠিন বলেই বিবেচিত হয়। চার্লি চ্যাপলিনের কথায় - *"কোনও কিছু নিয়েই অতিরিক্ত রকমের বাড়াবাড়ি করা আমার ভাল লাগে না। কোনও কিছুকেই খুব বেশি ফেনিয়ে তোলাটা ঠিক নয়। তাতে করে রসহানি ঘটে, হাস্যরসকে হত্যা করা হয়। আমার হাঁটার কায়দা, ভাবভঙ্গি, এর মধ্যে যদি বাড়াবাড়িকে প্রশ্রয় দেওয়া হত, আমার ছবি আপনাদের ভাল লাগত না। এ-বিষয়ে আমার বিন্দুমাত্র সন্দেহ নেই। আসল কথা সব ব্যাপারেই সংযম চাই। সংযমের প্রয়োজনীয়তাই সর্বাধিক। আমার প্রথম জীবনের ছবিগুলি যে আমার ভাল লাগে না তার কারণ সেখানে সংযমের বড় অভাব।"*

আর এই বাড়াবাড়িটাই করে ফেলেন এখনকার নির্মাতারা। তখনই রসবোধের দেউলেপনা প্রকট হয়। 'মিস প্রিয়ংবদা' মনে আছে নিশ্চয় পাঠকের? ভানু বন্দোপাধ্যায় নারী চরিত্রে কী চূড়ান্ত ভারসাম্য রেখে অভিনয় করলেন! এতটুকু বেচাল করলেই সব হাসির টুকরো ছন ছনাৎ করে ভেঙে পড়ত আর নিম্ন রুচির খেসারত দিতে হত অভিনেতাকে। এই বোধ আর শিক্ষার অভাব এখন সর্বত্র। চরম স্থূলতা, ছেলেদের মেয়ে সাজিয়ে চরম মোটা দাগের কিম্ভুত কিমাকার ব্যাপারকে কমেডি বলে চালানো হয়। ভানু বন্দোপাধ্যায়ের যে হাস্যকৌতূক নকশাগুলো তৈরি করে গেছেন বৈচিত্র, বুদ্ধি, দক্ষতা সব বিচ্ছুরিত হয় সেখানে। খারাপ ভাষা, গালাগাল, দ্ব্যর্থক যৌন ইঙ্গিত প্রয়োজন হয়নি তাঁর। সত্যজিৎ রায়ের মতো বড়ো পরিচালকের সঙ্গে কাজ করতে পারেননি বলে আক্ষেপ ছিল, কিন্তু তা বাদ দিয়েও যা তিনি করে গেছেন তার জন্য নত হই বারবার। 'যমালয়ে জীবন্ত মানুষ' ছবির সংলাপ শুনলে আজও প্রাসঙ্গিক মনে হবে সমস্ত দর্শকের। ঈশ্বরের সঙ্গে তর্ক, যুক্তিতে জিতে যাওয়ার যে ব্যঞ্জনা তা প্রভাবিত করে আজকের প্রজন্মকেও। ভানু বন্দোপাধ্যায় এতটাই সাবলীল অন্যান্য

সব ছবির মতো এ ছবিতেও বার বার দেখেও আকর্ষণ এতটুকু কম হয় না।

পড়েছিলাম, ভানু বন্দোপাধ্যায়ের বাঙাল ভাষা বলার জনপ্রিয়তা হ্রাস পাবে বলে জহর রায় নাকি কখনো বাঙাল ভাষায় সংলাপ বলেননি। তাঁর অভিনয়ের মণিমুক্তো ছড়িয়ে আছে আমাদের হৃদয়ে। ছিলেন চ্যাপলিনের অসম্ভব ভক্ত, ছোট্ট ছোট্ট দৃশ্য... যেমন 'বাড়ি থেকে পালিয়ে' ছবিতে ওই বিহারি দারোয়ানের চরিত্রে জহর রায়ের প্রাণ খুলে বেসুরো গান গাওয়ার অভিব্যক্তি ভোলা সম্ভব? কিংবা "যুদ্ধু করবে না যুদ্ধু," বলে হাল্লা রাজাকে ডেকে তোলার মধ্যে নৃশংসতা ও হাস্যরস নিক্তিতে মেপে পরিবেশন করেছিলেন 'গুপি গাইন বাঘা বাইন' ছবিতে... সেসব অবিস্মরণীয় হয়ে থাকবে স্মৃতিতে। 'কাবুলিওয়ালা' ও 'পরশপাথর' দুটি ছবিতেই গৃহভৃত্যের চরিত্রে জহর রায়। মুখ্য চরিত্র তো নয়ই, সংলাপ স্ক্রিন প্রেজেন্স সবই কম, অথচ মনে দাগ কেটে গেছেন। অভিব্যক্তি, সংলাপ বলার ধরণ সবেতেই তো নিজস্বতা! তাই আজও মনে রয়ে গেছেন। ভানু-জহর জুটি সেই সময়ে ছিলেন অসম্ভব জনপ্রিয়! ওঁরা পর্দায় এলেই সব স্ট্রেস কমে যায়, আজও। এই বন্দি মনখারাপের জীবনে আমরা তো ঘুরিয়ে ফিরিয়ে ওই ছবিগুলোই দেখেছি। আমোদিত হয়েছি।

রবি ঘোষ নিয়ে সত্যজিৎ রায় বলেছিলেন, *'Rabi steals the show'*। এবং বারবার তাই হত, কোনো দৃশ্যে রবি ঘোষ থাকা মানেই তাঁর দিকেই দৃষ্টি ঘুরে যাবে। ছিনিয়ে নিতেন তিনি দর্শকের মনোযোগ। এমন প্রতিভা যাঁর মাপ বোধহয় বিশ্বের তাবড় অভিনেতাদের সঙ্গেই করা উচিত। তবু তাঁর প্রতিভার ব্যবহার ও মূল্যায়ণ সম্যকভাবে হয়নি। তাঁর অভিনয়ের যে স্বতস্ফূর্ততা সে কেবল সত্যজিৎ, তপন সিনহা ও তরুণ মজুমদারদের ছবিগুলিতে বিচ্ছুরিত হয়েছে। পরের দিকে চলচ্চিত্র নির্মাতারা কমেডিয়ানদের নিয়ে চর্বিত চর্বণ করিয়েছেন। মূল চরিত্রে কিংবা চরিত্র অভিনয়ে এঁরা কতটা পারদর্শী তা আমরা দেখেছি তবুও পেটের দায়ে সুড়সড়ি দেওয়া কৌতুক পরিবেশনে বাধ্য হয়েছিলেন রবি ঘোষ, অনুপ কুমার প্রমুখরা। 'গল্প হলেও সত্যি', 'গুপিবাঘা', 'অরণের দিনরাত্রি', 'অভিযান', 'জন অরণ্য', 'ঠগিনী,' 'মহাপুরুষ,' 'ধন্যি মেয়ে,' মণিমুক্তের মতো ঝলসে ওঠে। আজও অবাক হই তাঁর টাইমিং, পজ, চোখের অভিনয় দেখে। শুধু কৌতুক অভিনেতা হিসেবে নয়, ভারতবর্ষের শ্রেষ্ঠ অভিনেতাদের মধ্যে তাঁর স্থান নিশ্চিত।

'পলাতক', 'নিমন্ত্রণ', 'অমৃত কুম্ভের সন্ধানে', 'ঠগিনি', 'জীবন কাহিনি', 'বাইশে শ্রাবণ' আবার অন্যদিকে 'বালিকা বধূ', 'বসন্ত বিলাপ', 'দাদার কীর্তি', 'বরযাত্রী' প্রভৃতি... এই যাঁর অভিনয়ের পরিক্রমা তাঁকে কতটুকু সম্মান ফেরৎ দিতে পেরেছি আমরা! আলোচনা, মূল্যায়ণ হয়নি সেভাবে। তবু মনে রেখে দিয়েছি তাঁর অভিনয়। আনন্দে ভরে উঠেছি যতবার দেখেছি এই ছবিগুলো। নায়ক অথবা কৌতুক অভিনেতা দুই ধারায় সমান সাবলীল ছিলেন তিনি। তাইতো শ্রেষ্ঠ অভিনেতার জাতীয় পুরস্কার সহ কত পুরস্কার এসেছিল ঝুলিতে। প্রসঙ্গত মনে পড়েছে সৌমিত্র চট্টোপাধ্যায়ের লেখা সেই ছড়াটা...

অনুকে শুভেচ্ছা

(অনুপকুমারের অভিনয়ের পঞ্চাশ বছর পূর্তিতে)
অনু,
হলে পরে পঞ্চাশ
তুই যদি বনে যাস
ফাঁকা এই লাইনে
থাকতে যে চাইনে
হেই মোর গুরুভাই
তোর কাছে ভিখ চাই
গুরু হয়ে থাক তুই—
একশোই ছুঁই ছুঁই
হলে নয় লাইনে
নিসনেকো মাইনে
মাগনার শিক্ষা
দিস সবে ভিক্ষা
সেই সব নটেরে
যারা তোর নখরে
নয় কেউ তুল্য
তুই যে অমূল্য
বলি আজ সজোরে—
হে দাস এ দাসেরে
রেখো নেকনজরে
--- সৌমিত্তির

এই ছিল আমাদের পরম্পরা। সোনার সুতো দিয়ে মোড়া।

মানুষগুলোও ছিলেন তেমনি। উদার হৃদয়। আকাশের ব্যাপ্তি। এমন প্রত্যেক কুশলীকে নিয়ে লেখা যায় এক একটা পর্ব। অন্তহীন কারনামা।

পাঠক বলবেন, শুধুই কি অভিনয়? চিত্রনাট্য, সংলাপ, পরিচালনা... এসববের মানও তো ছিল উৎকৃষ্ট ওই সময়ে। ঠিক কথা কিন্তু তারপরেও থেকে যায় রূপদান। চরিত্রের কাঠামোয় রক্ত মাংস, সার জল দিয়ে অলীক বুনন। তাই তো আর কাউকে মানালোই না জটায়ু চরিত্রে। প্রতিবার জটায়ু দৃশ্যে প্রবেশ করা মাত্রেই হাসি খেলে যায় দর্শকের মুখে, এ একেবারে অভিনেতার কৃতিত্ব। সন্তোষ দত্ত ওই চরিত্রের জন্যই অমর। আর ওই চরিত্রে আর কেউই খাপ খাবেন না সেকথা সত্যজিৎ জানতেন। তাই সন্তোষ দত্তের মৃত্যুর পর আর ফেলুদা করলেন না। পরবর্তীকালের সন্দীপ রায় নির্মিত ফেলুদা দেখলে বুঝতে পারি জটায়ুর চরিত্রে ম্যাজিক করে গেছেন সন্তোষ দত্ত।

সত্যজিৎ জানতেন কোথায় কাকে মানাবে। 'মহাপুরুষ' ছবিতে ছোট্ট চরিত্রে সন্তোষ দত্ত, কিন্তু কী সুন্দর তাঁর উপস্থিতি! মনে পড়লেই হাসি পাবে। তেমনই 'সমাপ্তি'।

উৎপল দত্তের মতো বহুমুখী প্রতিভা সম্বন্ধে সীমিত শব্দে বলা খুব কঠিন কাজ। তিনি কেবল কৌতুক অভিনেতা ছিলেন না। উল্লিখিত প্রত্যেকেই নানা ধরণের চরিত্রেই সফল কিন্তু দর্শক তাঁদের বেশি পছন্দ করেছেন মজার চরিত্রে। চোখের ও শরীরি ভাষা, টাইমিং সবকিছুতে উৎপল দত্ত অনবদ্য। এমনকি খলনায়কের চরিত্রেও তিনি বাড়তি কিছু মজা যোগ করে দিতেন। তাই নায়কের পাশে সেইসব চরিত্র, সংলাপ খুবই জনপ্রিয়। 'গোলমাল' বা 'নরম গরম'-এর মতো মজার চরিত্র খুব বেশি পাননি বাংলা ছবিতে কিন্তু প্রসঙ্গত 'শ্রীমান পৃথ্বীরাজ' –এর ছোটো চরিত্রটি মনে পড়ে যায়। হীরক রাজা, মগনলাল কিংবা মনমোহন মিত্র তাঁকে ছাড়া অসম্পূর্ণ। আর সেসব চরিত্রেও তাঁর স্বভাবসিদ্ধ অভিব্যক্তিতে দর্শকরা আনন্দ পান।

এসব চরিত্রের কথা, অভিনেতারদের নাম স্মরণে আসে হরবখত মন খারাপ করা সময়গুলোয়। হিন্দিতে তাও কিছু মজার ছবি হয় এখনও। মধ্যবিত্ত, নিম্ন মধ্যবিত্ত জীবনের নানা ফাঁক ফোঁকর, সামাজিক সমস্যা এমনকি যুদ্ধ, সমাজ, রাজনীতির অন্তঃসারশূন্যতা নিয়ে মজার ছবি তৈরি হচ্ছে এই সময়েও। কিন্তু বাংলায় 'ভূতের ভবিষ্যৎ', 'আশ্চর্য প্রদীপ' ছাড়া বাদবাকি ছবি দেখে হাসির চেয়ে বিরক্তি লেগেছে বেশি।

বিবিধ

বিষয় কলকাতা

নীলাঞ্জন চক্রবর্তী

(১)
দুর্গা পুজোর একাল-সেকাল

"বাজলো তোমার আলোর বেণু..." গানের এই লাইনটা শুনেই মহালয়ার ভোরে আমার ঘুম ভাঙে। আমার ঠাকুমা প্রতি বছর মহালয়ার ভোরে তাঁর পুরনো রেডিওয় আকাশবাণীতে 'মহিষাসুরমর্দিনী' চালিয়ে দেন। তারপর ঠাকুরঘরে ধূপ জ্বালিয়ে জোড় হাতে বসে শোনেন। এটা আমাদের বাড়ির প্রাচীন রেওয়াজ। আমাকেও শুনতে হয়।

বাণীকুমারের পরিচালনায় 'মহিষাসুরমর্দিনী' বাংলার বেতার জগতে এমন একটা উপস্থাপনা যা দশকের পর দশক ধরে দেশ বিদেশের সমস্ত বাঙালিকে মোহিত করে রেখেছে। প্রায় আশি বছরেরও অধিক সময় ধরে ভারতবর্ষের কোনো প্রোগ্রাম এমন জনপ্রিয়তা লাভ করেনি। মহালয়ার ভোরে বীরেন্দ্র কৃষ্ণের কণ্ঠে তখনকার পুরনো সাউন্ড এফেক্টসে ঘরের মধ্যে এমন একটা দৈব ভাব সৃষ্টি করে যা বলে বোঝানো যাবে না।

এই মহিষাসুরমর্দিনী শুনতে শুনতে আমার মনের মধ্যে একটা

ভাবের সৃষ্টি হয়, তখন মনে এক প্রশ্ন জাগে যে আমাদের বাংলায় দুর্গাপুজোর প্রচলন হল কীভাবে? কেই বা সেটা শুরু করল?

মহালয়া শেষ হলে ঠাকুমাকে জিজ্ঞেস করলাম – "ঠাম্মা, দুর্গাপুজোর প্রচলন কে করেছিল জানো?"

ঠাকুমা বললেন – "তুই কী করবি এসব জেনে?"

আমি বললাম – "জানতে চাই, কলেজে বন্ধুদের বলব।"

ঠাকুমা বলতে শুরু করলেন –

"মোটামুটি ষোড়শ শতকের গোড়ার দিকে বাংলায় দুর্গাপুজোর প্রচলন হয়। ১৬১০ সালে বেহালার সাবর্ণ রায়চৌধুরীদের শারদীয়া দুর্গাপুজো প্রথম শুরু হয়। আবার অনেকের মতে বাংলাদেশের তাহেরপুরের রাজা কংসনারায়ণ বাংলায় প্রথম দুর্গাপুজোর প্রচলন করেন। তবে এটা ধরে নেওয়া যায় যে ষোড়শ শতকের দিকেই বাংলাতে দুর্গাপুজোর প্রচলন শুরু হয়। তবে এটাও জানা যায়, তখনকার প্রভাবশালী ব্যক্তিরা বাদে সাধারণ অবস্থাপন্ন লোকেরা যদি শারদীয়া দুর্গাপুজো, মানে অকালবোধন পুজো করতে যেত তাহলে তখনকার ব্রাহ্মণ পুরোহিতরা বাধার সৃষ্টি করত। কারণ তখনকার মতে অকালবোধন পুজো ছিল নিষিদ্ধ। রাক্ষস রাজ রাবণ কৃত বাসন্তী পুজোই ছিল স্বীকৃত পুজো।

তখন দুর্গাপুজো কিন্তু এত জনপ্রিয়তা লাভ করেনি। জনপ্রিয়তা বা বাংলার পালাপার্বণের জায়গায় পৌঁছল ইংরেজরা আসার পর। সত্যি কথা বলতে গেলে বাংলায় দুর্গাপুজোকে জনপ্রিয় করে তুলেছিল কিন্তু ইংরেজরাই। এর একটা কারণও ছিল, বাংলার মানুষের কাছে তাদের গ্রহণযোগ্যতা তৈরী করা। আর দুর্গাপুজোর ব্যাপারে ইংরেজদের উৎসাহে সলতে দিয়েছিলেন তৎকালীন বাংলার দুই রাজা, নবকৃষ্ণ দেব ও কৃষ্ণচন্দ্র রায়। কৃষ্ণচন্দ্র ছিলেন নবদ্বীপের রাজা আর নবকৃষ্ণ নায়েব থেকে হয়ে উঠেছিলেন কলকাতার শোভাবাজার রাজবাড়ির রাজা, ইংরেজদের সহায়তায়।

আসলে পলাশীর যুদ্ধে ইংরেজদের প্রধান সহায়তা করেছিলেন বাংলার এই দুই রাজা। মীর্জাফর একা বিশ্বাসঘাতক নয়, পলাশীর যুদ্ধের ইতিহাস পড়লে জানতে পারবি আমাদের বাংলারই কত লোক ইংরেজদের হয়ে সিরাজের বিরুদ্ধে লড়েছিল।

সেসব কথা পরে একদিন বলব তোকে।"

আমি বললাম – "কিন্তু ঠাম্মা, ইংরেজরা দুর্গাপুজোকেই বা কেন বেছে নিলো? বাংলায় তো আরো উৎসব ছিল।"

– "দুর্গাপুজো বাঙালীর প্রধান উৎসব তাই। আসলে পলাশীর যুদ্ধে জয়লাভের পর ইংরেজরা চাইছিল একটা বিজয় উৎসব পালন করতে। কিন্তু কী করবে সেটা ভেবে পাচ্ছিল না। তখন নবকৃষ্ণ দেব আর ওদিকে রাজা কৃষ্ণচন্দ্র রায় নিজ নিজ প্রাসাদে দুর্গাপূজা শুরু করলেন, সঙ্গে রবার্ট ক্লাইভকে আমন্ত্রণ করলেন।

বলা বাহুল্য, ক্লাইভ তাদের আমন্ত্রণে গেছিলেন এবং ফলমূল, দক্ষিণা, সোনা দানা উপহার হিসেবে নিয়ে গিয়েছিলেন।

এদের দেখাদেখি ঠাকুরবাড়ির প্রিন্স দ্বারকানাথ ঠাকুরও নিজ গৃহে দুর্গাপুজো শুরু করেন।

এরপর একে একে ছাতুবাবু লাটুবাবুদের বাড়ি, হাটখোলার দত্ত বাড়ি, দর্জিপাড়ার মিত্রদের বাড়ি আরো অনেকে পুজো করেন। আর এই সমস্ত বাবুদের বাড়ি দুর্গাপুজো মানেই ইংরেজদের আমন্ত্রণ ছিল বাঁধা।

কোন জমিদার কোন সাহেবকে নিমন্ত্রণ করে কত বাহারি তোয়াজ করতে পারবে এই নিয়ে লেগে যেত প্রতিযোগিতা। ইংরেজদের আমন্ত্রণ মানেই বাঈজি নাচ, মদের আসর, বাজির প্রদর্শনী, ফানুস ওড়ানো, আমোদ প্রমোদ সব চলতো। নামেই শুধু দুর্গাপুজো, আসলে স্ফূর্তি, পয়সা ওড়ানো আর বাবুয়ানি দেখানোই ছিলো মূল উদ্দ্যেশ্য। কোন বাড়ির পূজো সব থেকে বিলাসবহুল আর জাঁকজমকের হয়েছে, কোন সাহেব এসেছিল, কত লোক খাইয়েছে এই নিয়ে চলত বাবুদের মধ্যে টক্কর। পুজোর দিনগুলোয় দান দক্ষিণা, কাঙাল ভোজন, বাজি পোড়ানো, সব চলত। বড় বড় ঝাড়লন্ঠন আর আলোর রোশনাইতে ভরে যেত গোটা বাড়ি। নাচ মহলে মদের পেয়ালায় তুফান উঠতো। ইংরেজদের জন্য স্পেশাল মদ, আতরের ব্যবস্থা থাকত।

তখন আর একটা রেওয়াজ ছিল, কার নাচ মহলে কোন বিখ্যাত বাঈজী নাচ দেখাতে এসেছে এ নিয়েও চলত রেষারেষি।"

–"আর কী কী হত তখনকার পুজোয়?"

– "রোজ আলাদা আলাদা অনুষ্ঠান হত, কোনওদিন কবিগান, কোনওদিন পালাগান, যাত্রাপালা এমন নানারকম। সমস্ত মানুষেরা দেখতে আসত। পুজোর দিন কটা সবার জন্য অবারিত দ্বার।"

– "আচ্ছা তখন জমিদার বাড়ি ছাড়া পাড়ায় পাড়ায় দুর্গাপুজো হত না?"

– "না রে ভাই, তখনও বারোয়ারি দুর্গাপুজো শুরু হয়নি।

প্রথম বারোয়ারি দুর্গাপুজো শুরু হয় হুগলী জেলায়। বারোজন

বন্ধু মিলে পুজো শুরু করে। বারোজন ইয়ার মানে বন্ধু তাই থেকে বারো ইয়ারি বা বারোয়ারি পূজো। বুঝলি? তখনও প্রবল বাধা বিপত্তি সহ্য করতে হয়েছে যারা বারোয়ারি পূজো করতে চেয়েছিল। বাগবাজার সার্বজনীন কলকাতার প্রথম বারোয়ারি পুজো, যা কিনা ডাকের সাজের জন্য বিখ্যাত।"

– "ঠাম্মা, ডাকের সাজ কী?"

– "আগেকার দিনে জার্মানী থেকে শোলার কাজ করা প্রতিমার সাজ আসত ডাকের মাধ্যমে বা ডাক ব্যাবস্থার মাধ্যমে। তাই এই সাজের নাম হয়ে যায় ডাকের সাজ। এখন আমাদের বাংলাতেই হয়।

তবে এই সময় একটা নিষ্ঠুর প্রথাও খুব জনপ্রিয়তা লাভ করে, তা হল বলিদান প্রথা। কুমড়ো, লাউ, শসা ছাড়াও প্রচুর ছাগ বলি হতো। অনেক জায়গায় মহালয়ার দিন থেকে বলি শুরু হত। যত দিন যেত তত বলির পরিমাণ বাড়ত। শেষ দিনে পূজো প্রাঙ্গণ রক্তে ভরে যেত। বিসর্জনের দিন লোকে সেই রক্ত গায়ে মেখে ঢাক ঢোল পিটিয়ে ঘুরে বেড়াত। এখানে মেয়েদের যোগদান বিশেষ কিছু ছিল না পুজোর আয়োজন করা ছাড়া, তারা অন্তঃপুর থেকে ছইয়ের আড়াল দিয়ে সব অনুষ্ঠান দেখত।

তবে আর যাই বদলাক, পুজোর আড়ম্বর আর জাঁকজমক, লোক দেখানো কিন্তু এখনও আছে, কিছুই বদলায়নি। এখনও দুর্গাপুজো শুধু উপলক্ষ মাত্র।"

তথ্য সহায়তা :- কলকাতা গবেষক শ্রী চন্দ্রনাথ চট্টোপাধ্যায়।

(২)
পাইস হোটেল

অফিসের টিফিন টাইমে ধ্রুবকে একটু বেরোতে হয় খাবার জন্য। অফিসের পাশেই একটা খাবারের হোটেল আছে, সেখান থেকেই খেয়ে নেয়। এত সকালে তাকে বেরোতে হয় যে বাড়ি থেকে খাবার তৈরী করে আনার সময় হয় না। এই অফিসে জয়েন করার পর থেকেই এই হোটেলে খাচ্ছে ধ্রুব। তাও প্রায় পাঁচ বছর হতে চলল।

প্রথম প্রথম অসুবিধা হলেও দীর্ঘদিন যাবৎ এখানে খাওয়ার ফলে এখন অভ্যেস হয়ে গেছে।

সেদিন ধ্রুব হোটেলে ঢুকে দেখল লোকজন প্রায় নেই। একজন মাত্র বসে খাচ্ছে। হোটেলে কাজ করে যে ছেলেটা, সে এক জায়গায় বসে ঢুলছে আর মালিক ধনঞ্জয়বাবু ক্যাশে বসে খবরের কাগজ পড়ছেন। ধ্রুবকে ঢুকতে দেখে একগাল হেসে বললেন,

–"আরে ধ্রুব যে! কিন্তু আজ আর মাছ নেই, কিছুক্ষণ আগেই শেষ হয়ে গেছে সব। সব্জি আর ভাত খেতে হবে তোমায়।"

ধ্রুব বলল – "তাই দিন নাহয়।"

সে গিয়ে বেঞ্চের এক জায়গায় বসে পড়ল। মালিকের নির্দেশে ছেলেটা ভাত ডাল আর তরকারি দিয়ে গেল।

কিছুক্ষণ পর অন্য খরিদ্দারটিও দাম মিটিয়ে চলে গেল।

ধ্রুব এদিকে খেয়েই চলেছে, ওর খেয়াল নেই কখন একজন লোক এসে ওর পাশে বসেছে। লোকটার দিকে একবার তাকিয়ে দেখল, গায়ে একটা বাংলা শার্ট আর ধুতি পরা এবং হাতে একটা পুরনো দম দেওয়া ঘড়ি। লোকটা তার দিকেই তাকিয়েই মিটি মিটি হাসছে।

ধ্রুব ভাবল, কে না কে উটকো লোক, ভেবে নিজের খাবারে মন দিল।

তারপর লোকটা নিজে থেকেই ওর সঙ্গে কথা বলল।

–"আজকালকার সব সস্তার হোটেলে খেয়ে ছেলে ছোকরাগুলো পেটের রোগে ভোগে। একবার যদি খেতে '**ইয়ং বেঙ্গল হোটেলে**', তাহলে বুঝতে রান্না কাকে বলে।"

ধ্রুব অবাক হয়ে লোকটার দিকে তাকিয়ে বলল – মা"নে? সে আবার কোথায়?"

লোকটা বলা শুরু করল – "ইংরেজরা ভারতে ঘাঁটি গাড়ার পর মোটামুটি আঠারোশো শতকের মাঝামাঝি সময় থেকে কলকাতায় পাইস হোটেল গড়ে ওঠে। মূলত উড়িষ্যা থেকে অনেকে এসে এখানে হোটেল ব্যবসা শুরু করে। এছাড়াও বাংলাদেশ থেকে অনেকে আসে। কারণ ততদিনে কলকাতা এক বৃহৎ বাণিজ্য নগরীতে পরিণত হয়ে গেছে। তখন পাই পয়সার হিসেবে হোটেলে খাবার দেওয়া হত আর সেই থেকেই এই হোটেলগুলোকে বলা হত পাইস হোটেল।"

ধ্রুব জিজ্ঞেস করল, "এখনো আছে নাকি এসব পাইস হোটেল?"

লোকটা বলল – "হ্যাঁ, এখনো অনেক আছে, তবে উঠেও গেছে প্রচুর, আধুনিকতার ছোঁয়ায়। অনেকের ধারণা, শুধুমাত্র উত্তর

কলকাতাতেই পাইস হোটেল দেখতে পাওয়া যায়, তা কিন্তু নয়। ভবানীপুরের পরে রাসবিহারী মোড়ে কিছুদুর গেলেই হোটেল '**তরুণ নিকেতন**', ১৯১৫ সালে প্রতিষ্ঠিত হয় এবং এখনও চলছে। এখানে পাইস হোটেলের নিয়মানুসারে চালাতে হয়, কারণ এসব হোটেলে এখনও কলাপাতায় খাবার পরিবেশন করা হয়, সঙ্গে মাটির ভাঁড়ে জল। তাই কলাপাতার আলাদা দাম দিতে হয়।

অনেক হোটেলে এখনও মাটিতে বসে কাঁসার থালায় খাবার চলও আছে, যেমন বড়বাজারের '**কালিকা হিন্দু হোটেল**'। এই হোটেল প্রতিষ্ঠা করেছিলেন মৃত্যুঞ্জয় দাস, একশো বছরেরও আগে। এছাড়া '**জগন্মাতা ভোজনালয়**' দেড়শো বছরের পুরনো হোটেল।

এগুলো যে শুধু পুরনো তাই নয়, এদের আভিজাত্য এখনও বজায় আছে।

বহু মানুষ তখনকার সময় থেকেই ভাগ্যান্বেষণের জন্য কলকাতায় আসতেন। সেরকমই তারাপদ গুহরায় মাত্র আঠেরো বছর বয়সে বাংলাদেশ থেকে কলকাতায় আসেন। তখন ব্যারাকপুরে, আজ যেখানে গান্ধী ঘাট নাম হয়েছে, সেখানে মহাত্মা গান্ধী সভা করতে এসেছিলেন। সেই সুযোগে বাপুজীর সঙ্গে দেখা করতে যায় তারাপদ, চাকরির সুপারিশ করতে। গান্ধীজী বলেন – *'তুমি কত সুন্দর দেখতে এক ইয়ং ছেলে, তুমি চাকরি করবে কেন? যাও, কম দামে দেশের মানুষের জন্য খাবারের দোকান খোলোগে।'*

গান্ধীজির উৎসাহে আজ থেকে প্রায় চুরানব্বই বছর আগে তিরিশের দশকে খিদিরপুর অঞ্চলে ইয়ং বেঙ্গল হোটেল খোলেন তারাপদ গুহরায়। এছাড়াও, বউবাজার সহ আরো একজয়গায় হোটেল খোলেন, কিন্তু এই ইয়ং বেঙ্গল ছাড়া বাকী সব পরের দিকে উঠে যায়। এখানে এখনো উনুনের জ্বালে রান্না হয় এবং রান্নার সমস্ত উপকরণ বাটা মশলায় তৈরী।

এছাড়া '**স্বাধীন ভারত হিন্দু হোটেল**' আছে। এখানে তখন পরাধীন ভারতের বিভিন্ন বিপ্লবীরা খেতে আসতেন, এমনকি সুভাষ চন্দ্র বসুও এখানে খেয়ে গেছেন। এটা শুধু খাবার জন্য নয় , বিপ্লবীদের মন্ত্রণালয় হিসেবেও বিখ্যাত ছিল। স্বাধীনতার আগে অব্দি এই হোটেলের নাম ছিলো হিন্দু হোটেল, পরে দেশ স্বাধীন হবার পর নাম পাল্টে হয় 'স্বাধীন ভারত হিন্দু হোটেল।'

একবার ভেবে দেখো এসব হোটেল যখন হয় তখন আমাদের হাওড়া ব্রীজও তৈরী হয়নি।"

ধ্রুব জিজ্ঞেস করল – "তখন হাওড়া ব্রীজের জায়গায় কী ছিল?"

লোকটা বলল – "পন্টুন ব্রীজ। গঙ্গায় জাহাজ এলে মাঝখান থেকে দুভাগ হয়ে উঠে যেত। সে যাক অন্য কথা। এইসব হোটেলগুলো এখনও কেন টিকে আছে জানো? খাঁটি বাঙালি খাবার পরিবেশনের জন্য।

আগামীকালেও টিকে থাকবে, তার কারণ ভোজন রসিক বাঙালি খাঁটি জিনিস পছন্দ করে এখনও।

আমি এবার আসি, বুঝলে?"

লোকটা উঠে পড়ল দেখে ধ্রুব ভাবল, কে এই উটকো লোক যে হঠাৎ জ্ঞান দিতে এল? সে কৌতূহল বশে জিজ্ঞ্যেস করল – "আচ্ছা, আপনার নামটা জানা হল না তো?"

লোকটা একবার তার দিকে তাকিয়ে বলল – "আমার নাম? পূর্ণেন্দু পত্রী।"

ধ্রুব ভাবল নামটা কোথায় যেন পড়েছে, ঠিক মনে করতে পারছে না। ভাবতে ভাবতেই লোকটা কোথায় যেন মিলিয়ে গেল, আর তাকে দেখা গেল না।

(৩)
ট্রামের কথা

ছোটবেলায় যখন বাবার হাত ধরে প্রথম কলকাতায় যাই তখন শিয়ালদা স্টেশনে নেমে ট্রামে করে কলেজ স্ট্রীট নামি। শিয়ালদা থেকে কলেজ স্ট্রীট হাঁটা পথ হওয়া সত্ত্বেও ট্রামে চড়ি কারণ ট্রামে চড়ার শখ ছিল বহুদিন। বাবার মুখে যখনই কলকাতার কথা শুনেছি তার মধ্যে ট্রাম, টানা রিক্সা, কলেজ স্ট্রীটের কথা উঠে এসেছে। তাই ট্রামে চড়ে শখ পূরণ করে নিয়েছিলাম। ঘটাং ঘট ঘটাং ঘট অদ্ভুত শব্দ আর ঘণ্টার আওয়াজ সেই ছোটবেলায় রোমাঞ্চিত করেছিল। ছোটবেলা থেকেই তাই ট্রাম, স্মৃতিতে আবেগে জড়িয়ে আছে।

ফেব্রুয়ারি মাসটা নিঃশব্দে চলে গেলো, আমরা অনেকেই হয়ত খেয়াল রাখিনি, এই মাসের ২৪ তারিখ ১৮৭৩ সালে প্রথম কলকাতায় ট্রাম চলে। সে ছিল ঘোড়ায় টানা ট্রাম, শিয়ালদা থেকে আর্মেনিয়ান ঘাট পর্যন্ত। তখন ট্রাম পরিষেবা চালু ছিল মাত্র ৩.৯

কিলোমিটার রাস্তায়। এটা মনে রাখা প্রয়োজন, তখনকার কলকাতায় দ্রুত গতির গণ পরিবহন বলতে তেমন কিছুই ছিল না। পালকি, টমটম বা ঘোড়ার গাড়ি ছিলো। কিন্তু তাতে বেশি লোকও ধরত না তাই ইংরেজরা কলকাতায় ট্রামের প্রচলন করেন। তাতে তুলনামূলক দ্রুত যেত ও সঙ্গেও অনেক লোক যেতে পারত।

কিন্তু এত সত্ত্বেও কিছুদিনের মধ্যেই ট্রাম পরিষেবা বন্ধ করে দেওয়া হয় যাত্রীর অভাবে।

এরপর লন্ডনে প্রতিষ্ঠা হয় CTC (Calcutta Tramways Company)। কলকাতায় ট্রাম পরিষেবা চালু রাখতে রাস্তায় ট্রামলাইন পাতা শুরু হয়।

এরপর পুনরায় ট্রাম চালু হয়, শিয়ালদা থেকে বউবাজার, সেখান থেকে ডালহৌসি হয়ে আর্মেনিয়ান ঘাট পর্যন্ত। এই ৩০ কিলোমিটার রাস্তায় তখন ট্রাম চলত। সেসময় ছিল এডওয়ার্ড লিটন-এর সময়কাল। রবীন্দ্রনাথ তখন সদ্য কৈশোর উত্তীর্ণ করেছেন। কলকাতায় তখনও বিদ্যুৎ পৌঁছয়নি, তাই ঘোড়ায় টানা ট্রাম চলত। এক হাজার ঘোড়া ও একশো সাতাত্তরটি ট্রাম তখন নিয়মিত চলাচল করত কলকাতার বুকে। পরে আরো দ্রুত যাত্রী পরিবহনের কথা মাথায় রেখে স্টিম ইঞ্জিনের মাধ্যমে ট্রাম চালু করা হয়।

এর অনেক পরে ১৯০২ সালে প্রথম বৈদ্যুতিক ট্রাম চালু হয়, ধর্মতলা থেকে খিদিরপুর পর্যন্ত। এর থেকে বোঝা যায় সময় যত এগিয়েছে ট্রাম পরিষেবা তত আধুনিক হয়েছে। ধীরে ধীরে সমগ্র কলকাতায়, উত্তর থেকে দক্ষিণে ট্রাম চলাচল শুরু হয়ে যায়। ট্রাম, কলকাতাবাসীর পছন্দের গণপরিবহনে পরিণত হয়। এটা মনে রাখা প্রয়োজন তৎকালীন কলকাতা ছিল ভারতের রাজধানী। তাই কলকাতায় প্রথম ট্রাম চালু হবার পাশাপাশি ভারতের অন্যান্য শহরেও ট্রাম পরিবহন সম্প্রসারণ হতে থাকে। ব্রিটিশ ভারতে মুম্বাই, চেন্নাই, কানপুর, দিল্লীতেও ট্রাম চলাচল শুরু হয়।

বিখ্যাত Burn Standard কোম্পানি থেকে তৈরী হত দু কামরার ট্রাম। এর গড় দৈর্ঘ্য ছিল ৬৪ ফুট, ওজনে প্রায় ২০ থেকে ২২ টন। ফার্স্ট ক্লাস আর সেকেন্ড ক্লাস এই দুই কামরা। ফার্স্ট ক্লাস কামরায় পাখা থাকার কারণে সেকেন্ড ক্লাসের থেকে ভাড়া ছিল বেশি। ব্রিটিশ আমলে প্রথম শ্রেণীর কামরা মূলতঃ ইংরেজদের জন্যই বরাদ্দ ছিল।

নদী থেকে অনেক জল বয়ে গেল, বঙ্গভঙ্গ আন্দোলন, প্রথম বিশ্বযুদ্ধ, জালিয়ানওয়ালাবাগ, রবিঠাকুরের নাইট উপাধি ত্যাগ

পেরিয়ে মহাত্মা গান্ধীর উত্থান সমস্ত গুরুত্বপূর্ণ ঘটনার সাক্ষী হয়ে রইল কল্লোলিনী কলকাতা। সময় বদলানোর পাশাপাশি কলকাতা অনেক গতিশীল হল, বাস-ট্যাক্সির মত গতিশীল যানবাহনও কলকাতার রাস্তায় চলতে শুরু করে। যে গতির জন্য ট্রামের উৎপত্তি সেই গতির কাছেই সে হেরে যেতে শুরু করে। জনমানবের পছন্দের তালিকা থেকে সরে যেতে থাকে ট্রাম। দেশের অন্যান্য শহর থেকে ট্রাম পরিবহন উঠে যায় ধীরে ধীরে। কলকাতা তার নিজস্ব ঐতিহ্য বজায় রাখলেও যদিও গতির সঙ্গে পাল্লা দিতে পারে না, তা সত্ত্বেও ট্রাম টিঁকে যায় এই শহরের বুকে দশকের পর দশক।

স্বাধীনতার পর পশ্চিমবঙ্গ সরকার ট্রামের দায়িত্বভার গ্রহন করে ১৯৫১ সাল নাগাদ। ১৯৫৯-এ ট্রামের ভাড়া বৃদ্ধির জন্য জনগণের বিক্ষোভ বৃহৎ আকার নিয়েছিল। তখনও ট্রামের প্রয়োজনীয়তা কলকাতার মানুষের কাছে ফুরিয়ে যায়নি। কিন্তু পরের দিকে বাংলার শাসক দলের অমনোযোগিতা, ট্রামের ধীর গতি ও সর্বোপরি কলকাতার মানুষের থেকে গুরুত্বের অভাব ট্রাম কে পেছনের সারিতে ফেলে দেয়।

পরের দিকে অবশ্য ১৯৮৫ সালে পুনরায় ট্রাম লাইন পাতা হয় মানিকতলা থেকে উল্টাডাঙ্গা পর্যন্ত। তারপর আবার ১৯৮৬ সালে বেহালা থেকে জোকা অব্দি নতুন দুটো রুট তৈরী হয় ট্রাম পরিষেবা সচল রাখার জন্য। কিন্তু যা ঘুণ ধরার তা ধরে গেছে এতদিনে, এর আগেও কিছু ট্রাম রুট তুলে নেওয়া হয়েছে, যাত্রী সংখ্যা ধীরে ধীরে কমতে শুরু করে। ফলে ট্রাম পরিবহন লোকসানে পড়ে যায়। এরপরের ইতিহাস আরো করুণ। বেনোজল যখন একবার ঢোকে সেই জল আর সহজে আটকানো যায় না। ট্রামের হাল ঠিক করার জন্য CTC বাস চালানো শুরু করে ১৯৯১ থেকে। ক্রমে যত সময় এগিয়েছে শহরাঞ্চলে যানবাহনের সংখ্যা দ্রুত হারে বেড়েছে ফলে মন্থর গতির ট্রাম জ্যাম যানজট সৃষ্টি করতে থাকে স্বাভাবিক কারণে। ফলে আরো অনেক রুট তুলে নেওয়া হয়। এরপর মেট্রো রেল আসার কারণে ট্রাম পরিষেবা একেবারে তলানিতে এসে ঠেকে।

ভাবতে অবাক লাগে, শহরের এমন একটি প্রাচীন পরিবেশবান্ধব যান, যার কিনা দুর্ঘটনা ঘটার পরিসংখ্যান খুব সামান্য হাতে গোনা কয়েকটা মাত্র। বৃদ্ধ বয়স্ক, প্রসূতিদের চলাফেরার জন্য আদর্শ এবং স্বল্প মূল্যের ভাড়া থাকা সত্ত্বেও ট্রাম আজ শুধুমাত্র কম গতির জন্য উঠে যেতে বসেছে। অথচ যারা এককালে এখানে ট্রাম পরিবহন চালু

করেছিল তাদের দেশে এখনো ট্রাম চালু আছে পুরোদমে। ইংল্যান্ডে গেলে এখনো ট্রাম, ডবল ডেকার বাস, টেলিফোন বুথ (ডায়াল ঘোরানো) দেখতে পাওয়া যায়। অথচ সেখানে মেট্রো রেলও চালু আছে নব্বই বছর। আমাদের থেকে অনেক আধুনিক তারা। সবই চলেছে সেখানে তার নিজস্ব স্বকীয়তায়। শুধু ইংল্যান্ড বলে নয়, জার্মানি, ফ্রান্স, বেলজিয়াম, আর্জেন্টিনার মতো দেশেও ট্রাম পরিষেবা চালু আছে। অনেক দেশে আবার পরিবেশবান্ধব যান বলে নতুন করে ট্রাম চালু করেছে সেখানকার সরকার। অথচ আমাদের শহরে সরকারের যেমন কোনো হেলদোল নেই তেমনি আমাদের শহরের মানুষেরাও চায়না তার ঐতিহ্য বজায় রাখতে।

এখনো কলকাতার রাস্তায় ট্রাম চলে কিন্তু খুব সামান্য কয়েকটা রুটে। ট্রামের সংখ্যাও এখন প্রায় সত্তরে এসে ঠেকেছে। সত্যি বলতে ট্রাম কোম্পানির সূর্য এখন অস্তাচলে প্রায়, হয়ত আগামী প্রজন্মকে ট্রাম দেখতে গেলে মিউজিয়ামে গিয়ে দাঁড়াতে হবে।

চিঠিপত্রের একাল-সেকাল

শ্যামলী আচার্য

শিরোনামে ‘একাল-সেকাল’ রয়েছে ঠিকই, কিন্তু চিঠির কাল গিয়াছে। সে এখন জাদুঘরের প্রত্নতত্ত্বের সামিল। যদিও কথাটি লিখতে গিয়ে নিজেই একবার মিলিয়ে দেখলাম, কথাটা পলিটিক্যালি কারেক্ট হয়নি। চিঠি এখনও রয়েছে। তবে সে আর কাগজে-কলমে বা কাগজে-টাইপরাইটারে নয়। চিঠির নাম এখন ই-মেল। বাংলা স্বরবর্ণের এই ‘ই’ নামক বর্ণটির যেদিন থেকে মানবজীবনে অনুপ্রবেশ ঘটেছে, সে তার কাছে-দূরের সকলকে ভাসিয়ে দিয়েছে হাওয়ায়। ইলেকট্রনিক মেল। আছে, অথচ নেই। বা, বলা ভাল, এল, কিন্তু সোচ্চারে নিজের আগমনবার্তা ঘোষণা করল না। পাড়া-প্রতিবেশী বাড়ির লোক টের পেল না। ভরদুপুরে পিয়নের হাঁকডাক শুনে ‘ওরে কার চিটি এয়েচে দ্যাক দিকিনি’ বলার দিন শেষ। ডাক-হরকরা তো কবেই বিলুপ্ত। তবু ভাগ্যিস তারাশঙ্কর বন্দ্যোপাধ্যায় তাকে অমরত্ব দিয়েছেন। প্রবাসীর প্রতীক্ষায় দুরুদুরু বুকে চিঠির অপেক্ষার নিকুচি করেছে। *‘মেরা পিয়া গয়ে রেঙ্গুন, কিয়া বঁহা সে টেলিফোন, তুমহারি ইয়াদ সতাতি হ্যায়’* তো প্রায় আশি বছরের পুরনো গান। কাজেই এখন স্কাইপে বা হোয়্যাটসঅ্যাপ ভিডিও কলে এক মুহূর্তে চোখের আরাম, মনের শান্তি। দরজায় কুলুপ এঁটে ভিজে চুল এলো করে মেঝেয় উপুড় হয়ে শুয়ে ‘প্রাণনাথ’কে চিঠি লেখার গপ্পো এখন বিংশ শতকের সাহিত্যমাত্র। ‘চিট্‌ঠি আয়ী হ্যায়’ শুনে আমাদের প্রজন্ম উদাস হবে, পরের প্রজন্ম উদাসীন। কেউ যদি ভুল করে গেয়েও ওঠেন,

'আজ বিকেলের ডাকে তোমার চিঠি পেলাম', বাকিরা তাঁকে ভিনগ্রহের প্রাণী ভাবতেই পারেন। চিঠির গ্ল্যামার নেই, আবেদনও নেই। পুরোটাই টেক্সট মেসেজ বা হোয়্যাটসঅ্যাপ গিলে খেয়েছে। টুকরো টুকরো বাক্যবন্ধ। তাতেই বন্ধ বাড়তি কথা। হয় লাভ, নয় ব্রেক আপ। আগেও পার্টি, পরেও উল্লাস। এরমধ্যে সুগন্ধী রঙিন কাগজে ঝর্না কলমে গাঁথা মুক্তাক্ষরের ভূমিকা কোথায়! মনের দরজাও হাট হয়ে খোলে কী? ছোট প্রাণ, ছোট কথায় সীমায়িত ভুবন। ভুবনগ্রামের বাসিন্দা এখন বিশ্বজোড়া জালে বন্দী। এখানে চিঠি ফেলার লালরঙা ডাকবাক্স গলির কোণে। সে একলা হয়ে দাঁড়িয়ে থাকে। জরাজীর্ণ, ভাঙাচোরা, পরিত্যক্ত। তার হৃদয়ে শুধুই ভাঙনের শব্দ।

রাত ভোর জলসায় চলেছে একের পর এক সোনাঝরা গান। শিল্পীর ভিড়। তার চেয়েও অনেক বেশি ভিড় মুগ্ধ শ্রোতার। পরদিনের শেষ বিকেলে যখন সোনারঙের আলোয় রাঙা হয় আকাশ, কমলা রঙের কুসুমরঙা সূর্য অন্য দেশে পাড়ি দেবার জন্য সেজেগুজে প্রস্তুত, সেইরকম এক মুহূর্তে হাতবদল হয় চিঠি। *আমার হৃদয় নিয়ে আর কতকাল বলো কাছে এসে দূরে দূরে থাকবে... যেন কস্তুরী মৃগ তুমি— আপন গন্ধ ঢেলে, এ হৃদয় ছুঁয়ে গেলে... আমি দূর হতে তোমারেই দেখেছি আর মুগ্ধ এ চোখে চেয়ে থেকেছি... আমি এত যে তোমায় ভালবেসেছি।* স্পষ্টই বোঝা যায় আগের দিনের জলসায় মানবেন্দ্র-হেমন্ত মন জুড়ে বসেছেন। তাই মনের কথায় মন-কাড়া গানের লাইন।

উদ্ধৃতি ছিল চিঠির অলংকার। যে যেমন ব্যবহার করবে। হীরে-জহরত জড়োয়া হোক বা ফ্যাশনেবল জুয়েলারি। গয়না তো গয়নাই। কাকে কখন কীভাবে, সেটাই আসল। অতএব প্রেমের চিঠিতে কবিতা আর গানের ছড়াছড়ি। বাঙালি ইতিহাসবিমুখ। শিকড়ে হোক কি ডালপালায়, তাদের উদাসীনতা মাত্রাছাড়া। অথচ সকলেই কবি। সুকুমার রায়ের সেই 'শ্যামলাল'-এর মতো কবিতা লেখার 'বাতিক' তো ঘরে ঘরে। অথচ কেন রইল না বাঙালি কবিদের লেখা প্রেমপত্র? উত্তরটা একবার আড্ডার ছলে বলেছিলেন সুনীল গঙ্গোপাধ্যায়। *'আসলে চালচুলোহীন কবিরা যখন প্রেম করেছে তাদের প্রেমিকারা তাদের চিঠির মধ্যে সেই পোটেনশিয়ালিটি দেখেননি, যা সংরক্ষণ করলে ভবিষ্যতে লাভ হতে পারে। ফলে ফেলে দিয়েছে।'* কী মারাত্মক অপচয়!

সহপাঠী বন্ধুর সঙ্গে চিঠির আদান-প্রদান মানেই প্রতিবাদ বিপ্লব প্রতিরোধ সংগ্রাম। সম মানসিকতা মানেই চিঠি হয়ে ওঠে সমাজের

দর্পণ। সহকর্মীর জন্য সহমর্মিতা। পরিবারের বয়ঃজ্যেষ্ঠর কাছে কুশল সংবাদ আর আশীর্বাদ প্রার্থনা। কনিষ্ঠের জন্য থাকে স্নেহ মমতা। পরকীয়া ফাঁস হওয়া চিঠি উসকে দিয়েছে দাম্পত্য কলহ; তবে স্বামী-স্ত্রী কথায় কথায় তখন উকিলের চিঠি ধরানোর মতো স্মার্ট হয়ে ওঠেননি। কাজেই এক ছাদের তলাতেই অদৃশ্য দেওয়াল উঠত। 'পত্র-রচনা' আর লেটার রাইটিং' ছিল ইস্কুলের সিলেবাসের অবশ্যপাঠ্যসূচীর অন্তর্ভুক্ত। উর্ধতন কর্তৃপক্ষ থেকে কর্মপ্রার্থী, কেরানি থেকে বড়োবাবু, খবরের কাগজের সম্পাদক থেকে পাড়ার কাউন্সিলর, থানার ভারপ্রাপ্ত ওসি থেকে ইস্কুলের হেডমাস্টার। কোথায় প্রেরকের নাম-ঠিকানা, কোথায় বসাতে হবে স্ট্যাম্প, লিখতে হবে তারিখ, সাবজেক্ট, তার জন্য নম্বর নির্দিষ্ট। অফিশিয়াল আর আনঅফিশিয়ালে বদলে যায় প্যারাগ্রাফ, পালটে যায় ভাষা। থেকে যায় কাজের কথা।

এক একরকম কাজের জন্য চিঠির আয়তন। তার জন্য আলাদা ফ্রেম। পোস্টকার্ডের দুটি পিঠ উন্মুক্ত। গোপনীয়তার সম্ভাবনা মাত্র নেই। ইনল্যাণ্ডের ভাঁজ করা তিনটি টুকরোর মধ্যে এঁটে যায় বহু বিনিময়। খামের অন্দরে জমা পড়ে যে সাদা কিংবা রুলটানা, রঙবেরঙের বা বেরঙিন কাগজ, তার অক্ষরমালায় অন্য ছন্দ। মুখবন্ধ খামটির অন্তরে ঘন যামিনীর মাঝে জমে থাকে না-বলা বাণী। চিঠি বিলুপ্ত হতে হতে ক্রমশ উঠে গেল হাতে লেখার অভ্যাস। হাতের লেখার সঙ্গে সঙ্গে লেখার হাতটিও কি হারিয়ে যায়নি?

চিঠি বা পত্রসাহিত্য বাংলা সাহিত্যে এক অত্যন্ত গুরুত্বপূর্ণ ভূমিকা নিয়েছে। যেভাবে সমাজতত্ত্ব এবং সভ্যতার আর্থিক সূচক খুঁজে পাওয়া যাবে চিঠি নিয়ে গবেষণা করলেই। মানবসভ্যতা অবশ্য সাধারণ মানুষের ব্যক্তিগত চিঠিকে কখনও সংরক্ষণযোগ্য মনে করেনি। যা কিছু রয়েছে, তা' অধিকাংশই স্মৃতিতে আর সাহিত্যে। আর রয়েছে মনীষী বা বিভিন্ন বিশিষ্ট মানুষের চিঠিপত্র। সেগুলির নিবিড় অবগাহন বহুক্ষেত্রেই এক আশ্চর্য পাঠসুখ দেয়।

রাষ্ট্রনায়ক যখন চিঠি লেখেন তাঁর স্ত্রী কিংবা প্রেয়সীকে, এক কড়া দুঁদে রাজনিতিবিদের আড়াল থেকে উঁকি দেয় একটি কোমল প্রেমময় মুখ। উইনস্টন চার্চিল যেমন। লিখছেন তাঁর স্ত্রী ক্লেমিকে।

আমার প্রিয় ক্লেমি,

আমার মন পড়ে রয়েছে মাদ্রাজের ছোট্ট এক টেবিলে, যেখানে বসে বসে তুমি গত পত্রখানায় লিখেছো যে, আমি নাকি তোমার জীবনকে

আলোকিত করেছি। চিঠিখানা পড়ে নির্বাক আমি বসে রইলাম কিছুক্ষণ। একমাত্র আমিই জানি, তোমার কাছে আমি কতটা ঋণী। আজ আমি যেখানে দাঁড়িয়ে, তার সবটাই তো তোমারই দান। কত ঝড় এল জীবনে। কিন্তু তুমিই আমার শিখিয়েছো কী করে ঝড়ের রাতেও রত্ন কুঁড়াতে হয়। সব ঝড়ের রাতে কুড়ানো রত্ন জমিয়ে রেখেছি ক্লেমি তোমায় দেব বলে। কবে আবার দেখা হবে আমাদের? তোমার স্মৃতি আর ভালবাসা নিয়েই আমার বেঁচে থাকার প্রতিটি নিঃশ্বাস পড়ে। কখনও বদলে যেও না যেন।

একান্তই

তোমার চার্চিল

বীর যোদ্ধা নেপোলিয়ন মাত্র পঁচাত্তর হাজার চিঠি লিখেছেন। তাও অধিকাংশই আবার যুদ্ধের ময়দান থেকে। লিখছেন একদা প্রেয়সী, পরবর্তীতে সহধর্মিণী জোসেফিনকে।

জোসেফিন, আমার জোসেফিন,

গতকাল সারাটি বিকেল কাটিয়েছি তোমার পোট্রেটের দিকে চেয়ে থেকেই। কী করে পারো তুমি বলো তো এই কঠোর মনের যোদ্ধার চোখেও জল আনতে? আমার হৃদয় যদি একটি পাত্র হয়, তবে সেই পাত্রে ধারণ করা পানীয়ের নাম দুঃখ। তুমি কি তা বোঝো জোসেফিন? আবার কবে তোমার আমার দেখা হবে? সে অপেক্ষার প্রহর যেন শেষ হতেই চায় না! সে অপেক্ষায়...

নেপোলিয়ন

আমাদের দুর্ভাগা দেশ; কখনও সাম্রাজ্যবাদী শক্তির দাপট, কখনও রাজনীতির আবর্তে সে নিজের মানচিত্রকেই নিজে টুকরো করে, এদশে ডায়েরি থেকে চিঠি সবই পুরনো ট্রাঙ্কের অন্দরে বল্মীকস্তূপের প্রিয় খাদ্য। হারিয়ে যায় সময়। মানুষের মৃত্যুর আগেই মুছে যায় তাঁর জীবন।

তবে জন কিটস আর ফ্যানি ব্রনের প্রেমের কথা কিন্তু জানা যায় তাঁর মৃত্যুর ৫৭ বছর পর। ফ্যানিকে লেখা কিট্‌সের প্রেমপত্রগুলি ১৮৭৮ সালে বই আকারে প্রকাশিত হয়। ততদিনে কিটস কবি হিসেবে বিখ্যাত। বই প্রকাশের সঙ্গে সঙ্গে হইহই পড়ে যায় ইংল্যান্ড ও আমেরিকায়। অকালপ্রয়াত কবির অজানা প্রেমকাহিনী নিয়ে নানা প্রশ্ন উঠেছিল। ফ্যানি ১৮৬৫তে মারা গিয়েছিলেন। সমালোচকরা বাঁকা চোখে তাকালেন। জানিয়ে দিলেন, তিনি কিটসের যোগ্য ছিলেন না। কিন্তু এই ফ্যানির প্রেমাসক্ত কিটস লিখে গেছেন তাঁর কালজয়ী

কবিতাগুলি। বিখ্যাত সেই সমস্ত 'ওড' বা গাথা। যা পরবর্তী সময়ে তাঁকে ইংরেজিতে সর্বকালের শ্রেষ্ঠ রোম্যান্টিক কবিদের অন্যতম হিসেবে স্থান দিয়েছে।

বিখ্যাত লেখকদের ডায়েরি ও চিঠির প্রতি পাঠকের আলাদা আকর্ষণের বড় কারণ, এইসব ডায়েরি ও চিঠির মধ্য দিয়ে লেখকের ব্যক্তিসত্তা, ব্যক্তিজীবন, ব্যক্তিগত আলাপচারিতা, জীবনবোধ ও ভাবনা প্রতিফলিত হয়। এই অনুভূতি অনেক সময় তার কবিতা-গল্প-উপন্যাসে নাও আসতে পারে বা এলেও সেখানে বিমূর্ততা স্বাভাবিক। ব্যক্তিগত ডায়েরি বা চিঠিতে সেই দেয়াল, সেই আড়ালটুকু থাকে না। বরং চিঠির ভেতর দিয়ে লেখকের নিজস্বতা তথা ব্যক্তিমানুষকে আরও পুঙ্খানুপুঙ্খ জানবার সুযোগ ঘটে।

কবি জীবনানন্দ দাশের মৃত্যুর বহু পরেও যখন তার সৃষ্টির খনিতে অব্যাহতভাবে খননকাজ চলেছে, তাতে বিচ্ছিন্নভাবে এমন সব চিঠিপত্রের হদিশ মিলেছে যা তার সম্পর্কে অনেক অজানা তথ্যের দুয়ার খুলে দিয়েছে। বিশেষ করে তাঁর কর্মহীন জীবনের টানাপোড়েন, জন্মস্থান বরিশালের প্রতি ভালোবাসা, কলকাতার প্রতি বিরক্তি কিংবা প্রতি মুহূর্তে বাংলাদেশে ফিরতে চাওয়ার ব্যাকুলতা থেকে শুরু করে ছাত্রজীবনের নানা ঘটনা, প্রিয়জনের সঙ্গে কষ্টের ভাগাভাগি—সবই খুব সরল ও নির্মোহভাবে প্রকাশ করেছেন ব্যক্তি জীবনানন্দ—যেখান থেকে কবি জীবনানন্দকে ঠিক বিচ্ছিন্ন করা চলে না।

দীর্ঘকাল ধরে এইভাবে মানুষের সঙ্গে মানুষের সম্পর্কের যোগসূত্র রেখেছিল চিঠি। ঘোড়ার পিঠে করে পৌঁছত ডাক। ডাকগাড়ি যেত ব্যাগ বোঝাই চিঠি নিয়ে। রানার এখন অবসর নিয়েছে। ডাক-হরকরাও পেশা বদল করেছে। পিয়ন নামক মানুষটি এখন ডোর টু ডোর ডেলিভারি সার্ভিসে যুক্ত। ক্যুরিয়রে চিঠি ছাড়া আলপিন থেকে এলিফ্যান্ট সবই দরজার গোড়ায়। যদিও আধুনিক প্রজন্ম এর বিরুদ্ধমতই জানিয়ে দেবেন সোচ্চারে। তাদের জীবনে 'টাচ'-এ থাকাটাই রিলেশন। রিলেশনশিপে থাকা না থাকা আর চিঠির মুখাপেক্ষী নয়। কাজেই জাদুঘরে বা সংগ্রহশালায় থেকে যাবে সময়ের এবং সম্পর্কের এইসব গুরুত্বপূর্ণ নথি।

বেদুইন

রুমি বন্দ্যোপাধ্যায়

এখানে দিনের শরীর জুড়ে মধ্যরাত শুয়ে আছে যেন, বালির সমুদ্রে আঁকা অজস্র ঢেউ! শুকনো হাওয়ার গায়ে কান পাতলেই শোনা যায় কিছু উষ্ণ শ্বাস। পাপড়ির মত খসে পড়ছে ফোঁটা ফোঁটা ক্লান্তি। কাঁটা গাছে আটকে আছে শিফনী ওড়নার মত 'লু'।

এখানে বাসিন্দারা প্রচারবিমুখ, এখানে বাসিন্দারা আত্মকেন্দ্রিক। জলের ছোঁয়া পেতে দীর্ঘ হয় তাদের পথ। মরুভূমি চিনে চিনে উড়ে আসে পরিযায়ী বালি আর পরিচিত বেদুইন। অদ্ভুত এদের ঘরকন্না। অবশ্য যারা শরীরে অমন নিরুদ্দেশী আত্মাকে পুষেছে তাদের আবার ঘর! তাদের থাকে তাঁবু আর থাকে যেদিন খুশি সেই তাঁবু গুটিয়ে অন্য কোথাও চলে যাওয়ার ঈর্ষণীয় স্বাধীনতা। একমাত্র গ্রীষ্মই তাদের শাসন করে বেঁধে রাখে জলের ঠিকানার কাছে।

এখানে ভোর হলে হায়াত পাথরের মস্ত চাকিতে পেষে সোনালী শস্যদানা। নরম আঁচে তৈরি করে রুটি। দুহাতের দক্ষতায় নিমেষের মধ্যে বৃহৎ হয় সেই রুটির পরিধি। হাতের তালু থেকে কনুই পর্যন্ত তার যাত্রাটি হয় অনায়াস। এরপর রুক্ষ মেয়ের মমত্ব ঝরে পড়ে ছাগল আর ভেড়াগুলোর যত্ন করার সময়। গলায় বুলিয়ে দেয় মরমী আঙুল। দুধ দুইয়ে দই পাতে। নিষ্ঠুর মাসগুলোতে সংরক্ষিত দুধজাতীয় খাবার, খেজুর আর জল খেয়েই কাটিয়ে দেয় এরা। হায়াত এ পরিবারে নতুন। মাত্র ছ'মাস হল ওর বিয়ে হয়েছে। পরিবারের অন্য মেয়েদের পাঁচ-ছয়টি করে শিশু। কোলেরটাকে বুকে গুঁজে দিনমান

234

কাজ করে ওর জা রুকসানা। তাঁবু সারাই-এর দড়িটাও তৈরী করে নেয় ভেড়ার লোম দিয়ে। ছেঁড়া তাবু সেলাই করে। সেলাই করতে করতে ওর ঠাকুমার কথা বলে যার কাছে শিখেছে জরিবুটির মাহাত্ম্য। টুকটাক বেয়ারা অসুখ সারিয়ে দেয় সেই বিদ্যে দিয়েই।

ঋতুর বদলে বদলে যায় তাঁবু, কিন্তু অতিথির জন্য সেখানে সব সময় খানিক জায়গা থাকে। নাকে নাক ঘষে কপালে কপাল ঠুকে অতিথি আপ্যায়ন করে এরা। ছোট্ট পেয়ালা ভরে দেয় আরব্য কফিতে এবং যতক্ষণ পর্যন্ত না পেয়ালাখানা নাড়িয়ে অতিথি 'না' বলছে ততক্ষণ পর্যন্ত ভরতেই থাকে তরল আপ্যায়ন। দিনের বেলার মরুভূমি যদি আঘাত হয় তবে রাতের মরু আকাশ তার শুশ্রূষা। ঝকমকে পোখরাজের মত হাজার হাজার তারা ফুটে ওঠে। নির্দয় দিনের গতিপথের ওপর আকাশ তারা ছেঁচা জল বুলিয়ে দেয়। ভিড় করে থাকে নক্ষত্ররা, একে অপরের গায়ে লেগে থাকে ঠিক যেন ক্যারাভান।

সন্ধ্যে হওয়ার আগে হায়াত সাজে। পরিবারের পোষা বাজপাখিটা তখন ওর দীর্ঘ ডানা ঝাপটায়। সেখান থেকে টুপটাপ করে খসে পড়ে দীর্ণ দিনের কণা। হায়াত গায়ে দেয় ঢিলেঢালা লম্বা হাতা কালো রঙ-এর প্রিয় পোশাক যার বুকের কাছে আর হাতার ধারে নীল-লাল সুতোর ক্রস স্টিচ-এর কাজ। অনেকগুলো দুপুর গিয়েছে তার সূঁচ আর সুতোয় ফুল-পাতার কাজ তুলতে। মাথায় যে কাপড়টা দিয়ে ওর ছোট্ট কপাল আর অলিভের মত রঙিন গলাটা ঢেকে রেখেছে তার ধারগুলোতে রূপো আর সোনার মোহর লাগানো। সেগুলো তো নিজে হাতে গেঁথেছে। ওগুলোর মালকিন হায়াত। বিয়ের যৌতুকে পেয়েছে। আর যে তিরিশখানা উট পেয়েছিল সেগুলো তো কবেই বাবা আর দাদাদের দিয়ে এসেছে।

হায়াত আয়নার সামনে দাঁড়ায়। চোখে সুর্মা টানে। ভ্রমরের মতো কালো হয়ে ওঠে তারা। সুর্মা দিনের সূর্যের তাপ আর রাতে জিনের নজর দুটো থেকেই বাঁচায়। তেল দিয়ে চুল বাঁধে, বিনুনি করে, আতর মাখে। তারপর এক আশ্চর্য কান্ড ঘটায়। সে তার ছোট্ট বাক্স থেকে বের করে সাধের খাতা আর কলম। সারাটা সকাল ধরে ভেড়া চড়ানোর সময় যে কবিতাগুলো বেঁধেছিল সেগুলো চটপট লিখে ফেলে। সবকটা প্রেমের কবিতা, আদরের গন্ধ মাখা। যে কথাগুলো ওর বর ওমরকে বলতে চেয়েও বলে উঠতে পারেনি লজ্জায়, উল্কা ফুলের মত কলমের ডগায় এসে যায়। ওমর ফিরলে ওর হাতে গুঁজে দেয়।

এরপর খোলা আকাশের নিচে তৈরি হয় যাযাবরী নৈশ ভোজ। সেই যে পারস্য গালিচাখানা যাতে পা দিলেই মনে হয় হাজার হাজার ফুল আত্মহত্যা করে ঝরে পড়েছে পায়ের নিচে ওইটা পাতা হয়। নিভু নিভু আগুনে একটু একটু করে সেঁকা হয় মাংস, অল্প অল্প করে বাড়তে থাকে খিদে। যে মস্ত থালাতে করে ওরা খাবার খায় তা দু'তিন জন মিলে ধরে আনতে হয়। সেখানে সাজানো থাকে রুটি, ভাত, ঝলসানো মাংস। ওমর রাবাহটা নিয়ে আসে তাঁবুর ভেতর থেকে। তারের এই বাদ্যযন্ত্র থেকে খানিকটা ভায়োলিনের মতো সুর বেরোয়। ওমর গান গায়। কথা ও সুরের এমন শুদ্ধসত্ত্ব মেলবন্ধন যে সবাই হাততালি দিয়ে ওঠে। এই গান শুনলে ব্যথার দেবতারা ঘুমিয়ে পড়ে। বেদুইনের তাবু দেখতে দেখতে গালিবের গুহায় পরিণত হয়।

সবাই ওর পিঠ চাপড়ে বাহবা দেয়। শুধু ওমর জানে এর অর্ধেকটা হায়াতের প্রাপ্য। সে বলতে চায় সবাইকে কিন্তু হায়াত ভারী লজ্জা পায়, চোখের ইশারায় নিষেধ করে তার স্বামীকে। হায়াত মানে জীবন, বারোয়াঁর বাঁশির মতো জীবনরা লুকিয়ে কবিতা লিখতেই ভালোবাসে।

www.ingramcontent.com/pod-product-compliance
Lightning Source LLC
Chambersburg PA
CBHW070557120726
47909CB00007B/2371